HEYNE

Das Buch
Hanna spielt mit den Gefühlen anderer, bis die Liebe sie trifft wie ein Blitz – leider für den völlig falschen Mann: André ist ihr Psychotherapeut und zugleich der Mann ihrer Freundin. Er befreit sie vom Trauma ihrer frühen Kindheit, er ist der einzige, von dem sie sich verstanden fühlt. Er ist der Mann, den sie um jeden Preis will. André verliebt sich ebenfalls in Hanna, fürchtet aber um seine berufliche Existenz und bricht deshalb die Therapie ab. Das Schicksal führt die beiden wieder zusammen, und sie beginnen eine leidenschaftliche Affäre, in deren Verlauf nicht nur André alles zu verlieren droht, was ihm wichtig ist – Familie, Liebe und Freundschaft. Bei der Premiere von Shakespeares Komödie *Liebes Leid und Lust* erreicht die Spannung ihren Höhepunkt: Alle Beteiligten treffen aufeinander, und während des Spiels erkennt Hanna, dass das Leben kein Theaterstück ist. Am Ende dieses Abends ist alles anders als erwartet ...

Die Autorin
Amelie Fried wurde 1958 in Ulm geboren. Nach ihrem Studium moderierte sie zahlreiche Fernsehsendungen, darunter *Live aus dem Alabama*, *Live aus der alten Oper*, *Stern-TV* und *Kinderella*. Derzeit ist sie Gastgeberin der Talkshow *3 nach 9*. Sie bekam zahlreiche Fernsehpreise. Für ihr erstes Kinderbuch *Hat Opa einen Anzug an?* erhielt sie 1998 den Deutschen Jugendliteraturpreis, ihr zweites Kinderbuch *Der unsichtbare Vater* kam auf die Auswahlliste. Ihre Bestseller-Romane *Traumfrau mit Nebenwirkungen*, *Am Anfang war der Seitensprung* und *Der Mann von nebenan* wurden bereits verfilmt. Die Verfilmung von *Glücksspieler* ist in Vorbereitung. Die Autorin lebt mit ihrer Familie in der Nähe von München.
Im Wilhelm Heyne Verlag liegen außerdem vor: *Geheime Leidenschaften*, *Verborgene Laster* und die Kinderbücher *Taco und Kaninchen* und *Taco und Kaninchen – Fette Beute*.

Amelie Fried

Liebes Leid und Lust

Roman

WILHELM HEYNE VERLAG
MÜNCHEN

Zitate aus William Shakespeares
Verlorene Liebesmüh (Love's Labour's Lost)
in der Übersetzung von Frank Günther sind der Ausgabe
des Deutschen Taschenbuchverlags entnommen.

Umwelthinweis:
Dieses Buch wurde auf
chlor- und säurefreiem Paper gedruckt.

Taschenbucherstausgabe 10/2004
Copyright © 2001 by Wilhelm Heyne Verlag, München,
in der Verlagsgruppe Random House GmbH
Printed in Germany 2004
Umschlagillustration: Getty Images/Jim Arbogast
Umschlaggestaltung: Eisele Grafik Design, München
Satz: Franzis print & media, München
Druck und Bindung: GGP Media GmbH, Pößneck
http://www.heyne.de

ISBN: 3-453-87809-4

Ich will nicht lieben;
Falls doch, hängt mich auf;
Herrgott nein, ich will nicht.

(William Shakespeare, »Verlorene Liebesmüh«, 4. Akt, 3. Szene)

Noch nie im Leben habe ich daran gedacht, mich umzubringen. Na ja, jedenfalls nicht ernsthaft. Wäre ich sonst noch hier? Ich hatte deshalb auch keine Ahnung, warum nach der Sache in Los Angeles alle um mich herum verrückt spielten. Ich sei labil, befand meine Mutter, sei ja auch kein Wunder. Man müsse auf mich aufpassen, sagte Eddie.

Das erstaunte mich, schließlich war ich fünfundzwanzig und hatte bisher ganz gut auf mich alleine aufgepasst. Natürlich war ich schon häufiger in prekäre Situationen geraten (ich habe eine gewisse Schwäche für die Gefahr), aber es sah so aus, als hätte der alte Mann da oben noch keine Verwendung für mich, also warum hätte ich mich ihm aufdrängen sollen?

Welchen Grund hätte ich auch haben sollen, mich umzubringen?

Ich war gesund, sah gut aus (jedenfalls behaupteten das die Männer, mit denen ich schlief), ich war dabei, als Schauspielerin Karriere zu machen, mein Leben war zugegebenermaßen ein bisschen chaotisch, aber weit davon entfernt, zu scheitern. Ob ich glücklich war? Also, bitte, wer könnte das von sich behaupten, ohne zu lügen? Wie könnte ich etwas sein, von dem ich nicht mal genau wusste, was es war?

Vielleicht könnte man sagen, ich war auf der Suche.

Wonach? Liebe, Anerkennung, Erfolg, spirituelle Erleuchtung? Ach was. Ich war schon zufrieden, wenn es nicht langweilig war. Ich hasste es, mich zu langweilen. Es kostete mich eine riesige Energie, jeden Morgen die gleichen Dinge zu tun, aufzustehen, Zähne zu putzen, zu duschen, zu frühstücken, Geschirr abzuwaschen – dabei befiel mich oft schon eine lähmende Langeweile, die ich nur überwand, wenn ich hoffen konnte, dass der Tag noch Abenteuer bereithielt.

Wiederholungen nervten mich, sie gaben mir das Gefühl, meine Zeit zu verschwenden. Ich versuchte, auch bei Kleinigkeiten, möglichst wenig zu wiederholen. Ich aß nie die gleichen Gerichte, kaufte nie die gleichen Produkte, ging selten ein zweites Mal in dieselbe Kneipe, oder nur nach einer längeren Pause (so viele Kneipen gab es leider nicht in meiner Stadt). Ich zog jeden Tag etwas anderes an, verließ zu unterschiedlichen Zeiten das Haus, ging nach Möglichkeit nicht zweimal denselben Weg. Sicher könnte man meinen, das wäre eine ziemlich schwere Macke, aber bisher kam ich ganz gut damit zurecht.

Das Einzige, was ich nicht aushielt, war das Alleinsein. Davor hatte ich wirklich Panik. Und davor, im Schlaf zu sterben. Ich glaube, es lag an diesem Spruch »Der Schlaf ist der kleine Bruder des Todes«. Den hatte ich als Kind gehört und sofort gedacht, kleine Brüder werden irgendwann groß! Und seither hatte ich Angst. Deshalb schlief ich ziemlich wenig und meistens auch ziemlich schlecht. Früher hatte ich Ella gebeten, wach zu bleiben und aufzupassen, ob ich im Schlaf atme. Sie hatte es mir jedes Mal versprochen, aber heute glaube ich, sie schlief immer schon vor mir ein.

Zurück zu der Geschichte in L.A.

Ich weiß nicht mehr, wer eigentlich auf die Idee gekommen war, dass Jo und ich eine Reise machen sollten. Ich glaube, es war meine Mutter. Sie hatte ständig gute Ideen, mein Leben betreffend. Ich versuchte, nicht allzu viel Notiz davon zu nehmen, aber in diesem Fall hatte sie sich durchgesetzt, und so fand ich mich eines Tages in einem Flugzeug nach Amerika wieder, neben mir Jo, der traumverloren aus dem Fenster sah, während es verzerrt aus seinem Kopfhörer quäkte. Jo hörte eigentlich immer Musik, es schien, als müsste er das Grundrauschen der Welt übertönen.

Jo war ein merkwürdiger Typ. Das Merkwürdigste an ihm war, dass er gleichzeitig mein Geliebter und mein Bruder war. Er war der Sohn von Eddie, und Eddie war der zweite Mann meiner Mutter, also mein Stiefvater. Ich war mit Jo zusammen, seit wir beide vierzehn waren. Damals zogen Eddie und Jo bei uns ein. Meine Mutter sagte zu mir, ist das nicht toll, Hannele, dass du jetzt einen Bruder hast? Und Eddie sagte, Jo, freust du dich, dass du jetzt eine Schwester hast? Dabei hegten Jo und ich von Anfang an alles andere als geschwisterliche Gefühle füreinander. Wir waren total ineinander verknallt, es verging aber fast ein Jahr, bis wir zum ersten Mal miteinander schliefen, und ehrlich gesagt war es eine ziemlich herbe Enttäuschung. Es war nicht so, dass es körperlich nicht klappte, auch seelisch waren wir uns so nahe, wie sich zwei Verliebte nur sein können, wahrscheinlich noch näher. Und das war wohl das Problem. Wir waren keine Geschwister, aber wir fühlten uns so. Es schien uns, als hätten wir Inzest begangen. Wir haben es noch ein paar Mal probiert, aber es wurde nicht besser, und so haben wir es irgendwann sein lassen. Die Verbindung zwischen uns war so stark und bedingungslos, dass mir Sex ohnehin zu profan dafür zu sein schien.

Wir saßen also in dem Flieger, knabberten Erdnüsse

und schlürften Tomatensaft mit Wodka, als Jo plötzlich die Kopfhörer abnahm und sagte, ich habe keine Ahnung, was wir da drüben sollen. Ich starrte ihn verblüfft an und fragte, was soll das heißen, du hast keine Ahnung?

Ich war überzeugt, es wäre Jos sehnlichster Wunsch gewesen, diese Reise zu machen, und ich wäre nur ihm zuliebe mitgefahren. Ich versuchte, mich zu erinnern, wie es zu der Entscheidung gekommen war, und plötzlich wurde mir klar, dass es in erster Linie meine Mutter und ein wenig auch Eddie gewesen waren, die sich für diese Reise stark gemacht hatten. Fahrt doch mal zusammen weg, Hannele, hatte Mutter bei einem unserer sonntäglichen Mittagessen (eine der Wiederholungen, die sich nicht vermeiden ließen) plötzlich gesagt und gleichzeitig meine und Jos Hand genommen. Lilli hat Recht, hatte Eddie ihr beigepflichtet, ihr solltet mal was zusammen erleben, schließlich seid ihr jung.

Meine Mutter hatte damals ziemlich cool reagiert, als sie Jo und mich eines Morgens eng umschlungen in meinem Bett vorgefunden hatte, danach hatte sie immer alles getan, unsere Beziehung zu fördern. Sie sah in Jo meinen Beschützer und war froh, dass mein Liebesleben gewissermaßen in der Familie blieb, also ihrer Kontrolle unterlag.

Offenbar sollte auch diese von ihr initiierte und finanzierte Reise dazu dienen, unser Zusammengehörigkeitsgefühl zu stärken; vermutlich hoffte sie, wir würden, von romantischen Gefühlen überwältigt, heimlich heiraten oder uns wenigstens verloben. Ich war gleichzeitig genervt und gerührt, als ich Mutters Absichten zu durchschauen glaubte. Nur gut, dass sie keine Ahnung davon hatte, wie mein Liebesleben in Wirklichkeit aussah.

Wir könnten uns ein Cabrio leihen, sagte Jo, als sei das die Lösung des Problems. Und so gingen wir nach unserer Ankunft am L.A. Airport zu einem Oldtimer-Verleih und liehen uns einen ungefähr dreißig Jahre alten türkisblauen Ford Mustang mit weißem Lederverdeck und weißen Ledersitzen, der mindestens so cool war wie der stahlblaue Mustang von Steve McQueen in Bullit. Den linken Arm lässig aufgestützt, saß Jo am Steuer und lächelte glücklich, während wir auf dem Highway entlangglitten. Er hatte eine seiner CDs eingelegt, die eine mir rätselhafte Musik absonderte und den Soundtrack für die draußen vorbeiziehenden, fremdartigen Eindrücke bildete.

Nach einer langen Reise fühle ich mich immer wie im Film; alles um mich her scheint unwirklich, meine Bewegungen sind seltsam ungelenk und meine Wahrnehmung leicht verzerrt. Es ist ungefähr so, wie wenn man gerade aus dem Kino kommt; für eine kurze Weile fühlt man sich noch in dieser anderen Welt, bewegt sich, als wäre man eine der Figuren des Films und würde von anderen Menschen beobachtet. Ich liebe es, angesehen und beobachtet zu werden. Es gibt mir das Gefühl, lebendig zu sein. Vielleicht ist das ja das Schlimmste, wenn jemand stirbt, den man geliebt hat: dass er einen nie mehr ansehen wird.

Ich bin eigentlich nicht gerne mit interessanten Menschen zusammen, sagte Jo, weil ich dann gezwungen bin, mich auch interessant zu machen.

L.A. Story?, riet ich, und Jo nickte. Ein Kuss ist vielleicht nicht die Wahrheit, zitierte ich, aber er ist das, wovon wir wünschen, dass es wahr wäre.

Warum erkennen wir nicht immer den Augenblick, in dem Liebe beginnt?, fuhr Jo fort, aber wir wissen immer, wann sie endet.

Wir grinsten uns an. Wie wär's heute Abend mit Kino, fragte Jo, okay, sagte ich, warum nicht.

Dafür waren wir also zwölftausend Kilometer geflogen, um dasselbe zu tun wie zu Hause. Dabei ist das Beste an Reisen doch, dass alles neu und anders ist, dass man das Gefühl hat, jeden Moment könnte etwas Unerwartetes geschehen. Ich konnte eine leichte Enttäuschung nicht unterdrücken.

Jo trommelte mit den Fingern auf dem Lenkrad den Rhythmus der Musik mit, er schien eins mit sich und der Welt.

Manchmal kam Jo mir vor wie ein Kind; er war zufrieden, wenn man was mit ihm unternahm oder ihm ein interessantes Spielzeug gab. Eigentlich benahmen wir uns beide ein bisschen wie die Kinder, wenn wir zusammen waren. Wir fühlten uns sicher, hatten Spaß miteinander und das Gefühl, der Rest der Welt bliebe draußen.

Unsere Erwachsenenleben hatten kaum Berührungspunkte, Jo absolvierte sein Studium an der Filmhochschule und jobbte nebenher als Vorführer, ich machte meine Arbeit am Theater, aber keiner kümmerte sich groß um den Kram des anderen. Einmal hatte ich in einem seiner Filme mitgespielt, aber da hatten wir uns nur gestritten. Sobald wir unsere Welt verließen und die der Erwachsenen betraten, wurde alles kompliziert. Am liebsten waren wir zu zweit.

Das Hotel, das meine Mutter für uns gebucht hatte, war ein im Zuckerbäckerstil erbautes, schneeweißes Gebäude inmitten eines riesigen Parks voller Springbrunnen. Das pulsierende Wasser leuchtete in allen Regenbogenfarben, exotische Pflanzen und riesige Palmen säumten die Auffahrt, bunte Papageien flatterten zwischen den Bäumen umher – so was Irres hatte ich noch nie gesehen. Jo und ich sahen uns an und lachten los. Wir wussten beide, wem wir diesen Hotel-Tipp zu verdanken hatten: Eddies Verwandtschaft in L.A., Tante Betsy und Onkel Stew. Als Dank erwarteten die zwei Alten unseren Besuch. Mir war noch keine Ausrede eingefallen, mit der wir uns hätten drücken können.

Am Eingang des »Royal Fountain Inn« riss ein dunkelrot livrierter Bediensteter meine Tür auf und trat mit einer Verbeugung zur Seite, um mich aussteigen zu lassen, danach kümmerte er sich um unser Gepäck. Bedauernd händigte Jo dem Wagenmeister den Autoschlüssel aus und sah zu, wie sein neues Spielzeug in der Tiefgarage verschwand.

Der Anblick unseres Zimmers verschlug mir den Atem. Es maß ungefähr sechzig Quadratmeter, war mit zartlila Teppichboden ausgelegt und mit pinkfarbenen Sesseln und Diwanen möbliert. Über dem riesigen Himmelbett wölbte sich ein Baldachin aus Seide, ebenfalls in Pink und Lila. Die Wände waren in zartem Rosé gehalten, ebenso die Schränke und Türen. Im Badezimmer aus rosafarbenem Marmor befand sich eine runde Badewanne mit Whirlpool, die von einer Gruppe neckischer Faune und Elfen eingerahmt war, die Schalen mit frischem Obst und Süßigkeiten trugen.

Will nicht wissen, was das alles kostet, murmelte Jo, kickte seine Turnschuhe von sich und warf sich aufs Bett.

Mit einem Mal war ich beunruhigt. Meiner Mutter musste es verdammt ernst sein, wenn sie ein halbes Vermögen springen ließ, um mich und Jo zu ... ja, was eigentlich? Von »verkuppeln« konnte nicht die Rede sein, wir waren längst ein Paar, wenn auch ein etwas ungewöhnliches, aber davon konnte sie eigentlich nichts wissen. Oder doch? War das der Grund für diese absurde Pseudo-Hochzeitsreise, die weder Jo noch ich hatten machen wollen, die wir aus unerfindlichen Gründen aber dennoch angetreten hatten? Dass meine Mutter um jeden

Preis eine Verbindlichkeit herstellen wollte, die unsere Beziehung bislang hatte vermissen lassen?

Ich stand in diesem bizarren Hotelzimmer, sah all den Prunk und Protz, und mir war plötzlich unwohl. Die Euphorie des Angekommenseins hatte sich verflüchtigt, ich fühlte mich müde und schmutzig. Im Bad ließ ich Wasser in das Rundbecken laufen. Zwischen fünf Sorten Badezusatz in verschiedenen Farben wählte ich eine giftgrüne Essenz. Leichter Minz- und Zitronengeruch machte sich breit, dicker, luftiger Schaum bedeckte die Wasseroberfläche. Ich ließ meine Kleider auf den Boden fallen und stieg in die Wanne.

Als ich, mein nasses Haar mit einem pinkfarbenen Handtuch rubbelnd, ins Zimmer zurückkam, war Jo auf dem Bett eingeschlafen. Vorsichtig nahm ich ihm die Kopfhörer ab, legte mich hinter ihn und kuschelte mich an seinen Rücken.

Hanna? Jos Stimme holte mich aus einem wirren Traum zurück in die Wirklichkeit. Wir hatten über zwei Stunden geschlafen, draußen war es dunkel geworden, vor dem Fenster glitzerten die Lichter von L.A., in der Ferne ahnte man das Meer.

Jo inspizierte die Minibar, die ungefähr so groß war wie unser Kühlschrank zu Hause, nahm sich ein Bier und warf mir eine Flasche Kombucha zu. Er blätterte in einem Veranstaltungskalender, den die Hotelleitung bereitgelegt hatte.

Mulholland Drive, sagte er plötzlich und lächelte mich triumphierend an. Da will ich hin und dann die Hollywood Hills hoch bis zu der Stelle, wo der Unfall war, wie findest du das?

Geht klar, murmelte ich, aber vorher muss ich was essen. Okay, sagte Jo munter und blätterte weiter. Mexikanisch, puertoricanisch, chinesisch, italienisch, portugiesisch ...?

Egal, unterbrach ich ihn, Hamburger, Burritos, irgendwas Abgefucktes. Ich brauch ein Gegenprogramm zu diesem Luxusschuppen hier.

Während Jo duschte, zog ich mich an. Extravagante Kleidung war meine Leidenschaft; für diese Reise hatte ich mir eigens ein paar neue Teile zugelegt, wenn auch nur aus dem Secondhand-Laden, für neue Designermode hatte ich nicht das Geld. Ich entschied mich für eine dunkelbraune Lederhose mit der Patina von ungefähr fünfundzwanzig Jahren und einen roten Spitzen-BH, darüber zog ich eine gemusterte Chiffonbluse, die ich über dem Nabel knotete, dazu trug ich Stiefeletten.

Na, was sagst du? Beifall heischend drehte ich mich vor Jo, der nackt aus dem Badezimmer kam. Er war ein bisschen zu mager, hatte aber breite Schultern und einen schönen Hintern. Ich küsste ihn flüchtig auf den Hals und wartete auf seine Reaktion. Courtney Love, sagte er knapp, Schlampe.

Zufrieden setzte ich mich vor den Frisierspiegel, um mich zu schminken. Vielleicht war es das, was mich für meinen Beruf qualifizierte: dass ich mich in jeden beliebigen Typ verwandeln konnte. In eine Schlampe, ein Muttchen, einen Vamp, eine Naive. Bevor ich angezogen, geschminkt und frisiert war, war ich ein unbeschriebenes Blatt, eine Person ohne Konturen. Erst indem ich eine Figur erschuf für ihren Auftritt auf der Bühne, entstand auch die Person Hanna. Manchmal fragte ich mich selbst, wer diese Person eigentlich war.

Jo ließ es sich nicht nehmen, den Mustang persönlich aus der Tiefgarage herauszufahren. Er pickte mich an der Einfahrt auf wie eine Tramperin, und majestätisch bewegte sich der Wagen über die nächtlichen Straßen. Die Luft war warm, ein feuchter Wind zerzauste mein Haar. Ich band mir ein weißes Kopftuch um und setzte meine Sonnenbrille auf.

Audrey Hepburn, sagte Jo, Frühstück bei Tiffany. Dinner bei Mister Wok, gab ich zurück und zeigte auf eine neonbeleuchtete asiatische Imbissbude, die mir heruntergekommen genug erschien, um den erstickenden Pomp des »Royal Fountain Inn« zu neutralisieren.

Wir setzten uns an ein schmieriges kleines Tischchen und bestellten Bier, das in eisgekühlten Dosen serviert wurde, dazu Springrolls, Wan Tan und frittierte Scampi.

Geil, sagte Jo, als das Essen kam, und griff sich eine Frühlingsrolle. Verzückt leckte er seine fettigen Finger. Ein schwerer Geruch von Diesel, Frittieröl und Schweiß hing in der Luft, eine dicke Schwarze in einem schreiend bunten Schürzenkleid malträtierte einen Flipper, zwei puertoricanische Teenies drängten sich um einen einarmigen Banditen. Am Bartresen mir gegenüber lehnten zwei Typen, vermutlich Fernfahrer, in Hawaiihemd und Lederweste, Flaschen mit mexikanischem Tequila-Bier in den Pranken. Der mit der Weste grinste freundlich rüber zu mir, während sein Kumpel auf ihn einquatschte. Ich bemerkte dieses kleine, bekannte Zucken in meinem Inneren, hob meine Bierdose und prostete ihm unmerklich zu.

Wir müssen irgendwas anschauen, hörte ich Jo sagen, Sehenswürdigkeiten und so.

Was?, fragte ich entgeistert.

Na, damit wir zu Hause was zu erzählen haben, erklärte Jo; Kunst, Kultur, deine Mutter schmeißt die Kohle sicher nicht raus, damit wir im Asien-Imbiss hocken. Morgen fahren wir nach Hollywood, ich will unbedingt die Hand- und Fußabdrücke von de Niro sehen, und die von Brad Pitt.

Hat der überhaupt schon welche?, fragte ich zweifelnd. Ich liebte von allen Schauspielern am meisten Kevin Spacey mit seinen unwiderstehlichen Knautschfalten und der Narbe auf der rechten Wange und verstand diese weltweite Brad-Pitt-Hysterie nicht, von wegen bestaussehender Mann aller Zeiten und so; in meinen Augen war er ein ziemlich durchschnittlicher blonder Jüngling. Das Einzige, was für ihn sprach, war seine Frau, Jennifer Aniston. Die war wenigstens nicht so eine Barbiepuppe.

Als ich meinen Eltern damals erklärte, dass ich Schauspielerin werden wolle, sagte mein Vater, bist du dafür denn hübsch genug? Man muss nicht hübsch sein, sagte ich, es reicht, dass man gut ist. Erst viel später habe ich gemerkt, wie sehr mich seine Bemerkung verletzt hat. Ich habe mich damit getröstet, dass er diese Barbiepuppen-Schönheit gemeint hat, das Glatte, Makellose, und das habe ich wirklich nicht. Zum Glück, würde ich heute sagen. Aber es hat eine Menge Männer gebraucht, bis ich mein Selbstbewusstsein in diesem Punkt zurückhatte.

Warum ich unbedingt Schauspielerin werden wollte, wusste ich lange nicht, aber inzwischen ist es mir klar: Ich finde die Vorstellung schrecklich, dass wir nur ein Leben haben, und während wir das leben, ziehen in jeder Sekunde unzählige ungelebter Möglichkeiten an uns vorbei. Die Zeit ist so kurz, ich habe jeden Tag das Gefühl, ich müsste so viel wie möglich reinpacken, um sie gut zu nutzen, und das versetzt mich in eine ständige Unruhe. Ich bin nur ruhig, wenn ich auf der Bühne stehe und spiele. Ich versetze mich in diese anderen Personen mit ihrer Geschichte, ihren Verletzungen, Hoffnungen und Sehnsüchten, und das gibt mir das Gefühl, mehr als dieses eine Leben zu leben.

Außerdem liebe ich es, aufzutreten. Es ist ein unglaubliches Gefühl, wenn die Aufmerksamkeit vieler Menschen auf mich gerichtet ist, wenn alles, was ich mache und sage, eine Bedeutung bekommt, dadurch dass andere mich sehen und hören. Manchmal denke ich, es lohnt sich überhaupt nur, irgendetwas zu tun, wenn jemand es zu Kenntnis nimmt. Deswegen bin ich so gut wie nie allein, und wenn, verfalle ich in einen Zustand der Lähmung, komme mir vor wie eine dieser Puppen, die dadurch zum Leben erweckt werden, dass jemand kommt und mit ihnen spielt.

Hast du eigentlich die Kamera mitgenommen?, fragte ich. Vor kurzem hatte meine Mutter ihm eine dieser winzigen Videokameras geschenkt, und Jo war wie besessen davon, alles Mögliche zu filmen, allerdings richtete er seinen Ehrgeiz darauf, Dinge aufzunehmen, für die sich sonst kein Mensch interessierte (zum Beispiel den Eingang des Hauses gegenüber, zwölf Stunden lang im Zeitraffer, jede Minute ein Bild). Dafür ignorierte er die üblichen Motive wie Familienfeste und touristische Sehenswürdigkeiten, ich war also nicht überrascht, als er sagte, nö, wozu, hier in L.A. zu filmen, finde ich echt abgeschmackt, hier ist Hollywood, hier kann ich doch nicht wie ein blöder Japaner mit der Kamera vor dem Gesicht rumrennen, also echt. Er schüttelte sich. Lass uns gehen, sagte er und wischte sich mit einer Serviette den Mund, das Papier wurde durchsichtig vom Fett. Ich stopfte schnell die letzten, kalt gewordenen Scampi in mich rein und spülte mit dem warm gewordenen Bier nach.

Der chinesische Kellner kam zum Kassieren. Während Jo die Dollarscheine abzählte, sah ich, wie Lederweste das Lokal verließ und Hawaiihemd zwei weitere Biere bestellte, dann glotzte er in den Fernseher, der über der

Bar angebracht war und ein Baseballspiel ohne Ton zeigte.

Ich komme gleich, sagte ich zu Jo. Um aufs Klo zu kommen, musste man aus der Bude raus und auf die Rückseite, wie mir der Kellner durch ausladende Armbewegungen zu verstehen gab. Ich stakste mit meinen Pfennigabsätzen durch den Unrat; zwischen Plastikflaschen, zerknülltem Papier und abgenagten Hühnerknochen schnüffelten aufgeregt zwei magere kleine Hunde herum. Die roh zusammengenagelte Holztür der Toilette schloss kaum, ich kletterte auf die Kloschüssel und hockte mich so hin, dass mein Hintern in der Luft schwebte. Aus der Kabine neben mir ertönte eintöniges Rauschen, da wurden mindestens vier Liter Tequila-Bier entsorgt.

Wir öffneten gleichzeitig die Türen unserer Verschläge. Lederweste lächelte überrascht, er nestelte an seinem Hosenstall, wollte schnell den Reißverschluss hochziehen. Ich legte meine Hand auf seine, er hielt in der Bewegung inne, gab einen erstaunten Grunzlaut von sich und ließ die Hand fallen. Ich griff in die Hose, nahm seinen Schwanz, drückte und rieb ihn und zählte. Einundzwanzig, zweiundzwanzig … es dauerte sechs Sekunden, bis er steif war, weitere vierzehn, bis er kam. Keine schlechte Zeit.

Ich genoss das Gefühl der Macht, das ich in diesem Moment über den hünenhaften, mindestens zwei Zentner schweren Mann hatte, der mit dem Rücken am Türstock lehnte, die Augen geschlossen, den Mund im schweißnassen Gesicht halb offen.

Als er fertig war, öffnete er die Augen, beugte den Kopf vor und sah mich ungläubig an. Ich reagierte nicht, drehte mich um und wusch mir an einem verdreckten Metallbecken die Hände.

Kein Spiegel, Mist! Wenn ich mich länger als ein paar Stunden nicht im Spiegel sah, war ich mir nicht mehr sicher, ob ich noch da war. Das Gefühl, die eigenen Konturen nicht wahrnehmen zu können, begleitete mich schon mein ganzes Leben, manchmal musste ich extreme Dinge tun, um mich wieder zu spüren.

Hey, Babe, hörte ich plötzlich seine tiefe Stimme und war überrascht, ich hatte ihn fast schon vergessen. Neben mir sah ich einen Zwanzigdollarschein auftauchen. Papiertücher gab's keine, ich schüttelte das Wasser ab, drehte mich um, schob die Hand mit dem Geldschein zur Seite und ging an ihm vorbei, ohne was zu sagen oder ihn anzusehen.

Im Lokal wartete Jo, den Blick auf das stumme Baseballspiel gerichtet, einen Lolli im Mund, den der Kellner mit der Rechnung gebracht hatte. Ich fuhr ihm mit der Hand durch die Haare, zog den Lolli raus und küsste ihn auf den Mund. Er schmeckte süß und klebrig. Jo hielt den anderen Lutscher fragend hoch, ich schüttelte den Kopf, und er steckte ihn in seine Jackentasche, während er aufstand.

Drei schmutzige kleine Kinder umlagerten den Mustang, berührten andächtig die chromblitzende Stoßstange und bewegten den Rückspiegel hin und her. Als sie uns kommen sahen, sprangen sie auf und spritzten in alle Richtungen davon, eine Schar aufgescheuchter Hühner lief gackernd mit.

Lass mich mal fahren, bat ich, und Jo warf mir den Schlüssel zu. Ich ließ den Motor aufheulen und reihte mich in den Verkehr ein, der wie ein nicht enden wollendes Lichterband aus der Unendlichkeit kam und ins Ungewisse floss.

Einen Moment genoss ich das Gefühl, nicht zu wissen, wo wir waren und wohin wir fuhren, dann sah ich Jo mit einem Stadtplan hantieren. Es dauerte eine Weile, bis er sich orientiert hatte, nach einer halben Stunde landeten wir in einem Villenviertel mit noblen Häusern rechts und links einer breiten Straße, die von hohen Bäumen gesäumt war. Mauern schützten die Anwohner vor neugierigen Gaffern, nur hie und da erhaschte man einen Blick auf eines der imposanten Häuser.

Jo setzte sich aufrecht hin und zeigte auf ein besonders großes, schlossähnliches Gebäude.

Dort sehen Sie das Affenhaus von Michael Jackson, sagte er mit Fremdenführerstimme, das hier ist die Villa von Harrison Ford, hat er billig von Madonna gekriegt, weil die mit ihrem neuen Kerl nach England ziehen musste, darüber war Gwyneth Paltrow so traurig, dass sie ihr Haus an Julia Roberts verkauft hat und hinterhergezogen ist, und hier hat Nicole Kidman eine Handgranate in die Bude von Tom Cruise geworfen, und hier lebt unser aller Lieblingsschauspieler ...

Brad Pitt!, schrien wir gleichzeitig, als wir ein hässliches kleines Transformatorenhäuschen passierten. Ich kicherte wie blöde vor mich hin.

Scheiße, wo sind wir hier bloß?, murmelte Jo und drehte verzweifelt den riesigen Stadtplan hin und her, unter dem er fast verschwand.

Mulholland Drive war einer der abgefahrensten Filme, den wir je gesehen hatten, bis zu einer bestimmten Stelle schien er verständlich, und plötzlich driftete er in ein totales Delirium ab. Nachdem wir das erste Mal drin gewesen waren, hatten wir übers Internet und per Chat mit anderen David-Lynch-Verehrern versucht, das Geheimnis zu entschlüsseln, das es laut seinem Schöpfer gar nicht gab. Jo hatte den Film inzwischen zwölfmal gesehen (nicht in dem Kino, in dem er arbeitete, er hatte zwölfmal dafür bezahlt!), aber warum wir jetzt die Straße suchten, nach der der Film benannt war, verstand ich ebenso wenig wie den Film selbst; das war mal wieder eines von Jos Geheimnissen, aber wir hatten uns angewöhnt, so wenig wie möglich nach den Beweggründen des anderen zu fragen.

Mit Jo konnte man alles Vorstellbare auf der Welt machen, aber man konnte keine Erklärungen von ihm erwarten. Er sprach nie über sich selbst, ich wusste nicht, ob er überhaupt jemals über sich nachdachte, sich fragte, wie es ihm gehe oder was er fühle. Vielleicht war das einer der Gründe für seine Anziehungskraft. Das Zusammensein mit ihm hatte etwas Leichtes, Schwebendes, es schien nur eine Probe zu sein für das wirkliche Leben, als könnte man mit ihm gemeinsam alles tun, ohne dass es jemals ernst würde. Ich fühlte mich frei mit ihm, ich konnte einfach sein, wie ich war, und musste keinerlei Antworten parat haben, außer auf die Frage, was ich essen und welchen Film ich sehen wollte.

Mir war natürlich klar, dass Jo auf diese Weise Gefühle von sich fern hielt, die ihm hätten wehtun können, aber zum Teufel, hatte er nicht das Recht dazu? Ich fand es sehr angenehm, dass wir keine tiefschürfenden Gespräche führten, uns und unsere Beziehung nicht analysierten, nicht über Vergangenes sprachen. Mit Jo ging es immer nur um den nächsten Moment.

Die Straße führte weiter hügelaufwärts, die Häuser wurden immer vornehmer. Hier!, schrie Jo, und ich machte eine Vollbremsung. Hier ist die Stelle, erkennst du's nicht, hier in der Kurve war der Unfall, und dann ist sie die Straße runtergerannt auf ihren viel zu hohen Absätzen und ins Gebüsch, erkennst du's denn nicht?

Er war ganz aufgeregt, ich folgte mit den Augen seinen Blicken und Gesten, aber erkannte nichts, es sah aus, wie es die ganze Zeit schon ausgesehen hatte, eine breite, kurvige Straße, die bergauf führte; trotzdem nickte ich, weil ich ihm den Spaß nicht verderben wollte.

Als ich mich im Sitz zurücklehnte, überfiel mich schlagartig die Erinnerung, ich sah Lichter auf mich zurasen, hörte das Kreischen der Bremsen, den Aufprall, das Schreien, sah das verwirrte Gesicht der Frau ...

Hey, Hanna, was ist los?, sagte Jo und beugte sich zu mir rüber, warum schreist du denn?

Nichts, erwiderte ich mit zitternder Stimme, meine Fantasie ist nur gerade mit mir durchgegangen. Können wir wieder tauschen?

Ich schob mich auf den Beifahrersitz, während er über mich hinweg auf die Fahrerseite kletterte. Der Mustang setzte sich in Bewegung, ich schloss die Augen und lauschte auf das Motorengeräusch.

Das war eine meiner frühesten Kindheitserinnerungen, im Auto herumgefahren zu werden. Ich hatte als Baby viel geschrien, und um mich zu beruhigen, war mein Vater mit mir durch die Nacht gefahren. Daran erinnerte ich mich nicht, weil ich zu klein gewesen war, das hatte man mir erzählt. Aber auch später, mit drei, vier Jahren, hatte ich das Autofahren geliebt. Das Auto war mir wie ein lebendes Wesen erschienen, ein großes, schützendes Tier, in dessen Bauch man es sich bequem machen kann. Ich lauschte auf das Anschwellen des Motorengeräusches und wartete darauf, dass das Auto »schluckte«, wenn mein Vater in den nächsten Gang schaltete. Das machte er mehrmals, bis das Autotier zufrieden schnurrte, bei gleich bleibender Lautstärke. Dann dauerte es meist nicht lange, bis ich einschlief, und wenn ich erwachte, war ich überrascht, wie schnell die Fahrt vergangen war. Noch überraschter war ich, dass meine Eltern den Weg gefunden hatten; die Existenz von Hinweisschildern und der Vorgang des Lesens waren mir noch nicht bekannt, ich hielt es für eine Art Zauberei, sich in dem Gewirr von Straßen und Autobahnen auszukennen, und bewunderte meine Eltern grenzenlos für diese Fähigkeit.

Wenn das Autotier aufgehört hatte zu brummen, stieg mein Vater aus, ließ zuerst Ella herausklettern und ging dann um das Auto herum, um die Tür auf meiner Seite zu öffnen. Er schnallte mich von meinem Kindersitz los, nahm mich in die Arme und hob mich heraus. So, mein Kleines, sagte er und wollte mich auf die Beine stellen. Ich gab vor, noch zu schlafen, und ließ meine Beine einknicken. Mein Vater spielte das Spiel mit, gab sich erstaunt über die schlaffe Puppe in seinem Arm, machte mehrere Versuche, die Puppe hinzustellen, und irgendwann spannte ich meine Muskeln an und lief lachend weg, verfolgt von meinem ebenfalls lachenden Vater.

Ella, die zwei Jahre älter war als ich, drückte ihre Verachtung für dieses kindische Spiel aus, indem sie mit erhobenem Kopf an uns vorbeiging. Meist ließ mein Vater dann von mir ab, nahm Ella in die Arme und wirbelte sie herum, bis auch sie kicherte und lachte. Meine Große, nannte er sie. Mein Kleines, meine Große. Ich schien ein Ding zu sein, Ella eine Person. Es störte mich nicht weiter, Hauptsache, das kleine Ding bekam etwas ab von der Liebe des Vaters.

Wow, schau dir das an! Jos Stimme klang andächtig.

Ich öffnete meine Augen. Wir mussten ganz oben in den Hügeln von Hollywood gelandet sein, wenige Meter vor einem steilen Abhang, unter uns erstreckte sich das Lichtermeer von Los Angeles in einer gelben, nebligen Wolke. Die Stadt schien nach rechts und links kein Ende zu haben, nur nach vorne wurde sie vom Meer begrenzt.

Sie werden mich noch einmal treffen, wenn Sie es richtig anstellen, zitierte Jo aus dem Film Mulholland

Drive, und ich fuhr fort, Sie werden mich zweimal treffen, wenn Sie es falsch anstellen.

Jo gab langsam Gas und fuhr noch ein Stück näher an den Abhang heran, ich kreischte auf, spinnst du? Jo lachte und blieb stehen. Nur keine Angst, du glaubst doch nicht, ich würde diesen geilen Schlitten in den Abgrund fahren. Energisch zog er die Handbremse an.

Ich lehnte mich beruhigt zurück, Jo holte zwei Dosen Bier, die er beim Chinesen mitgenommen hatte, aus dem Handschuhfach und drehte die Musik (natürlich der Soundtrack des Films) auf Open-Air-Lautstärke.

Jetzt weiß ich's, sagte er.

Erwartungsvoll sah ich ihn an. Was weißt du?

Na, wieso wir hier sind. Er machte eine weit ausladende Bewegung und sagte, deshalb. Und noch was, den Film hab ich jetzt auch verstanden.

Na, jetzt bin ich aber gespannt, sagte ich und lachte.

Ganz einfach, erklärte Jo, es hat keine Bedeutung. Der Film könnte so oder anders sein, das ist egal. Wir könnten hier oder woanders sein, es ist egal. Alles, was passiert, kann so oder anders passieren, es macht keinen Unterschied. Wir sehen immer eine Bedeutung in den Sachen, interpretieren alles und beziehen es auf uns. In Wahrheit ist alles ...

Zufall?, fragte ich.

Beliebig, verbesserte er, manchmal auch zufällig, aber immer beliebig.

Ich schwieg verblüfft. Philosophische Betrachtungen dieser Art waren bei Jo nicht an der Tagesordnung, es musste am Jetlag liegen.

Er nahm einen tiefen Schluck aus der Bierdose und verlor sich im Anblick der Lichter unter uns. In diesem Moment war er Lichtjahre entfernt von mir, von der Gegenwart, von der Realität.

Ich starrte ebenfalls auf die Lichter, versuchte mir klar zu machen, dass ich es war, die gerade auf Los Angeles herabsah und sich fühlte, als wäre sie mitten in einem Kinofilm, der vom wirklichen Leben handelt. Es ist ein komisches Gefühl, an einem schönen Ort zu sein und sich gleichzeitig nach diesem Ort zu sehnen. Mir ging das ständig so, ich war irgendwo, wo es schön war, und dachte, hey, schön hier, bei Gelegenheit würde ich gern mal herkommen.

Jo verstand, wenn ich ihm so was erzählte. Meistens sagte er, ihm gehe es genauso, er habe nur bisher nicht die richtigen Worte dafür gefunden.

Ob es Zufall war, dass wir uns begegnet waren, oder Bestimmung?

Ich machte mir eine Menge Gedanken über den Zufall, aber ich war nicht sicher, was ich glauben sollte. Jo glaubte, alles wäre beliebig, bedeutungslos und damit letztlich auch zufällig. Ich neigte mehr zu der Idee, jeder von uns hätte ein Schicksal, in dem vieles vorbestimmt wäre, so auch der eigene Tod. Deshalb hatte ich wenig Angst und tat meistens, was mir in den Sinn kam, auch gefährliche Dinge, weil mir ja nichts zustoßen würde, wenn es nicht so vorbestimmt wäre.

Auf jeden Fall glaubte ich an so was wie Gleichzeitigkeit. Manchmal geschahen Dinge in einem eigenartigen zeitlichen Zusammenhang, der sie uns anders wahrnehmen ließ, als wenn sie unabhängig voneinander geschehen wären. Aber vielleicht war es auch genau das, was Jo gemeint hatte, dass man Dingen eine Bedeutung zuordnete, die sie gar nicht hatten.

Ich muss mal pinkeln, murmelte Jo und stieg aus.

Ich blinzelte ihm kurz hinterher und sagte nichts, er würde ja wohl nicht so weit weggehen, dass er sich verlaufen könnte.

Plötzlich sah ich auf dem Fahrersitz den zweiten Lolli aus der Imbissbude, er musste Jo aus der Jackentasche gerutscht sein. Ich beugte mich quer über den Sitz und angelte nach dem Lutscher, bekam ihn nicht zu fassen, beugte mich weiter rüber, stieß mit dem Knie irgendwo an und bemerkte erstaunt, wie der Wagen sich in Bewegung setzte. Erst unmerklich, dann immer zielstrebiger rollte er den leicht abschüssigen Hang hinab, direkt auf den Abgrund zu.

Scheiße, dachte ich, das ist kein guter Film, in dem will ich nicht weiter mitspielen. Ich warf mich zurück auf meine Seite, richtete mich auf, und mit einem Schrei hechtete ich über die Tür, krachte zwischen Büschen und Sträuchern auf den Boden, überschlug mich ein paar Mal und rollte ein Stück den Abhang hinunter, während der türkisfarbene Mustang sich in den Nachthimmel über Los Angeles erhob, einen Moment in der Luft verharrte, noch einmal allen Lichterglanz in seinen Chromteilen aufblitzen ließ und dann in die Tiefe stürzte.

Ein Knall, eine Stichflamme, eine Rauchwolke stieg vor mir auf, und mein letzter Gedanke, bevor der Schmerz in meiner Schulter mich ohnmächtig werden ließ, war die überraschte Feststellung, dass die Wolke das Gesicht von Mickymaus hatte.

Ich wachte in der Ambulanz des L.A. Memorial Hospital auf, über mir die Gesichter von Jo und zwei alten Leuten, die ich nicht kannte, um mich herum hektisches Gerenne und amerikanisches Kauderwelsch.

Dass mein Kopf noch in Ordnung war, merkte ich daran, dass mir ziemlich schnell die Idee kam, bei den alten Leutchen könnte es sich um Tante Betsy und Onkel Stew handeln, was sich als zutreffend erwies. In seiner Panik hatte Jo, als er vom Pinkeln zurückgekommen war und weder sein Leihauto noch seine Freundin vorgefunden hatte, dafür aber eine riesige Qualmwolke, zuerst die Polizei verständigt und dann seine Verwandten.

Dass andere Teile meines Körpers nicht so in Ordnung waren wie mein Kopf, merkte ich daran, dass ich bei der geringsten Bewegung höllische Schmerzen hatte und es deshalb vorzog, ganz still zu liegen.

How are you, darling?, zwitscherte Tante Betsy, eine freundliche Dame mit rosigem Gesicht und weißen Löckchen, als sie bemerkte, wie ich in die Wirklichkeit zurückkam. Wieder mal wunderte ich mich über die plumpe Vertraulichkeit dieser Amerikaner, immerhin hatten wir uns noch nie im Leben gesehen.

How did that happen, honey?, fuhr Tante Betsy fort,

und ich ging davon aus, dass sie jetzt, in diesem Moment, nicht ernsthaft eine Antwort von mir erwartete.

You'll be alright, sagte Onkel Stew mit beruhigender Stimme, und das klang ungefähr so wie die Dialoge in den amerikanischen Krankenhaus-Serien. You'll be alright.

Thank you, doc, wollte ich sagen, aber dann fiel mir ein, dass er ja gar nicht mein Arzt war.

Der drehte gerade an meinen Armen herum, um festzustellen, ob noch alles funktionierte. Es tat ziemlich weh, und ich stöhnte zwischendurch auf.

Jo sagte nichts, er sah aus, als hätte er eine zehntägige Magen-Darm-Grippe hinter sich, seine Gesichtsfarbe spielte ins Lindgrüne, unter seinen Augen lagen tiefe Schatten. Er hielt meine Hand, und ich spürte, dass seine Finger eiskalt waren.

Schade um den geilen Schlitten, sagte ich. Erleichtert grinste Jo, stimmt, echt schade. Als wollte er mich trösten, hielt er eine CD hoch und sagte, die hat's rausgeschleudert, lag neben dir im Gebüsch, ist nicht mal ein Kratzer drauf.

Wunderte mich nicht weiter, dass es ausgerechnet der Soundtrack war, der die große CD-Schmelze überlebt hatte, von wegen Synchronizität und so. Ich hätte ja gerne gewusst, ob wir den verdammten Mulholland Drive eigentlich gefunden oder es uns nur eingebildet hatten. Ein Schild hatte ich jedenfalls nicht gesehen.

Nachdem ich alle nötigen Untersuchungen über mich hatte ergehen lassen, war ich über die Diagnose ziemlich erleichtert; Schlüsselbeinbruch, Schulterprellung und ein paar Schürfwunden, das erschien mir eine glimpfliche Bilanz meines Abenteuers.

Tante Betsy und Onkel Stew verhandelten mit dem Doc, einem kräftigen Schwarzen mit Glatze und Ziegenbärtchen, darüber, ob sie mich mit zu sich nach Hause nehmen und dort pflegen könnten. Ich verstand nicht alles, weil sie immer wieder die Stimme senkten, aber mehrmals hörte ich, wie Tante Betsy sagte: She needs good care, we are her family, we can do that for her!

Ich war nicht sicher, ob mir das überhaupt recht war, ich stellte es mir ziemlich anstrengend vor, zwei wohlmeinenden, aber wildfremden Leuten ausgeliefert zu sein, aber der Doc entschied ohnehin, dass ich ein paar Tage im Krankenhaus bleiben sollte.

We'll come to see you e-v-e-r-y day!, kündigten Tante Betsy und Onkel Stew an, bevor sie gingen, und ich winkte ihnen dankbar lächelnd zu.

Sofort kümmerten sich wieder Ärzte und Schwestern um mich, meine Wunden wurden gewaschen und verbunden, ich erhielt Tabletten gegen die Schmerzen, wurde von der Untersuchungsliege vorsichtig in ein fahrbares Bett umgelegt und in ein Krankenzimmer gebracht. Ständig wurde ich gefragt, wie es mir gehe, und um die Leute nicht zu enttäuschen, spielte ich die Rolle der Ziemlich-schwer-Verletzten mit allen mir zur Verfügung stehenden Mitteln. Die Situation fing an, mich zu unterhalten; so aufmerksames Publikum hatte ich selten.

You wanna see a psychologist?, fragte der Arzt, als er mit mir und Jo allein im Zimmer war, und ich sagte, no thanks, I'm fine, und war gerührt über seine Fürsorge, offenbar fürchtete er, ich könnte ein Trauma davongetragen haben, aber dann fiel mir ein, dass man in Amerika wegen jedem Pups Schmerzensgeld einklagen kann und dass er das vermutlich fragen musste, damit man ihm hinterher keinen Strick drehen konnte.

Als er gegangen war, lächelte ich Jo an, und im gleichen Moment begann ich zu ahnen, was jetzt passieren würde: Tante Betsy und Onkel Stew würden Eddie und meine Mutter anrufen und ihnen in den dramatischsten Farben schildern, wie ich um ein Haar mein Leben gelassen hätte und wie tapfer ich trotz meiner schweren Verletzungen wäre, und es würde keinen Tag dauern und meine Mutter würde hier auf der Matte stehen, und irgendwie hatte ich das Gefühl, dass ich das auf keinen Fall wollte.

Hast du schon zu Hause angerufen?, fragte ich Jo, und der schüttelte den Kopf und schien noch ein bisschen blasser zu werden.

Wie soll ich ihnen das erklären?, fragte er hilflos.

Na, wie schon, sagte ich, was soll daran schwierig sein, ich will nur, dass sie sich nicht aufregen.

Aber sie werden sich aufregen, sagte Jo, und ich sagte, das ist dann eben deine Aufgabe, dafür zu sorgen, dass sie es nicht tun.

Und wie soll ich das machen?, fragte Jo, immerhin hast du versucht, dir das Lebenslicht auszupusten, wie soll ich das deiner Mutter erklären, ohne dass sie sich aufregt?

Ich sagte, wie bitte, was habe ich, und im nächsten Moment fing ich an zu lachen wie eine Bescheuerte, ich mir das Lebenslicht ausblasen, wie kommst du denn darauf? Das ist ja wohl der größte Bullshit, den ich seit langem gehört habe!

Nicht?, fragte Jo, und seine Augen waren vor Erstaunen groß wie Untertassen.

Natürlich nicht, sagte ich, welchen verdammten Grund hätte ich wohl haben sollen, mich ins Los-Angeles-Valley runterzustürzen?

Na ja, Jo wand sich ungemütlich auf seinem Stuhl, ich hab doch vorher gesagt, alles sei beliebig, nichts hätte eine Bedeutung, wir könnten hier sein oder woanders, alles sei egal und so, und da dachte ich, du hättest das persönlich genommen oder irgend so was, jedenfalls war ich sicher, dass du plötzlich gedacht hast, ich lieb dich nicht, dabei hatte ich nur ein Bier zu viel drin und habe Scheiße geredet.

Oh Mann, dachte ich, der Junge ist einfach zu zart besaitet für diese Welt, vermutlich muss man sich viel eher Sorgen darüber machen, dass er sich irgendwann wo runterstürzt, als dass ich es tue.

Ich nahm seine Hand und drückte sie gegen meine Wange. Du Idiot, sagte ich, dazu gehört schon ein bisschen mehr, jemanden in den Selbstmord zu treiben, meinst du nicht? Du weißt, es würde mir 'ne Menge ausmachen, wenn du mich nicht mehr lieben würdest, aber denkst du nicht, ich hätte vielleicht vorher mal nachgefragt?

Jo nickte, schon etwas beruhigt.

Du kennst mich so gut wie niemand sonst auf der Welt, fuhr ich fast beleidigt fort, eigentlich solltest du wissen, wie ich ticke.

Als könnte man das jemals wirklich wissen, sagte Jo und wirkte plötzlich sehr jung und hilflos.

Meine Mutter stand natürlich zwei Tage später an meinem Bett, genau wie ich es hatte kommen sehen. Leider ließ sie ihrem Hang zum Theatralischen freien Lauf und machte alle im Krankenhaus verrückt. Sie war der festen Überzeugung, ich hätte mich umbringen wollen, und je heftiger ich leugnete, desto mehr betrachtete sie das als Beweis dafür, dass sie Recht hatte.

Also hetzte sie mir eine Kompanie von Ärzten, Psychiatern, Psychotherapeuten und Seelsorgern auf den Hals, und jeder kam zu einer anderen Diagnose. Wegen der Sprachbarriere – mein Englisch war ganz ordentlich, aber nicht berauschend – gestalteten die Anamnesen sich bereits ziemlich kompliziert, und da mir das alles bald langweilig wurde, begann ich damit, jedem was anderes zu erzählen. Das Ergebnis war natürlich das reine Chaos, und schließlich wusste keiner mehr, was mir eigentlich fehlte.

Jo hätte sich, wie immer, am liebsten rausgehalten. Er liebte und bewunderte meine Mutter, aber sie hatte ihm einfach zu viel Raumverdrängung.

Sag du ihr, dass es ein Unfall war!, forderte ich ihn auf, mir glaubt sie nicht.

Mir auch nicht, sagte Jo, ich hab's schon probiert.

Ich stöhnte genervt auf. Genau so war sie, meine Mutter. Sie glaubte, was sie glauben wollte, und wenn sie sich was in den Kopf gesetzt hatte, war sie um keinen Preis der Welt davon abzubringen.

Tante Betsy und Onkel Stew bestanden darauf, uns nach meiner Entlassung aus der Klinik für einige Tage zu sich einzuladen, und wir brachten es nicht übers Herz, ihnen diesen Wunsch abzuschlagen.

Die beiden lebten in einem weißen Holzhäuschen im Kolonialstil in einem der Außenbezirke von Los Angeles, in einer Straße, in der die Welt noch heil zu sein schien. Die Männer grüßten sich beim Heckenschneiden über den Gartenzaun, hi, Stew, hi, Bill, how are you, how are the kids, vor den Garagen wurden Autos gewaschen, die Frauen trugen Schürzen über ihren Polyacrylhosen und Lockenwickler unter bunten Tüchern.

Ich musste an einen anderen David-Lynch-Film denken, in dem die Kamera durch genauso eine Idylle fährt, hinein in die perfekt gepflegten Vorgärten, vorbei an akkurat eingefassten Beeten – und plötzlich auf ein abgeschnittenes Ohr stößt, das im Gras liegt.

Aber hier lagen keine Ohren im Gras, hier waren alle anteilnehmend und herzlich, und ich hatte wahrhaftig ein bisschen Erholung verdient und beschloss deshalb, dass David Lynch ein Psychopath sein müsse.

Tante Betsy und Onkel Stew nannten sich gegenseitig »Old Horse« und »Old Lady«, sie gluckten ständig miteinander herum und waren irgendwie rührend, obwohl es mich wahnsinnig machte, ihnen zuzusehen. Sie waren achtundvierzig Jahre verheiratet und hatten, wie Tante Betsy neckisch anmerkte, »nie in anderen Gärten« gewildert. Wer's glaubt, wird selig, dachte ich, dann wäre Onkel Stew der einzige Mann auf Erden, der nicht mal auf 'ner Geschäftsreise seine Sekretärin gebumst hätte oder in den Puff gegangen wäre. Aber, bitte schön, die Liebe ruht auf gnädigen Lügen, lassen wir sie ruhen.

Am Abend unserer Ankunft wurde gegrillt, auf einem Hightech-Lavastein-Gasgrill, den Stew bediente wie die Kommandostation eines Raumschiffs, und tatsächlich schmeckte das Zeug ziemlich lecker, was an der Batterie fetter Soßen lag, in der wir das Fleisch ertränkten. Dazu gab es Folienkartoffeln mit fünf Litern Sour Cream und zum Nachtisch Schokoladentorte.

Nach der faden Krankenhauskost stürzte ich mich auf das Essen; ich bin ein großer Anhänger von Junkfood und glaube, dass man seinen Körper schlecht behandeln muss, damit er Widerstandskräfte entwickeln kann. Wer immer gesund isst, ausreichend schläft, nicht trinkt, raucht oder andere Schadstoffe zu sich nimmt, verweichlicht und wird wehleidig und anfällig.

Erschöpft von Tante Betsys und Onkel Stews Gastfreundschaft, stiegen wir zwei Tage später ins Flugzeug. Als die Getränke serviert wurden, drehte meine Mutter sich zu Jo und mir um und sagte Hannele, versprichst du mir, dass du zu Hause einen Therapeuten aufsuchst?

Ich sagte, ja, Mama, und hoffte, sie würde es vergessen haben, bis wir angekommen wären.

Dr. André Schott betrat, wie jeden Morgen, pünktlich um halb zehn seine Praxisräume in einem gepflegten Altbau und legte seine Aktentasche auf dem Schreibtisch des kleinen Büros ab, in dem außer dem Bürostuhl und einem Klappsofa keine weiteren Möbel standen. Er ging durch die geöffnete Flügeltür in das größere Behandlungszimmer, öffnete das Fenster, rückte seinen ergonomisch geformten Arbeitsstuhl, den kleinen Tisch für Notizen und den Behandlungssessel zurecht. Dann füllte er die Blumenvase mit frischem Wasser, entfernte ein paar verwelkte Blüten und goss die Bananenstaude, die sich erstaunlich gut entwickelte. Im Bad, das auf der anderen Seite des Flurs lag, füllte er neue Seife in den Spender und deponierte frische Handtücher auf der Ablage.

Zurück im Büro setzte er sich an den Tisch, ordnete seine Papiere und warf einen Blick in die Patientenunterlagen für den heutigen Tag.

Zunächst erwartete er Melissa, eine Frau, die unter Angstzuständen litt; es war jedes Mal unklar, ob sie es schaffen würde, ihre Wohnung zu verlassen und zur Therapiestunde zu kommen. Die beiden letzten Male hatte sie es geschafft, nachdem sie zuvor zweimal abgesagt hatte; er wertete das als großen Fortschritt.

Um elf stand ihm Benno bevor, ein reicher Geschäftsmann, der darunter litt, dass alle Frauen, die er kennen lernte, nach kurzer Zeit das Weite suchten. André konnte es den Damen nicht verübeln, sein Patient war ein aufgeblasener Angeber, der mit seinem selbstherrlichen Auftreten tiefe Minderwertigkeitsgefühle überspielte. Bisher hatte er nicht begriffen, dass ein Minimum an Empathie und Interesse die Grundlage jeder zwischenmenschlichen Beziehung ist und Frauen sich ungern als Trophäen behandeln lassen.

Um zwölf hatte sich eine neue Patientin angemeldet,

genauer gesagt, war sie von ihrer Mutter angemeldet worden, was er merkwürdig fand, da die junge Frau bereits fünfundzwanzig war. Er blätterte im Kalender, ihr Name war Hanna Walser, der Kontakt war über die Empfehlung eines Kollegen zustande gekommen.

Nachmittags hatte er einen Fall von Waschzwang, ein Paar in der Ehekrise und eine Esssüchtige.

Seit vierzehn Jahren betrieb er seine therapeutische Praxis, die von Anfang an gut gelaufen war, wahrscheinlich, weil er die Gabe hatte, anderen Menschen seine volle Aufmerksamkeit zuzuwenden. Jeder, der sich ihm anvertraute, hatte das Gefühl, André werde alles in seiner Macht Stehende tun, um ihm zu helfen. Tatsächlich war auch nach dieser langen Zeit sein Interesse an den Patienten nicht erlahmt, sein intensives Zuhören noch nicht professioneller Routine gewichen. Im Allgemeinen mochte er die Menschen und hatte das aufrichtige Bedürfnis, ihnen zu helfen. Nur in manchen Fällen, wie dem von Benno, fiel es ihm schwer, seine persönliche Abneigung aus dem Spiel zu lassen.

Er behandelte fünf bis sechs Patienten pro Tag und ging regelmäßig zu seinem Supervisor, einem Kollegen, mit dem er Problemfälle besprechen konnte. Er war immer wieder verblüfft, wie hilfreich eine andere Perspektive sein konnte.

Zum Ausgleich für seine sitzende Tätigkeit fuhr er viel mit dem Fahrrad, und um sein soziales Gewissen zu beruhigen, engagierte er sich in einer Initiative für die Reintegration ehemaliger Psychiatriepatienten. Er hatte das Gefühl, mit den Anforderungen seines Lebens gut zurechtzukommen.

Seit neunzehn Jahren war er mit Bea verheiratet, glücklich, wie er fand, schließlich hatte er in seiner Praxis jede Menge Vergleichsmöglichkeiten.

Ihr siebzehnjähriger Sohn Paul war, was Eltern gerne als gut geraten bezeichnen: ein Junge mit einem gewinnenden Wesen und hervorragenden Schulnoten. André war, bei allem Stolz, zu dem Schluss gekommen, dass dies weit mehr mit Glück als mit gelungener Erziehung zu tun hatte.

Er war mit seinem Leben zufrieden: Wenn er eine Wimper verlor, fiel ihm nichts ein, was er sich hätte wünschen können.

Um sieben Minuten vor zehn erhob er sich von seinem Schreibtisch, ging ins Behandlungszimmer und verschloss die Durchgangstür. Er machte das Fenster zu und widmete sich in den verbleibenden Minuten seinem Miniatur-Zen-Gärtchen, einem Geschenk seiner Frau. In einem schuhkartongroßen Kasten aus schwarz lackiertem Holz befand sich feiner, grauer Vogelsand, in der Mitte lag ein schön geformter Stein, der aussah wie ein winziger Felsen. Ein kleiner Holzrechen, nicht größer als eine Gabel, von Bea in liebevoller Arbeit aus japanischem Kirschholz gefertigt, vervollständigte das Ensemble. Mit ruhigen Bewegungen zog André den Rechen durch den Sand, bis sich ein gleichmäßiges Streifenmuster um den Stein herum gebildet hatte. Es war erstaunlich, wie sehr dieser Vorgang ihn beruhigte und seine Konzentration förderte; André beschäftigte sich gerne vor und zwischen seinen Sitzungen mit dem Zen-Gärtchen, manchmal gestattete er es auch Patienten, die unter großer Spannung standen.

Punkt zehn öffnete sich nach einem kurzen, fast unhörbaren Klopfen die Tür, und Melissa huschte herein. André ging ihr entgegen, um sie mit einem freundlichen Händedruck zu begrüßen, zufrieden ließ er sich auf seinem Arbeitsstuhl nieder; er schätzte es, wenn seine Patienten pünktlich waren, genauer gesagt, bestand er darauf, weil sonst sein ganzer, sorgsam geplanter Tagesablauf durcheinander geraten würde.

Heute lief alles ohne Verzögerungen ab, dann aber verspätete sich die neue Patientin. Als Erstes würde André ihr also klar machen müssen, dass Pünktlichkeit absolut oberstes Gebot war, und er stöhnte insgeheim bei der Aussicht, dass es sich bei Hanna Walser um eine dieser chronisch unpünktlichen Persönlichkeiten handeln könnte, die es nicht geregelt bekamen, irgendwo rechtzeitig zu erscheinen. In vielen Fällen war Unpünktlichkeit der Ausdruck von Widerstand gegen die Therapie, das ließ sich meist schnell herausfinden und aus dem Weg räumen. Aber es gab Menschen, denen konnte man einfach nicht beibringen, dass die Überwindung einer Wegstrecke Zeit benötigt, die man bei der Planung berücksichtigen muss.

Um acht nach zwölf klopfte es, die Tür öffnete sich, und die junge Frau trat ein.

Der beherrschende erste Eindruck war die sehr extravagante Kleidung seiner neuen Patientin. Sie trug eine schmale, eng anliegende Hose, darüber einen knielangen, bauschigen Rock und ein buntes Oberteil, die Taille war mit einem breiten Gürtel betont, die bloßen Füße steckten in goldenen Sandalen.

Hanna Walser schien eine Frau zu sein, der es nichts ausmachte, Aufmerksamkeit zu erregen. Oder versteckte sie sich hinter ihrer auffallenden Kleidung? Sie war sorgfältig geschminkt und trug das braune Haar offen; wenn sie den Kopf senkte, fiel es ihr wie in Vorhang ins Gesicht.

Sie war nicht eigentlich schön, sah aber interessant aus, sodass man neugierig wurde. Eine hohe Stirn, große, sehr klar und direkt blickende Augen, eine kräftige, leicht gebogene Nase, ein schöner Mund, trotz der eher schmalen Lippen.

Er erhob sich, ging auf Hanna zu und reichte ihr die Hand. Sie war nicht viel kleiner als er.

»Guten Tag, Frau Walser, Sie kommen einige Minuten zu spät, aber ich freue mich, dass Sie da sind.«

Hanna überließ ihm ihre Hand und sah ihn lange und intensiv an, als versuchte sie, in seinem Gesicht zu lesen.

»Tut mir Leid«, sagte sie, »kein Parkplatz.« Sie war mit der U-Bahn gekommen.

»Bitte nehmen Sie Platz.«

Hanna ging mit selbstbewussten Schritten auf den Behandlungssessel zu und ließ sich hineinfallen.

»Ich muss Sie in Ihrem eigenen Interesse bitten, zukünftig pünktlich zu sein. Jede Verspätung geht von Ihrer Zeit ab, Zeit, für die Sie teuer bezahlen«, sagte er.

»Zeit, für die meine Mutter teuer bezahlt«, sagte Hanna lächelnd und sah sich im Raum um. Sie taxierte die künstlerischen Schwarz-Weiß-Fotos an den Wänden, die Fachbücher im Regal. Ihr Blick wanderte über die frischen Blumen und die leichten Nesselvorhänge, mit denen man allzu grelles Sonnenlicht dämpfen konnte, dann fiel er auf das schwarze Kästchen mit dem Vogelsand.

»Was ist das?«, fragte sie neugierig.

»Ein Zen-Garten im Miniformat, gut für die Konzentration.« Er lehnte sich zurück. »Also, was kann ich für Sie tun?«

»Was können Sie für mich tun«, wiederholte Hanna die Frage, als habe sie sich das noch gar nicht überlegt. »Ehrlich gesagt, ich bin eigentlich hier, weil ich meiner Mutter einen Gefallen tun möchte.«

»Nun, das ist nicht gerade der optimale Ausgangspunkt für eine Therapie«, sagte er mit leichtem Lächeln. »Es sollte schon Ihr eigener Wunsch sein, nicht der Ihrer Mutter oder irgendeiner anderen Person. Wissen Sie denn, aus welchen Gründen Ihre Mutter eine Therapie für wünschenswert hält?«

Hanna sah ihn an, mit einem Blick, den er nicht deuten konnte.

»Ich habe versucht, mich umzubringen.«

André räusperte sich. »Wann ... wann war das?«

»Ist schon etwas her. Es besteht keine akute Gefährdung mehr, falls Ihnen das Sorgen macht.«

Er nahm seinen Notizblock zur Hand. »Gut. Ich würde vorschlagen, ich stelle Ihnen zunächst ein paar Fragen zu Ihren Lebensumständen und Ihrer Familiengeschichte. Danach sehen wir weiter.«

»Schießen Sie los«, sagte Hanna.

André fragte und machte sich Notizen.

Eltern geschieden, als die Patientin vierzehn war, Mutter neu verheiratet, Vater im Pflegeheim. Keine Geschwister, einen Stiefbruder, der aber gleichzeitig der Lebensgefährte ist. Die beiden teilen eine Wohnung, jeder hat sein eigenes Zimmer, eher ein Zusammenleben wie in einer Wohngemeinschaft als in einer Ehe. Sex? Ausweichende Antwort, später nachhaken.

André blickte auf. »Eine interessante Konstellation, darüber werden wir sicher noch ausführlicher sprechen.« Er sah kurz auf seinen Block. »Warum ist Ihr Vater im Pflegeheim?«

Hanna senkte den Blick, schien zu überlegen, dann sah sie auf. »Ich weiß nicht, wie der Fachausdruck heißt. Nennen Sie's einfach gebrochenes Herz.«

Ihr Gesicht wirkte plötzlich verschlossen, ihre Körpersprache signalisierte Abwehr. André machte sich eine Notiz.

»Kehren wir zum Ausgangspunkt zurück«, schlug er vor, »Ihrem ... Suizidversuch. Möchten Sie mir davon erzählen?«

»Hm, wie mache ich das«, überlegte Hanna halblaut, »war schließlich eine ganz schön peinliche Geschichte.«

»Warum spielt das eine Rolle für Sie, wie es bei mir ankommt?«

»Möchten Sie nicht wissen, wie Sie auf andere Menschen wirken?«

»Nun, manchmal schon, aber zwischen Therapeut und Klient (er sagte bewusst nicht »Patient«) sollte es weniger um Wirkung als um Wahrheit gehen, zumindest um Wirklichkeit, wenn wir diesen Unterschied machen wollen.«

»Wirkung, Wahrheit, Wirklichkeit ... also gut, ich erzähle Ihnen jetzt drei Geschichten, und Sie finden heraus, was die Wahrheit und was die Wirklichkeit ist und mit welcher Geschichte ich nur eine Wirkung erzielen will, okay?«

André überlegte einen Moment, ob dieser Vorschlag mit seinen therapeutischen Prinzipien vereinbar war. »Gut«, stimmte er schließlich zu.

Hanna setzte sich aufrecht hin und fixierte ihn.

»Erste Geschichte: Ich fahre mit meinem Freund nach Los Angeles, wir sind supergut drauf, leihen uns ein geiles Cabrio, fahren durch die Gegend, suchen irgendeine Straße, die wir aus 'nem Film kennen, finden sie nicht, fahren in die Hollywood Hills, vor uns liegt das Lichtermeer von L.A., alles total romantisch, und ich komm auf die hirnrissige Idee, meinem Freund 'nen Heiratsantrag zu machen. Er lacht, bis er sich fast in die Hose macht, steigt aus, um pinkeln zu gehen, und in meiner Verzweiflung löse ich die Handbremse, das Auto rollt auf den Abgrund zu, aber leider werde ich vorher rausgeschleudert und lande mit ein paar Prellungen und 'nem Schlüsselbeinbruch im Gebüsch.

Zweite Geschichte: Der Anfang ist gleich, aber als wir

von da oben runterschauen auf die Stadt, kriegen wir einen tierischen Streit, mein Freund ist eifersüchtig, macht mir eine Riesenszene, ich bin furchtbar enttäuscht, weil er die ganze Romantik versaut, schreie ihn an. Er hat zu viel getrunken, verliert die Nerven, löst die Handbremse, springt selbst rechtzeitig raus und hofft, dass ich mit dem Cabrio den Abflug mache, aber ich kann mich gerade noch retten.

Dritte Geschichte: Der Anfang ist wieder gleich, nur dass wir zwischendurch was essen gehen, und während mein Freund zahlt, hole ich einem wildfremden Truckdriver auf dem Klo einen runter. Mein Freund merkt nichts, wir fahren weiter, wieder schauen wir auf die Lichter der Stadt, mein Freund steigt aus, um pinkeln zu gehen, ich verrenk mich nach irgend 'nem blöden Kirschlolli, den ich unbedingt haben will, merke nicht, dass sich die Handbremse löst, rolle auf den Abgrund zu und kann gerade noch aus dem Auto hechten. So, und jetzt sind Sie dran.«

Zufrieden, als hätte sie eine besonders gelungene Rätselfrage gestellt, lehnte Hanna sich im Sessel zurück und sah André an. Der überlegte eine Weile und sagte dann: »Kann es sein, dass Sie andere Menschen gerne unterhalten?«

»Kann es sein, dass die Erde rund ist?«, sagte Hanna und lachte auf. »Hätte nicht gedacht, dass Sie so schnell drauf kommen, Doktor. Meinen Glückwunsch!«

André fasste sich schnell. »Ironische Distanz ist häufig ein Weg, unangenehme Einsichten von sich fern zu halten. Was genau wehren Sie jetzt ab?«

»Ich wehre nichts ab, Sie lenken ab«, stellte Hanna fest. »Sie müssen meine drei Geschichten noch deuten. Wahrheit, Wirklichkeit, Wirkung, Sie erinnern sich.«

André ärgerte sich insgeheim, dass Hanna ihm den

Verlauf der Stunde diktieren wollte, aber er ließ sich nichts anmerken.

»Nun, um ehrlich zu sein, ich denke, in jeder der drei Versionen steckt ein Körnchen Wahrheit, einiges an Wirklichkeit, und die stärkste Wirkung hat es natürlich, wenn Sie jemanden bezichtigen, er hätte Sie umbringen wollen. Das ist allerdings die Version mit der geringsten Wahrscheinlichkeit, wenn wir diesen Begriff auch noch ins Spiel bringen wollen.«

»Und wie wahrscheinlich finden Sie es, dass ich mich selbst umbringen wollte?«

»Je länger ich mit Ihnen spreche, desto unwahrscheinlicher.«

»Bleibt also die Unfallversion«, stellte Hanna fest. »Wie fanden Sie die?«

»Ich halte die Wahrscheinlichkeit für hoch, dass Sie mit dieser Erzählung eine bestimmte Wirkung erzielen wollen, gewisse Teile scheinen mir übertrieben ...«

»... welche?«, unterbrach Hanna.

»Die Begegnung mit dem Truckdriver, um ehrlich zu sein. Ansonsten könnte diese Version durchaus der Wahrheit entsprechen.«

Hanna lächelte. Das Ganze schien ihr Spaß zu machen.

André beugte sich vor und sah sie freundlich an. »Sagen Sie, Frau Walser, glauben Sie eigentlich, dass diese Spielchen irgendeinen therapeutischen Nutzen haben?«

Ihr Lächeln erstarb. »Keine Ahnung«, sagte sie und sah plötzlich aus wie ein bockiges Kind. »Was wollen Sie eigentlich von mir?«

André merkte, dass die Stunde völlig anders verlief als für eine erste Begegnung üblich. Diese Patientin schien in mehrfacher Hinsicht ein ungewöhnlicher Fall zu sein, der sein Interesse erregte, ihn aber auch verunsicherte. Er war es gewohnt, als Therapeut eine gewisse Autorität zu genießen; seine Patienten kamen zu ihm, weil sie sich etwas erwarteten, sie akzeptierten seine Kompetenz und hielten sich an das Reglement therapeutischer Sitzungen.

Diese Frau stammte aus einer zerrütteten Ehe, der Vater war ein Pflegefall, sie lebte in einem eheähnlichen Verhältnis mit ihrem Stiefbruder und hatte – möglicherweise – einen Selbstmordversuch unternommen, aber angeblich wusste sie nicht, weshalb sie zu ihm gekommen war, außer um ihrer Mutter einen Gefallen zu tun.

Er konnte es nicht verhindern, er musste lächeln.

»Was ist, warum lachen Sie?«, fragte Hanna.

»Ach, nichts, ich war nur überrascht von Ihrer Frage. Üblicherweise wollen meine Klienten etwas von mir, nämlich Hilfe, neue Erkenntnisse, therapeutische Unterstützung. In Wirklichkeit machen sie natürlich die Arbeit, der Therapeut hilft nur dabei.«

»Muss ich denn dafür mein Innerstes vor Ihnen ausbreiten?«

»Sie müssen gar nichts«, erwiderte André, »außer sich klar darüber werden, ob Sie überhaupt eine Therapie machen wollen oder nicht. S i e müssen etwas herausfinden wollen, nicht ich. Überlegen Sie's sich, und dann geben Sie mir Bescheid.«

Er stand auf. »Unsere Zeit ist um. Ich beende meine Sitzungen pünktlich um zehn vor. Wenn Sie mich anrufen wollen, bitte in den zehn Minuten vor der vollen Stunde.«

Er begleitete sie zur Tür und gab ihr die Hand. Für einen kurzen Moment hatte er den Eindruck, als wollte sie noch etwas sagen, aber dann überlegte sie es sich doch anders.

Als André die Tür hinter Hanna geschlossen hatte, blieb er einen Moment in Gedanken versunken stehen.

Er fragte sich, zu welcher Entscheidung sie kommen würde, ob sie sich für die Therapie entscheiden würde oder nicht. Und dann machte er eine eigenartige Feststellung: Er wünschte sich, sie würde sich für die Therapie entscheiden.

Das passierte ihm selten. Er betrachtete seine Patienten als Kunden, die nach einer Probestunde eine Dienstleistung in Anspruch nehmen oder nicht. Wenn jemand sich gegen diese Dienstleistung entschied, war das sein freier Entschluss, der üblicherweise keine weiteren Emotionen bei ihm auslöste. In diesem Fall schien es ihm etwas zu bedeuten, ob Hanna sich für die Therapie, nein, genauer, für die Therapie bei ihm entschied.

Diese Frau hatte widersprüchliche Gedanken und Gefühle bei ihm ausgelöst. Er war befremdet, fast ein wenig empört über ihre abwehrende Haltung, aber er war auch fasziniert von der Fülle des Materials, das sich ihm schon nach so kurzer Zeit offenbart hatte. Außerdem fand er Hanna anziehend, aber Sympathie war dem therapeutischen Prozess keinesfalls abträglich; Antipathie viel eher, wie er heute Morgen bei Benno wieder hatte feststellen können. Schon mehrfach hatte er überlegt, ob er Benno nahe legen sollte, sich einen anderen Therapeuten zu suchen, da die Chemie zwischen ihnen einfach nicht stimmte. Aber jedes Mal hatte ihn der Ehrgeiz gepackt, und er hatte sich vorgenommen, die Sache professionell anzugehen. Um jemandem zu helfen, muss der einem nicht sympathisch sein. Es ist nur leichter und macht mehr Spaß, dachte André seufzend.

Er ging zum Fenster, um zu lüften, dann packte er das Mittagessen aus, das er von zu Hause mitgebracht hatte. Üblicherweise gab ihm Bea ein Sandwich, etwas Obst und einen Schokoriegel mit – eigentlich dieselbe Zusammenstellung, die er schon als Schüler in der Pause zu sich genommen hatte. Abends wurde warm gegessen; Bea war eine gute Köchin, obwohl sie selbst berufstätig war, schaffte sie es fast jeden Tag, ein liebevoll zubereitetes und schmackhaftes Essen zu servieren. Am Wochenende kochte zum Ausgleich er. Seine Art zu kochen war aufwändiger und dauerte länger, dafür versuchte er, seine Familie mit besonders ausgefallenen Rezepten zu erfreuen. Ja, es stand außer Frage, dass er gerne aß und deshalb ständig mit Gewichtsproblemen zu kämpfen hatte; sein Hang zum Genießen und seine Eitelkeit waren ungefähr gleich stark ausgeprägt.

In der einen Hand hielt er sein Sandwich – gebratenes Huhn mit Tomaten, Mayonnaise und Salatblättern –, mit der anderen kniff er sich leicht in den Bauch. Oh je, er würde wieder mehr Rad fahren müssen, jetzt im Sommer auch die zwanzig Kilometer von seinem Haus am Stadtrand bis in die Praxis, und abends wieder zurück.

Er sah auf die Uhr. Noch fünfundzwanzig Minuten bis zum nächsten Patienten. Er würde die Zeit für einen strammen Marsch durch den nahe gelegenen Park nutzen.

Ich war ziemlich verwirrt, als ich aus der Praxis kam. Es gibt Menschen, mit denen möchte man sofort eine Weltreise machen, sie strahlen etwas aus, das einen wehrlos macht vor Zuneigung. Ich kann das körperlich spüren, etwas Warmes durchfährt mich, im Magen fühle ich einen Stoß, mein Blick weitet sich. Genauso war es mir vorhin ergangen, als ich dem Psycho-Doc gegenübergestanden hatte.

Und dann: Ein aufregendes Spiel mit Worten und Blicken, ein Zwei-Personen-Stück mit ungewissem Ausgang, irgendwo in der Mitte zwischen Bühne und Leben. Eine eigenartige Inszenierung, bei der ich die Rolle der Patientin spielte und der Psycho-Doc die Rolle des Psycho-Docs, und den Dialog machten wir selbst, wobei wir teuflisch aufpassen mussten, dass es keine abgeschmackte Therapeuten-Schmonzette wurde oder ein langweiliges Dialogstück. Und die ganze Zeit hatte ich das Gefühl, dass unter dem gesprochenen Text unausgesprochen Worte mitliefen, die etwas völlig anderes sagten als das, was wir sprachen.

Ich hatte mir die Therapie langweilig vorgestellt, weil ich mir den Therapeuten langweilig vorgestellt hatte; jetzt, wo ich wusste, dass der Typ mich interessierte, fing die ganze Sache an, mich zu reizen. Natürlich wollte ich nicht wirklich eine Therapie machen, es erschien mir völlig ausgeschlossen, zu einem wildfremden Menschen zu gehen, um mich seelisch zu entblößen, ich sah keinen Sinn darin und glaubte nicht, dass es irgendetwas bewirken könnte. Also konnte ich es nur als eine Art Theaterstück sehen, und mir gefiel die Idee, jemand müsste mir zuhören, weil er dafür bezahlt würde. Im richtigen Theater war es umgekehrt, da zahlten die Leute, um mir zuzuhören, aber wenn es ihnen nicht gefiel, konnten sie einfach aufstehen und gehen. Der Therapeut musste bleiben, er musste sich alles anhören, was ich zu sagen hatte, und musste sich etwas einfallen lassen, um meine Spiellust zu fördern, kurz: Er war das perfekte Publikum. Ich würde alle möglichen Rollen ausprobieren können; die Selbstmordgefährdete, die Depressive, die Hysterische, die Verführerin ...

Er sah aus wie Kevin Spacey. Der gleiche warmherzige Blick, ein paar Falten, die verhinderten, dass er zu glatt wirkte, dieser verletzliche Zug um den Mund. Ob es möglich war, ihn zu verführen? Galt es nicht als Todsünde, wenn ein Therapeut es mit einer Patientin trieb? »Unzucht mit Abhängigen« oder so, klang großartig, fand ich.

Ich vermute, mein Verhältnis zu Männern war ziemlich eigenartig. Viele von ihnen sagten, ich verhalte mich untypisch für eine Frau, eigentlich so, als sei ich der Mann. Ich weiß nur, dass manche Männer in mir eine Art Jagdinstinkt auslösen. Ich wollte sie unbedingt, ich setzte alles daran, und meistens war ich erfolgreich. Danach verlor ich das Interesse.

Mit vierzehn war ich entjungfert worden, es war ein ziemlich unbedeutender Vorgang gewesen, etwas, das ich hinter mich gebracht hatte, ohne Ekel, ohne Schmerz, aber auch ohne Begeisterung.

Der Junge war etwas älter als ich, sah gut aus, stellte sich aber ziemlich dämlich an. Während er unbeholfen an mir herumfingerte, betete ich zu Gott, er möge zum Ende kommen; das geschah dann schneller, als ich erwartet hatte. Er schämte sich und weinte in meinen Armen; ich tröstete ihn, aber seine Einladung, die Ferien mit ihm zu verbringen, schlug ich aus.

Ich ahnte, dass es nur besser werden könnte, dass Sex aber eine Fähigkeit wäre, die man erlernen müsste, also hieß es üben, üben, üben.

Ich bin sicher, die Jungs damals hielten mich für ein Flittchen, und nach herkömmlichen Maßstäben war ich das auch, aber es ging mir nicht einfach darum, mit möglichst vielen Jungen zu schlafen, ich war einer wichtigen Sache auf der Spur. Der Orgasmus war der einzige Moment, in dem ich mich und alles andere vergessen konnte, in dem ich buchstäblich »außer mir« war. Das war der Zustand, nach dem ich suchte, nach dem ich süchtig wurde.

Auf diffuse Weise hing alles zusammen; meine Angst vor dem Schlaf, dem »kleinen Bruder des Todes«, und meine Sehnsucht nach dem sexuellen Höhepunkt, dem »kleinen Tod«, bei dem ich mich am lebendigsten fühlte. Ich war getrieben von einer nicht enden wollenden Sehnsucht, die viel stärker war als der simple Trieb, aber unerfüllt bleiben musste, denn jedes Mal während des Höhepunktes erwachte die Sehnsucht bereits wieder, heftiger und drängender als zuvor.

In dieser Zeit lebte Jo bereits bei uns, und so lernte ich frühzeitig, zu lügen und meine Bekanntschaften mit anderen Jungs zu vertuschen. Als ich das erste Mal mit Jo schlief, hatte ich schon ungefähr zehn Typen vor ihm gehabt. Er ahnt bis heute nichts davon.

Am spannendsten fand ich Männer, die aus irgendeinem Grund schwer zu kriegen waren. Weil sie verheiratet waren, weil ich nicht ihr Typ war, weil sie in einer anderen Stadt lebten. Einmal hatte ich mehrere Monate lang versucht, einen Typen umzudrehen, der sich für schwul hielt. Vermutlich war er es auch, aber ich hatte es einfach nicht wahrhaben wollen und war überzeugt gewesen, ich könnte ihn kraft meiner erotischen Fähigkeiten für mich gewinnen. Um ehrlich zu sein, das Resultat war niederschmetternd. Nach der einzigen Nacht, die wir jemals miteinander verbracht hatten, war er in eine Lederschwulen-WG gezogen und hatte sich nie mehr bei mir gemeldet.

Das war aber noch nicht meine schlimmste Niederlage; die hatte mir ein Mann zugefügt, den ich so sehr wollte wie keinen anderen, und gerade ihn konnte ich nicht haben, obwohl er nicht schwul war, nicht verheiratet und nicht aus einer anderen Stadt. Er war einfach nur impotent, was gewissermaßen den Gipfel der Unerreichbarkeit darstellt, und genau das steigerte mein Begehren ins Unermessliche. Ich dachte, ich müsste verrückt werden, wenn ich nicht mit diesem Mann schlafen könnte; der

Wunsch danach wurde zu einer Obsession, ich konnte monatelang an nichts anderes mehr denken, konnte nicht mehr essen und nicht mehr schlafen, aber keine Macht der Welt konnte mir Erlösung verschaffen.

Wenn ich jetzt an diesen Mann denke, versetzt es mir noch immer einen Stich, und ich bete, dass ich niemals mehr von einer so aussichtslosen und verzehrenden Leidenschaft gepackt werde.

Nun also André. Die Tatsache, dass er Therapeut war und unter keinen Umständen etwas mit mir anfangen durfte, hätte bereits genügt, mein Jagdfieber zu entzünden. Aber da war noch mehr.

Die Bewohner der Station B des St. Christian-Alten- und Pflegestifts saßen im Halbkreis um mich herum und lauschten. Ihre Gesichter waren mir zugewandt, manche aufmerksam und wach, andere mit leeren Augen oder verständnislosem Blick. Herr Fischer, ein Koloss von Mann, der nach einem Schlaganfall wieder zum Kleinkind geworden war, immer freundlich grinsend, ein bisschen sabbernd und völlig bescheuert. Frau Margarete, eine zappelige Greisin, knetete unablässig ihre Finger im Schoß und ließ ihre Augen unruhig hin und her wandern, als vermutete sie jeden Moment einen Angriff. Ihre Freundin Lala, eine ehemalige Konzertpianistin, summte leise vor sich hin und schien mit den Gedanken in einer völlig anderen Welt; wenn man sie ansprach, sah sie einen erschrocken an und lief weg. Herr Huber und Herr Bergson waren einfach nur alte, erschöpfte Männer mit von der Gicht verformten Händen, die von ihren Familien ins Heim abgeschoben worden waren.

Wir saßen im »Wohnraum«, das war eine ziemlich euphemistische Bezeichnung für den Aufenthaltsraum der Station B, der auch durch einen Teppichboden und die grün-samtene Polstergarnitur nicht wohnlicher wurde; ein paar Gummibäume und Zimmerpalmen und einige ausgefallene Beleuchtungskörper machten die Sache nicht besser.

Also, begann ich meine Erzählung, da gab es diesen Typ, der Leute an einem elastischen Seil aus vierzig Metern Höhe nach unten springen und ungefähr einen Meter vor dem Boden stoppen ließ, je nachdem, was einer wog, dehnte sich das Seil mehr oder weniger stark, aber der Typ berechnete das genau und sagte, bisher sei noch keiner nach dem Bungee-Sprung Matsch gewesen.

Am Abend bevor ich springen wollte, bat ich einen Freund, mir genau zu beschreiben, wie es ist. Er sagte, das sei echt schwierig, irgendwas zwischen Himmel und Hölle. Aber das Irre sei, jeder, absolut jeder würde dabei schreien, egal, was er sich vorher vorgenommen habe. Quatsch, sagte ich, wenn ich mir vornehme, nicht zu schreien, dann schreie ich auch nicht. Wollen wir wetten?, fragte mein Freund, und ich sagte, okay. Er stand auf und suchte was, dann kam er mit einem kleinen Aufnahmegerät wieder.

Am nächsten Tag kam er mit zur Bungee-Anlage. Ich hatte eng anliegende Sportkleidung an, wie es verlangt wurde, und stieg an diesem kranähnlichen Ding hoch bis zu dem Ausleger, von dem aus man abspringt. Schon das Gefühl da oben war ziemlich kribbelig; die Vorstellung, dass ich mich gleich in die Tiefe fallen lassen würde, machte mich regelrecht ... na ja, also ziemlich aufgeregt. Das Seil wurde an meinem rechten Bein festgemacht, es wurde überprüft und gesichert und was weiß ich noch alles. Ich hängte mir das Aufnahmegerät um, befestigte es so, dass es mir beim Sprung nicht ins Gesicht schlagen konnte, klemmte das Mikro an meinem Kragen fest und schaltete ein. Ein Mitarbeiter gab mir noch ein paar Instruktionen, die ich kaum mehr wahrnahm, ich hörte sein Kommando: Und ... los!, und dann ... sprang ich.

Im ersten Moment dachte ich, oh shit, das war's jetzt, ich faaaa…..lle, und das ist so ungefähr das schönste und schrecklichste Gefühl, das man sich vorstellen kann. Jeder hat diese Urangst vor dem Nichts, den Horror Vacui, absolute Todesangst, gemischt mit reiner Glückseligkeit. Dann spürte ich das Seil, das mich abrupt abbremste, ich federte noch ein paar Mal auf und ab und pendelte langsam aus.

Wow! Ich hatte nicht geschrien, ich hatte keinen Mucks von mir gegeben. Ich hatte mich einfach nur auf den Moment konzentriert, auf den freien Fall.

Als ich wieder auf den Füßen stand, grinste ich meinen Freund triumphierend an.

Wart's ab, sagte er.

Ich nahm das Bandgerät ab, spulte zurück und drückte auf »Wiedergabe«.

Man hörte die Stimme des Instrukteurs, ein paar Geräusche, sein Und … los!, eine Art Stöhnen, plötzlich ein scharfes Zischen vom Wind und Aaaaahhhhh! einen lang gezogenen Schrei, zwischen Entsetzen und Lust, fremd und unheimlich, aber zweifellos von mir!

Mein Freund hielt die Hand auf. Ich zahlte ihm den Hunderter, um den wir gewettet hatten, und obwohl es viel Kohle war, ärgerte ich mich nicht, weil ich noch so unter dem Eindruck des Sprungs stand. Der war mit Abstand das Beste, was ich bis dahin erlebt hatte, sogar besser als Sex, könnt ihr euch das vorstellen?

Die Alten um mich herum starrten mich an, meine Erzählung hatte sie gefesselt, was kein Wunder war angesichts des stumpfsinnigen Lebens in dieser Bewahranstalt, obwohl das Sankt-Christian-Stift noch zu den besseren gehörte, teuer genug war es jedenfalls. Gut, dass mein Vater eine florierende Zahnklinik betrieben hatte, als er noch er selbst gewesen war, da hatte er was zurücklegen können.

Das war, als er noch bei uns lebte, als er seinen Beruf noch ausübte, als er noch Dr. Walser war, unwiderstehlich gut aussehend und kompetent, die meisten seiner Patientinnen waren verliebt in ihn, ich weiß nicht, wie viele von ihnen sich ein ganzes Gebiss hatten anpassen lassen, nur um in seiner Nähe zu sein.

Wenn ich an ihn zurückdachte, wie er im weißen Kittel, mit seinem Arztgesicht und einigen Unterlagen im Arm über den Flur eilte, ehrfürchtig gegrüßt von seinen Mitarbeitern und Patienten, dann erschien er mir wie der Hauptdarsteller eines alten Filmes, den ich vor langer Zeit gesehen hatte und an den die Erinnerung schon ein wenig undeutlich geworden war.

Manchmal durften Ella und ich ihn in der Klinik besuchen, dann rührte uns seine Sprechstundenhilfe etwas von der knatschrosa Spachtelmasse an, mit der man Gebissabdrücke anfertigte, und wir versuchten, in den wenigen Sekunden, bevor die Masse erstarrte, etwas zu formen, eine Maus, einen Schuh, ein Herz. Damals begriff ich, was es heißt, wenn jede Sekunde zählt.

Mein Vater schien mir so übermenschlich schön, so bedeutend und gottähnlich, dass ich die Frauen verstand, die ihn mit Blicken streichelten und deren Wangen sich in seiner Gegenwart verfärbten. Aber natürlich hasste ich diese Frauen, denn sie wollten ihn mir wegnehmen; schlimm genug, dass ich ihn mit Ella teilen musste und mit meiner Mutter.

Ob mein Vater sich seine Zukunft so vorgestellt hatte, zwischen Bekloppten, Vergesslichen und Alten, die wie Kinder im Kindergarten um mich herum saßen und meinen Geschichten lauschten? Er machte den Eindruck, als hätte er überhaupt nichts mitgekriegt von meiner Erzählung, er saß zusammengesunken auf seinem Stuhl, starrte vor sich hin, und wie jedes Mal, wenn ich ihn sah, erschütterte mich der Kontrast zwischen seinem guten Aussehen und seiner seelischen Verfassung.

Er wanderte jeden Tag stundenlang im Garten des Pflegeheims umher, deshalb war seine Haut gebräunt wie früher nach unseren Mallorca-Ferien, er hatte immer noch einen athletischen Körper, außerdem eine Menge Haare, er war ein attraktiver Mann, aber es gab nur noch seine Hülle; seine Seele schien sich irgendwohin zurückgezogen zu haben, dahin, wo es keinen Schmerz gab.

Komm, wir gehen ein bisschen spazieren, schlug ich vor und berührte ihn an der Hand, er stand auf, ich hakte mich bei ihm unter, und wir gingen in den Garten, der wie ein kleiner Park angelegt war, mit Ligusterhecken und sorgsam geschnittenem Buchsbaum, dazwischen Rosenbeete und blühende Stauden, sogar einen Teich gab es, der war aber nur kniehoch, damit keiner von den Depressiven auf die Idee kam, sich darin zu ertränken.

Es ist schwer zu sagen, was genau mit meinem Vater los war, er war nicht krank oder verrückt, es schien einfach, als hätte er sich aufgegeben. Er verweigerte sich dem Leben und wartete innerhalb der schützenden Mauern des Stiftes darauf, dass sich das Leben irgendwann ihm verweigern würde.

Ich besuchte ihn jede Woche (eine der Wiederholungen, die nicht zu vermeiden waren), und ich hörte nicht auf zu hoffen, dass sich sein Zustand eines Tages ändern würde.

Hey, Paps, sagte ich, wie war deine Woche? Worüber habt ihr euch unterhalten? Über Darmspülungen? Übers Fernsehprogramm?

Er sagte nichts. Lächelte unmerklich. Ich wusste, dass er mich verstand, ich provozierte ihn absichtlich, ich wollte, dass er endlich aus seinem Seelenkoma erwachte.

Du hast mir versprochen, dass wir mal rausgehen, sprach ich weiter, einen Bummel durch die Stadt machen, Schaufenster ansehen, in ein Café gehen.

Sein fast schon unsichtbares Lächeln verschwand. Er schüttelte leicht den Kopf.

Ich drückte seinen Arm. Ich will doch nur, dass du einmal mit mir rausgehst, damit du siehst, dass die Welt noch steht.

Er erwiderte leicht den Druck meines Armes.

Macht doch nichts, wenn du Angst hast, sagte ich. Ich beschütze dich. Es kann nichts passieren.

Der Goldregen blüht, sagte er und deutete auf eine Reihe von Stauden mit gelben, tropfenförmigen Blüten.

Das war typisch. Er reagierte selten auf das, was man sagte, so als wäre er nicht wirklich anwesend, als hätten Dinge, die außerhalb seiner Gedankenwelt geschahen, keinerlei Bedeutung für ihn.

Wir gingen schweigend weiter, plötzlich blieb er stehen und sagte, deine Geschichte vorhin, war die erfunden? Ich war überrascht, er hatte also doch zugehört.

Manchmal erfand ich tatsächlich Geschichten oder schmückte sie aus, damit sie interessanter wurden; ich hatte nicht erwartet, dass er es bemerken würde.

Nein, Paps, erwiderte ich, das habe ich erlebt, du glaubst gar nicht, wie toll es war! Ich wünschte, du würdest einmal so was machen, aber du gehst ja nicht mal vor die Tür von dieser beschissenen Anstalt.

Er antwortete nicht. Warum machst du all die gefährlichen Sachen, fragte er, willst du sterben?

Nein, rief ich, im Gegenteil, ich will spüren, dass ich lebe!

Ich nicht, sagte er.

Ich weiß, sagte ich.

Als das mit Ella passierte, war ich neun und sie fast zwölf; ich war noch ein Kind, Ella war bereits an der Schwelle zum Erwachsensein, sie hatte gerade ihre Tage gekriegt, und ihr wuchs ein kleiner Busen, was ich mit einer Mischung aus Abscheu und Neid zur Kenntnis nahm. Einerseits gönnte ich ihr nicht, dass sie etwas hatte und ich nicht, andererseits erschienen mir diese Neuerwerbungen nicht besonders erstrebenswert. Ich spürte, dass Ella sich weiter von mir entfernte, als es die zwei Jahre Altersunterschied zwischen uns erklärten. Wenn sie mit ihren Freundinnen tuschelte, wenn sie Geheimnisse tauschten, an denen ich keinen Anteil hatte, wenn sie plötzlich loskicherten und sich scheinbar über mich lustig machten, dann war meine Schwester unerreichbar für mich, und ich vermisste sie und hasste sie zugleich. Wenig später konnte es dann vorkommen, dass sie sich zu mir kuschelte, mir ohne Aufforderung was vorlas oder mir ein harmloses kleines Geheimnis anvertraute.

An dem Tag, als es passierte, hatten wir einen heftigen Streit. Ella hatte, ohne mich um Erlaubnis zu bitten, meinen Tuschkasten benutzt, und aus Wut hatte ich das Bild zerrissen, das sie gemalt hatte. Ich muss dazu sagen, das Einzige, was ich zu diesem Zeitpunkt besser konnte als meine größere Schwester, war Malen und Zeichnen, sonst litt ich darunter, dass sie mir in allem überlegen war. Meine Wut entsprang also der ewig brodelnden Rivalität zwischen uns und dem Gefühl, dass sie versuchte, mir mit dem Raub des Tuschkastens mein letztes Territorium streitig zu machen.

Meine Mutter bemühte sich vergeblich, zwischen uns zu vermitteln, der Streit eskalierte, Ella stürmte wutentbrannt aus dem Haus, warf sich auf ihr Fahrrad und radelte davon. Ich war froh, dass sie weg war, und wandte mich meiner Lieblingsbeschäftigung zu, der Anprobe von abgelegten Kleidern, die unsere Mutter in einem großen Schrankkoffer aufbewahrte. In mich versunken, stolzierte ich vor dem großen Spiegel auf und ab und deklamierte leise vor mich hin.

Später an diesem Nachmittag klingelte das Telefon, ich nahm es nur halb wahr und kümmerte mich nicht darum. Meine Mutter kam ins Zimmer, blass und aufgeregt, sie müsse für eine Stunde weg, ob sie mich allein lassen könne? Nichts lieber als das, dachte ich und beschloss, ihre Abwesenheit zu nutzen, um mich dem Inhalt ihres Kleiderschrankes zu widmen, was mir streng verboten war. Meine Mutter hatte eine Vorliebe für elegante Kleidung, und natürlich wollte sie nicht, dass ich mit klebrigen Kinderhänden ihre teuren Dior- und Yves-Saint-Laurent-Fummel misshandelte.

Aus der angekündigten Stunde wurden drei, was mir nichts ausmachte, ich war selig zwischen all den Kleidern, Röcken und Blusen, die mir beinahe passten, weil ich für mein Alter relativ groß war und meine Mutter eher zierlich. Ich probierte jedes einzelne Stück durch und obendrein dreißig Paar Schuhe, dabei vergaß ich völlig die Zeit.

Es war schon dunkel, als meine Eltern gemeinsam mit Ella nach Hause kamen. Ella trug einen Kopfverband, war blass und konnte kaum alleine gehen. Sie erklärten mir, sie sei mit dem Fahrrad gestürzt, habe keinen Helm getragen und sich deshalb am Kopf verletzt. Glücklicherweise sei es glimpflich abgegangen, nur eine leichte Gehirnerschütterung und eine Platzwunde.

Niemand fragte, was ich in der Zwischenzeit getan hätte, und ich war zuversichtlich, dass meine Missetat unentdeckt bleiben würde, aber die Sache mit dem Helm machte mir zu schaffen. Ella war wegen des Streits mit mir so überstürzt abgehauen, sonst hätte sie bestimmt einen Helm aufgesetzt, gewissenhaft wie sie war.

Den ganzen Abend schlich ich unglücklich umher, aber niemand nahm Notiz von mir, alles drehte sich um Ella, die nichts essen und trinken wollte und immer blasser wurde. Es war mir unheimlich, wie schweigsam sie war; mit keinem Wort erwähnte sie unseren Streit, winkte nur müde ab, als ich mich bei ihr entschuldigen wollte.

Wegen meiner Angst, alleine zu schlafen, teilten Ella und ich ein Zimmer, wogegen Ella gelegentlich protestierte, alles in allem aber hatte ich den Eindruck, es war ihr nicht unrecht. Wir erzählten uns Geschichten vor dem Einschlafen oder spielten mit der Taschenlampe unter der Bettdecke Mau-Mau.

Als ich an diesem Abend zu Bett ging, schlief Ella bereits, und meine besorgten Eltern ermahnten mich, besonders leise zu sein, um sie nicht zu wecken.

Ich konnte lange nicht einschlafen, als ich zuletzt auf meinen Wecker sah, ging es auf Mitternacht zu. Später in der Nacht schreckte ich hoch, von Panik ergriffen.

Was war los, warum schlug mein Herz wie verrückt, warum war ich aufgewacht? Ich lauschte angstvoll in die Dunkelheit. Etwas fehlte, deshalb war ich aufgewacht, etwas Wichtiges. Mit vor Angst starren Gliedern stieg ich aus dem Bett und schlich rüber zu Ella.

Leise, ganz leise sein, dröhnte es in meinem Kopf, damit sie nicht aufwacht.

Ich erreichte ihr Bett, der Lichtschein, der durch die angelehnte Tür vom Flur hereindrang, beleuchtete ihr Gesicht. Sie lag da, die Augen geschlossen, genauso wie am Abend, als sie eingeschlafen war. Aber etwas fehlte.

Ich blieb eine Weile stehen und sah sie an, dann kapierte ich.

Siehst du, sagte eine Stimme in mir, ich habe gewusst, dass so was passieren kann, deshalb wollte ich immer, dass du meinen Schlaf bewachst. Wie willst du denn in Zukunft auf mich aufpassen?

Ich ging rückwärts aus dem Zimmer, den Blick starr auf Ellas Gesicht gerichtet. Im Flur begann ich zu laufen, ich riss die Tür zum Schlafzimmer meiner Eltern auf und warf mich in die Arme meiner Mutter, die erschrocken aus dem Schlaf fuhr.

Ella, sagte ich, Ella...

Mein Vater schlug die Decke zur Seite und sprang aus dem Bett, meine Mutter folgte ihm, als er zum Kinderzimmer rannte und dabei Ellas Namen rief. Ich schlich hinter ihnen her, meine Beine waren so zittrig, dass ich kaum gehen konnte. Ich wusste, dass etwas Furchtbares passiert war, spürte genau, was es war, aber konnte es nicht benennen. In diesem Moment hatte ich panische, schreckliche Angst, denn es war geschehen, wovor ich mich immer gefürchtet hatte, aber es war nicht mir geschehen, sondern meiner Schwester, und ich war daran schuld.

Aus dem Kinderzimmer drang ein Schrei, mein Vater stürzte mit Ella im Arm auf den Flur, er hielt sie so wie früher mich, wenn er mich aus dem Auto gehoben hatte, Ellas Beine baumelten hin und her wie bei mir, wenn wir das Schlaffe-Puppe-Spiel spielten.

Die erste Zeit nach Ellas Tod glich einem kaputten Kaleidoskop, die Teile wollten kein Bild ergeben. Ich griff nach allem, was mir vertraut erschien, aber nichts war mehr so, wie es aussah.

Meine Eltern in ihrer Trauer waren unerreichbar für mich geworden.

Meine Mutter schrie ihren Schmerz hinaus, drängte ihn allen Menschen in ihrer Umgebung so lange auf, bis keiner mehr davon hören wollte, beschimpfte Gott und verfluchte ihr Schicksal, und obwohl ich mich furchtbar für sie schämte, hatte ich das Gefühl, sie käme auf ihre Art besser damit zurecht als mein Vater.

Der wurde immer stiller, zog sich mehr und mehr zurück. Um ihn war eine Aura von Hoffnungslosigkeit, die etwas Beklemmendes hatte; ich traute mich kaum noch, in normaler Lautstärke zu reden, ging nur noch auf Zehenspitzen und sprach ihn selten direkt an.

Manchmal versuchte ich, ihn aufzumuntern. Dann plapperte ich fröhlich drauflos, erzählte ihm irgendeine Begebenheit aus der Schule oder spielte ihm etwas vor; das Lächeln, mit dem er meine Bemühungen quittierte, war aber noch trauriger als seine Traurigkeit.

Wenn ich an diese Zeit zurückdenke, kommt es mir vor, als hätten meine Eltern überhaupt nicht mehr miteinander gesprochen. Sie lebten wie auf zwei unterschiedlichen Planeten, jeder versunken in seinen Schmerz, unfähig, sich einander mitzuteilen.

Es begann schon in der Nacht, als Ella abgeholt wurde. Aus dem riesigen schwarzen Leichenwagen wurde ein kleiner weißer Sarg gehoben und ins Haus getragen. Die fremden Leute betteten Ella hinein, verschlossen ihn und trugen ihn hinaus, wo ihn der Wagen verschluckte.

Meine Eltern standen an der Haustür, nebeneinander, ohne sich zu berühren oder anzusehen, und blickten dem Wagen nach. Die Schultern meiner Mutter zuckten, mein Vater stand ganz still. Dann drehte er sich um und ging mit merkwürdig schleppenden Schritten in sein Arbeitszimmer.

Plötzlich hörte ich einen dumpfen Schlag, dann noch einen, noch einen, rhythmisch und regelmäßig. Ich begriff, dass er innen an der Tür stand, die Hände rechts und links am Türstock, und mit dem Kopf gegen das Holz stieß, immer wieder, immer wieder.

Ich bekam wieder diese panische Angst und fing an zu schreien, meine Mutter kam angerannt, nahm mich in den Arm, hielt mich, wiegte mich, und wir weinten beide, und ich begriff, dass auch Erwachsensein einen vor nichts bewahrt, dass Erwachsene genauso schutzlos sind wie wir Kinder.

Die Wohnung, in der Jo und ich lebten, lag im Dachgeschoss eines ziemlich heruntergekommenen Altbaus im Stadtzentrum. Im Sommer knallte die Sonne auf das mit Blechschindeln gedeckte Dach, und es wurde brütend heiß, im Winter pfiff der Wind durch die undichten Fenster, aber die Aussicht war klasse, ein Gewirr von Kaminen, Antennen und Satellitenschüsseln, außerdem konnte man aufs Dach steigen, von ganz oben hatte man einen 360-Grad-Panoramablick über die ganze Stadt.

Hier saß ich oft, rauchte kleine Haschisch-Zigaretten und stellte mir vor, wie es wäre, wenn ich fliegen könnte. Ich fand, dass der Mensch in dieser Hinsicht eine echte Fehlkonstruktion war; man stelle sich vor, wie viel weniger Probleme wir hätten, wenn aus unseren Armen Flügel werden könnten, oder Rotorblätter. In jedem Fall liebte ich die Höhe, den Blick von oben nach unten.

Von meinem Platz aus konnte ich auch in die obersten Fenster des Hauses gegenüber sehen, und da die Bewohner sich in dieser Höhe unbeobachtet fühlten, ließen sie meist die Gardinen offen. Seit einiger Zeit verfolgte ich das Geschehen in der Wohnung von Gianni, dem italienischen Kellner, der vor kurzem eine dreißig Jahre jüngere Frau geheiratet und einen kleinen Sohn bekommen hatte. Er war so glücklich, so verliebt, aber ich glaube, seine Frau war ein Miststück. Ein paar Mal hatte ich schon beobachtet, dass sie sich mit anderen Männern traf, und es war ziemlich offensichtlich, dass sie es für Geld machte. Oft ließ sie den Kleinen allein in der Wohnung, der brüllte herzzerreißend, manchmal stundenlang, ein paar Mal war ich kurz davor, die Polizei anzurufen, aber wenn sie Gianni das Kind weggenommen hätten, wäre er zugrunde gegangen.

Für mich war unsere Wohnung also völlig okay, trotz des bröckeligen Putzes und der uralten Armaturen im Bad, aber als meine Mutter das erste Mal kam, hätte sie fast der Schlag getroffen.

Um Gottes willen, schrie sie, hier wollt ihr wohnen? Ich kaufe euch eine Wohnung in einem schönen Neubau, eine Doppelhaushälfte mit Garten, ein Bauernhaus auf dem Land, alles, was ihr wollt!

Aber wir wollten nicht. Wir wollten genau so eine abgefuckte Wohnung, in der wir Partys feiern konnten, ohne dass wir uns um den Teppichboden oder die Einrichtung Sorgen machen müssten oder darüber, dass Nachbarn sich beschweren könnten. Bei uns lagen uralte Holzdielen in den Zimmern und im Flur echtes, wenn auch reichlich abgeschabtes Linoleum, die Möbel waren vom Flohmarkt, und unter uns wohnte niemand, dort waren Büros. Eigentlich feierten wir viel zu selten Partys.

Das Einzige, wozu Mutter uns überreden konnte, war eine Küche. Die, die drin war, erschien sogar mir zu versifft, und wir ließen sie rausreißen. Ich musste all meine Energie aufbieten, um meine Mutter von den schlimmsten Entgleisungen abzuhalten (weißer Schleiflack, Eiche rustikal, Landhausstil); am Ende einigten wir uns auf eine simple Holzküche, die Jo und ich in einer Nachtsession türkis-rosa-gelb lackierten.

Wir hatten jeder unser eigenes Zimmer, einen großen Abstellraum, in den wir alles hineinstopften, was uns im Weg war, und ein großes Wohnzimmer. Dort standen eine riesige Musikanlage und ein noch riesigerer Fernseher, auf dem Boden lagen Matratzen und Kissen, außerdem ungefähr zweihundert Videokassetten. Jo träumte von einem DVD-Player, ihn nervten die dämlichen Kassetten, die ständig Bandsalat produzierten, aber auch dafür hatten wir kein Geld.

Dafür hatten wir Woody, einen Hummer, der im Aquarium sein Dasein in Gesellschaft einiger Zierfische fristete. Ich mochte Woody, seine majestätische Art, sich zu bewegen, beruhigte mich, und ich war faszinert von der Komplexität seines Körperbaus. Auch Jo hatte ein geradezu zärtliches Verhältnis zu unserem Haustier, das wir vorletztes Weihnachten als Sonderangebot erstanden hatten. Natürlich hatte es keiner von uns geschafft, das Tier ins kochende Wasser zu werfen, stattdessen hatten wir nach einigem Hin und Her den Pizza-Service bestellt. Eine Weile hatte Woody in der Badewanne gelebt, irgendwann hatte Jo im Internet ein Aquarium ersteigert, und damit er sich nicht einsam fühlte, hatten wir Woody ein paar Fische geschenkt.

Als ich eines Tages nach Hause kam, hatte Jo die Videokamera vor dem Aquarium aufgebaut, rundum alles schwarz abgehängt und das Becken kunstvoll ausgeleuchtet. Was hast du denn vor, fragte ich entgeistert, und Jo erklärte, er plane eine Langzeitbeobachtung des Hummers. Es stellte sich schnell heraus, dass Woody es nicht mochte, gefilmt zu werden, das Licht störte ihn, und er verkroch sich Tag und Nacht unter einem Stein, sodass nur noch seine Fühler zu sehen waren.

Wenn Jo und ich abends zu Hause waren, gingen wir meist unserem Lieblingssport nach, dem Dauerglotzen. Auch heute Abend hatte Jo jede Menge Filme mitgebracht, die wir im Kino verpasst hatten. Gerade lief The Sixth Sense, wir hatten den Ton abgedreht, weil der Film nervte, aber es gehörte zu unseren ungeschriebenen Gesetzen, einen Film bis zum Ende anzusehen.

Dass der kleine Junge Geister sieht, ist ja okay, aber warum müssen wir sie sehen, noch dazu in diesen bescheuerten historischen Kostümen, moserte Jo.

Vielleicht sollen das keine Geister sein, sondern unsere inneren Dämonen, mutmaßte ich.

Psychokacke, befand Jo lapidar.

Hey, wetten, dass Bruce Willis längst tot ist, sagte ich, weil ich plötzlich sicher war, den dramaturgischen Erzähltrick des Filmes durchschaut zu haben.

Umso besser, sagte Jo, hoffentlich ist der Mist bald vorbei, wie konnte Bruce nur in so 'nem Scheißfilm mitspielen.

Ich finde den Film nicht so schlecht, sagte ich trotzig, obwohl es nicht gerade leicht war, durchzublicken, wenn man nichts hörte.

Willst du eigentlich weiter zu dem Psycho-Doc rennen?, fragte Jo plötzlich, ohne mich dabei anzusehen.

Kann schon sein, erwiderte ich. Ich hatte nicht die geringste Lust, dieses Thema mit Jo zu diskutieren.

Er runzelte die Stirn, jetzt hat's deine Mutter also endlich geschafft, die denkt doch schon immer, du hättest 'ne Macke wegen Ella, und jetzt hat sie endlich 'nen Grund gefunden, dich zum Psychiater zu schicken.

Psychotherapeut, verbesserte ich, nicht Psychiater, schließlich bin ich nicht verrückt, auch wenn manche Leute das glauben.

Es war nicht zu übersehen, dass Jo die Sache suspekt war, er lehnte alles ab, was nach Herumkramen in der Vergangenheit aussah, und vermutlich hatte er gute Gründe dafür.

Er war acht, als seine Mutter krank wurde, und knapp zehn, als sie starb. Die letzten Wochen vor ihrem Tod hatte sie solche Schmerzen gehabt, dass sie nur noch geschrien hatte, aber Eddie hatte es nicht fertig gebracht, sie ins Krankenhaus zu bringen und dort sterben zu lassen. Seit damals lief Jo ständig mit Kopfhörern auf den Ohren herum.

Als seine Mutter tot war, hatte er das Sprechen weitgehend eingestellt und war in der Schule sitzen geblieben. Er machte ziemlich merkwürdige Sachen; bahrte das Meerschweinchen, das Eddie ihm zum Trost geschenkt hatte, auf dem Esstisch auf und spielte Beerdigung, strich die Wände seines Zimmers schwarz und schminkte sich die Augen mit Kajalstift. Einmal haute er ab und versteckte sich tagelang in einem Schuppen, ein anderes Mal schlug er auf einen Lehrer ein, als der ihn ungerecht behandelt hatte.

Eddie muss ziemlich verzweifelt gewesen sein; er wusste nicht, was er tun sollte, und begriff nicht, dass Jo einfach nur todtraurig war und Trost gebraucht hätte.

Als Eddie meine Mutter kennen lernte, war das die Rettung. Sie stellte sofort eine Art Familienleben her und kümmerte sich um Jo, der so ausgehungert nach Zuwendung war, dass er sogar die überbordende Fürsorge meiner Mutter als angenehm empfand. Dann zogen Eddie und Jo bei uns ein, und seither hatte Jo nie mehr von seiner Mutter gesprochen.

Manchmal träumte er nachts von ihr, dann rief er nach ihr und weinte im Schlaf, er klammerte sich an mich, und ich streichelte ihn, bis er sich beruhigt hatte. Ich glaube, ich war für ihn so was wie sein Halt; er brauchte mich, um nicht aus der Welt zu fallen. Jo sagte nicht viel, aber er spürte alles; seine coole Art war nur Tarnung. Wenn ihm jemand wehtat, zog er sich meistens zurück, ich hatte aber auch schon erlebt, dass er total ausflippte; das war ziemlich beängstigend.

Er fragte mich nie, was ich machte und mit wem ich mich traf; ich glaube, weil er die Antwort nicht hören wollte. Es gab ein paar unausgesprochene Regeln in unserer Beziehung, und wir wussten beide, dass wir besser nicht an ihnen rührten.

Hör mal, sagte ich also zu Jo, du machst deinen Kram, und ich mach meinen Kram, und wir nerven uns nicht gegenseitig mit Fragen, klar?

Er richtete sich auf, sein Gesicht zeigte einen Ausdruck zwischen Wut und Angst. Hey, sagte er mit gepresster Stimme, weißt du nicht, dass Leute, die 'ne Therapie machen, komisch werden? Ich will nicht, dass du komisch wirst.

Ich werde schon nicht komisch, sagte ich. Das alles hat mit dir überhaupt nichts zu tun, okay?

The Sixth Sense war vorbei, Jo drückte die Eject-Taste, nahm die Kassette raus und legte Matrix ein. Mit einer heftigen Bewegung zog er mich an sich und hielt mich so fest, dass es wehtat.

Hanna rief an, um André mitzuteilen, dass sie die Therapie fortsetzen wolle. Er gab ihr einen Termin und notierte ihn in seinem Kalender.

Heute war sein Geburtstag, abends würden einige Freunde kommen, davor wollte er mal wieder zum Friseur gehen. Er ging ins Bad und betrachtete sich im Spiegel über dem Handwaschbecken, sein braunes Haar, das bereits deutliche graue Einsprengsel zeigte, lockte sich im Nacken.

Er rieb sich die Augen. Eigentlich hätte er eine Lesebrille gebraucht, aber er schob den Kauf vor sich her; mit dreiundvierzig, fand er, war man noch zu jung für Prothesen. Er überlegte oft, wann »jung« aufhörte und »alt« anfing. »Wann du alt bist, bestimmen die anderen«, hatte sein Vater immer gesagt, und tatsächlich konnte auch er bei anderen Leuten ziemlich genau sagen, ob sie alt waren. Nur bei sich selbst gelang es ihm nicht, den Zeitpunkt festzumachen, ab dem er aufgehört hatte, jung zu sein. Er fühlte sich nicht alt, manchmal hatte er schon Schwierigkeiten damit, sich überhaupt erwachsen zu fühlen.

Er dachte an ein Spiel, das er oft mit Karl, seinem besten Freund, spielte: »Nie-mehrs« und »Noch-nichts«. Wenn einer von ihnen anfing, übers Alter zu jammern, waren das die »Nie-mehrs«. Nie mehr würden sie in Südfrankreich am Strand sitzen und zu viel Pastis trinken, nie mehr würden sie die erste Zigarette rauchen, den ersten Kuss kriegen, das erste Mal mit einem Mädchen schlafen. Nie mehr würden sie hundert Meter unter zwölf Sekunden laufen, nie mehr ihr erstes Auto zu Schrott fahren, nie mehr ... Irgendwann hielt der andere die »Noch-nichts« dagegen: Noch müssten sie ihr Haar nicht färben, noch hätten sie kein Gebiss und keine Erektionsstörungen, noch würden die Teenies im Bus ihnen nicht ihren Platz anbieten, noch müsste man ihnen nicht über die Straße helfen ...

André versuchte, sich über die »Noch-nichts« zu freuen, die ihm einfielen, aber es war nicht leicht. Er machte sich klar, dass er im besten Fall erst in der Mitte seines Lebens angekommen war, die Hälfte also noch vor ihm lag. Im schlechteren Fall waren es schon zwei Drittel oder drei Viertel, die hinter ihm lagen. Der Rest seines Lebens schien plötzlich auf ein paar lächerliche Jahre zusammenzuschrumpfen, und André wurde von dem dringenden Bedürfnis ergriffen, irgendetwas zu tun, das ihm beweisen würde, wie jung er noch war.

Er würde ... ja, er würde nachher in die Stadt fahren und sich selbst die Lederjacke zum Geburtstag schenken, mit der er schon einige Male geliebäugelt hatte. Nein, er war noch nicht zu alt, er war gut in Form, er konnte es sich verdammt noch mal leisten, eine Lederjacke zu tragen, ohne sich lächerlich zu machen.

Nach einer deprimierenden letzten Stunde mit seinem Waschzwang-Patienten verließ André am frühen Abend die Praxis und fuhr ins Zentrum. Er schloss sein Fahrrad an einer Laterne fest und ging die Fußgängerzone entlang, Karstadt, Kaufhof, H&M, C&A, es war erstaunlich, wie die deutschen Innenstädte einander glichen. Auf seinen Vortragsreisen zum Thema »Krise als Chance« (er hatte ein Buch mit diesem Titel geschrieben) war es ihm schon passiert, dass er durch eine Fußgängerzone gewandert war und plötzlich nicht mehr wusste, in welcher Stadt er sich befand. Es störte ihn nicht weiter, er fand es beruhigend, überall die gleichen Geschäfte vorzufinden; da wusste er, was ihn erwartete. Er konnte ein Karstadt-Haus in Hamburg, Köln, Frankfurt oder Düsseldorf betreten, überall waren im Erdgeschoss die Parfümerie- und Lederwarenabteilungen, im ersten Stock die Damen- und im zweiten Stock die Herrenmoden.

Er fuhr in den zweiten Stock des Kaufhauses und erschrak plötzlich, als er sein Gesicht im Spiegel neben der Rolltreppe entdeckte. War es das unbarmherzige Neonlicht, das die Falten um seine Augen so vertiefte und die Haut so grau erscheinen ließ? Er hatte es heute Morgen nicht geschafft, sich zu rasieren, weil er Paul englische Vokabeln abfragen musste. Nun bedeckte ein dünner Stoppelschleier sein Kinn und seine Wangen, und er fragte sich, ob er je so alt werden würde, wie er sich heute selbst vorkam.

Als er die Abteilung Herrenjacken erreicht hatte, wanderte er an den Kleiderständern entlang. Wo hing die Jacke, die er neulich entdeckt hatte, aus leicht patiniertem Leder, nicht so geleckt wie die neuen, aber auch nicht so abgeschabt wie die gebrauchten Motorradjacken, die man auf dem Flohmarkt bekam? Ratlos schob er die Modelle auf dem Ständer hin und her, schließlich wandte er sich an den Verkäufer, einen Typ mit gelb gefärbtem Stoppelhaar und Ohrring. Er beschrieb ihm die Jacke, so gut er konnte.

»Klar, ich erinnere mich«, sagte der Verkäufer, »die Veromoda-Jacke, Super-Teil, aber die ist leider weg. Darf ich Ihnen was anderes zeigen?«

»Nein, vielen Dank.« André winkte ab und ging Richtung Rolltreppe. Mist, er hätte die Jacke gleich nehmen sollen. Immer wieder passierte es ihm, dass er Entscheidungen so lange hinausschob, bis die Chance vertan war.

Er trat auf die Straße, holte tief Luft und sah sich um. Er hatte das Bedürfnis, sich irgendwas anderes zu kaufen, und schlug die Richtung zu WOM ein, wo er seit seiner Studentenzeit Stammkunde war, auch wenn er inzwischen immer öfter CDs übers Internet bestellte, mit schlechtem Gewissen, weil er nicht am Niedergang des Einzelhandels schuld sein wollte.

Ziellos schlenderte er zwischen den Regalen umher und konnte sich für nichts entscheiden; es kam ihm vor, als besäße er bereits alle Platten, die er sich wünschte, und er hatte keine Lust, etwas Neues auszuprobieren.

Als er auf dem Weg zum Ausgang war, fiel ihm in einiger Entfernung eine Frau auf. Sie drehte ihm den Rücken zu, aber die Körperhaltung und das schulterlange dunkle Haar kamen ihm bekannt vor. War das nicht Hanna Walser? Er machte ein paar Schritte in ihre Richtung und versuchte, ihr Gesicht zu sehen. Sie verschwand hinter einem Regal, er näherte sich von der anderen Seite. Als er sie gerade ansprechen wollte, hob die Frau den Kopf und sah ihn fragend an.

»Entschuldigung«, murmelte André. Er hatte sich getäuscht.

Ohne eine CD gekauft zu haben, verließ er das Geschäft.

Jetzt blieb nur eines: die Feinkostabteilung von Karstadt. Ein Sortiment teurer Leckereien und ein, zwei Flaschen wertvollen Weines, den er sich sonst nicht leistete, würden ihm ein Gefühl des Wohlbefindens verschaffen. Und eine neue Speckrolle am Bauch, dachte er und seufzte.

Mit Fois de canard, Langustenschwänzen, luftgetrockneter toskanischer Salami, zwei Pfund französischem Rohmilchkäse, einem Sortiment feinster Trüffelpralinen und vier Flaschen Brunello di Montalcino kam er bei seinem Fahrrad an. Er hängte an jede Seite des Lenkers zwei ungefähr gleich schwere Tüten und fuhr los, etwas wackelig, weil das Gewicht der Flaschen ihn hin und her zog.

Er schaffte es durch die Innenstadt, wo inzwischen der Feierabendverkehr brodelte, die Landstraße entlang bis in seinen Vorort, sogar bis in seine Straße schaffte er es, aber zwanzig Meter vor seiner Haustür schoss ein Typ auf Inlineskatern so knapp an ihm vorbei, dass er erschrak, den Lenker verriss und stürzte. Die Tüten knallten auf den Asphalt, der Brunello ergoss sich auf die Straße, und André blieb einen Moment liegen, schloss die Augen und kam zu dem Schluss, dass es schwerer war, sich etwas Gutes zu tun, als er gedacht hatte.

Als er sich mühsam aufgerichtet hatte und das Fahrrad mit den tropfenden Tüten Richtung Gartentor schob, öffnete sich die Haustür, und Bea trat heraus. Sie blieb in der Tür stehen, einen Fuß etwas angewinkelt, die Schulter an den Türrahmen gestützt, das Haar offen, in einem figurbetonten Kleid, dessen Saum knapp bis zu den Knien reichte und ihre glatten, gebräunten Beine zeigte. Bea gehörte zu den Frauen, die gut altern; ihr Gesicht, das früher einfach nur hübsch gewesen war, strahlte Reife und Gelassenheit aus. Ihre Figur hatte sich in all den Jahren kaum verändert, André wusste, dass sie Kleidergröße 36/38 trug, wie damals, als sie sich kennen gelernt hatten.

Sie hielt das schnurlose Telefon ans Ohr und sprach hinein, lachte ein paar Mal und ließ dann die Hand mit dem Hörer sinken. Mitleidig lächelnd sah sie ihn an, einen Trauerkloß mit verdreckten Klamotten, eine weinrote Spur hinter sich herziehend. André kam sich so lächerlich vor, dass er am liebsten geweint hätte.

»Was ist dir denn passiert?«, rief sie ihm zu. »Warte, ich helf dir.«

Sie lief ihm entgegen, begrüßte ihn mit einem Kuss und musterte ihn. »Nicht dein Tag heute, was?«, sagte sie mit sanftem Spott in der Stimme.

»Kann man so sagen«, murmelte er, überließ ihr das Fahrrad und trug die Tüten zur Mülltonne, wobei er Acht gab, seine Hose nicht mit Wein zu bekleckern. Kurz überlegte er, ob er die Glassplitter aussortieren und in die Glastonne werfen sollte, beschloss aber, sich heute ausnahmsweise frevelhaft zu verhalten und alles dem Restmüll zuzuführen.

Er überprüfte, welche Lebensmittel unbeschädigt waren, und stellte zu seiner Überraschung fest, dass eine der Flaschen heil geblieben war. Wenigstens etwas.

Vorsichtig trug er sie ins Haus und stellte sie ganz hinten auf den Küchenschrank.

Paul kam in die Küche gestürmt, boxte André liebevoll in die Seite und sagte: »Du bist nicht sauer, wenn ich heute Abend nicht dableibe, oder?«

»Natürlich nicht«, erwiderte André und spürte, dass es nicht stimmte.

»Wo will er denn hin?«, fragte er Bea, als Paul wieder außer Hörweite war.

»Zu seiner Clique, ist doch klar, er langweilt sich mit uns alten Säcken.«

Dass Bea ihn, sich selbst und die Freunde, die sie zum Abendessen erwarteten, als alte Säcke bezeichnete, gab ihm den Rest.

»Könntest du mir vielleicht irgendwas Aufmunterndes sagen«, bat er mit matter Stimme, »wie gut ich aussehe für mein Alter oder dass ich jetzt in die besten Jahre komme oder so was, ich bin nämlich kurz vor einer heftigen Depression und spiele mit dem Gedanken, allen für heute Abend abzusagen.«

Sie sah ihn verblüfft an, dann lachte sie. »Du spinnst! Ist doch wohl besser, dreiundvierzig zu werden ...«

»... als nicht dreiundvierzig zu werden«, ergänzte er. »Kann schon sein, tröstet mich aber nicht.«

Er wusch sich die Hände; während er sie abtrocknete, näherte sich Bea und umarmte ihn von hinten. Er spürte ihren Kopf an seiner Schulter und ihre Hände auf seinem Bauch, den er reflexhaft ein wenig einzog.

»Du Armer«, sagte sie, »was ist denn passiert?«

Er war versucht, ihr die Serie seiner Missgeschicke in allen Einzelheiten zu erzählen, aber dann drehte er sich einfach zu ihr um.

»Egal. Du siehst wunderbar aus«, sagte er und zog sie an sich; ihr Haar war frisch gewaschen und im Nacken noch feucht.

In André kämpften widerstreitende Gefühle. Einerseits sehnte er sich nach ihrer Nähe, gerade heute, an diesem beschissenen Tag. Andererseits fürchtete er, dass Bea plötzlich, wie schon so oft, sagen könnte: »Ach, weißt du, ich glaube, ich habe doch keine Lust«, mit dieser Leichtigkeit in der Stimme, die zeigte, wie wenig es ihr bedeutete, ob sie zusammen schliefen oder nicht.

Immer predigte er seinen Patienten, dass die Wichtigkeit von Sex in langjährigen Beziehungen deutlich abnehme, ja, dass es vorzügliche Ehen gebe, in denen Sex kaum noch eine Rolle spiele, und dass auch Beziehungen völlig ohne Sex sehr wertvoll sein könnten.

Er wusste, wovon er sprach. Umso überraschter war er, als Bea ihn küsste und flüsterte: »Komm mit.«

»Hör mal«, sagte er, »am liebsten wäre mir eine Rückenmassage.«

»Okay«, sagte Bea, »nur eine Massage.«

Kurze Zeit später waren sie nackt im Bett, und für eine Weile hatte André das Gefühl, diesmal könnte es gut gehen. Bea stöhnte leicht, ihr Körper war biegsam und bereitwillig, alle ihre Reaktionen schienen Lust zu signalisieren. André war ein sehr aufmerksamer Liebhaber; er hatte gelernt, auf alle Signale zu achten, um die kostbaren Momente nicht zu gefährden.

Er wähnte sich schon fast am Ziel, als Bea ein Stück von ihm abrückte und flüsterte: »Ich muss schnell zur Toilette.«

Sie rollte sich aus dem Bett und ging mit leichten Schritten ins Bad. Er hörte es plätschern, hörte das Abrollen des Klopapiers, die Spülung, den Wasserhahn. Als sie wieder da war und sich neben ihn legte, war seine Erektion vorbei. Futsch. Weg. Als wäre sie nie da gewesen. Bea mühte sich noch ein wenig, aber umsonst. Allmählich reifte in André die Einsicht, dass dreiundvierzig zu werden noch viel schlimmer war, als er bisher geahnt hatte.

Das Theater, in dem ich seit drei Jahren arbeitete, hatte ziemlich wenig Ähnlichkeit mit einem normalen Stadt- oder Staatstheater. Es befand sich in einem ehemaligen Fabrikgebäude mit großen Fenstern und offenen Stahlträgern und wurde von zwei Theaterverrückten betrieben, Rieke und Adam. Die beiden waren seit ihrer Studentenzeit ein Paar und hatten sich in den Kopf gesetzt, in einem eigenen Haus Theater zu machen. Nachdem sie ein paar Jahre ganz erfolgreich mit ihren freien Produktionen gewesen waren, hatte man ihnen die Fabrik angeboten. Sie mussten Kredite aufnehmen und eine Erbschaft verpulvern, aber seit dem sensationellen Start mit dem Rock-Musical »Strangers« erhielten sie sogar Subventionen von der Stadt.

Gleich nach der Schauspielschule hatte ich mich dort beworben, war aber erst mal abgeblitzt. Danach war ich mit einem Tournee-Theater unterwegs gewesen; wir spielten in tristen Mehrzweckhallen und verräucherten Landgasthöfen, vor grölenden Bauern und gelangweilten Schülern, nach den Vorstellungen mussten wir mit den Dorfhonoratioren saufen und uns von ihnen betatschen lassen. Nach einem Jahr war ich so weit, den Beruf aufzugeben. Da kam der rettende Anruf von Adam, der fragte, ob ich noch mal zum Vorsprechen kommen wolle, es gebe vielleicht eine Rolle für mich.

Ich hätte alles, absolut alles für diese Rolle getan; ich wäre mit Adam ins Bett gegangen oder mit Rieke, aber beides war nicht nötig, sie hörten zu, wie ich den Monolog einer einsamen Prostituierten aus so 'nem amerikanischen Off-Broadway-Stück sprach, und hinterher kamen sie zu mir und umarmten mich ganz zart und sagten, toll, du warst ganz toll. Und dann bekam ich die Rolle, nichts Großes, aber ein Anfang, und danach spielte ich in den meisten Produktionen, nur nicht bei den Musicals, denn leider konnte ich nicht singen, obwohl ich immer vom Singen geträumt hatte.

Als Erstes aber wurde ich »umgetauft«, weil es am Stadttheater eine bekannte Schauspielerin gab, die blöderweise so hieß wie ich: Hanna Walser. Du brauchst einen Künstlernamen, beschloss Adam, schlag was vor. Künstlernamen? Keine Ahnung, darüber hatte ich mir noch nie Gedanken gemacht, weil es bisher nicht so ausgesehen hatte, als würde mein Name über die Grenzen der Provinzkäffer hinaus bekannt werden. Wir blödelten ein bisschen herum, irgendwann sagte ich: Duval. Wieso Duval, wollte Adam wissen, ist der Mädchenname meiner Mutter, erklärte ich, gefällt mir, sagte Rieke, und damit war ich Hanna Duval.

Jetzt saßen wir um einen großen Tisch in der Kantine und machten die erste Leseprobe des Shakespeare-Stückes »Verlorene Liebesmüh«, das wir unter seinem anderen Titel »Liebes Leid und Lust« aufführen würden. Mit verstellten Stimmen alberten wir herum, aufgeregt und voller Erwartungen. Ich liebte diese Atmosphäre am Anfang einer Produktion; alles war neu und ungewiss, man traf Kollegen wieder, die man länger nicht gesehen hatte, es war wie vor der Abfahrt ins Schullandheim.

Alle waren gespannt, weil wir mit einem Regisseur arbeiten würden, der eigentlich viel zu berühmt für unser Theater war, aber aus Freundschaft zu Adam zugesagt hatte. Tibor Nagy, ein drahtiger, alterslos wirkender Typ mit durchdringenden hellen Augen und der Ausstrahlung eines Marathonläufers, hatte schon eine Menge Preise kassiert und war mit seinen Inszenierungen regelmäßig zu Theatertreffen im In- und Ausland eingeladen, galt aber als Diva, der seine Mitarbeiter an den Rand des Nervenzusammenbruchs bringen konnte. Seine Psychospielchen waren berüchtigt, ebenso seine Neigung, Produktionsetats gnadenlos zu überziehen. Ich fragte mich, warum Adam dieses Risiko auf sich nahm, war aber sehr neugierig auf die Arbeit mit Tibor; ich mochte extreme Erfahrungen, sonst langweilte ich mich bei den Proben, die ja aus endlosen Wiederholungen bestanden.

Ich spielte die Hofdame Rosaline aus dem Hofstaat der Prinzessin von Frankreich, die im ersten Akt mit dem Edelmann Berowne zusammentrifft, der gleich ziemlich auf sie abfährt.

Berowne: Hab ich nicht in Brabant getanzt mit Ihnen?
Rosaline (äfft ihn nach): Hab ich nicht in Brabant getanzt mit Ihnen?
Berowne: Ich bin mir sicher.
Rosaline: Wie unnütz war's dann, mich danach zu fragen.
Berowne: Sei'n Sie doch nicht so spitz.
Rosaline: Selbst schuld, Sie geben mir die Sporn mit solchen Fragen.
Berowne: Zu rasch, Ihr Witzgalopp, der wird bald lahm.
Rosaline: Erst, wenn der Reiter, plumps, im Sumpf zu liegen kam.

Tibor lehnte sich zurück und lachte schallend. Sehr schön, liebste Rosaline, verehrter Berowne, so muss das klingen, sie spitz und zickig, er hilflos und beleidigt, genau wie im wirklichen Leben!

Die Kunst bestand darin, die altmodische Theatersprache so zu sprechen, als wäre sie unsere Umgangssprache, nicht aufgesagt oder mit Betonung, sondern ganz beiläufig. Das war schwierig, aber wenn man es hinkriegte, kapierte man, dass die Stücke überhaupt nicht altmodisch waren, dass es um das Gleiche ging wie in jedem guten Kinofilm: um Liebe und Leidenschaft, um Freundschaft und Verrat, um hohe Ziele und menschliche Schwächen. Jedenfalls bei Shakespeare war das so, deshalb waren mir seine Stücke die liebsten.

Berowne wurde von Richy gespielt, den ich aus einer früheren Produktion kannte. Die anderen männlichen Darsteller kannte ich nicht, bis auf einen vom Sehen, seinen Namen hatte ich mir nicht gemerkt.

Die Frauenrollen waren mit Mädels aus meiner Chicken-Group besetzt, die ich von der Schauspielschule kannte. Kaja gab die Prinzessin von Frankreich, sie war eine eindrucksvolle Rothaarige mit blasser Haut, Sommersprossen und grünen Augen. Chris, eine durchtriebene Kleine mit großen Kulleraugen und Schmollmund, spielte die Hofdame Maria, und Leonore, eine kühle Blondine, war Katharina.

Wir mochten uns, aber ich war trotzdem auf der Hut. Es gibt nichts Zickigeres und Unberechenbareres als Schauspielerinnen; für eine Karrierechance lassen einen die meisten kalt lächelnd über die Klinge springen. Offen gestanden, bin ich nicht sicher, ob ich selbst nicht genauso war. Déformation professionèlle.

Ihr wisst ja, sagte Tibor jetzt in die Runde, das Stück würde ungefähr fünf Stunden dauern, wenn man es komplett aufführen würde. Ich habe es auf zwei Stunden gekürzt, zwei richtig pralle, knackige Stunden!

Die Truppe nickte zustimmend, wir waren alle froh, dass Tibor nicht zu den Größenwahnsinnigen gehörte, die sich einbildeten, ein Stück ungekürzt auf die Bühne bringen zu müssen, um ihre Genialität unter Beweis zu stellen. Einundzwanzig Stunden Faust I und II, fünf Stunden Shakespeare, auf diese Art von Kulturfolter stand hier niemand. Für mich war ein guter Theaterabend so lang wie ein Film, höchstens anderthalb bis zwei Stunden; wenn's länger dauerte, kriegten die Zuschauer ja doch Hunger und hörten nicht mehr richtig zu.

Okay, sagte Tibor, dann lesen wir jetzt den zweiten Akt, erste Szene. Auf der Bühne sind Lord Boyet, die Prinzessin und die Hofdamen, sowie der König und die Edelleute.

Während die anderen lasen, beobachtete ich Richy. Bei einer anderen Produktion hatten wir schon einmal ein Liebespaar gespielt, und es hatte ziemlich gefunkt zwischen uns, wir waren sogar einmal zusammen ausgegangen und hatten uns voll laufen lassen, aber es war nichts passiert. Man verknallt sich oft in seinen Bühnen- oder Filmpartner, das ist nichts Besonderes, Schauspielerei ist körperliche Arbeit, dabei kommt man sich nun mal näher, als wenn man im gleichen Großraumbüro sitzt. Meistens lässt die Verliebtheit schnell nach, wenn die Arbeit vorbei ist, aber als ich Richy jetzt ansah, musste ich mir eingestehen, dass ich ihn immer noch ziemlich scharf fand.

Er machte Krafttraining und hatte einen traumhaften Oberkörper, ein offenes, jungenhaftes Gesicht mit einer kleinen Lücke zwischen den Schneidezähnen und strubbelige, blonde Haare, die ihn aussehen ließen, als käme er gerade vom Strand. Versonnen sah ich ihn an.

Richy bemerkte es und grinste ein bisschen verlegen zu mir rüber.

Ich versuchte, mich zu erinnern, was zwischen uns schief gelaufen war.

Nach einer Probe waren wir was trinken gegangen, in einen von diesen schummrigen Läden, wo sich im Hintergrund ein Pianist abmüht, ein bisschen Stimmung zu erzeugen, und abgeschlaffte Geschäftsleute vor ihren Cocktails sitzen. Keine Ahnung, warum wir da gelandet waren, für so was waren wir mindestens zwanzig Jahre zu jung. Egal, wir saßen da und tranken Mojitos und redeten, und alles sah danach aus, als könnten wir in dieser Nacht guten Sex miteinander haben.

Wir waren schon fast draußen, da nahm Richy meine Hand, sah mich an und sagte mit so einer Kleine-Jungen-Stimme: Weißt du, was ich mir wünsche?

Ich war neugierig und rechnete damit, dass er mir irgendeine ausgeflippte Sache vorschlug, Sado-Maso, Fesselspiele oder so was. Aber was dann kam, hat mich echt umgehauen. Er legte den Kopf schief und sagte: Übernachtest du bei mir? Ich würde dich morgen gern wachküssen.

Uaaah! Ich will morgens nicht wachgeküsst werden, ich will morgens nicht mal angeschaut werden! Der einzige Mensch, den ich morgens ertrage, ist Jo, und auch das nur, weil er meistens noch pennt, wenn ich aufstehe.

Tja, das war's dann leider, ich habe mich ziemlich schnell verabschiedet, und ich glaube, Richy weiß bis heute nicht, was er eigentlich falsch gemacht hat.

Hallo, ihr zwei, ihr seid dran!, riss mich Tibors Stimme aus meinen Gedanken.

Richy und ich tauschten einen schnellen Blick und lasen weiter.

Berowne: Ich werd Sie meinem Herzen empfehlen, Gnädigste.
Rosaline: Meine Empfehlung Ihrem Herzen; ich möcht's gern mal sehen.
Berowne: Ich möchte gern, dass Sie's mal hören, und zwar seufzen.
Rosaline: Ist das arme Närrchen krank?
Berowne: Krankt an Herzweh wegen Liebesfülle.
Rosaline: Ein Aderlass putzt.
Berowne: Sie meinen, das nutzt?

Als ich aufsah, bemerkte ich, dass Richys Wangen sich verfärbt hatten. Ich grinste ihn an.

Beim Rausgehen legte ich die Hand auf seinen Hintern. Wir sollten mal wieder ausgehen, was meinst du, flüsterte ich, und er sah mich erschrocken an. Mit gespielter Besorgnis schlug ich die Hand vor den Mund und hauchte: Ist das arme Närrchen krank?

Ich hab jetzt 'ne Freundin, sagte er, und ich musste lachen und sagte, das stört mich doch nicht.

Ich drehte mich zu den anderen um, geht ihr noch mit, was trinken?

Kaja zögerte, ich hab 'nen Termin, ich auch, sagte Richy. Chris und Leonore schlossen sich mir an, außerdem König Ferdinand und sein Edelmann Longaville; ich war froh, dass ich Gesellschaft hatte, ich betrinke mich nicht gern allein.

Die Musik hämmerte, dass meine Magenwände vibrierten, ich hatte den dritten Wodka-Lemon drin und tanzte mit mir selbst. Die drei anderen standen an der Bar der »Techno-Lounge«, steckten die Köpfe zusammen und kicherten; ich fand es einfach zu anstrengend, mich bei dieser Lautstärke zu unterhalten, außerdem hatte ich in der Menge ein Gesicht entdeckt, das mich interessierte.

War es Zufall, dass der Typ die Fünfunddreißig sicher überschritten und leicht angegrautes Haar hatte? Mein Psycho-Doc würde vermutlich einen Vaterkomplex bei mir diagnostizieren; außer Richy, der in meinem Alter war, gefielen mir seit geraumer Zeit nur noch Männer, die deutlich älter waren als ich.

Richy verkörperte sozusagen das Brad-Pitt-Prinzip; er war ein hübscher Junge mit einem geilen Körper; Sex mit ihm wäre in erster Linie eine narzisstische Befriedigung, und eigentlich war er zu leicht zu haben, um interessant zu sein.

Die Älteren waren eine echte Herausforderung; sie waren abgeklärter, meistens verheiratet und überlegten vorher, ob ein schneller Fick die möglichen Konsequenzen wert war. Die geübten Lügner konnte man leicht rumkriegen; sie behielten ihre Eskapaden für sich und hatten keine moralischen Skrupel, viel spannender waren die anständigen Jungs, die waren schwer zu knacken, weil sie sich selbst gut genug kannten, um zu wissen, dass sie nach einem Seitensprung aus schlechtem Gewissen alles ihrer Frau beichten würden.

Der Typ stand am Rande der Tanzfläche, hielt sich an seinem Pilsglas fest und taxierte gelangweilt die zuckenden Körper. Immer wieder sah ich zu ihm rüber, bis er meinen Blick erwiderte. Das übliche Spiel begann, Hinsehen, Wegsehen, wieder Hinsehen, etwas länger als nötig, ein kurzes Lächeln, Wegdrehen, Desinteresse signalisieren, irgendwann beiläufig den Blick wieder in seine Richtung lenken, ich fühlte mich absolut zu Hause in dieser Disziplin, mein Körper tat ganz von alleine das Richtige, und als ich irgendwann die Tanzfläche verließ und an ihm vorbeiging, ohne ihn anzusehen, hätte ich das Vermögen meiner Mutter darauf verwettet, dass er mir folgen würde.

Ich ging ins Freie, lehnte mich gegen das Geländer der Treppe und wartete. Die Lounge lag in einer ehemaligen Lagerhalle auf einem Gelände am Fluss, früher waren die Lasten per Kahn transportiert worden; man hörte das gleichförmige Rauschen des Wassers am Stauwehr, ein angenehm frischer Wind wehte herüber.

Eine Zigarette wäre jetzt nett gewesen, nur wegen der Pose, aber es stand niemand in der Nähe, bei dem ich eine hätte schnorren können. Es vergingen ein paar Minuten, ich sah das Vermögen meiner Mutter schwinden. Als ich mich umdrehte und gerade die Treppe wieder hochstürmen wollte, stieß ich mit ihm zusammen, 'tschuldigung, murmelte ich und tat so, als wollte ich an ihm vorbei, da spürte ich, wie seine Hand sich um mein Handgelenk schloss, und blieb stehen, sah ihn mit gespieltem Erstaunen an und sagte, hey, kennen wir uns?

Noch nicht, sagte er, und ich dachte, ach Gott, wie originell, aber was soll man darauf schon anderes sagen. Hast du 'ne Zigarette, fragte er, und ich sagte, nee, du? Wir lachten, auch nicht so gut, also eins zu eins.

Spaziergang?, fragte er und machte mit dem Kopf eine Bewegung Richtung Fluss.

Okay, sagte ich, er steckte die Hände in die Hosentaschen und ging neben mir her, ohne mich zu berühren oder was zu sagen, was ich als sehr angenehm empfand; die Typen, die einen sofort zutexten, gingen mir auf die Nerven, ich wollte so wenig wie möglich von einem wissen, am liebsten nicht mal den Namen.

Je näher wir zum Wasser kamen, desto lauter wurde das Rauschen, bald hätte man sowieso nichts mehr verstanden, allerdings würde mich auch niemand schreien hören, wenn der Typ zufällig ein Lustmörder wäre und auf die Idee käme, mir beim Sex die Gurgel zuzudrücken.

Ich verscheuchte den Gedanken, mir war noch nie was zugestoßen, und außerdem glaubte ich ja sowieso, dass längst feststeht, auf welche Weise man sterben wird, beim Sex im Wald, beim Fallschirmspringen oder mit sechsundneunzig im Lehnstuhl.

Wir hatten das Ufer erreicht und sahen in das tobende Wasser, der Typ sagte irgendwas, ich machte ihm ein Zeichen, dass ich ihn nicht verstände, er grinste und gab mir ebenfalls in Zeichensprache zu verstehen, ich sollte ihm folgen. Ich ging hinter ihm her, und erst jetzt fiel mir auf, dass er zu seinem weißen Hemd eine teure Anzughose trug und edle, schwarze Halbschuhe. Wo hatte er das Sakko gelassen, und die Krawatte? Als ich mir die zwei fehlenden Kleidungsstücke vorstellte, vervollständigte sich vor meinem inneren Auge das Bild eines smarten Bankers oder Geschäftsmannes, hier handelte es sich eindeutig nicht um einen der typischen Lounge-Hänger, sondern um einen Vertreter der New Economy.

Anzug, Lederjacke, mir war das egal, drin steckten immer Männer, schöne, verletzliche, rätselhafte Wesen, denen man nie wirklich nahe kam, außer beim Sex. Mich faszinierte der Moment, in dem sie zum Höhepunkt kamen, sich in wimmernde Babys verwandelten, hilflos und rührend, um gleich darauf wieder die coolen Macker zu spielen.

Meine Eroberung machte immer noch keine Anstalten, sich auf mich zu stürzen; ich kam zu dem Schluss, dass ich die Initiative ergreifen müsste, offenbar fand er, er hätte genug Einsatz gebracht, indem er mich angesprochen hatte, also legte ich beiläufig den Arm um seine Hüfte und hakte meinen Daumen in eine Gürtelschlaufe. Er nahm das zum Anlass, mir seinen Arm um die Schulter zu legen, und so gingen wir nebeneinander, in seltsam vertrauter Umarmung, wie ein Liebespaar.

Das Rauschen und die Lichter des Stauwehrs lagen hinter uns, es wurde stiller und dunkler, das Gebüsch neben dem Weg dichter. Als eine Parkbank in Sicht kam, steuerte er darauf zu und setzte sich hin, ich konnte gerade noch meinen Daumen aus der Schlaufe ziehen, sonst hätte ich ihn mir gebrochen.

Ich setzte mich rittlings auf seinen Schoß, umarmte ihn, küsste seinen Hals und sein Ohr, fühlte seine Hände auf meinem Hintern und erregte mich an der Vorstellung, dass jeden Moment jemand den Weg entlangkommen und uns beobachten könnte. Das verursachte mir ein ebenso prickelndes Gefühl wie der Blick von einem Hochhaus oder der Moment kurz vor dem Bungee-Sprung; ich ging ab wie eine Rakete, und so war das Vergnügen heftig, aber kurz.

André sah der zweiten Sitzung mit Hanna erwartungsvoll entgegen. Er war gespannt, ob sie diesmal pünktlich sein würde. Aber wenn sie sich innerlich gegen eine Therapie sperrte, hätte sie ihm einfach absagen können; Gründe wären nicht schwer zu finden gewesen.

Noch während er darüber nachdachte, mit welchen Begründungen sie hätte absagen können, und sich verbot, allzu befriedigt zu sein, dass sie es nicht getan hatte, klopfte es, und Hanna trat ein.

Sie war, anders als beim letzten Mal, ganz schlicht gekleidet, mit schwarzer Hose und grauem Pullover. Ihr Gesicht war ungeschminkt, und André erschrak fast darüber, wie jung sie aussah.

Er ging ihr entgegen, begrüßte sie mit Händedruck;

wieder sah sie ihn mit diesem seltsam eindringlichen Blick an und lächelte leicht. Mit einer einladenden Bewegung wies er auf den Patientensessel. Hanna neigte leicht den Kopf, setzte sich und ließ ihre Schuhe zu Boden fallen.

»Darf ich?«, fragte sie und zog, bevor er antworten konnte, graziös die bloßen Füße unter sich.

Sie saß aufrecht, wirkte aber doch entspannt. André fiel es auf, weil die meisten seiner Klienten anfangs Unsicherheit ausstrahlten. Hannas Gang, ihre Bewegungen und ihre Sitzhaltung wirkten sicher und selbstbewusst.

»Wie geht es Ihnen?«, fragte er.

»Gut«, sagte sie, »ich glaube, es war richtig, dass ich mich für die Therapie entschieden habe.«

Er nickte. »Ich habe letztes Mal vergessen, Sie nach Ihrem Beruf zu fragen«, sagte er und griff nach seinem Notizblock.

»Ich bin Schauspielerin.«

Das erklärte es. Sie war gewohnt, mit dem Körper zu arbeiten; möglicherweise tanzte sie oder hatte während ihrer Ausbildung Fechten gelernt.

»Erzählen Sie mir etwas über Ihren Beruf. Was bedeutet er Ihnen?«

Hanna überlegte kurz. Heute wollte sie die Ernsthafte spielen, die bereitwillig auf alles einging, was er von ihr forderte, weil sie zu dem Schluss gekommen war, dass eine Therapie das Richtige für sie wäre.

»Ich möchte Ihnen von meinem ersten Theatererlebnis erzählen«, begann sie und verschränkte die Hände im Schoß. »Ich muss fünf oder sechs gewesen sein, es war eine Weihnachtsaufführung für Kinder, ein russisches Märchen. Wovon es genau handelte, weiß ich nicht mehr, aber ich erinnere mich noch an die Baba Jaga, die böse Hexe. Sie wohnte in einer Art Wohnwagen, und zuerst sah man sie nicht, man hörte sie nur kreischen. Und dann kam der Wohnwagen plötzlich auf uns zu, und ich sah, dass er keine Räder hatte, sondern riesige, warzige Hühnerfüße. Und als die Hexe herausgestiegen war, scheuchte sie mit einer Handbewegung den Wohnwagen von der Bühne, und die Hühnerfüße liefen ganz schnell weg, als hätten sie Angst vor ihr. Die Baba Jaga war übrigens keine hässliche alte Hexe, sondern sie war jung und schön.«

André lächelte. »Und da beschlossen Sie, auch eine Baba Jaga zu werden, mit der Macht, Wohnwagen zum Weglaufen zu bringen?«

Hanna blieb ernst. »Nein, ich glaube, es war die Aufregung, die ich beim Zuschauen verspürte, dieses Staunen, die Erwartung, was als Nächstes auf der Bühne passieren würde. Dieses intensive Gefühl hatte ich vorher noch nie erlebt, die Wirklichkeit erschien mir bis dahin ziemlich unspektakulär.«

Das war sogar die Wahrheit, dachte Hanna überrascht.

»Konnten Sie dieses Gefühl aus Ihrer Kindheit mitnehmen, spüren Sie es heute noch manchmal?«

»Na ja, nicht immer«, sagte Hanna, »ein Theater ist auch nur ein ganz normaler Betrieb, der eben keine Kaffeemaschinen oder Uhren herstellt, sondern Illusionen. Aber manchmal, wenn ich auf der Bühne stehe und spiele, spüre ich diese zweite Wirklichkeit hinter dem Sichtbaren, und dahinter liegen noch viele Wirklichkeiten, und das tröstet mich darüber hinweg, dass das Leben alles in allem doch ziemlich berechenbar ist.«

André sah sie aufmerksam an. Hanna glaubte, hinter seinem professionellen Blick einen winzigen Hauch unprofessionellen Interesses zu bemerken, der ihm vermutlich nicht mal selbst bewusst war. Aber vielleicht irrte sie sich auch.

»Berechenbar?«

»Na ja, die meisten Biographien verlaufen doch in ziemlich vorhersehbaren Bahnen«, sagte Hanna, und ihr Gesicht spiegelte das Missfallen wider, das dieser Gedanke ihr bereitete, »das Repertoire an menschlichen Erfahrungen erscheint mir ziemlich begrenzt. Geburt, aufwachsen, lieben, hassen, einen Beruf ausüben, Kinder kriegen, alt werden, krank werden, sterben – das ist es doch im Wesentlichen, oder?«

André musste ein Lächeln unterdrücken, sie klang wie ein altkluges Kind. Klar, in ihrem Alter hatte man wenig Erfahrung hinter sich und viel Zukunft vor sich.

»Aber entscheidend ist doch, wie man diese Erfahrungen erlebt, was man für sich daraus mitnimmt«, hielt André dagegen und fand selbst, dass er sich wie ein Ratgeberonkel aus dem Fernsehen anhörte.

Ihm wurde bewusst, dass es ihm schon wieder nicht gelang, eine normale Therapiestunde durchzuführen. Immer wieder schaffte es Hanna, ihn in eine Diskussion zu verwickeln. Sie ignorierte einfach die Hierarchie zwischen Therapeut und Patient. Er durfte das nicht zulassen.

»Was erwarten Sie denn von Ihrem Leben?«, machte er einen neuen Versuch.

Hanna winkte ab. »Oh, come on, Doktor, das ist jetzt aber wirklich eine langweilige Frage. Lassen Sie uns über was anderes reden.«

André notierte sich Hannas plötzliches Abblocken. Sie verbot sich selbst und anderen, zu überlegen, was sie eigentlich vom Leben wollte. Sie strebte nach intensiven Erlebnissen, nach »Aufregung«, wie sie es selbst nannte, stellte sich aber nicht die Frage, worum es ihr dabei in Wirklichkeit ging. Dabei war es offensichtlich, dass sie auf der Suche nach etwas war. Wonach, das könnte eine der Fragen sein, die eine Therapie möglicherweise beantworten würde.

»Worüber möchten Sie denn reden?«, spielte André den Ball zurück.

»Ich weiß nicht ...«, sagte Hanna und sah ihn nachdenklich an. »Ich frage mich manchmal, wie andere Menschen es schaffen, so ... verankert zu sein. Ich kann mich oft selbst nicht richtig spüren, weiß nicht, wer ich eigentlich wirklich bin hinter all den Rollen, die ich spiele.«

Sie fand sich sehr überzeugend und gefiel sich in ihrer neuen Rolle.

»Spielen Sie jetzt gerade auch?«

Hanna lächelte verblüfft. »Sie meinen, ich spiele Ihnen jetzt gerade die Rolle der Unsicheren vor, die sich selbst nicht richtig spüren kann und nicht weiß, wer sie ist?«

»Ist es so?«

»Das ist genau das Problem, André, ich weiß es nicht. Ich weiß nicht, wann ich spiele und wann ich ich selbst bin.«

André, dem offenbar nicht aufgefallen war, dass sie ihn beim Vornamen genannt hatte, stand auf und ging zum Wandschrank. Er öffnete ein Schubfach und holte ein zusammengerolltes Tau heraus, wie man es auf Booten findet. Er legte das Tau auf dem Boden aus und zog es diagonal durch den Raum, sodass eine fast fünf Meter lange Linie entstand.

»Stellen Sie sich vor, das ist eine Zeitachse«, sagte er. »Sie gehen mit geschlossenen Augen ganz langsam rückwärts, zurück in Ihre Vergangenheit. Dabei versuchen Sie, den Punkt zu erspüren, als Sie begonnen haben, sich hinter Ihrem Spiel zu verstecken.«

Hanna stand bereitwillig auf, von der Theaterarbeit kannte sie solche Übungen.

Sie ging in die Ecke des Raumes, wo das eine Ende

des Seils lag, stellte sich mit dem Rücken zu André und schloss die Augen. André drückte einen Knopf; leise Meditationsmusik erklang.

Er beobachtete Hanna, die erst eine ganze Weile stehen blieb, tief atmete und sich zu sammeln schien. Dann begann sie, vorsichtig wie ein Seiltänzer, mit dem Fuß nach hinten zu tasten. Sie machte einen kleinen Schritt, noch einen, immer darauf bedacht, das Tau mit den Füßen zu spüren. Sie ließ sich viel Zeit, und André bemerkte, dass es ihm gefiel, ihr zuzusehen. Ihre Haltung drückte Konzentration aus, ihre Bewegungen waren sparsam und anmutig. Noch nie hatte er bei einem Patienten ein so ausgeprägtes Körperbewusstsein erlebt.

Mehrere Minuten waren vergangen, und Hanna hatte erst ein Drittel der Strecke zurückgelegt. Sie verharrte einen Moment, dann ging sie weiter. Wenn sie ihm nicht nur etwas vorspielte, sondern die Aufgabe ernst nahm, erlebte sie gerade in Gedanken eine Art Reise in die eigene Vergangenheit. Sie würde sich an wichtige Situationen erinnern und Gefühle wahrnehmen, die diese Erinnerungen auslösten.

Als sie ungefähr zwei Drittel des Seiles abgegangen war, blieb sie stehen, die Augen immer noch geschlossen.

»Hier«, sagte sie.

»Wie alt sind Sie gerade?«

»Ich bin ... neun. Es ist mein Geburtstag, mein Vater ist früher aus der Klinik gekommen, um mit mir zu feiern. Ich laufe ihm entgegen, den ganzen Gartenweg entlang, fliege in seine Arme. Früher hat er mich immer hochgehoben und einmal herumgewirbelt, jetzt tut er so, als sei ich plötzlich zu schwer geworden. Er sagt ›mein Kleines, jetzt wirst du groß‹, und in diesem Moment spüre ich mich und ihn und bin so glücklich, wie ich es danach nie mehr war.«

»Was war danach?«, fragte André mit sanfter Stimme.
»Danach ... ich weiß nicht.«

Ein Ruck ging durch Hannas Körper, sie drehte sich zu André um, öffnete die Augen und sah ihn fragend an.

»Sie können sich wieder hinsetzen.«

Hanna folgte seiner Aufforderung, sie wirkte fahrig und zerstreut.

»Was war danach?«, wiederholte André seine Frage. »Was passierte, als Sie neun Jahre alt waren?«

Hanna schwieg einen Moment, als hätte sie ihn nicht gehört. Dann sagte sie: »Meine Schwester starb.«

»Ihre Schwester?« André war nicht sicher, ob er richtig verstanden hatte. »Sie sagten beim letzten Mal, Sie hätten keine leiblichen Geschwister.«

»Hab ich ja auch nicht«, sagte Hanna. »Ella ist tot.«

André brauchte einen Moment, um sich von seiner Überraschung zu erholen. Sie schwiegen beide, Hanna hatte sich in ihrem Sessel zusammengekauert und sah auf den Boden. Sie war erschrocken darüber, dass André es geschafft hatte, diese Information aus ihr herauszulocken. Sie hatte ihm nicht von Ella erzählen wollen, sie hatte ihm keinerlei Material in die Hand geben wollen, aus dem er irgendwelche Rückschlüsse auf ihr tatsächliches Leben hätte ziehen können. Sie war aus der Rolle gefallen, und darüber war sie wütend.

»Bestimmt denken Sie jetzt, ich hätte eine Macke wegen meiner Schwester«, sagte sie heftig, »aber ich kann Ihnen versichern, dass Sie sich irren. Ich hab das verarbeitet, es spielt keine Rolle mehr für mein Leben.«

André überlegte, ob er antworten sollte. Dann entschied er sich abzuwarten.

»Mir ist kalt«, sagte Hanna, beugte sich vor und ergriff Andrés Hand.

Er fühlte ihre kühlen Finger, die seine mit energischem Druck umschlossen, und zog nach kurzem Zögern die Hand zurück.

»Ich werde die Heizung anstellen«, sagte er und stand auf.

Hannas plötzliche Berührung hatte ihm einen Stich versetzt, er ertappte sich bei dem Gedanken, dass er am liebsten ihre Hände in die seinen genommen und festgehalten hätte.

Er drehte den Heizungsregler auf und kehrte auf seinen Platz zurück.

»Warum zucken Sie zurück, wenn ich Sie berühre?«, fragte Hanna und sah ihm in die Augen, mit einem Blick voller Unschuld und Offenheit. »Ich wollte doch nur, dass Sie fühlen, wie kalt meine Hände sind.«

»Tut mir Leid, wenn Sie es als Zurückweisung empfunden haben«, erwiderte André, »aber der Abstand zwischen dem Therapeuten und seinen Patienten (diesmal verwendete er den Begriff bewusst) ist entscheidend für den therapeutischen Erfolg.«

»Das verstehe ich natürlich«, sagte Hanna und senkte den Blick. »Wird nicht wieder vorkommen.«

»Gut«, sagte André und war nicht sicher, ob er das auch meinte.

Die Stunde war zu Ende. Er stand auf, um Hanna zur Tür zu bringen. Sie streckte die Hand aus, zog sie plötzlich wieder zurück.

»Ach halt, darf ich ja nicht«, sagte sie und lächelte kokett.

»Nun wollen wir's aber nicht übertreiben«, sagte er und griff energisch nach ihrer Rechten.

Befriedigt registrierte Hanna, dass sein Händedruck eine Sekunde länger dauerte als notwendig.

Ich bin so froh, dass du endlich diese Therapie machst, sagte meine Mutter und ließ die Gabel sinken.

Wir saßen beim sonntäglichen Mittagessen, das auf ihren Wunsch hin einmal im Monat stattfand, ein Ritual, dem ich mich notgedrungen fügte. Zum Glück war meine Mutter eine passable Köchin, und so kamen Jo und ich immerhin zu einer ordentlichen Mahlzeit, was bei unseren sonstigen Ernährungsgewohnheiten nicht schaden konnte.

Ich habe nur Gutes über Dr. Schott gehört, fuhr sie fort, nicht wahr, Eddie?

Eddie nickte, er hatte den Mund voll.

Was hast du für einen Eindruck?, wollte meine Mutter von mir wissen.

Oh, ich glaube, er ist sehr kompetent, sagte ich ausweichend.

Worüber sprecht ihr bei den Sitzungen?, meldete sich jetzt Eddie zu Wort, der runtergeschluckt hatte und sich an der Unterhaltung beteiligen wollte, damit meine Mutter ihm hinterher nicht vorwerfen könnte, er sei wieder so maulfaul gewesen. Ich konnte verstehen, dass Eddie in den Jahren mit meiner Mutter immer schweigsamer geworden war, sie redete selbst die meiste Zeit, sodass einen in ihrer Anwesenheit das Gefühl beschlich, man könnte sich ebenso gut die Mühe sparen.

Na hör mal, Eddie, sagte ich empört, das unterliegt dem Arztgeheimnis.

Eddie sah verwirrt aus. Arztgeheimnis? Das heißt doch, dass er nichts über seine Patienten erzählen darf, aber du darfst doch darüber sprechen, wenn du willst.

Will ich aber nicht, sagte ich brüsk.

Hanna spielt ihm doch sowieso nur was vor, und der Typ ist zu blöd, es zu merken, warf Jo ein.

Sag mal, spinnst du? Ich sah ihn wütend an.

Wie kommst du denn darauf?, fragte meine Mutter.
Ich kenne Hanna, sagte Jo.
Du hast keine Ahnung, sagte ich.
Gibt's Nachtisch?, unterbrach Jo das ungemütliche Schweigen, das sich für Momente über unsere Tischrunde gesenkt hatte.

Klar, sagte meine Mutter und sprang auf, rannte in die Küche und kam mit einer Schüssel Kirsch-Sabayon zurück.

Als wir zu Ende gegessen hatten, sagte sie munter, wie wär's, wenn heute mal ihr Männer den Tisch abräumt, ich hab was mit Hanna zu bereden.

Sie stand auf und zog mich vom Tisch weg, hinaus aus dem Esszimmer, den Flur entlang bis ins Elternschlafzimmer, das heißt, inzwischen war es Eddies und ihr Schlafzimmer, aber früher war es das Schlafzimmer meiner Eltern gewesen.

Anfangs hatte es mich merkwürdig berührt, in mein Elternhaus zurückzukehren und festzustellen, dass es dort aussah wie früher; dieselben Vorhänge, dieselben Bilder und Möbel, nur mein Vater und Ella waren weg, alles andere war noch da, und so wirkte ihre Abwesenheit umso verstörender. Ich hatte lange gebraucht, um mich halbwegs daran zu gewöhnen.

Ich ging hinter meiner Mutter her, die mir plötzlich kleiner und zierlicher vorkam als früher, sie war sorgfältig frisiert, in ihrem dunkelblonden Haar fielen die grauen Strähnen nicht sehr auf, aber aus der Nähe waren sie unübersehbar. Sie trug ein Hemdblusenkleid aus petrolfarbener Seide, sicher irgendwas ganz Edles, jedenfalls viel zu vornehm für ein Mittagessen im Kreis der Familie, aber sie hatte schon immer diese Neigung, sich zu overdressen, ich glaube, es gab ihr Sicherheit, denn in Wahrheit war sie eine unsichere Frau. Als mein Vater ihr keinen Halt mehr geben konnte, hatte sie sich ganz schnell wieder jemanden zum Anlehnen gesucht, sie hatte nicht die Kraft, alleine zu sein.

Ich fand, dass Eddie ein klein wenig unter ihrem Niveau war, ein netter Kerl, keine Frage, gutmütig und zuverlässig, aber doch ein bisschen einfach. Er war Kaufmann, besaß einige Lederwarengeschäfte und staffierte die ganze Familie mit Kulturbeuteln, Schminkkoffern, Brieftaschen und Reisegepäck aus; meine Mutter hatte bestimmt fünfzig Handtaschen in allen Farben und Formen.

Gegen meinen ehemals so brillanten und geistreichen Vater fiel Eddie ziemlich ab, fand ich. Früher hatten sich bei uns zu Hause bedeutende Wissenschaftler und Kulturleute die Klinke in die Hand gegeben, heute bewirteten meine Mutter und Eddie ihre Freunde aus dem Club für Gesellschaftstanz. Das Tanzen betrieben sie mit einer Leidenschaft, die ans Absurde grenzte; an drei Abenden der Woche gingen sie in den Club, an den Wochenenden reisten sie oft zu Turnieren, meist als Zuschauer, manchmal als Teilnehmer bei extra organisierten Seniorenausscheidungen. Trotzdem war ich froh, dass es Eddie und den Gesellschaftstanz gab, sonst hätte meine Mutter noch mehr Zeit gehabt, sich in mein Leben zu mischen.

Was ist los, wollte ich wissen, öffnete die Terrassentür des Schlafzimmers und blieb dort stehen, um das beklemmende Gefühl zu verscheuchen, das mir der Aufenthalt in diesem Raum verursachte.

Ach, Hannele, sagte meine Mutter und ließ sich auf den gepolsterten Stuhl vor ihrer Frisierkommode sinken, wir haben viel zu wenig miteinander geredet in all den Jahren, die Sache in Los Angeles hat mir die Augen geöffnet.

Mutter, sagte ich zum ich-weiß-nicht-wie-vielten-Mal, du irrst dich, ich wollte mich nicht umbringen.

Nicht vorsätzlich, sagte sie, aber unbewusst! Sie knetete ihre Hände und sah zu Boden. Ich weiß doch, dass du dir einbildest, du seist schuld an Ellas Tod, weil sie damals den Helm nicht getragen hat. Das ist eine furchtbare Bürde für ein Kind, und wir haben dich damit völlig allein gelassen.

Sie fing an zu weinen.

Ich war überrascht, dass meine Mutter über meine Gedanken Bescheid wusste; all die Jahre hatte ich nicht darüber gesprochen, weil ich gehofft hatte, meine Eltern hätten die Sache mit dem Helm vergessen.

Warum hast du nie was gesagt, fragte ich und merkte im selben Moment, dass ich dieses Gespräch nicht führen wollte, dass ich fort wollte aus diesem Zimmer, aus diesem Haus, aber ich blieb stehen und blickte hinaus in den Garten, auf die Stelle, wo früher die Schaukel gestanden hatte, und ich sah Ella und mich um die Wette schaukeln, immer war sie schneller, weil sie schwerer war, aber dafür kam ich höher, ich hörte uns lachen und kreischen, und plötzlich schossen mir die Tränen in die Augen.

Nein, sag es nicht, sagte ich grob, ich will nicht darüber reden. Warum müssen wir jetzt darüber reden, nach all den Jahren?

Weil wir es die ganze Zeit nicht getan haben, sagte meine Mutter ungewohnt energisch, stand auf und kam zu mir. Sie ging mir nur bis zur Schulter, und als ich sie umarmte, kam es mir vor, als sei ich die Mutter und sie das Kind.

Weißt du, was das Schlimmste ist, fragte sie, und ich schüttelte stumm den Kopf. Dass ich ihr nicht mehr sagen konnte, dass ich sie liebe, das hat mich all die Jahre gequält. Ich hatte das Gefühl, ich hätte etwas ganz Wichtiges versäumt und könnte es nie mehr nachholen.

Jetzt verstand ich plötzlich, warum meine Mutter mir bei jedem Abschied sagte, dass sie mich liebte, auch wenn ich nur kurz zum Zeitungskiosk ging. Es hatte mich immer gewundert, manchmal genervt, irgendwann hatte ich mich damit abgefunden, und jetzt wusste ich, woher diese merkwürdige Angewohnheit kam.

Du glaubst, nur dein Vater hätte richtig getrauert, fuhr sie fort, du denkst, ich wäre viel zu schnell ins Leben zurückgekehrt, aber das ist nicht so, Hannele, ich war so unendlich einsam, dein Vater war unerreichbar, ich hatte niemandem, mit dem ich meine Trauer teilen konnte. Eddie hat mich ins Leben zurückgeholt, er hat mir gezeigt, dass es weitergehen kann, ich wünschte, dein Vater hätte auch so jemanden gefunden.

Er hat mich, dachte ich, und laut sagte ich, ich war auch einsam.

Ich weiß, sagte sie, das ist es ja, was ich mir vorwerfe, wir haben dich beide allein gelassen, und du hast all die Jahre versucht, für Ella mitzuleben, sie uns zu ersetzen, und das konntest du nicht schaffen, und deshalb bist du in diese Verzweiflung gefallen ... sie stockte.

Ich wusste nicht, was ich von diesen Deutungen halten sollte, sie erschienen mir zu einfach, aber vielleicht musste meine Mutter die Dinge vereinfachen, um sie ertragen zu können.

Wie geht's deinem Vater, fragte sie nach einer Pause, immer sagte sie »dein Vater«, als hätte sie nichts mit ihm zu tun, sie wusste, dass ich ihn regelmäßig besuchte.

Sie selbst besuchte ihn nie.

Wie immer, gab ich zurück. Ich wollte nicht über meine Besuche bei ihm sprechen, es war das Einzige, was mir von ihm geblieben war, und ich wollte es nicht teilen, mit niemandem.

Wie immer, wiederholte sie resigniert und nickte, als

wollte sie sagen, ich habe es immer schon gewusst, dass sich nichts mehr ändern wird an seinem Zustand.

Kaffee ist fertig, ertönte Eddies Stimme aus der Küche, und ich war froh, einen Vorwand zu haben, den Raum zu verlassen. Ich machte mich von meiner Mutter los und ging zur Tür, wenn du mich brauchst, dann sag's mir, hörte ich sie sagen, bitte.

Okay, sagte ich beim Rausgehen, mach ich.

Später beim Kaffee war sie wie immer, als wäre nichts gewesen, vielleicht hatte sie Recht, vielleicht war es das, was ich nicht an ihr ertrug, dass sie einfach zur Tagesordnung übergehen konnte.

Ich rührte in meiner Tasse, auch das Besteck und das Geschirr waren von früher, irgendein Edelfabrikat, das man zwanzig Jahre lang nachkaufen konnte. Ich war mit meinen Gedanken woanders, deshalb hörte ich nicht, was Eddie sagte, erst als Jo mich in die Seite stupste, schrak ich zusammen und blickte auf, was ist los?

Wann wollt ihr endlich heiraten, fragte Eddie, und es klang so, als hätte er von meiner Mutter den Auftrag bekommen, zu fragen.

Heiraten, sagte ich verständnislos, wieso denn?

Na ja, schaltete meine Mutter sich jetzt ein, ihr seid so lange zusammen, da könnt ihr doch genauso gut heiraten.

Ich hatte es geahnt, die Reise nach L.A., gewisse Andeutungen, die sie in letzter Zeit gemacht hatte, alles war eine versteckte Aufforderung an uns gewesen, uns endlich wie normale junge Menschen zu verhalten.

Wollt ihr denn keine Kinder, fragte meine Mutter, aber echt nicht, platzte es aus Jo heraus, und ich musste lachen.

Meine Mutter sah gekränkt aus, was hast du gegen Kinder, fragte sie, nichts, sagte Jo, ich will nur keine.

Und du, Hanna? Eddie sah mich an, mit dem Blick eines besorgten Vaters, und ich dachte, hey, es ist normal, heiraten, kinder kriegen, das machen alle, es ist nichts Perverses oder so. Ältere Menschen wünschen sich Enkel, sie wollen sehen, dass das Leben weitergeht, auch wenn sie irgendwann nicht mehr sind, aber was, zum Teufel, habe ich damit zu tun?

Nein, sagte ich. Und weil es so brutal klang, fügte ich hinzu, noch nicht, jedenfalls.

Wir würden euch die Wohnung kaufen, versuchte es meine Mutter erneut.

Langsam ermüdete mich das Ganze. Warum war es so kompliziert mit ihr?

Ich gab mir die Antwort selbst: weil sie keine Ahnung hat von mir und meinem Leben, weil wir uns gegenseitig etwas vormachen, seit ich denken kann.

Sie ahnte nicht, dass ich mich manchmal nachts aus der Wohnung schlich, um in irgendeiner Bar einen Mann aufzugabeln, mit dem ich auf dem Klo, in einer Toreinfahrt, auf einer Parkbank schnellen, schmutzigen Sex hatte, der mir das Gefühl gab, lebendig zu sein. Sie ahnte nicht, dass ich an Bungee-Seilen in die Tiefe sprang, ohne Führerschein Motorrad fuhr und so ungefähr jede Droge ausprobiert hatte, die auf dem Markt war. Sie ahnte nicht, dass meine Sucht nach intensiven Erlebnissen mich schon ein paar Mal fast umgebracht hätte, dass ich aber lieber sterben würde, als auf diese Erlebnisse zu verzichten, und sie ahnte nicht, dass Jo bei vielen dieser Erfahrungen mein Komplize war und dass wir so ungefähr die beiden letzten Fünfundzwanzigjährigen waren, denen man zur Fortpflanzung raten sollte.

Sie ahnte es nicht, weil ich sie schonen wollte, sie hatte genug Leid erlebt, und ich wollte ihr unbedingt das Gefühl geben, dass mit mir alles in Ordnung wäre.

Ich stand auf. Wir müssen los, sagte ich und sah Jo an. Sein Gesicht war finster, als hätte ihn jemand beleidigt.

Meine Mutter brachte uns zur Tür, flüsterte mir ihren Ich-liebe-dich-Abschiedsgruß ins Ohr und küsste mich. Ruf doch mal zwischendurch an, bat sie, einfach so.

Gleich darauf standen wir auf der Straße, ich zog meine Strickjacke über den Kopf, hielt sie am Kinn fest, drehte die Augen sittsam zum Himmel und fragte, na? Jo überlegte kurz, dann schüttelte er den Kopf.

Wenn du auf den Perser pinkelst, mach ich dich kalt, sagte ich.

Jetzt kapierte er. Die Braut, die sich nicht traut, sagte er, dann sah er in die andere Richtung.

Was ist los, fragte ich.

Was hast du eigentlich gegen das Heiraten, sagte er, wenn ihnen so viel daran liegt, könnten wir's doch genauso gut tun.

Jetzt fängst du auch noch an, sagte ich gereizt, lass mich bloß in Ruhe mit dem Scheiß.

Ich robbte durch den Dreck, es war dunkel und kalt, und ich war im Begriff, ziemlich schlechte Laune zu bekommen. Tibor hatte ein Kennenlern-Wochenende für die acht Hauptdarsteller angesetzt, ich fand den Begriff etwas unpassend angesichts der Tatsache, dass wir nichts zu essen bekamen, nicht rauchen und trinken durften und in allerhand unangenehme Situationen gebracht wurden, um unsere »emotionalen Grenzen zu erkunden«, wie Tibor erklärt hatte. Nichts gegen Grenzerkundungen, aber konnte man die nicht mit vollem Magen machen?

Wir waren in einer Hütte im Wald untergebracht, mit kaltem Wasser und Donnerbalken im Gebüsch, geschlafen wurde auf dünnen Matten, das einzig Angenehme war der offene Kamin, in dem Tibor gestern Abend ein gewaltiges Feuer entfacht hatte.

Zuerst war die Stimmung noch ausgelassen gewesen, aber als Tibor mitgeteilt hatte, dass wir an diesem Wochenende alle fasten würden, war sie schlagartig gesunken.

König Ferdinand hatte eine Diskussion darüber vom Zaun gebrochen, was das denn bringen solle, und Tibor hatte ungerührt gekontert, der Verzicht auf Essen sei ein guter Weg, den Kopf klar zu bekommen und Raum für

Wichtigeres zu schaffen, zum Beispiel für die Beschäftigung mit der eigenen Rolle und ihrer Beziehung zu den anderen Figuren des Stücks. Gerade er, König Ferdinand, sei schließlich derjenige, der den Verzicht auf fleischliche Genüsse predige, und dann las er die Stelle vor:

*König: Drum, tapfre Sieger – was ihr seid, da ihr
Krieg gegen eure eigenen Triebe und
Das Riesenheer weltlicher Lüste führt! –
Bleibt fest bestehen, was wir erlassen haben:
Navarra soll der Welt ein Wunder sein ...*

Was denn mit den anderen weltlichen Lüsten sei, fragte der Darsteller des Dumain, Tibor grinste diabolisch, richtig, das habe er ganz vergessen, Sex sei natürlich auch verboten, in der Hütte sowieso, aber eigentlich sei er der Meinung, wer das Stück und seine Rolle ernst nehme, müsse bis zum Tag der Premiere sexuell enthaltsam sein, schließlich gehe es um den Triebverzicht zugunsten höherer Werte. Mit diesem Konflikt befänden wir uns in der besten Gesellschaft, die halbe Weltliteratur handele davon, und das halbe Leben auch.

Triebverzicht. Sonst noch was. Sofort beschloss ich, Richys Ernsthaftigkeit auf die Probe zu stellen. Ich wartete, bis alle eingeschlafen waren, dann näherte ich mich vorsichtig seinem Schlafplatz. Dort erwartete mich ein Anblick, mit dem ich absolut nicht gerechnet hatte: Ein Schwall roter Locken ergoss sich neben Richys schlafendem Gesicht, in seinen Armen lag die Prinzessin von Frankreich und schnarchte ziemlich unprinzessinnenhaft.

Ausgerechnet Kaja! Sie hatte mir schon mal einen Typen weggeschnappt, damals auf der Schauspielschule. Diese Niederlage hatte lange an mir genagt; ich konnte es ganz schlecht vertragen, abgewiesen zu werden. Wütend zog ich mich zurück und rollte mich am anderen Ende der Hütte in meinem Schlafsack zusammen.

In Gedanken war ich also bei Richy und Kaja, während ich weiter durch den Dreck robbte, immer einem am Boden gespannten Seil entlang, das mich zu einer Lichtung in der Nähe der Hütte führen sollte. Die Aufgabe bestand darin, für die eigene Gruppe (wir waren nach Männern und Frauen getrennt worden, wie es das Stück vorsah) einen Schatz zu bergen und heil in die Hütte zu bringen. Unterwegs sollte man von den Mitgliedern der anderen Gruppe mit allen Mitteln, außer physischer Gewalt, dazu gebracht werden, den Schatz herauszurücken. Wer den Schatz ergatterte – oder behielt –, hatte gewonnen.

Endlich hatte ich die Lichtung erreicht und richtete mich auf. Ungefähr in der Mitte befand sich ein abgestorbener Baumstumpf, das ideale Versteck für einen Schatz, und tatsächlich: Ich konnte im Inneren das Blechkästlein ertasten und zog es heraus.

In diesem Moment schoss eine Gestalt hinter einem Baum hervor auf mich zu und brüllte, her damit, du unwürdiges Frauenzimmer, und ich erschrak so, dass ich das Scheißding um ein Haar hätte fallen lassen. Longaville stand in furchteinflößender Haltung vor mir, musste dann aber lachen und ließ von mir ab.

Auch König Ferdinand und Dumain versuchten ihr Glück, aber ich blieb unerschütterlich und ging meinen Weg, inzwischen so beseelt vom Ehrgeiz zu gewinnen, dass ich fast vergessen hatte, dass es sich um ein Spiel handelte.

Ich erreichte die Hütte, wo im Schein einiger Fackeln Tibor und die anderen warteten. Nun blieb nur noch Richy, er hatte mitverfolgt, was seine Kumpels alles versucht hatten, und wirkte ziemlich mutlos. Irgendjemand aus der Gruppe begann, die Melodie von »Voulez-vous couchez avec moi« zu summen, und als hätte Richy das auf eine Idee gebracht, fing er an, sich aufreizend vor mir zu bewegen, an seinen Klamotten rumzufummeln und einen Striptease vorzuführen. Die anderen Jungs grölten und feuerten ihn an.

Ich sah seinem Balztanz eine Weile zu und begann dann, zum Schein darauf einzugehen. Wir tanzten im flackernden Lichtschein umeinander herum, umkreisten uns wie hungrige Tiere, den Blick unablässig auf die Augen des anderen gerichtet, Richys Oberkörper war nackt und glänzte rötlich im Schein des Feuers; um die Situation anzuheizen, begann auch ich, meine dreckverschmierten Klamotten auszuziehen, ich hatte wegen der kühlen Nacht ein paar Schichten übereinander, deshalb konnte ich das Spiel eine Weile in die Länge ziehen.

Zwischen Richy und mir baute sich eine merkwürdige Spannung auf, irgendetwas zwischen Wut und Erotik, zwischen Spiel und Ernst. Als ich obenherum nur noch meinen BH anhatte, warf ich mich in Richys Arme, und wir küssten uns leidenschaftlich, was einen Wutschrei von Kaja zur Folge hatte, die sich auf uns stürzte und versuchte, uns auseinander zu bringen.

Amüsiert sah ich aus den Augenwinkeln ihr verzerrtes Gesicht, hörte sie schimpfen und schreien; es dauerte einen Moment, bis Richy von mir abließ und wie ein begossener Pudel zwischen mir und seiner schnaubenden Freundin stand.

Jetzt schrien alle durcheinander, Tibor versuchte vergeblich, uns zur Ruhe zu bringen, irgendwann gab er es auf und wartete einfach ab, bis die Aufregung sich gelegt hatte.

Später lagerten wir im Halbkreis auf dem Boden der Hütte, es brannte wieder ein Feuer, und das Spiel wurde gruppendynamisch analysiert, was ich nicht so spannend fand, deshalb schaltete ich ab. Der Hunger meldete sich mit aller Macht zurück, mein Magen knurrte, und ich sah vor meinem geistigen Auge Wagenladungen von Hamburgern und Pizzas vorbeischweben.

Ich muss eingeschlafen sein, denn irgendwann erwachte ich von einem schmerzhaften Tritt; ich richtete mich halb auf und sah Kaja an mir vorbeistampfen. Ein hasserfüllter Blick traf mich, ich lächelte sie unschuldig an und sagte, aber Schätzchen, es war doch nur ein Spiel!

Der Abend von Andrés Geburtstag war keineswegs besser verlaufen als der vorausgegangene Tag; sein bester Freund Karl, frisch getrennt von seiner Frau, hatte sich blitzschnell den Brunello gegriffen und die Flasche mehr oder weniger alleine geleert, wobei er zynische Bemerkungen über Frauen im Allgemeinen und seine Ehefrau im Besonderen machte. Eines der anwesenden Ehepaare befand sich offenbar in einer akuten Krise, beide stichelten unablässig gegen ihren Partner und baten André am Ende des Abends, eine Paartherapie mit ihnen zu machen, was er natürlich ablehnte.

Nur Bea war strahlend gelaunt. Ihre gute Stimmung wirkte geradezu aufreizend auf André, der, zermürbt von den Ereignissen des Tages und den Spannungen des Abends, beim Ins-Bett-Gehen einen Streit vom Zaun brach, der damit endete, dass er im Gästezimmer schlief.

Seither fragte er sich, was mit ihm los war; er hatte das Gefühl, sein Leben, das sich bisher in so beruhigend geordneten Bahnen bewegt hatte, liefe nicht mehr rund. Äußerlich betrachtet, hatte sich nichts verändert, alles ging seinen gewohnten Gang, aber Andrés Gewissheit, seinen Platz gefunden zu haben, war erschüttert. Er fühlte eine nagende Unzufriedenheit in sich, deren Grund er nicht kannte.

Liegt bestimmt am Alter, dachte er, die ersten Symptome der Midlifecrisis. Misstrauisch sah er morgens in den Spiegel, ob sich über Nacht etwas in seinem Gesicht verändert hatte, ob die Falten tiefer oder die Haare grauer geworden waren.

Er verdoppelte sein Radfahrpensum; täglich fuhr er von zu Hause in die Praxis und abends wieder zurück, oft verausgabte er sich dabei so sehr, dass er schweißgebadet ankam. Danach fühlte er sich stark genug dafür, in seinem Leben aufzuräumen.

Er beendete die Sitzungen mit Benno. Zu viel Ärger und Wut gegen seinen Patienten hatten sich in ihm angestaut. Er hatte ihm einige Kollegen empfohlen, sich aber nicht weiter darum gekümmert, ob er irgendwo untergekommen war. Das erste Mal war es ihm einfach egal, was aus einem Patienten wurde.

Die Arbeit mit Melissa hingegen machte gute Fortschritte; kürzlich hatte sie ihm erzählt, dass sie das erste Mal nach einem Jahr wieder mit einer Kollegin ausgegangen sei, und er war stolz und erleichtert gewesen wie ein Vater, dessen Tochter zum Abschlussball eingeladen worden war. Sie ließ keine Stunden mehr ausfallen und hatte wieder begonnen, in ihrer Firma zu arbeiten. Noch immer gab es Situationen, die ihr Angst machten, aber sie hatte gelernt, mit den aufkommenden Panikgefühlen umzugehen, sie auszuhalten und vorüberzugehen zu lassen.

Bei dem Ehepaar, das nach einem Seitensprung der Frau in die Krise geraten war, kam es ihm vor, als ginge es den beiden gar nicht um eine Lösung, sondern um einen Wettkampf, in dem er als Schiedsrichter Punkte verteilen sollte.

Manchmal fragte er sich inzwischen, ob das Konzept der Ehe nicht ein einziger großer Irrtum war, der zu nichts anderem diente, als die Praxen der Therapeuten zu füllen. Wenn er ehrlich war, kannte er nur wenige Ehen, in denen es nicht brodelte; es gelang den Leuten nur unterschiedlich gut, ihre Probleme nach außen zu kaschieren oder vor sich selbst zu verleugnen.

Natürlich überlegte er auch, ob zwischen Bea und ihm wirklich alles in Ordnung war, und diese Gedanken beunruhigten ihn.

Oft und intensiv dachte er über seine Patientin Hanna Walser nach, aus der er einfach nicht schlau wurde. Mal hatte er das Gefühl, sie spielte mit ihm, genieße den verbalen Schlagabtausch, die sophistischen Wortklaubereien und Spiegelgefechte; dann wieder glaubte er, sie suchte tatsächlich Hilfe und versteckte sich nur hinter hohen Wortmauern.

Er spürte, dass sie es war, die das Tempo und die Richtung der Therapiestunden vorgab, er hechelte ständig hinterher, nur um im nächsten Moment von ihr überrumpelt zu werden. Das ärgerte ihn, andererseits mochte er es, derart gefordert zu werden. Er freute sich auf die Stunden mit ihr, ihm gefielen sogar ihr Trotz und ihre Bockigkeit in Situationen, die ihr unangenehm waren. Doch es blieb das Gefühl, Spielball in einer Inszenierung zu sein, die sie in der Hand hatte.

Das eigentlich Bedenkliche aber war, dass er sich immer wieder dabei ertappte, wie er ihren Schilderungen ein wenig zu fasziniert lauschte, sie etwas zu intensiv ansah, ihre Hand bei der Begrüßung und beim Abschied zu lange festhielt.

Er spürte, wie seine Zurückweisung lahmer wurde,

wenn sie während der Sitzungen ihren Sessel in seine Richtung rückte, ihn zufällig im Vorbeigehen streifte oder spontan berührte, während sie etwas erzählte. Sie zog ihn mehr und mehr in ihren Bann, und er musste sich ständig daran erinnern, dass sie seine Patientin war.

Hanna wirkte nachdenklich und entschlossen, als sie die Praxis betrat. »Meine Mutter hat gestern das erste Mal seit Jahren über Ella gesprochen«, begann sie das Gespräch. »Sie glaubt, ich hätte als Kind versucht, meinen Eltern Ella zu ersetzen. Und ich würde heute noch versuchen, Ellas Leben mitzuleben.«

André war überrascht und erleichtert, dass Hanna endlich bereit war, über ihre Schwester zu sprechen. Es schien, als habe der Vorstoß ihrer Mutter das Tabu gebrochen, das über diesem Thema lag.

»Nun, Sie tragen Ihre Schwester in gewisser Weise mit sich herum«, erwiderte er, »das lässt sich nicht leugnen. Wollen Sie mir von der Zeit nach ihrem Tod erzählen?«

Hanna kauerte sich auf dem Sessel zusammen und umschlang die angezogenen Knie mit den Armen, als wollte sie sich schützen.

»Ella fehlte mir, ich ... habe mich schuldig gefühlt und war sicher, dass ich zur Strafe auch sterben würde. Am schlimmsten war es nachts, ich hatte solche Angst vor dem Einschlafen, dass meine Mutter mich mit zu sich ins Bett nahm, aber ich glaube, sie hielt sich mehr an mir fest als ich mich an ihr. Mein Vater schlief damals schon in einem anderen Zimmer. Manchmal schlich ich mich nachts ins Kinderzimmer, um nachzusehen, ob Ella zurückgekommen wäre. Alle ihre Sachen waren noch da, ihr Schreibtisch, ihre Bücher, ihre Kuscheltiere und Spielsachen. Ich hätte gerne ein paar von ihren Sachen gehabt, aber ich traute mich nicht, etwas wegzunehmen. Heimlich zog ich ihre Kleider an und stellte mir vor, ich wäre sie. Ich versuchte zu spüren, wie es sich anfühlt, tot zu sein. Ich hatte gehört, dass Tote den Lebenden erscheinen könnten, und hoffte, Ella würde zu mir kommen und mir sagen, dass alles in Ordnung sei, dass es ihr gut gehe.«

André machte sich Notizen; in seinem Kopf setzten sich einzelne Puzzleteile zu einem Bild zusammen. Der ungeklärte Vorfall in Los Angeles, Hannas Faszination für Höhe, ihre Neigung, sich in gefährliche Situationen zu bringen, all das ließ darauf schließen, dass Hanna sich für den Tod der Schwester verantwortlich fühlte und insgeheim glaubte, selbst den Tod verdient zu haben. Sie wollte nicht sterben, aber sie war getrieben von dem Wunsch, sich von ihrer Schuld zu befreien. Deshalb stimmte beides, was sie über den Vorfall in Los Angeles gesagt hatte: Sie hatte sich umbringen wollen, und sie hatte sich nicht umbringen wollen.

André sah von seinen Notizen auf. »Wie haben Sie Ihren Vater damals erlebt?«

»Er war wie nicht vorhanden, irrte durchs Haus wie ein Geist. Oft hörte er uns gar nicht, wenn wir ihn ansprachen. Er war da und war doch meilenweit entfernt. Ich versuchte verzweifelt, ihn festzuhalten, aber er driftete weg, und ich konnte nichts dagegen tun.«

Das erste Mal sah André Tränen in Hannas Augen. Energisch zog sie die Nase hoch und versuchte, sich die Erschütterung nicht anmerken zu lassen.

»Welches Verhältnis hatten Sie bis dahin zu Ihrem Vater?«

»Er war mein Gott. Ich hatte die ganze Zeit Angst, er könnte Ella mehr lieben als mich. Als sie gestorben war, dachte ich ... also, ich dachte, jetzt hätte ich ihn endlich ganz für mich. Das war ein Irrtum.« Sie lachte verlegen auf, als schämte sie sich für ihr Geständnis.

Sie sah so zart aus, so verletzlich und schön, dass André den heftigen Impuls in sich unterdrücken musste, sie in die Arme zu nehmen.

Er fühlte sich ihr in einer Weise nahe, die ihn erschreckte. Auf dem Grund ihrer Augen sah er das Kind, das sie gewesen war, allein mit seinen Ängsten und seiner Verzweiflung, und er wollte sie trösten und schützen.

Vorsicht, André, dachte er, du tappst in die Übertragungsfalle! Das hat viel mehr mit dir zu tun als mit ihr.

Er räusperte sich. »Erzählen Sie weiter. Wann hat Ihr Vater die Familie verlassen?«

»Ungefähr zwei Jahre später. Er nahm sich eine Wohnung, arbeitete noch eine Weile und hielt die Fassade aufrecht, aber innerlich war er gebrochen. Eines Tages tauchte er nicht in der Klinik auf, seine Mitarbeiter fürchteten, er hätte sich etwas angetan, und schickten den Notarzt zu ihm. Er lebte, aber er reagierte nicht, sprach nicht, war in eine völlige Starre verfallen. Sie lieferten ihn in ein psychiatrisches Krankenhaus ein, da blieb er ungefähr ein Jahr. Mit Medikamenten haben die Ärzte ihn so weit hingekriegt, dass er seither in dem Pflegeheim leben kann.«

»In welchem Zustand ist er jetzt?«

»Ich glaube, dass seine Seele noch lebt«, sagte Hanna, »irgendwo ganz tief in ihm drin.«

»Was macht Sie so sicher?«

Ihr Blick wurde weich. »Ganz einfach. Ich liebe ihn.«

Als ich die Praxis verließ, war ich ziemlich aufgewühlt. Das Gespräch über Ellas Tod hatte die Erinnerung wach werden lassen, meine Trauer und meine Schuldgefühle waren wieder lebendig geworden.

Ich wusste jetzt, warum ich mich so lange dagegen gewehrt hatte, es tat ganz schön weh, und ich fühlte mich wieder so hilflos und einsam wie damals, als es passiert war.

Eigentlich hatte ich nicht zulassen wollen, dass André mich so sah; nun war es doch passiert, und zu meiner Überraschung war es nicht mal schlimm gewesen. Ich merkte, dass es bei ihm nicht darauf ankam, cool zu wirken. Im Gegenteil, die meiste Nähe entstand, wenn ich mich ihm öffnete und verletzlich zeigte, aber dann kam auch meine Angst, ihm ausgeliefert zu sein. Meine Schwäche gab ihm Macht über mich, dabei bemühte ich mich doch die ganze Zeit, Macht über ihn zu gewinnen.

Als ich auf die Straße trat, spürte ich plötzlich tierische Lust auf eine Zigarette; ich hielt einen vorbeischlendernden Jugendlichen auf und schnorrte ihn an; als er keine rausrücken wollte, bot ich ihm einen Euro, worauf er mir großzügig zwei überließ. Ein Feuerzeug hatte ich zum Glück bei mir, und so zündete ich mir sofort eine Zigarette an und inhalierte, bis mir schwindelig wurde.

Plötzlich hatte ich das Gefühl, beobachtet zu werden, und sah am Haus hoch. An einem Fenster stand André und sah hinaus, ich konnte nicht erkennen, ob er mich ansah.

Ein Auto kam die Straße entlang und bremste direkt vor mir, erschrocken sprang ich einen Schritt zurück. Es war ein türkisblauer Ford Mustang mit offenem Verdeck, genau das Modell, mit dem Jo und ich in L.A. rumgefahren waren. Am Steuer saß Jo und grinste.

Wo hast du denn den aufgetrieben, fragte ich verblüfft.

Steig ein, sagte Jo und machte eine lässige Kopfbewegung. Ich zögerte einen Moment, in einem kurzen Flashback sah ich mich selbst aus dem fahrenden Wagen hechten, kurz bevor er in den Abgrund stürzte; ich schüttelte das Bild ab, dann setzte ich mit einem Sprung über die Beifahrertür, ließ gewissermaßen den Film rückwärts laufen, der damals in L.A. so abrupt geendet hatte.

Ist irgendwas los, fragte ich, hast du Förderung gekriegt oder 'nen Preis oder so was?

Ich will dir was zeigen, sagte Jo und fuhr los, der Wagen wirkte hier noch majestätischer, weil die Straßen viel schmaler waren als in L.A.

Was denn, fragte ich, aber Jo antwortete nicht.

Sein unerwartetes Auftauchen vor der Praxis passte mir nicht, es kam mir vor, als wäre er in mein Territorium eingedrungen, befände sich an einem Ort, an den er nicht gehörte.

Ich wusste gar nicht, dass du mir nachspionierst, sagte ich, und es klang aggressiver, als ich beabsichtigt hatte.

Wieso nachspionieren, sagte Jo getroffen, ich wollte dich überraschen, ist schließlich kein Geheimnis, dass hier dein Psycho-Doc residiert, steht nämlich im Telefonbuch.

Entschuldige, sagte ich und hatte plötzlich ein schlechtes Gewissen.

Wir fuhren eine Weile durch die Gegend, es war kurz nach sechs, die Abendsonne tauchte die Straßen und Häuser in schweres, orangefarbenes Licht.

Die Leute sahen uns staunend nach, zeigten mit dem Finger auf den Mustang und lächelten. Jo fuhr extra langsam, er hatte seine Sonnenbrille aufgesetzt und den linken Arm lässig aufgestützt; ich steckte ihm die zweite meiner teuer erworbenen Zigaretten zwischen die Lippen, und wir sagten gleichzeitig, denn sie wissen nicht, was sie tun. Jo sah rüber zu mir und grinste und sah aus wie James Dean.

Wir hielten vor dem Kino, in dem Jo arbeitete. Ich wunderte mich, dass es um diese Zeit schon eine Vorstellung geben sollte, normalerweise begann die erste um acht.

Was läuft denn, fragte ich und sah zur Anzeigetafel hoch, auf der die Buchstaben noch einzeln aufgesteckt werden mussten.

»Der Ich-liebe-dich-Film«, las ich und lachte. Guter Titel, sagte ich, von dem hab ich noch nie was gehört.

Ist ganz neu, nuschelte Jo, die Zigarette immer noch unangezündet zwischen den Lippen. Er parkte ein, was nicht ganz leicht war, weil die Lücke ungefähr zehn Zentimeter kürzer war als der Wagen, aber irgendwie gelang es Jo, ihn reinzuquetschen.

Wir mussten wie immer keinen Eintritt bezahlen; die Kassenfrau reichte uns zwei Dosen Bier und eine Tüte Popcorn. Geht aufs Haus, sagte sie.

Außer uns war kein Mensch im Kino, wir setzten uns genau in die Mitte, Jo legte die Beine über die Lehne des Vordersitzes und schnippte mit den Fingern. Das Licht ging aus, und die Leinwand wurde hell. Ich wunderte mich, hielt es aber für einen Zufall.

Ich erwartete, dass Werbung kommen würde, stattdessen flimmerten unbeholfen montierte Buchstaben vorbei, die den Titel »Der Ich-liebe-dich-Film« bildeten.

Sag mal, was ist das hier eigentlich, flüsterte ich verunsichert.

Eine Privatvorführung, flüsterte Jo zurück und hielt mir die Popcorntüte hin.

Hast du … begann ich, brach aber ab, weil die Gesichter von Ingrid Bergmann und Humphrey Bogart erschienen, die sich innig ansahen und küssten, danach sah man die Köpfe von mindestens zwanzig verschiedenen Schauspielern und Schauspielerinnen, die alle »Ich liebe dich«

sagten; laut, leise, flüsternd, schreiend, lachend, mit Tränen in den Augen, gut gespielt, schlecht gespielt, zum Weinen und zum Lachen, ein Streifzug durch die Liebeserklärungen der Kinogeschichte, und ich begriff, dass Jo tagelang im Schneideraum der Filmhochschule gesessen haben musste, um all die Küsse und »Ich-liebe-dichs« zusammenzusuchen, auf hunderten von Videokassetten.

Als das Licht anging, versteckte ich mein Gesicht an Jos Schulter, obwohl niemand im Saal war, der mich hätte heulen sehen können. Ich war total gerührt, und ich war todtraurig.

Da betrieb Jo einen solchen Aufwand, machte einen ganzen Film, um mir zu sagen, dass er mich liebte, aber die Worte »Ich liebe dich« waren ihm noch nie über die Lippen gekommen. Ich hatte sie nie vermisst, hatte nie darauf gewartet, ja, es war mir nicht mal aufgefallen bis jetzt. Ganz plötzlich wollte ich sie nun dringend von ihm hören und wusste doch, dass sie hohl und künstlich klingen würden, sie hatten sich abgenutzt durch die Wiederholung, ihr Sinn war verloren gegangen, nur ihre Hülle war übrig geblieben, eine Formel ohne Bedeutung.

Trotzdem wusste ich, er liebte mich, und ich liebte ihn; wir liebten uns auf diese verzweifelte, geschwisterliche Weise, die uns vom Rest der Welt trennte, die uns aneinander fesselte und einsam machte.

Wir blieben noch eine Weile sitzen, schweigend aneinander gelehnt.

Irgendwann sagte Jo, ich wollte es dir nur mal sagen, falls du es vergessen haben solltest.

Denkst du, ich habe es vergessen? Obwohl ich die Frage an ihn richtete, stellte ich sie in Wahrheit mir selbst.

Manchmal, sagte er.

Manchmal.

Du hast so viele Geheimnisse, sagte Jo, das ist schwer für mich.

Du hast auch Geheimnisse, sagte ich. Ohne Geheimnisse gäbe es uns nicht.

Lass uns gehen. Jo stand auf und zog aus irgendeiner Tasche die Zigarette wieder hervor. Er zündete sie an, und wir verließen das Kino durch die Tür, die direkt vom Zuschauerraum auf die Straße führte.

Draußen umarmte ich ihn und hielt ihn fest. Ich dich auch, flüsterte ich und wunderte mich, wie verzweifelt es klang.

Andrés Freund Karl befand sich nach der Trennung von seiner Frau in einer denkbar schlechten Verfassung, alle paar Tage rief er betrunken an, um sich auszuweinen. André verabredete sich mit ihm für einen der folgenden Abende.

Karl hatte vorgeschlagen, ihn in der Praxis abzuholen; pünktlich um sechs stand er vor dem Haus und wartete.

Er war ein gut aussehender Mann mit viel Charme; die Frauen flogen auf ihn, was seiner Persönlichkeitsentwicklung ganz offensichtlich nicht zuträglich war. In Andrés Augen war er in einem ziemlich infantilen Stadium stecken geblieben; ein Peter Pan, der sich mit Anfang vierzig noch immer weigerte, erwachsen zu werden.

Rena, seine Frau, hatte seine außerehelichen Eskapaden jahrelang geduldet; vor ein paar Monaten dann hatte sie sich in einen Arbeitskollegen verliebt und Karl verlassen. Der war wie vom Donner gerührt gewesen; er hatte sich einfach nicht vorstellen können, dass man einen so tollen Mann wie ihn sitzen lassen könnte. Mit dieser Kränkung wurde er nicht fertig.

»He, Alter!«, brummte er und umarmte André.

Sie kannten sich aus der Schule, waren vertraut wie Brüder. Während des Studiums hatten sich ihre Wege getrennt; Karl hatte Architektur studiert und längere Zeit im Ausland gelebt, vor ein paar Jahren war er zurückgekommen und hatte ein Büro in der Stadt eröffnet. Sofort gewann er den Wettbewerb um das neue Fußballstadion und avancierte zum Star der nationalen Archititektenszene.

»Selber Alter«, gab André zurück und musterte seinen Freund. »Siehst scheiße aus«, stellte er mit einer gewissen Genugtuung fest. Es war manchmal nicht leicht, mit diesem strahlenden, erfolgreichen Mann befreundet zu sein, der ständig mit neuen Eroberungen prahlte und das Glück gepachtet zu haben schien. Nicht, dass André ihn beneidet hätte; er war heilfroh um seine verlässliche Beziehung zu Bea und die Ruhe seines Praxislebens. Aber manchmal hätte er Karl eine Ohrfeige des Schicksals gewünscht, damit er endlich aufwachte. Nun hatte er gleich einen Haken kassiert, und offensichtlich war er angezählt.

»Du baust mich echt auf«, sagte Karl, »ich habe gehofft, dass die Trauer mich interessant wirken lässt.«

»Das hab ich ja gemeint.«

»Gib dir keine Mühe. Lass uns was trinken gehen.«

Sie gingen durch die belebten Straßen des Viertels; die Universität war nicht weit, junge Leute bevölkerten die Läden und Straßencafés. Karl und André ergatterten zwei Plätze im Schatten; Karl bestellte Whisky und Mineralwasser, André ein Pils.

Gedankenverloren sah Karl den spärlich bekleideten jungen Mädchen nach. Sein Jagdfieber war erloschen, seit er begriffen hatte, dass der Preis fürs Abenteuer der Verlust von Rena war.

»Ich kann nicht begreifen, was sie an diesem Langweiler findet«, sagte er und nahm damit den Faden des Gespräches auf, das sie vor ein paar Tagen beendet hatten.

»Du kennst ihn doch gar nicht«, sagte André.

»Gegen mich kann er nur ein Langweiler sein.«

»Vielleicht lässt Rena sich lieber langweilen als betrügen.«

»Betrügen, betrügen«, sagte Karl ungehalten, »über solche Begriffe sind wir doch wohl raus. Wir hatten eine Beziehung ohne gegenseitigen Besitzanspruch, wir haben uns gewisse Freiheiten gelassen ...«

»... die du ausführlich genutzt hast, Rena aber nicht.«

»Das ist doch nicht meine Schuld!« Karl regte sich schon wieder auf.

»Frauen ticken einfach anders«, sagte André.

»So, wie denn?«, fragte Karl. »Und erzähl mir nichts von diesem Frauen-können-Liebe-und-Sex-nicht-trennen-Schmus. Ich hatte genug Frauen, um zu wissen, dass das Bullshit ist.«

André lachte. »Du erwartest von mir, dass ich dir die Frauen erkläre? Ich lebe seit zwanzig Jahren monogam, und vor Bea hatte ich genau drei Freundinnen. In diesem Punkt bin ich wirklich ahnungslos.«

»Als Mann, vielleicht«, räumte Karl ein, »aber als Therapeut doch nicht.«

»Als Therapeut sage ich dir, dass eine funktionierende Beziehung auf Vertrauen und Treue basiert, und damit auf partiellem Verzicht. Du kannst nicht die Sicherheit einer Ehe haben und gleichzeitig den Kick des erotischen Abenteuers. Außer du bist ein verdammt guter Lügner, und das bist du bekanntlich nicht.«

In der Tat war Karl von dem unseligen Drang beseelt gewesen, Rena seine Affären zu beichten; seine Geständnisse hatten ihm Erleichterung verschafft, Renas Verzweiflung aber immer weiter gesteigert.

»Eine funktionierende Beziehung«, wiederholte Karl nachdenklich. »Wie viele funktionierende Beziehungen kennst du?«

»Ein paar«, sagte André. »Nicht sehr viele. Aber mein Beruf verzerrt die Wahrnehmung.«

»Im Gegenteil«, widersprach Karl, »dein Beruf spiegelt die Wirklichkeit. Weißt du, ich glaube, im Grunde ist es ganz einfach: Männer wollen einfach nur Sex, nichts anderes. Sie würden sogar mit ihrer eigenen Frau schlafen, woran du sehen kannst, wie anspruchslos sie sind. Frauen suchen dagegen das ganze Drumherum, sie wollen begehrt und umworben werden, wollen die Romantik, den Kick, das Aufregende und Abenteuerliche. Der Sex selbst interessiert sie nicht besonders. Vor allem nicht der mit dem eigenen Mann.«

Es gefiel André nicht, was Karl sagte, aber es entsprach seiner Erfahrung. Schon lange hatte er begriffen, dass eine enge emotionale Bindung und heftige Leidenschaft einander auf Dauer ausschließen. Die Klienten, mit denen er arbeitete, lieferten perfektes Anschauungsmaterial dafür, dass es in dieser Hinsicht kaum jemandem besser erging als ihm. Er hatte geglaubt, sich damit abgefunden zu haben, dass es in seinem Leben keine Leidenschaft gab, ausgenommen die fürs Essen. Seit einiger Zeit aber spürte er, dass etwas in ihm begonnen hatte, dagegen aufzubegehren. Eine hartnäckige, bohrende Sehnsucht hatte sich in ihm ausgebreitet, ohne dass er genau hätte sagen können, worauf sie sich richtete.

»Sind es eigentlich nur die Frauen, die nach einer Weile keine Lust mehr haben?«, fuhr Karl fort.

André überlegte. »Ich habe ein Paar, da weigert er sich seit Jahren, mit seiner Frau zu schlafen. Jetzt hat sie ihn einmal betrogen, und da ist er völlig ausgeflippt. Er liebt sie, er will sich auf keinen Fall trennen, aber er kann keinen Sex mit ihr haben. Die beiden gehen langsam vor die Hunde, aber es gibt keine Lösung.«

»Was ist mit dir«, fragte Karl, »liebst du Bea noch?«

»Natürlich«, sagte André.

»Ich weiß nicht, ob ich Rena geliebt habe«, sagte Karl nachdenklich. »Was heißt schon Liebe, nach so langer Zeit? Gewohnheit? Vertrautheit? Wir glauben zu lieben, was wir kennen. Aber ist es das, was wir uns mal unter Liebe vorgestellt haben?«

»Wovon sprichst du?«

»Leidenschaft, Ekstase!«

»Du verwechselst Liebe mit Verliebtheit.«

»Ich dachte, das gehört zusammen.«

»Im Gegenteil.«

»Zum Aus-dem-Fenster-Springen«, sagte Karl dumpf und winkte dem Kellner, um einen zweiten Whisky zu bestellen. »Ist dir aufgefallen, dass der Beginn der Jogging-Bewegung mit dem Ende der sexuellen Revolution zusammenfällt? In den sechziger und siebziger Jahren haben alle wie wild rumgevögelt, und kaum einer ist auf die Idee gekommen, durch die Gegend zu laufen. In den Achtzigern kam Aids, die neue Treue wurde ausgerufen, und seither rennen die Leute massenhaft rum und zertrampeln die Beete in Parks und Anlagen. Ich frage mich, wie das zusammenhängt.«

»Triebsublimation«, sagte André. »Muss ich dir das wirklich erklären?«

Wenn er bei dieser Hitze ein zweites Bier trinken würde, wäre er anschließend betrunken. Er bestellte eines.

»Wenn ich mir vorstelle, dass ich nie mehr Renas Hintern anfassen soll, dass sie sich jetzt von diesem Langweiler begrapschen lässt ...« Karl schüttelte den Kopf. »Du musst wissen, Rena hat einen fantastischen Hintern.«

»Ich kenne Renas Hintern«, sagte André lapidar. Sie waren oft genug zusammen am Meer gewesen.

»Tempi passati«, seufzte Karl.

»Du kannst dich übrigens damit trösten, dass deinen Nachfolger das gleiche Schicksal erwartet wie dich«, sagte André. »Die Halbwertzeit des erotischen Rausches liegt bei einem Jahr, du kannst dir ausrechnen, wann alles wieder beim Alten ist.«

»Na, immerhin«, sagte Karl und wirkte tatsächlich ein wenig getröstet.

Er legte das Geld für die Drinks auf den Tisch und winkte einem vorbeifahrenden Taxi, was nicht etwa seiner Vernunft zuzuschreiben war, sondern einer Zwangslage: Vor drei Wochen hatte die Polizei ihm nach einer Sauftour den Führerschein abgenommen.

»Komm«, sagte er und packte André am Arm.

Sie überquerten im Laufschritt die Straße und stiegen in den wartenden Wagen. Karl nannte eine Adresse, der Fahrer warf ihnen im Rückspiegel einen Blick zu.

»Wohin fahren wir?«, erkundigte sich André.

»Lass dich überraschen«, trällerte Karl mit Rudi-Carrell-Stimme. Seine Laune hatte sich durch die zwei Whiskys deutlich verbessert.

Sie verließen die Innenstadt und gelangten in einen Außenbezirk, wo hauptsächlich Fabrikhallen und Großmärkte standen. Vor einem schmucklosen Gebäude mit der blinkenden Leuchtschrift »Limelight« hielt der Fahrer, Karl bezahlte und gab großzügig Trinkgeld.

Am Eingang war eine Videokamera angebracht, Karl

drückte auf einen Knopf, nach einigen Sekunden öffnete sich die Tür mit einem Summen.

»Was ist das denn für ein Schuppen?«, fragte André. Es war Jahre her, dass er zuletzt in einem Nachtclub gewesen war; er erinnerte sich, dass es Türsteher gab, an Kameras konnte er sich nicht erinnern.

Ein muskulöser Mann, der mit Dschingis-Khan-Bärtchen und Glatze, einer goldenen Pumphose und einer Lederweste aussah wie ein Haremswächter, kam ihnen entgegen, taxierte sie kurz aber sorgfältig und sagte: »Willkommen im Limelight-Club. Ich hoffe, Sie werden sich bei uns wohl fühlen.«

Karl steckte ihm einen Geldschein zu, und sie gingen weiter. Die Garderobe war nicht besetzt, bei diesen Temperaturen trug niemand einen Mantel.

Der Eingangsbereich mündete in einen großen, runden Raum, mit einer Bar in der Mitte, an der einige Frauen saßen. Sie waren oben ohne oder trugen durchsichtige Blusen; dazu Bikinihöschen oder Stringtangas. Ohne allzu viel Interesse musterten sie die Ankömmlinge, hie und da wurde eine Haarsträhne zurückgeschoben, ein Busen in Position gerückt. Einige lächelten, andere schickten ihnen einen lasziven Blick unter halb geöffneten Lidern hervor.

»Das meinst du nicht ernst«, sagte André und wollte auf der Stelle kehrtmachen.

Karl hielt ihn fest. »Sei kein Spielverderber. Keiner zwingt dich zu irgendwas. Du kannst dich an die Bar setzen, was trinken, dich nett unterhalten und wieder nach Hause gehen.«

»Mich nett unterhalten und was trinken? Ein Bier für dreihundert Euro, zum Beispiel?«

»Ich lade dich ein«, sagte Karl und hob diskret die Hand.

Der schwarze Barmann nickte unmerklich, öffnete eine Flasche Champagner, rammte sie in einen Eiskübel und stellte zwei Gläser daneben.

Wie auf ein geheimes Kommando drehten sich alle Frauen in Richtung der Neuankömmlinge; zwei von ihnen stiegen von ihren Barhockern und näherten sich. Sie ließen ihre Hände mit langen, rot lackierten Fingernägeln über die Schultern von Karl und André gleiten, scheinbar beiläufig und doch zielstrebig.

»Na, ihr zwei Schönen, würdet ihr uns zu einem Schlückchen einladen?«

»Klar, warum nicht?«, sagte Karl und machte dem Barmann ein Zeichen. Der stellte zwei zusätzliche Gläser auf den Tresen.

André saß angespannt da, kam aber nicht umhin festzustellen, dass sich die zwei attraktivsten Damen aus der Gruppe gelöst hatten, was Rückschlüsse auf seinen und Karls Marktwert als potenzielle Kunden zuließ. Die beiden Damen schienen sich bereits einig zu sein, wer sich wem zuwenden würde; abgesehen davon, dass er im Traum nicht daran dachte, mit einer Prostituierten zu schlafen, kam ihm ihre Wahl entgegen.

Die Frau, die begonnen hatte, Karl zu umgurren, war eher üppig, mit blondem langem Haar und großem Busen – genau der Typ, auf den Karl rettungslos abfuhr.

Die andere war schlanker, hatte einen kleineren, festen Busen und halblanges, dunkles Haar. Sie setzte sich ihm gegenüber.

»Mögen Sie Ihren Beruf?«, fragte er sie. Es fiel ihm nichts anderes ein.

»Was soll denn das heißen, ob ich meinen Beruf mag?«, fragte die Dunkle irritiert. »Willst du Spaß haben oder diskutieren?«

»Es interessiert mich einfach«, fuhr André fort, »ich hatte noch nie Gelegenheit, mit ...«, er wusste nicht, wie er sie nennen sollte, und brach deshalb ab.

»... mit einer Hure zu reden?«, vervollständigte sie seinen Satz.

»Ist das die richtige Bezeichnung?« André wirkte wie ein wissbegieriger Schüler; die Frau bemerkte überrascht, dass seine Naivität echt war.

»Ja, klar, Hure ist okay. Prostituierte finde ich zu förmlich, und Nutte ist ein Schimpfwort. So nennen wir Kolleginnen, die sich mies verhalten.«

»Wie, zum Beispiel?«

»Na, wenn sie dich mit 'ner Übergröße mitgehen lassen, ohne dich zu warnen.«

»Übergröße?«, fragte André.

»Na ja, du weißt schon«, sagte die Frau. »Manche von euch sind untenrum ein bisschen kräftig gebaut. Wir haben da so ein Handzeichen, um uns gegenseitig zu warnen.« Sie machte eine Bewegung mit den Händen, die so aussah, als nähme sie Maß an einer Salatgurke.

Karl hatte den letzten Satz aufgeschnappt und drehte sich zu ihnen um.

»Und wir machen uns ständig Sorgen, ob wir auch kräftig genug gebaut sind!«, sagte er lachend.

Die Blonde lachte auch, ein schrilles, künstliches Lachen. Dabei bog sie ihren Oberkörper so nach hinten, dass sie die Champagnerflasche umstieß; das teure Gesöff lief über den Tresen und tropfte auf den Boden.

»Oh, tut mir Leid«, rief sie und lachte noch schriller, »wie wär's, wenn wir noch eine Flasche bestellen und dann 'ne Runde in den Pool gehen?«

André, der gerade angefangen hatte, sich zu entspannen, fühlte sich schlagartig ernüchtert. Für ihn war das kein Versehen gewesen.

»Nein, vielen Dank«, sagte er höflich.

Karl schlug ihm auf die Schulter. »André, alter Junge, ich wusste gar nicht, was für ein langweiliger Spießer du bist. Hier, trink noch einen Schluck!« Er schob ihm ein gefülltes Champagnerglas zu.

André wollte kein langweiliger Spießer sein und leerte das Glas in einem Zug. Die Dunkle sah amüsiert zu.

»In unserer Lage muss man nehmen, was man kriegen kann«, stellte Karl fest, und widerstrebend dachte André, dass er Recht hätte.

Wenig später fand er sich mit seinem Freund und den zwei Damen nackt im angenehm temperierten Whirlpool wieder. Er verdrängte den Gedanken an die Bakterien, die in diesem Milieu hervorragend gedeihen mussten, die Wärme begann, die Wirkung des Alkohols zu verstärken, und irgendwann ließ er es geschehen, dass die Dunkle sich an seinem Schwanz zu schaffen machte.

Er schloss die Augen und spürte, wie er eine gewaltige Erektion bekam, dann hörte er ihre Stimme an seinem Ohr: »Komm, wir gehen nach oben und machen es uns gemütlich«, und fragte sich, wie er in diesem Zustand aus dem Wasser steigen sollte.

Er wollte »nein, danke« sagen und hörte sich »okay« murmeln; die Dunkle verließ vor ihm das Becken, ihre Pobacken bewegten sich aufreizend. Sie warf ihm ein Handtuch zu, das er dankbar um die Hüften schlang, dann reichte sie ihm einen Bademantel und schlüpfte selbst in ihren Stringtanga und die hohen Pumps. Mit wiegenden Schritten ging sie vor ihm her die Treppe hoch; André hatte mal gelesen, dass Prostituierte damit den Blick der Freier auf ihre Beine und den Hintern lenken, damit die es sich nicht noch anders überlegen.

Er schämte sich, dass auch er offenbar so ein blödes, triebgesteuertes Kerlchen war, dem ein Blick auf die sekundären Geschlechtsmerkmale eines Weibchens genügte, um jede Vernunft zu vergessen, aber er genoss auch die Gier, die er plötzlich in sich aufsteigen spürte, ein primitives Verlangen, dessen pure Existenz ihm eine grimmige Befriedigung verschaffte.

Sie betraten ein Zimmer, das angenehm schlicht möbliert war; kein Plüsch, keine Leopardenfelle, nur ein großes Bett mit hellen Kissen, frische Blumen auf einem kleinen, runden Tischchen, ein Korbstuhl, auf dem ein nachlässig hingeworfenes Negligee lag.

»Komm«, lockte sie und legte sich in verführerischer Pose aufs Bett.

André zögerte, zu planmäßig erschienen ihm plötzlich ihre Bewegungen, zu berechenbar alles, was nun geschehen würde. Einen kurzen Moment packten ihn heftige Skrupel; noch war es nicht zu spät, noch könnte er umkehren, aber dann spürte er, dass gerade seine Zweifel ihn erregten. Mit einem entschlossenen Atemzug ließ er den Bademantel zu Boden fallen und legte sich neben die Frau.

Das St. Christian-Stift lag in einer teuren Wohngegend und bestand aus fünf einzelnen Wohnhäusern; nichts wies auf eine Klinik hin. Das Schild am Eingang war klein und diskret, die Pförtnerloge von außen kaum zu sehen.

Ich klingelte, der Pförtner öffnete und teilte mir mit, dass mein Vater sich in seinem Appartement aufhalte. Ich ging also nicht ins Gemeinschaftshaus, sondern sofort zu Haus B; heute würden die Bewohner auf ihre Geschichte verzichten müssen.

Er reagierte nicht auf mein Klopfen, ich öffnete die Tür trotzdem. Mein Vater lag auf dem Bett, die Hände hinter dem Kopf verschränkt, und starrte in die Luft, er schien mich nicht zu hören, erst als ich ihn ansprach, drehte er langsam den Kopf.

Paps, sagte ich, warum liegst du denn hier drin rum, draußen ist es wunderschön.

Er wandte den Kopf ab, ohne zu antworten.

Immer wenn es Sommer wurde, verschlechterte sich sein Zustand; Ella war damals im Mai gestorben, jetzt hatten wir Anfang Juni, und es war, als würde er jedes Jahr von neuem das Versinken in seiner Trauer erleben.

Ich ging zu ihm und setzte mich aufs Bett, Paps, sagte ich und streichelte sein Gesicht, er starrte weiter ins Leere.

Ich hätte heulen können vor Verzweiflung, zehn Jahre ging das jetzt so, fast mein halbes Leben lang hatte ich meinen Vater regelmäßig besucht, hatte mit ihm gesprochen, ihn gestreichelt, seinen wenigen Worten sehnsüchtig gelauscht, immer in der Hoffnung, sie könnten eine entscheidende Botschaft enthalten, und nichts hatte sich verändert in all der Zeit.

Was, verdammt noch mal, sollte ich denn noch tun?

Konnte jemand sein ganzes Leben damit zubringen, auf den Tod zu warten? Wie war es möglich, dass andere Menschen über den Verlust eines Kindes hinwegkamen, nur mein Vater nicht?

Ich sah ihn an, wie er da lag, eine seelenlose Hülle, traurig und jämmerlich, und ich merkte, wie aus meiner Verzweiflung Wut wurde.

In zehn Jahren hatte er Ellas Namen nicht einmal genannt, wir hatten nicht ein einziges Mal über das gesprochen, was geschehen war. Er hatte sich in seine Trauer eingeschlossen und mich gegen Wände rennen lassen, immer und immer wieder, ich hatte mich nie entmutigen lassen, meine Liebe war stark genug gewesen, unermüdlich und geduldig, aber in diesem Moment ging etwas in mir kaputt.

All die ungesagten Worte schienen sich aus ihrem Käfig losreißen zu wollen wie ein Rudel wilder Hunde, ein Geräusch kam aus meiner Kehle, ein unheimlicher Laut, der mich selbst erschreckte, und im nächsten Moment brüllte ich los.

Verdammte Scheiße, Vater, glaubst du denn, nur du hättest ein Recht auf Trauer? Hast du dich in all den Jahren mal gefragt, was in Mutter vorging, oder in mir? Du bist einfach abgehauen, hast uns im Stich gelassen, und das war's! Weißt du noch, was du mir früher immer gesagt hast, wenn ich Angst hatte und nicht alleine einschlafen konnte? Die Angst ist dein schlimmster Feind, hast du gesagt, gib ihr keinen Platz in deinem Denken, das, wovor man Angst hat, wird kleiner, wenn man darauf zugeht, und irgendwann verschwindet es ganz. Warum gehst du nicht auf das zu, was dir Angst macht, warum rennst du vor dem Leben weg, warum bist du so ein gotterbärmlicher Feigling?

Ich war aufgesprungen, stand vor dem Bett und schrie, mein Gesicht war tränenüberströmt, und ich spürte die Erleichterung, die mir dieser Ausbruch verschaffte, und gleichzeitig Panik, weil ich fürchtete, meinen Vater nun für immer zu verlieren, aber es war zu spät, die Schleusen waren geöffnet.

Ich riss ein Foto von Ella aus meinem Geldbeutel und hielt es meinem Vater vors Gesicht. Hier, rief ich, das ist Ella, deine Tochter, meine Schwester, und sie ist tot, sie ist seit sechzehn Jahren tot, und genauso lange stellst du dich tot, und ich versuche, mich selbst zu töten, was ist das für eine verdammte, perverse Scheiße, ich will, dass das aufhört, ich will, dass du endlich rauskommst aus deinem Verlies. Ich will leben!

Den letzten Satz schrie ich so laut, dass der alte Mann mit verzerrtem Gesicht seine Augen zusammenkniff.

Mein Gott, André, dachte ich, was hast du mit mir gemacht? Ich erkannte mich selbst nicht wieder.

Mein Vater lag da und sah mich an, ich erwartete, dass er sich im nächsten Moment aufrichten und mich mit Donnerstimme fragen würde, was mir einfalle, so mit ihm zu reden, aber sein Blick ruhte unverwandt auf mir, seine Augen waren dunkel und ließen nicht erkennen, was er dachte oder fühlte, wenn er überhaupt etwas dachte oder fühlte. Endlich sah ich ein Zittern in seinem Mundwinkel und eine Träne, die über seine Wange lief.

Er weinte! Mein Vater weinte! Ich hatte ihn nie weinen sehen, nicht ein einziges Mal in der ganzen Zeit, ich war so überrascht und erleichtert, dass ich fast auf die Knie gefallen wäre und ihn umarmt hätte, aber ich sagte nur, Paps. Mit einem kleinen, zitternden Kinderstimmchen.

In diesem Moment schloss mein Vater die Augen, wie man eine Tür schließt, und drehte sich um.

Paps, flüsterte ich noch mal, keine Antwort, ich fasste ihn leicht an der Schulter, er entzog sich meiner Hand mit einer heftigen Bewegung.

In diesem Moment flog die Tür auf, ein Pfleger stürzte herein, um sich nach der Ursache für das Geschrei zu erkundigen, ich fauchte ihn an, was machen Sie eigentlich hier drin mit den Leuten, reicht es Ihnen wirklich, sie aufzubewahren wie Sperrmüll, bis man sie endlich entsorgen kann?

Ich flüchtete aus dem Haus und durch den Park, bis ich das eiserne Tor erreicht hatte, das meinen Vater von der Außenwelt trennte, wenn auch nur scheinbar, denn was wirklich zwischen ihm und der Welt stand, waren die unsichtbaren Wände, die er selbst aufgestellt hatte und gegen die ich gerade wieder gelaufen war.

Das war's, nun reichte es, zehn Jahre waren genug. Ich schwor mir, diesen Ort nie mehr zu betreten, und warf das Tor hinter mir mit einem Knall ins Schloss.

Die Prinzessin und ihre Hofdamen spielten gegen den König und sein Gefolge Völkerball auf der leeren Bühne, im Hintergrund die Brandmauer, über uns die Scheinwerfer, und während wir uns gegenseitig das Leder aufs Fell brannten, riefen wir uns den Text zu, den Shakespeare für die erste Begegnung der edlen Damen und Herren geschrieben hat.

Berowne (dribbelt den Ball, zielt auf seine Angebetete): Was hat die Uhr geschlagen?
Rosaline (weicht kokett aus): Dreizehn, wenn Narren fragen.
Berowne: Viel Glück, wenn Sie die Kappe tragen (holt aus, wirft).
Rosaline (wird getroffen, schreit empört auf): Aua! Viel Glück dem Klotzkopf, dem so Kappen passen!
Berowne (grinst): Und Liebhaber für Sie in Massen! (Macht eine übertrieben schmachtende Geste in Rosalines Richtung.)
Rosaline (patzig): Amen, wenn nur Sie's nicht sind! (Streckt ihm die Zunge raus.)
Berowne: Nein, da verzieh ich mich geschwind!

Seit unserer stürmischen Begegnung im Wald feixte natürlich das ganze Ensemble bei solchen Szenen. Richy konnte seine Verlegenheit nur schwer verbergen, und Kaja war immer noch sauer auf mich, sie sprach nicht mit mir und drängte sich besitzergreifend neben Richy, wenn ich nur in seine Nähe kam.

Mich amüsierte das Ganze, hätte Kaja nicht den Zickenkrieg zwischen uns eröffnet, hätte ich von meinem Vorhaben, Richy flachzulegen, bestimmt schon längst abgelassen, nun aber konnte ich fast nicht anders, als die Herausforderung annehmen.

Das Match ging weiter, plötzlich drehte sich Kaja um die eigene Achse und schmetterte den Ball auf mich, er traf mich an der Brust, was höllisch wehtat. Oh, tut mir Leid, flötete sie scheinheilig, wart's ab, zischte ich ihr zu und versuchte, mir den Schmerz nicht anmerken zu lassen. Bei der nächsten Gelegenheit trat ich ihr gegen das Schienbein; hellhäutig, wie sie war, würde sie morgen einen satten blauen Fleck haben.

Ich fing einen Blick von Tibor auf, der unser Geplänkel beobachtet hatte; ich weiß nicht, ob ich mich täuschte, aber ich empfand seinen Blick als voyeuristisch, oder sollte ich sogar sagen: lüstern, und ich fragte mich, ob er uns wirklich im Dienste der Kunst aufeinander hetzte oder zu seinem persönlichen Vergnügen.

Manchmal kam er mir vor wie einer dieser Forscher, die Versuchstiere unter extremen Bedingungen einsperren und zusehen, wie sie sich verhalten; wenn's dabei Tote gibt, dann ist's eben ein Opfer für die Wissenschaft.

Vor ein paar Tagen hatte er uns erklärt, die Beziehung zwischen Schauspielern und Regisseur während der Proben ähnele einer Liebesaffäre; sie sei intensiv, leidenschaftlich und voller Eifersucht, alle Schauspieler rivalisierten um die Liebe des Regisseurs, und dieser gewähre seine Gunst nur den Auserwählten, die bereit sein müssten, dafür ein Opfer zu bringen.

Na ja, dachte ich, das meint er ja wohl nur im übertragenen Sinne, aber nach der Probe kam er zu mir, nahm mich zur Seite und fragte, welches Opfer bringst du mir?

Meine Arbeit, gab ich zurück, das genügt nicht, sagte er, das Opfer muss größer sein, persönlicher. Was meinst du, fragte ich, und er sagte, wenn Rosaline und Berowne sich finden, möchte ich dabei sein.

Kein Problem, sagte ich, fünfter Akt, zweite Szene, aber du weißt ja, dass sie sich erst für ein Jahr trennen müssen, bevor sie zusammenkommen.

Tibor lächelte nur, dieses lüsterne kleine Lächeln, und erst später ging mir auf, was er gemeint hatte.

Mir wurde plötzlich klar, warum er in der Hütte verlangt hatte, wir sollten bis zur Premiere sexuell enthaltsam sein: weil er genau wusste, dass ein solches Verbot das Gegenteil bewirken würde, nämlich eine ständig sexuell aufgeladene Stimmung. Tatsächlich belauerten wir uns seither gegenseitig, wollten herausfinden, wer sich an die Abstinenzregel gehalten hatte und wer nicht, provozierten uns und ließen unsere Verführungskräfte spielen. Während wir versuchten, zu widerstehen, dachten wir doch die ganze Zeit an nichts anderes als Sex.

Nach dem Ballspiel waren wir nass geschwitzt und gingen duschen. Als wir unter der Brause standen und uns einseiften, ging plötzlich die Tür auf, und Tibor stand, mit einem Handtuch um die Hüften, im Raum. Hey, rief Kaja, das ist die Frauendusche, das sehe ich, sagte Tibor lachend, ließ seinen Blick in aller Ruhe über unsere nackten Körper schweifen und sagte schließlich zu mir, du sollst nachher zu Adam kommen.

Der spinnt wohl, sagte Kaja und rubbelte wütend ihre Lockenmähne, ich studierte ihr rötliches Schamhaar und ihre rosafarbenen Brustwarzen und fragte mich, ob rothaarige Frauen wirklich leidenschaftlicher im Bett wären als andere und was Richy an ihr so anziehend fand.

Nach der Probe ging ich zu Adam ins Intendantenbüro, einen angenehm hellen Raum unter dem Dach der Fabrik, von dem aus man einen Blick über andere Fabrikdächer hatte; es sah ungefähr aus, wie ich mir Liverpool vorstellte.

Wie läuft's, fragte Adam und küsste mich rechts und links auf die Wangen; ich zuckte die Schultern, ganz gut, komm doch mal wieder und schau zu.

Adam sah aus, als sollte man ihm im Dunklen besser aus dem Weg gehen; er hatte ein zerfurchtes Gesicht, verfilzte graue Locken und glühende dunkle Augen, er trug ausschließlich weiße Hemden und Hosen, schweren Silberschmuck und bei jeder Jahreszeit einen abgewetzten Ledermantel. Aber so verwegen er wirkte, so harmlos war er in Wirklichkeit; eine Seele von Mensch, idealistisch und großzügig.

Bei Rieke, seiner Frau, war ich mir nicht sicher, ob sie einen guten Charakter hatte, sie genoss es, andere zu demütigen. Vielleicht wäre sie besser Domina geworden, denn am liebsten hatte sie es, wenn die Menschen unter den Sohlen ihrer Stiefel wimmerten. Einmal hatte ich erlebt, wie sie ein unbegabtes Jüngelchen bei einem Vorsprechen fertig gemacht hatte; der arme Kerl war weinend aus dem Theater gelaufen. Das Ensemble fürchtete Rieke, buchte ihre Exzesse aber unter Theaterfolklore ab. Sich mit ihr anzulegen, wollte niemand riskieren.

Ich komme zu den Hauptproben, sagte Adam, ich will Tibor nicht das Gefühl geben, dass ich ihn kontrolliere.

Vielleicht wär das nicht so schlecht, dachte ich bei mir, sagte aber nichts. Ich hatte diese Rolle gewollt, ich hatte die Arbeit mit Tibor gewollt, ich würde das durchstehen, ganz egal, was kommen sollte.

Du hast eine Einladung zu einem Casting, sagte Adam, drei Episoden in einer Vorabendserie, fünfzehn Drehtage.

Mir fiel das Gesicht runter. Fünfzehn Drehtage! Dabei würde ich mehr verdienen als in vier Monaten am Theater! Adams Blick ruhte auf mir. Ich wusste, wie sehr es ihn treffen würde, wenn ich ihn im Stich ließe; immer wieder verlor er Schauspieler ans Fernsehen, und jedes Mal schmerzte es ihn, als würde sein eigenes Kind ihn verlassen.

Wann drehen sie, fragte ich zögernd; ab nächster Woche, sagte er, jemand ist abgesprungen. Ich wäre dir nicht böse, sagte er noch und vermied es, mir in die Augen zu sehen.

Ich überlegte fieberhaft; die Arbeit am Stück war noch in einem so frühen Stadium, dass ich problemlos zu ersetzen wäre. Ich würde vielleicht den Sprung ins Fernsehgeschäft schaffen, das ich immer verachtet hatte, vermutlich, weil mir bisher niemand eine Rolle angeboten hatte. Aber natürlich wünschte ich mir insgeheim, groß rauszukommen und eine Menge Geld zu verdienen. Vielleicht war das meine Chance.

Ich denk drüber nach, sagte ich, wann musst du's wissen?

Das Casting ist übermorgen, gib mir bis morgen Bescheid, sagte er und sah plötzlich traurig aus, obwohl ich mich doch noch gar nicht entschieden hatte.

Sein Besuch im »Limelight« beschäftigte André; immer wieder kehrten seine Gedanken zurück zu jenem Abend.

Als er die Treppe runtergekommen war, hatte Karl an der Bar gewartet und grinsend gesagt: »Einer Versuchung begegnet man am besten, indem man ihr umgehend erliegt!«

»Blödmann«, hatte André verlegen geantwortet.

Die Rechnung hatte fünfzehnhundert Euro betragen, was Karl nicht zu beeindrucken schien. Offensichtlich war er nicht nicht zum ersten Mal in diesem Etablissement gewesen.

»Danke für die Einladung«, hatte André gemurmelt, als sie draußen waren.

»Keine Ursache«, hatte Karl gesagt, »es war höchste Zeit, dich ein bisschen zu verderben!«

Und nun fragte sich André, ob er Bea davon erzählen sollte. Das schlechte Gewissen plagte ihn, er ertrug es nicht, ein Geheimnis vor ihr zu haben.

Er stellte sich selbst die üblichen Therapeutenfragen: Welche Bedeutung hatte dieser Abend für Sie? Warum wollen Sie Ihrer Frau davon erzählen? Dient dieses Geständnis Ihrer Entlastung, oder erhoffen Sie sich davon die Verbesserung Ihrer Beziehung? Was wird die Erzählung voraussichtlich in Ihrer Frau auslösen? Was wird ihre Reaktion voraussichtlich in Ihnen auslösen? Werden Sie beide mit den Folgen dieses Geständnisses umgehen können?

Wenn er ehrlich zu sich war, trieb ihn – genau wie Karl – das Bedürfnis nach Absolution. Er wollte sich nicht mehr schuldig fühlen müssen, deshalb hoffte er, Bea würde ihm verzeihen, obwohl sie bestimmt verletzt sein würde.

Andererseits, warum fühlte er sich überhaupt schuldig? War es wirklich Betrug, die Dienste einer Prostituierten in Anspruch zu nehmen? Es lief so geschäftsmäßig ab, frei von Emotionen und Verbindlichkeiten. Genau darin lag ja die Faszination, aber natürlich auch der Grund dafür, dass noch so häufige Bordellbesuche kein Ersatz für ein erfülltes Liebesleben waren.

Er hatte Bea nicht geschadet, ihr nichts weggenommen – im Gegenteil, er würde ihr einmal weniger lästig fallen.

Sie waren für den Abend verabredet, Bea wollte mit ihm einen großen Abschluss feiern. Die Besetzung einer kompletten Vorabendserie war ihrer Casting-Firma anvertraut worden, das würde nicht nur viel Geld bringen, sondern bedeutete auch einen Sieg über ihren größten Konkurrenten, der ihr solche Aufträge bisher meistens weggeschnappt hatte.

Um halb acht betrat er sein italienisches Lieblingsrestaurant, wo er seit dem Studium Stammgast war. Einer der Kellner von damals arbeitete noch heute hier; er hatte vor kurzem eine junge Frau geheiratet und war mit fast sechzig Vater geworden.

»Ciao, Gianni«, sagte André lächelnd, »wie geht es Ihnen?«

»Gut«, strahlte der alte Kellner, »Frau hält mich jung. Und mein Sohn ist ein Geschenk, una meraviglia!«

»Wie schön«, sagte André lächelnd.

Die Menschen gaben die Hoffnung auf Liebe einfach nicht auf, und obwohl er wusste, wie hoch die Wahrscheinlichkeit für ein Scheitern war, hoffte André immer mit.

»Ist meine Frau schon da?«

»Sitzt draußen im Garten«, sagte Gianni, »ich habe Ihnen besten Platz reserviert.«

André bedankte sich lächelnd.

Es war noch früh, wenige Tische waren besetzt. Das würde sich schnell ändern, wie er aus Erfahrung wusste; spätestens um Viertel nach acht war der Laden voll.

Bea sah ihm lächelnd entgegen; sie trug ein knallrotes Kleid, vor ihr leuchtete ein Glas Campari im selben Farbton, grüne Weinblätter bildeten den Hintergrund. Er wusste nie, ob solche Bilder Zufall waren oder geschickte Inszenierung; Bea hatte ein ausgeprägtes Gefühl für die Ästhetik des Augenblicks.

Er liebte es, sich mit seiner Frau außerhalb ihrer gewohnten Umgebung zu treffen; er sah sie dann mit anderen Augen, wie eine Fremde oder wie jemanden, den er nur vom Sehen kannte. Er stellte sich manchmal vor, es sei ihre erste Begegnung, ein Blind Date, dann gelang es ihm fast, die gleiche Aufregung zu spüren wie vor zwanzig Jahren.

Er fragte sich, ob andere sie ebenso wahrnahmen wie er: eine in sich ruhende, elegante Frau mit einer Ausstrahlung, die die Aufmerksamkeit ihrer Umwelt auf sich zog. Eine Frau, bei der man in jedem Moment das Gefühl hatte, sie befände sich genau in diesem Moment auf der Höhe ihrer Attraktivität.

Er lächelte zurück. Eine leichte Beklommenheit stieg in ihm hoch, die er schnell wegschob.

»Hallo, meine Schöne«, sagte er und beugte sich hinunter, um sie zu küssen.

»Hallo, mein Pascho«, erwiderte sie und bot ihm den Mund. Er küsste sie auf die Lippen und hoffte, dass ihr Lippenstift kussecht war.

Sein zweiter Vorname war Paul, aus »Paul Schott« hatte Bea schon zu Beginn ihrer Bekanntschaft »Pascho« gemacht; ihren Sohn nannte sie »Mini-Pascho«, was angesichts seiner Größe von einem Meter achtundachtzig ziemlich komisch wirkte. André mochte seinen Kosenamen, nur wenn andere Leute dabei waren, legte er Wert darauf, dass Bea ihn bei seinem Vornamen nannte. Daran hielt sie sich, meistens jedenfalls.

»Wie war dein Tag?«, wollte sie wissen. »Hast du wieder ein paar arme Schweine fürs Leben im Haifischbecken fit gemacht?«

Bea war der Ansicht, seelische Probleme wären nur der Ausdruck unserer kranken Gesellschaft; eigentlich würden die Patienten gesunde Reaktionen zeigen auf das absurde Treiben, das rundum stattfand. André neigte gelegentlich dazu, ihr zuzustimmen.

»Habe ich«, bestätigte er, »und vorhin bin ich dreißig Kilometer geradelt und könnte jemanden anfallen vor Hunger.«

»Bitte sehr«, lächelte sie und hielt ihm ihren Arm vors Gesicht.

Spielerisch biss er hinein. »Köstlich«, sagte er, »ich fürchte dennoch, ich werde mich für ein Ossobuco entscheiden müssen.«

Sie beratschlagten, welchen Wein sie bestellen sollten;

er schlug einen Barolo vor, den er normalerweise im Restaurant nicht trank, weil er ihn meist zu teuer fand.

»Was ist los?«, sagte Bea überrascht. »Schlechtes Gewissen?«

»Ich, wieso?«, fragte André erschrocken und überlegte, ob Karl Bea etwas erzählt haben könnte.

»Es gibt immer Gründe, ein schlechtes Gewissen zu haben«, sagte Bea, »Pornoseiten im Internet, heimlich wieder mit dem Rauchen angefangen, anderen Frauen schöne Augen gemacht, sag's mir lieber gleich, dann haben wir's hinter uns.«

André begriff erleichtert, dass sie Spaß machte. Er nahm ihre Hand und küsste sie.

»Für dich ist das Beste gerade gut genug.«

»Schleimer«, sagte sie unbeeindruckt.

Sie bestellten, Gianni brachte den Wein und räumte das inzwischen fast leere Campari-Glas weg. Das dunklere Rot des Barolo passte nicht ganz so perfekt zu Beas Kleid wie der Aperitif.

»Ich muss dir was gestehen«, sagte sie.

»Ja?«

Bea lachte auf. »Schau nicht so entsetzt! Ich habe keine Affäre, falls es das ist, was du befürchtest.«

Obwohl er an diese Möglichkeit nicht gedacht hatte, war er doch erleichtert. Eigentlich war es ziemlich leichtsinnig, bei einer attraktiven Frau wie Bea diese Möglichkeit nicht in Betracht zu ziehen.

»Was ist es dann?«

»Ich will im September ein paar Tage mit Mama verreisen.«

»Na und, wo ist das Problem?«

»Es ist genau in der Woche, in der du deine Vortragsreise machst. Mama kann wegen ihrer Behandlungen nur in dieser Zeit.«

Eine Reise durch die Provinz. Sein Verlag hatte ihn gebeten, noch ein paar Lesungen aus seinem Buch »Krise als Chance« zu machen. Bea hatte ihn begleiten wollen, und er hatte sich darauf gefreut, tagsüber nicht allein durch die Städte zu streifen und abends nach den Lesungen nicht einsam in irgendeiner Kneipe zu sitzen.

Er unterdrückte seine Enttäuschung. »Schade, aber das versteh ich natürlich. Dann verreisen wir eben ein andermal zusammen.«

»Ich mache mir Gedanken wegen Paul«, sagte Bea, die zu abrupten Themenwechseln neigte, »er ist so verschlossen, erzählt nichts mehr, ich weiß kaum noch, wo er ist und was er so treibt.«

»Das ist sein gutes Recht«, erwiderte André, »in einem halben Jahr ist er volljährig, er ist uns keine Rechenschaft mehr schuldig.«

»Ich würde ihm ja nichts verbieten! Ich wäre einfach nur beruhigt, wenn ich mehr von ihm wüsste. Ich bin's nicht gewohnt, dass man Geheimnisse vor mir hat.«

»Daran wirst du dich gewöhnen müssen«, sagte André. »Was Paul betrifft, meine ich.«

»Ist Geheimniskrämerei typisch für sein Alter oder typisch für Männer?«, wollte Bea wissen.

»Das fragst du mich?«, lachte André. »Ich bin ein offenes Buch, wie du weißt. Und denk nur an Karl; kaum hatte der gesündigt, schon musste Rena ihm die Beichte abnehmen.«

»Würdest du beichten, wenn du gesündigt hättest, oder würdest du's für dich behalten?«, fragte Bea und sah ihn forschend an.

»Was wäre dir lieber?«, fragte André zurück und versuchte, seiner Stimme einen scherzhaften Klang zu geben.

Bea blieb ernst. »Ich weiß es nicht. Spontan würde ich

sagen, ich will alles wissen. Aber wenn ich länger darüber nachdenke – vielleicht würde ich es nicht aushalten. Ich hoffe einfach, dass du nichts tust, was uns in Gefahr bringt.«

André war plötzlich sehr erleichtert.

»Ganz bestimmt nicht«, sagte er im Brustton der Überzeugung.

»Sollen wir nächsten Sommer ein großes Fest machen?« Beas Augen glänzten.

»Nächsten Sommer?«

»Zwanzig Jahre«, sagte sie, nahm seine Hand und küsste seine Fingerspitzen.

»Ist das schon unsere Silberhochzeit?«, fragte er erschrocken.

»Nein, die ist erst fünf Jahre später.«

»Natürlich können wir ein Fest machen. Und jetzt trinken wir auf deinen Erfolg.«

Sie stießen an. Der Wein war gut, auch wenn er zu teuer war.

Bea bedachte André mit einem liebevollen Blick.

»Ich finde Altwerden genauso beschissen wie du. Aber wenn es schon sein muss, möchte ich wenigstens mit dir alt werden.«

Du bist verrückt, tobte Jo, als ich ihm von dem Casting erzählte, so einen Dreck darfst du nicht machen, das ist Verrat an allem, was uns wichtig ist!

Wieso uns, fragte ich ärgerlich und zog eine Augenbraue hoch, bloß weil du glaubst, du wärst so genial, dass du nach dem Studium nur Kinofilme machst, kann ich ja wohl trotzdem fürs Fernsehen arbeiten.

Fürs Fernsehen schon, sagte er, aber doch nicht für

so 'ne beknackte Vorabend-Schmonzette, wie heißt denn die Serie, Verlogene Triebe, Verborgene Hiebe?

Weiß nicht, sagte ich und fühlte mich getroffen von seinem hämischen Tonfall. Vielleicht ist es ja auch was Anspruchsvolleres, das Casting kann ich doch mal machen, das ist sicher 'ne wichtige Erfahrung.

Klar, erwiderte Jo bissig, wenn du einer von den korrupten Gesichtsvermietern werden willst, die zum Set spazieren wie andere ins Büro, ihren Text abliefern, die Kohle abgreifen und wieder nach Hause gehen, dann ist das sicher 'ne super Erfahrung.

Ich wurde sauer. Diese Überheblichkeit konnte ich mir nicht leisten, und Jo eigentlich auch nicht, dafür lebte er zu sehr auf anderer Leute Kosten, unter anderem auf meine.

Hey, Arschloch, sagte ich, das ist meine Sache, okay? Ich dachte, du freust dich für mich, außerdem hast du bisher auch nicht gefragt, woher die Kohle kommt.

Mach, was du willst, sagte Jo und ging in sein Zimmer. Gleich darauf dröhnte Nirvana durch die Wohnung, und ich wusste, dass er für die nächsten Stunden nicht ansprechbar sein würde.

Ich weiß nicht, warum mich dieser Streit so mitnahm; vielleicht gab ich Jo insgeheim Recht, vielleicht ärgerte mich auch nur seine Arroganz, die auf nichts gründete als auf seiner Überzeugung, etwas Besonderes zu sein.

Es war unser erster richtiger Streit seit damals, als ich in seinem Film mitgespielt hatte, diesem eigenartigen Streifen voller unverständlicher Anspielungen, die sich mir auch nach mehrfacher Lektüre des Drehbuches nicht erschlossen hatten. Jo war wütend geworden, als ich ein paar Einwände vorgebracht hatte, weil ich Szenen einfach nicht spielen kann, wenn ich keine Ahnung habe, warum meine Figur etwas macht und was sie dabei fühlt.

Vor dem ganzen Team hatte er mir erklärt, dass David Lynch sich schließlich darum auch nicht kümmern würde und er diese blöde Psychokacke satt hätte.

André hätte mich verstanden, dachte ich plötzlich wütend, es war keine blöde Psychokacke, wenn man versuchte, sich die Beweggründe des eigenen Handelns klar machen zu wollen. Langsam ging es mir auf die Nerven, dass Jo nicht das kleinste bisschen Nachdenken zuließ; er kam mir vor wie jemand, der sich die Augen verbunden hat und immer nur im Kreis herumirrt.

Ich stieg durchs Flurfenster aufs Dach, wo Jos Nirvana-Getöse nur noch gedämpft zu hören war. Der Blick auf die Lichter unter mir beruhigte mich, ich holte meinen Geheimvorrat an Haschisch-Zigaretten aus dem Versteck und zündete mir eine an, dabei sah ich rüber zu Gianni, der gerade nach Hause gekommen war.

Sofort entbrannte ein heftiger Ehestreit, offenbar war die Zeit der ersten Verliebtheit vorbei, oder Gianni war seiner Frau drauf gekommen, dass sie ihn nach Strich und Faden betrog. Ich sah eine Weile zu und hoffte, dass es nicht zu Tätlichkeiten käme, die mich zwingen würden, die Polizei zu rufen, aber irgendwann nahm der Streit eine der üblichen Wendungen, Gianni fing an, ihr die Klamotten runterzureißen, und seit ich einmal gesehen hatte, was für einen Wahnsinnsbusen die Frau hatte, konnte ich verstehen, dass er ihr verfallen war.

Ich zog den süßlichen Rauch ein und genoss den Schwindel, der sich in meinem Kopf breit machte. Die Lichter unter mir verschwammen, es schien ein Leichtes, sich in die Luft zu erheben und über die Stadt zu fliegen. Ich schloss die Augen, mein Körper schien sich auszudehnen und zusammenzuziehen, ich fühlte meinen Herzschlag und die Vibrationen der Bässe, die aus der Wohnung drangen.

Ich sah André an der Tür seiner Praxis stehen, ich lächelte ihn an, und er streckte mir die Hand entgegen.

Beschwingt vom Barolo und einem besonders schönen Abend kehrten Bea und André nach Hause zurück. Er fühlte sich leicht und glücklich und hoffte, dass Bea mit ihm schlafen würde; das würde seinen Fehltritt zwar nicht ungeschehen machen, aber irgendwie unbedeutender erscheinen lassen.

Als er die Haustür aufschloss, klingelte das Telefon.

»Ach nein, nicht jetzt«, seufzte Bea und hielt André am Arm fest.

Er blieb stehen und wartete, dass der Anrufbeantworter sich einschaltete, aber das Telefon klingelte weiter.

»So spät – vielleicht ist was passiert«, sagte er beunruhigt.

»Ach was«, sagte Bea wegwerfend, »das ist sicher einer von Pauls neuen Freunden, die stehen um diese Zeit gerade auf.« Sie ging ins Wohnzimmer, warf sich aufs Sofa und schaltete den Fernseher ein.

»Schott«, meldete sich André und schloss die Tür zum Wohnzimmer.

Zuerst hörte er nur ein Schluchzen.

»Wer ist da?«, fragte er erschrocken.

Das Schluchzen ging weiter, endlich hörte André eine Frauenstimme sagen: »Ich bin's, Hanna, es ist was Furchtbares passiert!«

»Hanna!«, sagte er überrascht, verbesserte sich aber schnell: »Frau Walser! Was ist denn los?«

»Am Telefon kann ich nicht darüber sprechen, können wir uns irgendwo treffen?«

»Tut mir Leid, Frau Walser, aber das ist absolut unüblich. Wir können bei der nächsten Sitzung über alles sprechen.«

»Bitte!« Ihre Stimme klang flehend.

»Hanna«, sagte er eindringlich und hoffte, dass die Verwendung ihres Vornamens seinen Worten Nachdruck verlieh, »kein seriöser Therapeut geht zu nächtlichen Treffen mit seinen Patienten. Das ist gegen alle Regeln.«

»Gibt's denn nichts Wichtigeres als Regeln?«, sagte Hanna mit tränenerstickter Stimme.

»Hanna, ich bitte Sie.«

Er überlegte fieberhaft, ob sie ihm etwas vormachte, ob dieser Anruf zu ihren Spielchen gehörte. Aber warum sollte sie ihn mitten in der Nacht anrufen und irgendwohin bestellen, ohne einen schwerwiegenden Grund dafür zu haben?

Am anderen Ende der Leitung blieb es still.

»Sind Sie noch da?«, fragte er.

»Ja.«

Plötzlich wurde André von heftiger Unruhe ergriffen. Was, wenn sie sich etwas antun würde? Sie hatte es schon einmal versucht, wenn auch nicht bewusst. Je nachdem, welches Ereignis sie erschüttert hatte, war ein Suizid bei ihr nicht auszuschließen.

»Wo sind Sie gerade?«, wollte er wissen. »Ist jemand bei Ihnen?«

»Ich bin zu Hause. Alleine.«

»Haben Sie getrunken oder Drogen genommen?«

»Nein«, sagte sie mit erstickter Stimme, »ich sitze auf dem Dach und schaue runter.«

André wusste, dass er ihre Angehörigen informieren und einen Notarzt zu ihr schicken sollte, statt sich von ihr zu einem Treffen überreden zu lassen.

»Also, gut«, sagte er, »aber ich möchte nicht zu Ihnen nach Hause kommen. Können wir uns in einer Kneipe treffen?«

Er notierte die Adresse, die sie ihm nannte. Es war ihm klar, dass sein Verhalten im höchsten Grade unprofessionell war.

Er ging zurück ins Wohnzimmer, wo Bea auf dem Sofa lag und durch die Kanäle zappte.

Sie sah auf. »Wer war's?«

»Eine Patientin. Suizidgefahr.«

»Scheiße«, sagte Bea und richtete sich auf.

»Ich fürchte, ich muss zu ihr, ich mache mir wirklich Sorgen.« Er küsste Bea auf den Mund. »Schade«, sagte er bedauernd, »ich wäre jetzt gern bei dir geblieben.«

Bea hörte, wie er das Haus verließ, und lauschte seinen Schritten nach.

Sie war verwirrt. Es war ungewöhnlich, dass Patienten bei ihnen zu Hause anriefen, und es war noch ungewöhnlicher, dass André mitten in der Nacht loszog, genau genommen hatte er das noch nie getan.

Die Adresse, die Hanna genannt hatte, lag im Schlachthofviertel.

»Sonder-Bar« las André und parkte den Wagen unter der grün-blauen Neonschrift.

Nur wenige Tische des Nachtlokals waren besetzt, die Beleuchtung spärlich. Von den schwarz gestrichenen Wänden hingen halb abgerissene Plakate, das Mobiliar wirkte wie vom Sperrmüll.

In der hintersten Ecke entdeckte er Hanna; sie rauchte, vor ihr standen eine Flasche Bier und ein unberührtes Glas. Als er näher kam, sah er, dass sie geweint hatte, ihre Wimperntusche war verschmiert, die Lippen geschwollen. André war gerührt. Wie kindlich sie wirkte.

Sie lächelte unter Tränen. »Danke, dass Sie gekommen sind.«

»Was ist passiert?«, fragte er und zog einen Stuhl zu sich heran.

Hanna vergrub das Gesicht in den Händen, ihre Schultern zuckten.

Ohne nachzudenken, berührte André sie am Arm, streichelte sie, sprach beruhigend auf sie ein.

»Sagen Sie mir doch, was los ist.«

Hanna hob den Kopf. »Es ist ... mein Vater ist tot.«

»Oh, Gott«, sagte André betroffen, und nach einer Pause: »Wie ist es passiert?«

»Ich weiß es auch nicht, vorgestern war ich noch bei ihm, da war er wie immer. Heute Abend bekam ich dann den Anruf ...« Hanna brach in Tränen aus.

André griff nach ihrer Hand und drückte sie kurz. Er zögerte einen Moment, dann fragte er: »Selbstmord?«

»Ich glaube nicht, zumindest haben sie nichts davon gesagt.«

»Weiß Ihre Mutter es schon?«

»Ich habe sie gleich angerufen. Sie war nicht besonders überrascht. ›Das war es doch, was er wollte‹, sagte sie. Wahrscheinlich hat sie Recht.«

Erneut wurde Hanna von Schluchzen geschüttelt.

André legte einen Geldschein auf den Tisch und sagte: »Lassen Sie uns rausgehen.«

Sie nickte, nahm ihren Beutel und folgte ihm. Draußen lehnte sie sich erschöpft gegen die Hauswand.

»Wollen wir ein paar Schritte gehen?«, schlug André vor, und sie nickte.

Völlig selbstverständlich hakte sie sich bei ihm ein; er brachte es nicht übers Herz, sie abzuweisen.

Schweigend gingen sie eine Weile nebeneinander.

»Wie fühlen Sie sich?«, fragte André schließlich.

»Leer«, sagte Hanna und blieb stehen. Plötzlich schlang sie die Arme um ihn, ihr Kopf lehnte an seiner Schulter. Vorsichtig umfing er sie, wobei er versuchte, ihren Körper ein Stück von seinem wegzuhalten, was ihm nicht gelang. Er roch ihr Haar und einen Hauch ihres Parfüms, spürte ihren Körper, der sich gegen seinen presste.

Widerwillig löste er sich aus ihrer Umarmung.

»Das geht nicht«, sagte er entschuldigend.

»Wissen Sie, wie man sich nach einer solchen Nachricht fühlt?«, fragte Hanna heftig. »Man hat Angst, sich aufzulösen, in lauter kleinen Teilen davonzufliegen. Man braucht jemanden, der einen festhält, begreifen Sie das nicht?«

»Sie haben einen Freund. Das wäre seine Aufgabe.«

»Jo braucht selbst jemanden, der ihn festhält«, sagte Hanna, »der ist ständig dabei, abzuheben.«

»Ich kann mit Ihnen sprechen, ich kann für Sie da sein. Mehr kann ich nicht für Sie tun«, sagte André mit fester Stimme.

Wieder gingen sie eine Weile schweigend nebeneinander. André dachte, wie schwer es war, sich an Regeln zu halten, die ihm plötzlich selbst dumm und unsinnig erschienen.

»Ich würde gerne mehr für Sie tun, glauben Sie mir«, sagte er. »Aber das, was ich als Therapeut tun darf, entspricht leider nicht immer dem, was ich als Mensch empfinde.«

Hanna hob den Kopf und sah ihn überrascht an.

»Sie haben schon sehr viel für mich getan.«

»Wenn Sie möchten, bringe ich Sie jetzt nach Hause. Ich bin mit dem Wagen hier.«

»Okay«, sagte Hanna.

»Oder möchten Sie lieber zu Ihrer Mutter?«, fragte er, weil ihm einfiel, dass bei ihr zu Hause niemand war.

»Nein, ist schon okay. Jo müsste inzwischen zurück sein.«

Bis sie am Auto waren, sprachen sie nicht mehr. André schloss die Beifahrertür auf und ließ Hanna einsteigen, bevor er sich ans Steuer setzte.

Beim Abschied fragte er: »Sind Sie sicher, dass Sie zurechtkommen?«

Hanna nickte und streckte die Hand aus. »Danke«, sagte sie, »Sie haben mich gerettet.«

»Sollen wir den nächsten Termin vorziehen?«

»Das wäre toll.«

»Rufen Sie mich morgen früh an.«

Sie nickte und stieg aus. Im Hauseingang drehte sie sich um und winkte ihm kurz zu.

In Gedanken versunken, fuhr André weg.

Ihre Umarmung hatte ihn mehr aufgewühlt, als es dem Anlass angemessen war. Er hatte Hanna nur einen Moment festgehalten und getröstet; viel kürzer, als sie es sich gewünscht hätte, aber länger, als er es sich hätte erlauben dürfen.

Er hatte eine Grenze überschritten, die er nicht hätte überschreiten dürfen. Wie damals als Kind, wenn er nachts aus dem Schlafzimmer seiner Eltern Geräusche gehört und genau gewusst hatte, dass er in seinem Bett hätte bleiben sollen; trotzdem war er wie magisch angezogen zur geschlossenen Tür geschlichen und hatte gelauscht. Danach hatte er sich jedes Mal geschämt und gewünscht, er hätte der Versuchung widerstanden. Aber schon nach dem ersten Mal hatte er außerdem das Gefühl gehabt, dass es nun ohnehin egal wäre.

Als ich heimkam, saß Jo im Wohnzimmer und starrte aufs Aquarium.

Woody ist weg, sagte er.

Was heißt das, weg, fragte ich wütend, habt ihr ihn etwa aufgefressen?

Es war niemand da, sagte Jo, ich kam vorhin ins Wohnzimmer, und da war die Abdeckung vom Aquarium verschoben, und als ich näher kam, sah ich, dass Woody weg war, er muss aus dem Becken geklettert sein.

Und warum hat er das nicht in den letzten zwei Jahren schon getan?, fragte ich.

Keine Ahnung, sagte Jo, vielleicht war genau jetzt der Moment, in die Freiheit zurückzukehren.

Sülz nicht rum, sagte ich, hilf mir lieber suchen.

In den nächsten Stunden krochen wir durch die Wohnung, suchten in allen Ecken und Winkeln, unterm Bett, auf dem Schrank, hinter den Gardinen, im Klo, am Duschvorhang, im Kamin, in allen Schubladen, im Herd, im Kühlschrank; wir riefen und lockten, machten Versprechungen, schworen, dass wir ihn niemals aufessen würden, vergeblich, Woody blieb verschwunden.

Jo regte sich wahnsinnig auf, er benahm sich, als sei Woody kein Hummer, sondern mindestens ein japanischer Koy-Karpfen für hunderttausend Dollar oder sonst irgendwas, dessen Verlust er auf keinen Fall ertragen könnte.

Irgendwann stand er vor mir und brüllte, wo warst du überhaupt so lange, wenn du nicht weg gewesen wärst, wäre Woody vielleicht noch da, du bist nächtelang verschwunden, kein Wunder, dass er sich einsam gefühlt hat.

He, he, sagte ich warnend, was soll das? Willst du mir jetzt die Schuld in die Schuhe schieben? Und wo ich war, geht dich überhaupt nichts an, ich frage dich schließlich auch nicht.

Du kannst überhaupt nicht lieben!, schrie er plötzlich, du bist kalt und berechnend und völlig krank in der Birne, ich halt das nicht mehr aus!

In seinen Augen stand die nackte Angst. Angst, dass ich weggehen und nicht mehr wiederkommen könnte, dass ich ihn alleine lassen könnte in einer Welt, die ihm so fremd und bedrohlich erschien, dass er sie nur mit mir gemeinsam ertragen zu können glaubte.

Er zitterte und ließ sich widerstandslos von mir umarmen; ich zog ihn auf unser Matratzenlager, wo ich ihn so lange streichelte, bis er sich beruhigt hatte. Es war draußen schon hell, als er endlich einschlief, ich strich ihm eine Haarsträhne aus dem Gesicht und rollte mich ein Stück von ihm weg.

Erschöpft schloss ich die Augen und dachte an den vergangenen Abend, an Andrés erschrockene Stimme am Telefon, an den Moment, als er die Bar betreten hatte, an seine schüchterne Umarmung. Es war merkwürdig gewesen, ihn anderswo als in seiner Praxis zu sehen; ich hatte mir irgendwie gar nicht vorstellen können, dass er eine Existenz außerhalb dieses Raumes hatte, dass er wahrscheinlich Freunde hatte, eine Familie, Gedanken und Träume, die nichts mit seiner Arbeit als Therapeut zu tun hatten.

Ich hatte ihn plötzlich mit ganz anderen Augen gesehen, wie jemanden, den ich schon lange kannte und mit dem ich schon eine Menge persönlicher Gespräche geführt hatte. Er war mir sehr vertraut vorgekommen, aber ich hatte auch gemerkt, wie wenig ich von ihm wusste. Und mit einem Mal hatte ich diesen unwiderstehlichen Wunsch gefühlt, ihn zu umarmen und festzuhalten, um zu erfahren, wer er war.

Was hätte ich tun sollen? Es hatte keinen anderen Weg gegeben, André zu einem Treffen zu bewegen, als meinen Vater sterben zu lassen. Ich war sicher, er würde mir diese Lüge eines Tages verzeihen.

Ich sank in einen seltsamen Halbschlaf und träumte, dass eine riesige Welle auf mich zurollte; ich versuchte wegzuschwimmen, aber meine Arme und Beine ließen sich nicht mehr bewegen, die Welle kam näher und näher, und als ich dachte, im nächsten Moment würde sie mich verschlucken, da hob sie mich sanft in die Höhe und wiegte mich, und es fühlte sich herrlich an.

Es gab nur zwei wichtige Casting-Agenturen in der Stadt, und vor einer von ihnen stand ich, mit Herzklopfen und feuchten Handflächen.

»Agentur Endres, 3. Stock« las ich auf dem Messingschild neben dem Eingang des gepflegten Jugendstilhauses. Ich holte tief Luft. Du hast nichts zu verlieren, sagte ich mir, du gehst da jetzt rein, spielst professionell deine Szene und gehst wieder nach Hause; es ist völlig egal, ob sie dich nehmen oder nicht, es ist nur eine Erfahrung.

Es war alles sehr schnell gegangen. Schweren Herzens hatte ich Adam gebeten, für mich zuzusagen; er hatte traurig gelächelt und gesagt, ich habe es nicht anders erwartet, und wenn ich an deiner Stelle wäre, würde ich es genauso machen.

Kurz danach bekam ich ein Fax mit einer Szene zwischen einer Frau namens Natascha und einem Mann namens Tobias.

Natascha: »Wie konntest du mir das antun?«
Tobias: »Ich weiß überhaupt nicht, wovon du redest.«
Natascha: »Ich rede von Laura, du hast sie ja regelrecht aufgefressen mit deinen Blicken.«
Tobias: »Quatsch, die Sache mit Laura ist längst vorbei.«
Natascha: »Und das soll ich dir glauben?«
Tobias (nimmt sie in die Arme): »Du weißt doch, dass ich nur dich liebe!«
Natascha: »Ich liebe dich auch!« ... und so weiter.

Ich war ziemlich irritiert und suchte, ob irgendwo der Zusatz »Satire« stand, aber ich konnte nichts finden; dann dachte ich, vielleicht haben sie einen besonders dämlichen Dialog genommen, um zu sehen, was ich daraus machen würde, und nur ganz kurz dachte ich, so beschissen sind eben die Dialoge in Vorabendserien, was hast du erwartet?

Ich drückte auf die Klingel, die Tür sprang auf, ich beschloss, den Lift zu nehmen, um nicht so außer Atem zu sein, wenn ich im dritten Stock ankam.

Dort stand die Tür offen, drinnen herrschte Hektik, lauter junge, gut aussehende Leute rannten herum, und ich fühlte mich etwas verloren.

Endlich kam eine Frau auf mich zu, die ein Klemmbrett in der Hand hielt, und sagte: Hallo, ich bin Nelli, die Assistentin, wie heißt du?

Hanna Duval, sagte ich, und Nelli zog einen Bleistift aus ihrer Hochsteckfrisur und machte ein Häkchen auf ihrer Liste. Setz dich so lange da rein, sagte sie und deutete auf eine Tür.

Ich stieg über Kabelstränge und Kamerakoffer, bis ich den Warteraum erreicht hatte, in dem ungefähr zehn Frauen meines Alters saßen, mein Blick fiel sofort auf einen Schwall roter Locken. Scheiße, dachte ich.

Kaja ignorierte mich, und ich ignorierte sie. Verstohlen sah ich mir die anderen Mitbewerberinnen an; entweder diese Casting-Leute besetzten verschiedene Rollen, oder sie hatten nicht die geringste Vorstellung davon, wie Natascha aussehen sollte.

Laut fragte ich in die Runde, seid ihr alle wegen Natascha da?

Die Mädchen nickten, manche energisch, andere zögernd. Kaja starrte mich nur entsetzt an.

Ich konnte nichts dagegen tun, plötzlich musste ich lachen, die Situation war so absurd, lauter Nataschas, die auf ihren Einsatz warteten, Wie-konntest-du-mir-das-antun?

Die Tür ging wieder auf, und Nelli kam rein, sie sah

auf ihre Liste und sagte einen Namen, und das Mädel neben mir stand auf, viel Glück, rief ich ihr nach.

Ich tippte eine SMS an Jo in mein Handy, ich fühlte mich schlecht wegen Woody, wegen des Castings und weil ich das Gefühl hatte, er hätte in dieser Nacht womöglich die Wahrheit gesagt, vielleicht konnte ich wirklich nicht lieben, war kalt und berechnend und krank in der Birne. Von all dem aber teilte ich ihm nichts mit, ich schrieb ihm nur einen Satz aus seinem eigenen Film, der mir in Erinnerung geblieben war: »Hey, Mann, du musst jetzt stark sein. Wenn sie wiederkommt, hast du Glück gehabt. Wenn nicht, dann auch.«

Endlich kam Nelli und rief mich auf, ich ging hinter ihr her in ein großes Zimmer, in dem eine Kamera und ein paar Scheinwerfer aufgebaut waren.

Eine Frau um die vierzig kam auf mich zu, drückte mir die Hand und sagte, hallo, Hanna, ich bin Bea, schön, dass Sie Zeit für uns hatten, einer unserer Scouts hat Sie neulich im Theater gesehen und meinte, wir sollten Sie unbedingt kennen lernen.

Ich bedankte mich verlegen, danach wusste ich nicht, was ich machen sollte. Beas Anwesenheit verunsicherte mich, sie wirkte so souverän und selbstbewusst, außerdem sah sie wahnsinnig gut aus, und ich dachte, so möchte ich mal sein mit vierzig, reif und trotzdem sexy, und so zu Hause in der Welt.

Stellen Sie sich einfach kurz vor, bat Bea und lächelte mir aufmunternd zu; sie machte dem Kameramann ein Zeichen und schob mich ins Licht.

Es traf mich wie der Blitz, als ich in dieses Kamera-Auge sah, das wie die Summe aller Augen, die mir jemals zugesehen hatten, auf mich gerichtet war. Yeah, dachte ich, das ist es, dafür bist du bestimmt, nur du und dieses Auge, das dich einsaugt und dich in einer anderen

Welt wieder ausspuckt, in einer Welt des Ruhms und des Reichtums.

Ich riss mich zusammen und erzählte, wo ich ausgebildet worden war und welche Rollen ich schon gespielt hatte, viele waren es ja nicht, deshalb dauerte dieser Teil nicht lange.

Vielen Dank, sagte Bea, und jetzt würde ich gerne mit Ihnen an der Szene arbeiten, dieser Kollege hier (sie zeigte auf den Ton-Assistenten), wird den Text des Tobias sprechen, und Sie konzentrieren sich ganz auf Ihr Spiel.

Ich versuchte, die Szene so zu spielen, dass sie nicht nach beknackter Vorabendschmonzette klang, was ziemlich schwierig war und auch durch Tobias nicht leichter wurde, der nicht mitspielte, sondern einfach nur seinen Text runterlas.

Ich rief mir Momente in Erinnerung, in denen ich mich unsicher und traurig gefühlt hatte, und versuchte, diese Gefühle so glaubwürdig wie möglich rüberzubringen. Komischerweise konnte ich mich an keine Gelegenheit erinnern, bei der ich eifersüchtig gewesen wäre; erschrocken fragte ich mich, ob das ein Beleg dafür wäre, dass ich nicht lieben konnte.

Das war schon sehr schön, sagte Bea; an der Stelle, wo Natascha Hoffnung schöpft, dass das Ganze doch ein Missverständnis sein könnte, da hätte ich Sie gerne etwas leuchtender, mit mehr Kraft, wäre das möglich?

Ich spielte die Stelle also noch mal und bemühte mich um mehr leuchtende Kraft, was immer Bea darunter verstehen mochte. Dann sollte ich ihr noch die Umarmung zeigen, der Ton-Assi legte sein Skript weg und stellte sich hin, ich legte die Arme um ihn und musste wieder an André denken, der meine Umarmung ebenso steif erwidert hatte; ich schmiegte mich an Tobias und spürte seine Verunsicherung, weil er wohl dachte, das hätte was mit ihm zu tun.

Vielen Dank, sagte Bea, ich weiß, dass die Szene nicht besonders anspruchsvoll ist, aber manchmal kann man gerade an solchen Szenen die Qualität eines Schauspielers erkennen. Die Bänder gehen heute noch an unseren Regisseur, Sie werden in den nächsten Tagen von uns hören.

Ich nickte nur etwas benommen, sagte vielen Dank, und schon stand ich wieder auf der Straße. Oh Mann, dachte ich, vielleicht hat Jo doch Recht, dieser Fernsehbetrieb ist echt das Letzte.

Als ich zu meiner vorgezogenen Therapiestunde eintraf, stand André schon an der Tür und erwartete mich. Wie geht es Ihnen?, fragte er, ich habe mir Sorgen gemacht. Ganz gut, sagte ich und lächelte tapfer, ich habe mir überlegt ... offenbar war es wirklich das, was mein Vater wollte. Vielleicht ist meine Trauer ganz egoistisch.

Trauer ist immer egoistisch, sagte André, wissen Sie inzwischen, wie er gestorben ist?

Na ja ... es sieht so aus, als hätte er doch Tabletten genommen. Sie müssen erst noch eine ... wie heißt das ...?
Obduktion?
Genau, eine Obduktion machen.

Es war mir unangenehm, darüber zu sprechen; ich fürchtete, ich könnte mich verraten, und immer deutlicher beschlich mich das Gefühl, es sei keine besonders gute Idee gewesen, André diese Lügengeschichte aufzutischen. Seine Anteilnahme beschämte mich, ich begann mich zu fragen, wie ich aus der Sache jemals rauskommen würde.

Ich weiß nicht, sagte ich deshalb und blickte zweifelnd, als André mich fragte, ob ich über meinen Vater sprechen wolle. Es ist komisch, sagte ich, eigentlich war er seit Jahren schon so gut wie tot, und trotzdem kann ich es nicht fassen, dass er jetzt ganz verschwunden sein soll ... ich brach ab und tat so, als kämpfte ich mit den Tränen.

André machte sich eine Notiz, dann sah er auf, ich möchte Ihnen einen Vorschlag machen, sagte er, wenn Sie einverstanden sind, versetze ich Sie in eine leichte Trance, damit Ihre Gedanken und Gefühle leichter fließen können.

Eine Hypnose, fragte ich erschrocken, sage ich dann Dinge, die ich eigentlich nicht sagen will?

Nein, sagte André, Sie sind völlig bei Bewusstsein, aber in einem Zustand der Entspannung. Das hilft, gewisse Blockaden zu lösen.

Ich überlegte. Wenn es so wäre, würde ich die Kontrolle über das haben, was ich sagte, und mir könnte nichts passieren. Zögernd stimmte ich schließlich zu.

Lehnen Sie sich entspannt zurück, befahl André, schließen Sie die Augen, und atmen Sie einige Male tief ein und aus. Stellen Sie sich einen Punkt auf der Mitte Ihrer Stirn vor und versuchen Sie, ihn von innen zu sehen. Der Punkt setzt sich in Bewegung und wandert langsam Ihren Scheitel hoch. Sie folgen ihm mit den Augen ...

Quatsch, dachte ich, mich kann man bestimmt nicht hypnotisieren, wahrscheinlich schlafe ich ein.

... der Punkt wandert weiter und weiter, ganz langsam, und Sie verfolgen ihn von innen mit dem Blick ...

Ich spürte, wie meine Augäpfel nach oben kippten, sie schienen nach hinten in meinen Kopf hineinzuwandern, dann ging es plötzlich nicht weiter, und ich beschloss, mir einen Finger vorzustellen, der meinen Scheitel entlangfuhr, bis zum höchsten Punkt meines Kopfes, dann der Biegung folgte und über meinen Hinterkopf bis zum Nacken hinabwanderte. Es fühlte sich angenehm an, als der Finger meine Halswirbel erreichte und Wirbel für Wirbel abtastete.

Ich lauschte auf Andrés leise und monotone Stimme.

... der Punkt wandert weiter, immer tiefer, als würden Sie eine Treppe hinabsteigen, Stufe für Stufe ...

Ein merkwürdiges Gefühl ergriff meinen Körper, als tauchte ich in warmes Wasser ein. Gleichzeitig machte sich ein leichter Pinkelreiz bemerkbar. Na bitte, dachte ich, hab ich mir doch gleich gedacht, mich kann man nicht hypnotisieren.

... der Punkt bewegt sich tiefer, immer tiefer, Sie gehen in einen Keller hinab, tief hinein in Ihr eigenes Unbewusstes ... jetzt gehen Sie durch einen Gang, rechts und links sind Türen, es gibt Quergänge und Verzweigungen, aber Sie wissen, welchen Weg Sie gehen müssen ...

Ich versuchte, den Pinkelreiz zu vergessen und den Gang zu sehen; er sah aus wie in einem von Jos Computerspielen, und ich fühlte mich, als sei ich eine der Figuren, die sich wie schwerelos durch die Architektur des Spieles bewegten.

... an den Türen steht etwas geschrieben, versuchen Sie, es zu lesen ...

Ich bemühte mich, aber ich konnte keine Aufschriften erkennen. Wäre ja auch zu einfach gewesen, wenn die Kammern des Unbewussten gekennzeichnet wären wie die Räume in einem Büroflur, »Eingang zur Innenwelt, Anmeldung bitte im Sekretariat«. Vielleicht finde ich ja eine Tür, wo »WC« draufsteht, dachte ich und grinste innerlich, dann lauschte ich erneut auf Andrés Stimme.

... fühlen Sie die Schwere Ihres Körpers, atmen Sie ruhig und tief ...

Mein Körper war tatsächlich schwer, aber komischerweise spürte ich nicht mehr, wo meine Arme und Beine auf dem Sessel auflagen. Es fühlte sich an, als schwebte ich, trüge dabei aber einen Raumanzug.

Wieder versuchte ich, die Aufschriften an den Türen zu erkennen.

Was sehen Sie?, fragte André.

Die Vorstellung zu sprechen war mir unangenehm, es kam mir vor, als wäre es eine unüberwindliche Anstrengung; viel lieber wäre ich weitergegangen, hätte auf Andrés Stimme gehört und mir angesehen, welche Bilder vor mir auftauchten. Kann nichts lesen, murmelte ich, nur mit Mühe gelang es mir, die Worte zu formen, meine Stimme klang fremd.

Macht nichts, sagte André, gehen Sie einfach weiter, Sie kennen den Weg.

Woher soll ich den Weg kennen, dachte ich, hörte mich aber im selben Moment sagen, da vorne kommt ein Quergang, ich muss abbiegen. Ich wunderte mich über mich selbst.

Rechts oder links?, fragte André; rechts, sagte ich, ohne nachzudenken, und befand mich plötzlich im Freien, auf einer großen, blühenden Wiese; es war hell, ich hörte Vögel singen und spürte den Wind. Ich beschrieb André, was ich sah; das Sprechen fiel mir etwas leichter, meine Stimme klang aber immer noch komisch schleppend.

Sie sind auf der Suche nach Ihrem Vater, sagte André, ist er irgendwo?

Ich sah mich um, konnte aber niemanden entdecken. Wie bei einem Reißschwenk im Film änderte sich das Bild, und ich war plötzlich in meinem Elternhaus.

Sie sind auf der Suche nach Ihrem Vater, erinnerte mich André noch mal, und ich ging durch den Hausflur, ins Wohnzimmer, ins Arbeitszimmer. Mehrmals glaubte ich, meinen Vater entdeckt zu haben, aber wenn ich den Blick in seine Richtung wandte, war er jedes Mal verschwunden.

Ich kann ihn nicht finden, sagte ich.

Dann ist jetzt nicht der Moment, ihn zu treffen, sagte André beruhigend.

Plötzlich entdeckte ich Ella. Da ist meine Schwester, sagte ich überrascht.

Sie saß im Kinderzimmer, ein Buch in der Hand, und las. Sie sah genauso aus, wie ich sie in Erinnerung hatte, und es kam mir vor, als wäre sie nie weg gewesen.

Wie alt sind Sie?, fragte André, sind Sie die erwachsene Hanna, oder sind Sie ein Kind?

Ich bin neun, sagte ich und wunderte mich wieder, woher ich das wusste.

Sprechen Sie Ella an, sagte André, und ich sprach ihren Namen aus, aber sie reagierte nicht.

Gehen Sie hin, nehmen Sie Kontakt auf, hörte ich André sagen und befolgte seine Anweisung. Ella blickte auf, sah mich an, schien mich aber nicht wahrzunehmen.

Ein Gefühl der Verzweiflung packte mich, sie sagt nichts, jammerte ich und krümmte mich zusammen, dann versuchte ich, mich aufzurichten, aber mein Körper gehorchte mir nicht, mit großer Willensanstrengung gelang es mir, die Augen zu öffnen.

Ich sah direkt in Andrés erschrockenes Gesicht.

Was machen Sie denn, sagte er, man soll die Hypnose nicht einfach unterbrechen, das ist gefährlich!

Ich will das nicht, stammelte ich.

Schließen Sie noch mal die Augen, befahl er und sprach ein paar Sätze, mit denen er die Hypnose beendete. Ich tauchte auf, spürte meinen Körper, die Schwere war fort.

Ich muss zur Toilette, murmelte ich und ging an André vorbei, ohne ihn anzusehen.

André war besorgt zurückgeblieben, es geschah selten, dass ein Patient die Hypnose eigenmächtig abbrach. Hanna musste unter starkem emotionalem Druck stehen, aber das war nach dem Tod ihres Vaters auch nicht verwunderlich. In den letzten Tagen hatte er ständig an sie gedacht und sich gefragt, wie es ihr ginge. Ein paar Mal war er kurz davor gewesen, sie anzurufen.

Hanna war lange im Bad gewesen, nun kam sie zurück und schien sich etwas beruhigt zu haben.

»Also, das ist nichts für mich«, sagte sie mit verlegenem Lächeln, »das macht mir Angst.«

»Es gibt keinen Grund, Angst zu haben«, erwiderte André. »Aber es ist in Ordnung, wenn Sie sagen, Sie wollen es nicht.«

»Vielleicht – ein anderes Mal«, sagte Hanna.

»Worüber wollen Sie sprechen?«

Hanna überlegte. »Über vorgestern Nacht. Darüber, was Sie über sich als Mensch und als Therapeut gesagt haben.«

»Was möchten Sie wissen?«

Hanna holte Luft, als nehme sie Anlauf, dann fragte sie: »Haben Sie sich jemals in eine Patientin verliebt?«

Die Frage überraschte ihn und machte ihn verlegen. »Nun, es kommt vor, dass man solche Gefühle zu spüren glaubt«, sagte er, »in der Fachsprache nennt man das Übertragung. Es hat in der Regel nichts mit echter Verliebtheit zu tun.«

»Und wenn eine Patientin glaubt, in Sie verliebt zu sein, dann nennt man das auch Übertragung?«, fragte Hanna weiter.

André sah sie forschend an. »Im Allgemeinen schon, ja.«

»Ach, so ist das.«

Sie griff nach seiner rechten Hand und berührte kurz seinen Ehering.

»Sind Sie glücklich mit Ihrer Frau?«

»Ja«, sagte er und zog die Hand zurück. »Warum fragen Sie mich das alles?«

»Oh, ich habe das nur ganz allgemein gemeint«, sagte Hanna schnell, »ich meine, Sie sind ein attraktiver Mann, es interessiert mich einfach, ob das für manche Patientinnen ein Problem ist und ob Sie als Therapeut Ihre Gefühle immer im Griff haben.« Sie lächelte. »Wussten Sie, dass Sie aussehen wir Kevin Spacey?«

»Wie wer?«

»Kevin Spacey, der Schauspieler. Haben Sie American Beauty nicht gesehen?«

»Ach so, der«, sagte André. »Und so soll ich aussehen? Sind Sie sicher, dass das ein Kompliment ist?«

»Ich finde ihn toll.« Hanna lächelte versonnen.

»Vielleicht ein bisschen alt für Sie.«

»Genauso alt wie Sie«, sagte Hanna, »dreiundvierzig.« Sie nestelte in ihrer Tasche und zog sein Buch raus. »Das Foto ist übrigens nicht besonders, in Wirklichkeit sehen Sie jünger aus.«

»Haben Sie's gelesen?«, fragte André und versuchte, seine Verwirrung zu verbergen. Er war es nicht gewohnt, Komplimente von Frauen zu bekommen.

»Krise als Chance«, zitierte Hanna, »klar hab ich's gelesen. Ist echt tröstlich, dass man ein immer besserer Mensch wird, je schlimmer einen das Schicksal beutelt.«

Das war eine eigenwillige Interpretation seines Buches, aber André beschloss, sich nicht in eine Diskussion verwickeln zu lassen. Er kannte Hannas Angewohnheit, auf diese Weise von brisanten Themen abzulenken.

Außerdem war die Stunde zu Ende.

Als Hanna weg war, blieb er ratlos zurück. Er verstand diese Frau einfach nicht. Ihre Gefühlsäußerungen schienen den Ereignissen nicht angemessen, sie sprang zwischen den Themen hin und her und verweigerte sich, sobald es schwierig wurde. Offenbar war es ihr heute wichtiger gewesen, herauszufinden, ob sie bei ihm landen könnte, als mit ihm über den Tod ihres Vaters zu sprechen.

Irgendetwas stimmte nicht, aber er wusste nicht, was es war.

Und dann ertappte er sich noch dabei, dass er sich von ihren Komplimenten geschmeichelt fühlte, wofür er sich schämte.

Am nächsten Tag rief Bea bei mir an und sagte, es sieht sehr gut aus, Hanna, Sie sind in der engeren Wahl, der Regisseur möchte sie gern kennen lernen. Könnten wir uns treffen?

Oh, shit, dachte ich, warum können die mich nicht einfach ablehnen, dann wäre die Sache vorbei, und ich müsste mich nicht entscheiden zwischen Kunst und Kommerzkacke, sondern könnte in Ruhe weiter Völkerball spielen und Shakespeare-Texte sprechen.

Ich weiß nicht, sagte ich zögernd, ehrlich gesagt, denke ich darüber nach, es nicht zu machen, ich glaube, ich bin nicht die Richtige dafür.

Am anderen Ende der Leitung blieb es kurz still, das hatte die gute Bea wohl noch nie erlebt, dass eine Schauspielerin keinen Freudenschrei ausstieß, wenn der Regisseur sie sehen wollte.

Bea räusperte sich, wollen Sie ihn nicht erst mal kennen lernen und dann entscheiden?

Ich glaube nicht, dass es etwas ändert, sagte ich ruhig.

Verstehe, sagte Bea, würden Sie trotzdem einen Kaffee mit mir trinken?

Bea hatte mich gebeten, ihr einen Treffpunkt vorzuschlagen, sie lerne immer gerne neue Locations kennen. Also trafen wir uns in meinem Lieblingscafé, das seit den fünfziger Jahren existierte und berühmt dafür war, dass es noch genauso aussah wie damals. Goldmattierte Wände, eine Bar aus altweißem Leder mit Goldknöpfen, lindgrüne Samtsesselchen und weiße Raffgardinen aus Tüll. Ich mochte es, zwischen den alten Damen und ihren Sahnetorten zu sitzen und mich zu fühlen wie in einem Film mit Ruth Leuwerik und O. E. Hasse, außerdem konnte man hier Vanilleeis mit Eierlikör bestellen, ohne komisch angesehen zu werden.

Bea saß schon in einer Ecke neben einem ausladenden Gummibaum und war begeistert, das ist ja ein toller Laden, schwärmte sie, hier müsste man mal was drehen.

Ist bestimmt schon vorgekommen, sagte ich, übrigens machen die hier den besten Toast Hawaii, den ich kenne, mit einer echten Cocktailkirsche am Stiel und den Original-Scheibletten, den kriegen Sie sonst nirgends mehr.

Ist ja super, kicherte Bea und studierte die Karte, ich glaube, ich nehme einen Kaffee Diplomat, mit Eierlikör und Sahne, oder ist das peinlich?

Wieso peinlich, sagte ich, Eierlikör ist eines der am meisten unterschätzten Getränke unserer Zeit.

Wir bestellten, dann spürte ich einen winzigen Moment der Verlegenheit, wie er entsteht, wenn man sich eigentlich nicht kennt, aber eine überraschende Nähe zueinander wahrnimmt. Mir wurde klar, dass ich schon ewig nicht mehr so mit einer Frau zusammengesessen hatte, plaudernd im Café, wie alle Frauen es mit ihren besten Freundinnen tun.

Ich hatte keine beste Freundin.

Also, fing Bea an, und ihr Tonfall war wieder so professionell und sachlich wie beim Casting, ich bedaure, dass Sie sich gegen die Rolle entschieden haben, Hanna, aber wenn ich ehrlich bin, kann ich Sie verstehen.

Wieso?, fragte ich erstaunt.

Sie sind zu gut für eine Episodenrolle in einer mittelmäßigen Vorabendserie, sagte sie, und ich dachte, hey, jetzt träume ich aber, solche Sätze hört man nicht im wirklichen Leben.

Es gibt wahnsinnig viele Schauspieler, sagte sie, die wenigsten können es sich leisten, ein solches Angebot abzulehnen.

Ich kann's mir auch nicht leisten, sagte ich, aber ich bin einfach nicht gut, wenn ich nicht an das glaube, was ich spiele.

Sehen Sie, sagte Bea und nickte, darin liegt der Unterschied zwischen einem Schauspieler und einem ...

Gesichtsvermieter, murmelte ich.

Genau, sagte sie, und ich hatte plötzlich das Gefühl, sie verachte ihren eigenen Berufsstand, denn was tat sie schon anderes, als Gesichtsvermieter zu vermitteln.

Der Kaffee Diplomat und mein Vanilleeis mit Eierlikör wurden serviert, der Kellner sah aus, als gehörte er vom ersten Tag an zu dem Café, eine Art lebendes Inventar. Ich stellte mir vor, wie er eines Tages beim Servieren vom Schlag getroffen zu Boden stürzen würde, das Tablett mit zwei Eisbechern bis zum letzten Augenblick waagerecht in der Luft haltend, ein würdiger Tod an der Stätte seines Wirkens.

Ich musste an all die alten Schauspieler denken, die sich nicht vom Theater trennen konnten, und – auch wenn sie schon ewig im Ruhestand waren – Abend für Abend in den Theaterkantinen herumhockten, hie und da kleine Rollen spielten und hofften, der Tod würde sie irgendwann auf der Bühne ereilen, da, wo sich ihr eigentliches Leben abgespielt hatte.

Bea und ich sprachen übers Kino, stellten fest, dass wir die gleichen Filme und die gleichen Schauspieler mochten.

Kevin Spacey, sagte sie, den finde ich auch toll, ich kenne sogar jemanden, der so aussieht. Ich auch, sagte ich, und wir lachten beide, unglaublich, nicht wahr?

Hör mal, Hanna, sagte Bea und lächelte mich an, ich finde dich begabt und sympathisch und bin sicher, dass wir bald eine vernünftige Rolle für dich finden, bis dahin bist du bei Adam gut aufgehoben. Wann ist die Premiere?

In zwei Monaten, sagte ich. Übrigens, Sie haben mich gerade geduzt, jetzt weiß ich nicht, was ich machen soll.

Na, dann duzt du mich auch, ist doch klar, sagte Bea, lachte und winkte dem Kellner, der langsam und bedächtig an den Tisch kam, die Summen auf einem kleinen Block zusammenzählte, zweimal nachrechnete und den Zettel mit einer schwungvollen Bewegung auf den Tisch legte, Siebensechzigbitte.

Bea zahlte und zwinkerte mir verschwörerisch zu.

Wer kriegt denn jetzt eigentlich die Rolle, fragte ich, während wir unsere Taschen und Jacken suchten.

Diese attraktive Rothaarige, sagte sie, Kaja Lechner. Adam lässt uns zuliebe den Probenplan so legen, dass sie gleich einsteigen kann.

Wie bitte, fragte ich, heißt das, sie macht beides, den Shakespeare und die Serie?

Ja, bewundernswert, nicht wahr, sagte Bea.

Mir wurde heiß vor Ärger. Scheiße, sagte ich.

Wie bitte? Bea sah mich verständnislos an.

Tut mir Leid, entschuldigte ich mich, ich habe gerade an was anderes gedacht.

Bea sah auf die Uhr und sagte: Ich habe zwei Karten für die VIP-Preview von Schiffsmeldungen mit Kevin Spacey. Mein Mann kann heute nicht, hast du Lust?

Die Begegnung mit Ella ließ mir keine Ruhe, und so bat ich André gleich zu Beginn der nächsten Stunde, die unterbrochene Hypnose fortzusetzen.

Mein Vater sagte immer, man muss sich ansehen, wovor man Angst hat, und je näher man der Angst kommt, desto kleiner wird sie, erklärte ich.

André sah aus, als wäre er froh über meinen Entschluss. Er bat mich wieder, mich zurückzulehnen und seine Anweisungen zu befolgen, und innerhalb weniger Minuten hatte er mich in eine tiefe Entspannung versetzt.

Kehren Sie an die Stelle zurück, wo Sie letztes Mal Ihre Schwester getroffen haben, forderte er mich auf.

Es dauerte eine Weile, bis ich Ella gefunden hatte, aber irgendwann sah ich sie dasitzen und lesen, als hätte sie sich inzwischen nicht von der Stelle gerührt.

Sie ist da, sagte ich und war verblüfft über die vielen Einzelheiten, die ich sehen konnte. Ellas Haar, das sich an den Schläfen kringelte, ihr blau geblümtes Kleid, an das ich mich schlagartig wieder erinnerte, auch die Sandalen erkannte ich wieder, ich war damals furchtbar neidisch gewesen, als Ella sie bekommen hatte, und wollte um jeden Preis die gleichen, aber in meiner Größe waren sie nicht mehr vorrätig gewesen.

Wollen Sie ihr etwas sagen?, fragte André.

Ja, ich will ihr sagen, dass ... begann ich, aber André unterbrach mich: Sagen Sie's ihr direkt.

Ich wurde mit einem Mal überschwemmt von den widersprüchlichsten Empfindungen, wollte weinen und lachen gleichzeitig, aber das Einzige, was ich herausbrachte, war, es tut mir Leid, Ella, es tut mir so Leid!

Ich bemerkte, dass mir Tränen übers Gesicht liefen, ich konnte nichts dagegen tun und spürte die Nässe in den Ohren und im Nacken.

Ella sah mich an, und diesmal hatte ich das Gefühl, sie nahm mich wahr.

Ich streckte die Hand nach ihr aus, bleib da, bat ich, geh nicht wieder weg!

Ich wollte sie mir genau ansehen, mir ihr Bild einprägen, um es für immer in mir zu behalten.

Ella griff nach einem Spielzeug, ich erkannte den bunten Brummkreisel, um den wir so lange gestritten hatten, bis Vater einen zweiten mit nach Hause brachte, und schämte mich plötzlich furchtbar, dass ich ihr nie etwas gegönnt hatte, aus der ständigen Angst heraus, benachteiligt zu werden.

Sag doch was, Ella, bat ich, aber Ella sprach nicht. Sie war mit sich selbst beschäftigt, aber ich spürte, dass sie mir dennoch etwas mitteilte, ich hörte die Worte in meinem Kopf.

Sei nicht traurig, Hanna, mir geht's gut, hörte ich sie ganz deutlich sagen, obwohl ihre Lippen sich nicht bewegten.

Ich versuchte herauszufinden, ob ich diese Worte nur gedacht hatte, aber plötzlich war ich sicher, dass sie von außen in mein Bewusstsein gedrungen waren.

Ich betrachtete Ella, die fröhlich und unbeschwert wirkte, und wusste, dass sie mir verziehen hatte, was es zu verzeihen gab. Und ich wusste endlich, dass ich keine Schuld an ihrem Tod hatte, dass es ein Unfall gewesen war oder vielleicht einfach ihr Schicksal.

Ein unendliches Gefühl der Erleichterung überkam mich, ich wollte antworten, wollte ihr noch Dinge sagen, so vieles fragen, aber Ella entschwand aus dem Bild, und ich konnte sie nicht festhalten.

Sie ist weg, sagte ich und spürte, wie weiter Tränen aus meinen Augen flossen, ohne dass ich das Gefühl hatte zu weinen.

Gibt es noch etwas, das Sie dort tun wollen, oder können wir zurückkehren?, hörte ich Andrés Stimme.

Zurück, sagte ich kraftlos.

André ließ mich langsam aus der Trance auftauchen, befahl mir, die Augen zu öffnen und mich zu strecken.

Wie geht's?, fragte er nach einer Weile.

Ganz okay, sagte ich und vermied es, ihn anzusehen. Ich war verlegen, als hätte er mir bei etwas sehr Intimem zugesehen.

Wollen Sie darüber sprechen?, fragte er.

Ich zuckte unschlüssig die Schultern und fasste mir ins Gesicht, um festzustellen, ob die Schminke unter meinen Augen verschmiert war.

Ich habe sehr geweint, nicht wahr?, sagte ich zögernd. Noch immer konnte ich André nicht ansehen.

Was hat sie gesagt?, fragte er.

Dass ... es ihr gut geht, sagte ich und hob endlich den Blick. Ich sah ihm in die Augen, erstaunt und erleichtert. Ich begann zu ahnen, dass ich André mehr verdankte, als mir selbst klar war.

Er stellte mir noch ein paar Fragen, dann sagte er, merkwürdig, dass Sie Ihren Vater nicht finden konnten. Woran könnte das liegen?

Weiß nicht, murmelte ich und senkte den Blick wieder.

Wann ist eigentlich die Beerdigung?, fragte André.

Morgen, sagte ich leise. Ich ... können wir über was anderes reden?

Sie werden Ihrem Vater nicht aus dem Weg gehen können, sagte André und sah mich ernst an.

Ja, flüsterte ich. Das wusste ich nur allzu gut.

Als ich die Wohnung betrat, hörte ich bereits die Stimme meiner Mutter; ich dachte kurz daran, einfach wieder abzuhauen, aber dann ergab ich mich seufzend in mein Schicksal und ging ins Wohnzimmer, wo sich mir ein äußerst seltsames Bild bot.

Meine Mutter stand auf einem Stuhl inmitten einer Art See und redete auf Jo ein, der mit einem Wischlappen in der Hand dastand und ziemlich verzweifelt aussah. Zu meinen Füßen schwamm einer unserer Zierfische vorbei, allerdings mit dem Bauch nach oben, was ich für kein so gutes Zeichen hielt. Dort, wo einst unser Aquarium gestanden hatte, lagen ein paar große, scharfkantige Scherben, Algen und Wasserpflanzen ringelten sich schleimig-grün um sie herum. Sah so aus, als hätten uns nach Woody, der tatsächlich nicht mehr aufgetaucht war, nun auch unsere restlichen Mitbewohner verlassen.

Jo und meine Mutter entdeckten mich, meine Mutter setzte ihren Wortschwall fort, Jo hob die Schultern und ließ sie fallen, eine Geste äußerster Resignation.

Was, zum Teufel, ist hier los, fragte ich, meine Mutter verstummte und bewegte nur noch den Mund wie der Fisch, der jetzt neben mir auftauchte, er schien noch am Leben zu sein, aber wie ich die Sache einschätzte, auch nicht mehr lange.

Das Aquarium, sagte Jo, ja, das sehe ich, gab ich zurück. Es ist einfach auseinander gebrochen, sagte er, du spinnst, sagte ich, ein Aquarium bricht nicht einfach auseinander, doch, sagte er, dieses schon.

Und jetzt habt ihr einen Wasserschaden, sprach meine Mutter weiter, wahrscheinlich ist das Büro darunter auch versaut, Büromöbel, teure Computer, wisst ihr überhaupt, was so was kostet?

Ich versuchte, die Ruhe zu bewahren und weder meine Mutter anzuschreien noch Jo. Für so was gibt's Versicherungen, sagte ich, ohne die leiseste Ahnung zu haben, ob wir eine abgeschlossen hatten. Und jetzt könnten wir alle zusammen aufwischen, was haltet ihr davon?

Meine Mutter sah mich entgeistert an, sie dachte nicht im Traum daran, sich ihr Kleid zu versauen. Jo wedelte mit seinem Lappen im Wasser, ich machte auf dem Absatz kehrt und holte alles aus der Küche, was Ähnlichkeit mit einem Eimer hatte.

Meine Mutter rührte sich nicht von ihrer Insel; während wir aufwischten, hielt sie uns einen Vortrag über die Vorteile von Neubauten, über die segensreichen Auswirkungen eines Gartens auf die Psyche von Kleinkindern, über das Anwachsen der Fehlgeburtsrate bei Gebärenden über Sechsundzwanzig.

Ich enthielt mich jeden Kommentars. Als wir endlich die schlimmste Sauerei beseitigt und die toten Fische im Klo runtergespült hatten, ging ich zu meiner Mutter und reichte ihr den Arm, um ihr vom Stuhl herunterzuhelfen. Vorsichtig setzte sie ihre hellen Pumps auf den Boden, wo sich das Aquariumwasser mit dem Staub von Monaten zu einem schmierigen Belag vermischt hatte.

Ich weiß nicht, wieso, aber mit einem Schlag war ich todtraurig. Es war, als wäre mit dem Aquarium mein ganzes bisheriges Leben zerbrochen, mein Leben mit Jo, in dem ich mich geborgen gefühlt hatte, weil mir nichts abverlangt wurde. Keine schmerzhaften Begegnungen mit der Vergangenheit, kein anstrengendes Bohren in verdrängten Geschichten, eine genügsame Existenz zwischen Kino und Junkfood, kuschelig und absolut ungefährlich.

Plötzlich schien nichts mehr im Gleichgewicht zu sein, alles war ins Rutschen geraten, und ich wusste nicht, wo ich mich festhalten sollte.

Ich glaube, du gehst jetzt besser, sagte ich zu meiner Mutter und schob sie zur Tür.

Du weißt, ich liebe dich, sagte sie, pass auf dich auf, du siehst blass aus.

Ich nickte abwesend und schloss die Tür hinter ihr.

Als ich mich umdrehte, stand Jo da, er zeigte auf die verbliebenen Pfützen im Wohnzimmer, in denen Papierstücke schwammen wie kleine Schiffchen, und fragte, na?

Ich musste nicht lange nachdenken. Titanic, murmelte ich und klammerte mich an ihn, als sei ich kurz vor dem Ertrinken. Er machte sich von mir los und ging in sein Zimmer.

André öffnete die Tür und spürte sofort, dass etwas in der Luft lag.

Sie hatten sich drei Wochen nicht gesehen; Hanna hatte mehrere Stunden mit der Begründung abgesagt, dass die Theaterproben ihr keine Zeit für die Therapie ließen.

André hatte es zu Kenntnis genommen, aber sein Gefühl hatte ihm gesagt, dass etwas anderes dahinter steckte. Er hatte gegen seinen Willen häufig an sie gedacht und festgestellt, dass sie ihm fehlte.

Er begrüßte sie mit einem Lächeln und einem festen Händedruck, den sie erwiderte, dann machte er die übliche Kopfbewegung in Richtung Sessel. Graziös wie immer ging Hanna durch den Raum und setzte sich, diesmal warf sie nicht wie sonst die Schuhe von sich und zog die Füße hoch, sie blieb aufrecht sitzen und sah ihn an.

Sie wirkte blasser als sonst, vielleicht, weil sie schwarz gekleidet war; ihre Lippen leuchteten rot, ihr Haar war hochgesteckt. Sie wirkte streng und zugleich sehr weiblich, André verlor sich einen Moment in ihrem Anblick.

»Sie haben abgenommen«, stellte Hanna fest.

»Ein bisschen«, bestätigte er lächelnd, er freute sich, dass sie es bemerkt hatte.

»Es gibt nur zwei Gründe, abzunehmen. Wenn man sehr glücklich ist oder wenn man sehr unglücklich ist.«

»Es gibt noch mehr Gründe«, widersprach er, »wenn man sehr eitel ist, oder wenn man gerade dreiundvierzig geworden ist, aber eigentlich wollen wir ja nicht von mir reden, sondern von Ihnen.«

»Von uns«, verbesserte Hanna.

»Von uns?«

»Ja, von uns«, wiederholte Hanna heftig, »Sie haben mein Leben völlig durcheinander gebracht, Sie sind schuld, dass Jo und ich uns neuerdings nur noch streiten.«

»Was ist das Problem mit Jo?«, fragte er.

Natürlich hatte André von Anfang an kommen sehen, dass die komplizierte Verbindung der Stiefgeschwister erschüttert werden könnte, sobald Hanna beginnen würde, sich weiterzuentwickeln.

»Er versteht mich nicht mehr und ich ihn nicht«, sagte Hanna verzweifelt, »wir sind uns total fremd geworden.«

»Hat es nicht auch Vorteile, wenn Sie nicht mehr so miteinander verstrickt sind?«, fragte er behutsam.

»Nein, es ist traurig und schrecklich. Ich fühle mich so einsam wie noch nie in meinem Leben. Wissen Sie, dass ich seit ein paar Tagen zum ersten Mal seit Ellas Tod wieder alleine schlafe? Jo und ich haben immer gemeinsam in einem Bett geschlafen, seit zwölf Jahren, und jetzt weigert er sich. Ich liege jede Nacht wach und stehe Todesängste aus.«

André nickte mitfühlend und wartete, ob sie noch mehr dazu sagen wollte, aber sie schwieg. Es war ein vorwurfsvolles, wütendes Schweigen.

»Warum, glauben Sie, sind die Therapiestunden schuld daran?« Er fragte es leise, vorsichtig, als fürchtete er, eine Explosion auszulösen.

»Weil sie mich zwingen, die Dinge zu sehen, wie sie sind, und nicht, wie ich sie gerne sehen würde.«

»Das ist der Sinn einer Therapie.«

»Aber vorher ging's mir viel besser!«, rief Hanna aus.

»Das glaube ich Ihnen nicht«, sagte André. »Sonst wären Sie nicht zu mir gekommen.«

»Ich bin gekommen, weil meine Mutter es wollte.«

»Und Sie sind geblieben, weil Sie es wollten.«

Unvermittelt sagte Hanna: »Ich muss Ihnen was gestehen. Mein Vater ist nicht tot.«

»Wie bitte?«

»Ich habe Sie angelogen.«

»Das ist nicht Ihr Ernst, oder?«

»Doch.«

André stand auf und ging ein paar Schritte durchs Zimmer, um seine Erregung in den Griff zu bekommen. Am liebsten hätte er losgebrüllt.

»Eigentlich müsste ich die Therapie jetzt beenden«, sagte er mit gepresster Stimme und drehte sich zu Hanna um. »Wenn Sie das Vertrauen zwischen uns so missbrauchen, sehe ich keinen Sinn mehr in unseren Zusammenkünften.«

»Es tut mir Leid«, sagte sie leise, »ich weiß auch nicht, warum ich es getan habe.«

»Ich verstehe den Sinn dieses Spiels nicht«, sagte

André zornig. »Was wollen Sie erreichen? Beweisen, dass eine Therapie zu nichts führt? Es ist nichts leichter, als eine Therapie zu boykottieren, glauben Sie mir. Aber Sie sitzen nicht hier, um mir einen Gefallen zu tun. Sie sitzen hier, weil Sie mit Ihrem Leben nicht zurechtkommen. Aber vielleicht war ja auch das eine Lüge.«

Hanna senkte schuldbewusst den Blick.

»Und ... was machen wir jetzt?«, fragte sie.

»Ich weiß es nicht«, sagte er und spürte, wie der Zorn einem Gefühl der Leere wich. »Ich würde es bedauern, Sie nicht mehr zu sehen. So blöde das klingt, aber es ist die Wahrheit.«

Hanna stand auf und kam auf ihn zu, sie blieb ganz dicht vor ihm stehen und sagte: »Ich würde es nicht ertragen, Sie nicht mehr zu sehen.«

Sie legte ihm die Arme um den Hals, ihr Gesicht näherte sich, im nächsten Augenblick schmiegten sich ihre Lippen auf seine, weich und energisch zugleich.

Er wusste, dass er es nicht zulassen durfte, irgendwo in seinem Kopf war ein Rest Vernunft, aber er wehrte sich nicht.

Irgendwann lösten sie sich voneinander, Hanna öffnete die Augen, ihre Lider flatterten. André fühlte sich, als sei sein Körper aus Wachs.

»Das geht nicht«, sagte er mit rauer Stimme.

»Ich weiß«, sagte sie und beugte sich vor, um ihn erneut zu küssen.

»Das gibt eine Katastrophe«, sagte er.

»Ich kann nichts dagegen tun«, sagte sie.

»Ich auch nicht«, sagte André.

Er wusste nicht, wie viel Zeit vergangen war und wie oft sie sich geküsst hatten, als sein Blick auf die Uhr fiel. Die Stunde war zu Ende, in wenigen Minuten würde sein nächster Klient kommen.

»Du musst gehen«, flüsterte er.

»Ich kann nicht«, sagte Hanna, und ihre Augen füllten sich mit Tränen, »wenn ich jetzt gehe, werde ich dich bestimmt nie wiedersehen!«

»Ich melde mich«, sagte er, »ich verspreche es.«

»Okay«, sagte Hanna. Für eine Sekunde legte sie ihre Hand an seine Wange, dann stürzte sie aus der Praxis.

Mein ganzes Leben hatte ich daran geglaubt, dass Menschen füreinander bestimmt sein können. Mein Vater hatte mir als Kind die Geschichte von den Sternen erzählt, die von einem wütenden Gott auseinander gerissen und in den Weltraum geschleudert worden sind, wo sie nun umherirren und ihre zweite Hälfte suchen, und jedes Mal, wenn zwei Sternenhälften sich finden, finden sich auf der Erde zwei Menschen, die zueinander gehören.

Ich war überzeugt gewesen, Jo wäre meine zweite Sternenhälfte, und wir gehörten zusammen, komme, was da wolle.

Seit diesem Nachmittag war alles anders.

Ich hatte mal gelesen, verliebt wäre man, wenn das Entzücken über den Geliebten jede noch so nüchterne Umgebung überstrahlt. Als ich aus der Praxis gestürzt war, hatte ich gewusst, dass ich mit André an jedem Ort der Welt glücklich gewesen wäre, sogar in einem Hotelzimmer voller Kakerlaken.

Ich streunte durch die Stadt, ohne zu wissen, wohin ich eigentlich wollte, nur zu Jo wollte ich nicht.

Es war halb zwei, als ich schließlich unser Haus betrat und hoffte, Jo würde schon schlafen. Ich schloss die Wohnungstür auf, der Flur war hell erleuchtet, die Videokamera stand auf einem Stativ und war auf mich gerichtet, dahinter stand Jo und sah durch den Sucher, vermutlich hatte er mal wieder einen kreativen Schub und wollte, dass ich Szenen aus unseren Lieblingsfilmen mit ihm nachspielte. Ich winkte müde in die Kamera und lächelte, hey, ist schon spät, lass uns morgen was zusammen machen, okay?

Jo hob hinter der Kamera den Kopf, er sah grauenhaft aus, unrasiert und mit rot geränderten Augen, oh Gott, sagte ich, auf was bist du denn drauf? Das kann dir doch egal sein, gab er zurück, ich dreh übrigens gerade 'ne Doku zum Thema Broken Hearts, willst du was dazu sagen?

Ich sah ihn an, als wäre er nicht ganz dicht, willst du mich verarschen, was soll dieser Sex-Lies-and-Videotapes-Scheiß?

Kein Scheiß, sagte Jo, ich interviewe Leute über Liebeskummer und wann sie das letzte Mal dachten, ihr Herz zerspränge in zwei Teile, wie die zwei Teile eines Sterns, du erinnerst dich doch noch an die Geschichte, du selbst hast sie mir mal erzählt.

Oh nein, dachte ich, warum muss er gerade jetzt damit anfangen?

Es passierte immer wieder, dass Jo von etwas sprach, an das ich gerade gedacht hatte, oder dass wir gleichzeitig dasselbe sagten; er schien immer zu spüren, was in mir vorging, und wir hatten das als Beweis genommen, dass wir die zwei Sternenhälften waren. Aber reichte das aus für ein Leben?

Was ist los, Jo, sagte ich und rieb mir die Augen, ich war fertig und wollte nur noch ins Bett, ich hatte seit Wochen kaum geschlafen, allein mit meiner Angst.

Komm, stell dich da hin und sag was, befahl Jo, ich will es von dir hören, ich will, dass du sagst, es ist vorbei oder es ist nicht vorbei oder irgendwas!

Die letzten Worte hatte er herausgeschrien, ohnmächtig, verzweifelt, aber was hätte ich sagen können, ihm oder der blöden Kamera, die die ganze Zeit lief und diesen absurden Film aufzeichnete, der sich vor und hinter dem Objektiv abspielte.

Hör auf, sagte ich ruhig, stell die Kamera ab, gar nichts ist vorbei, lass uns bitte schlafen gehen, und wenn du mich nicht hasst, dann leg dich zu mir, damit ich endlich mal wieder eine Nacht schlafe, okay?

Er schüttelte heftig den Kopf, sein Blick machte mir Angst. Ich will nicht ins Bett, sagte er, ich bin absolut nicht müde, wenn du nichts sagst, dann hör dir wenigstens an, was die anderen sagen; er riss die Kamera vom Stativ, nahm mich beim Arm und zog mich ins Wohnzimmer, wo er die Kamera an den Fernseher anschloss und die Kassette zurückspulte.

Wen, zum Teufel, hast du noch belästigt, fragte ich entgeistert, er startete die Kassette, das Gesicht unserer Hausmeisterin erschien, eine fette Blondine mit strähnigem Haar und Kittelschürze, die mit quäkender Stimme sagte, meinen schlimmsten Liebeskummer hatte ich bei Aki, der ist Türke, und die achten ja die Frauen nicht so, jedenfalls, nachdem ich mich ihm hingegeben hatte, ist er mit meinen Ersparnissen verschwunden, seither bin ich vorsichtig mit Südländern, das sage ich Ihnen, wollen Sie noch die Geschichte von Achmed hören …?

An dieser Stelle brach die Aufzeichnung ab, es flimmerte kurz, dann erschien der Kellner Gianni von gegenüber.

Ich bin so verliebt in meine Frau, sagte er schwärmerisch, kann ich gar nicht sprechen über Liebeskummer, ist gerade nicht in meiner Seele und will ich mir auch nicht vorstellen … im Hintergrund hörte man was zu Bruch gehen, Gianni lief aus dem Bild und rief Francesco!, danach kam Maria, seine Frau, die sich ständig affektiert mit der Hand durchs Haar fuhr und offenbar hoffte, fürs Fernsehen entdeckt zu werden, und erzählte mit polnischem Akzent, wie unglücklich sie Martin gemacht habe und was für ein wunderbarer Mann und Vater Gianni sei, ihr Lächeln war so falsch wie ihre Zähne, und es war klar, dass jedes Wort gelogen war.

Hey, das ist lustig, sagte ich zu Jo, Deutschland privat 2002, du solltest das wirklich machen, das wird ein echt schräger Streifen!

Irgendwie kapierst du's nicht, sagte Jo, das ist kein Spaß, das ist mein totaler Ernst, da gibt's überhaupt nichts zu lachen.

Na, dann nicht, sagte ich ausgepumpt, lehnte mich an seine Schulter und flehte, bitte lass uns schlafen gehen, bitte schlaf neben mir, sonst geh ich kaputt.

Wo warst du überhaupt so lange, fragte er, und jetzt war ich dran mit Ausrasten.

Ich will diese Frage nicht hören!, schrie ich, diese Frage ist, verdammt noch mal, verboten, die gibt's in irgendwelchen Scheiß-Spießer-Beziehungen mit Meldepflicht, aber zwischen uns gibt's die nicht, sonst bin ich weg!

Wenn hier einer weg ist, dann ich, sagte Jo plötzlich ganz ruhig, schnappte seine Jeansjacke und verließ die Wohnung.

Ich schmiss mich verzweifelt auf das Matratzenlager, heulte eine Weile vor mich hin und schlief irgendwann aus purer Erschöpfung in meinen Klamotten ein.

Gegen fünf wachte ich auf, verschwitzt und mit Kopfschmerzen, mein Mund war trocken, und ich taumelte in die Küche, um einen Schluck Wasser zu trinken.

Zu meiner großen Beruhigung lag Jo in seinem Bett, vorsichtig, um ihn auf keinen Fall zu wecken, legte ich mich neben ihn und war in einer Sekunde eingeschlafen.

Als André an diesem Abend die Tür hinter seinem letzten Patienten geschlossen hatte, kehrte die Erinnerung an den Nachmittag zurück.

Er ging ins Behandlungszimmer und nahm das Zen-Gärtchen vom Schreibtisch, gedankenverloren setzte er sich in den Sessel und zog mit langsamen Bewegungen den Rechen durch den Sand. Wie jedes Mal dachte er daran, wie Bea in mühevoller Arbeit das winzige Gerät angefertigt hatte.

Die Ereignisse des Nachmittags erschienen ihm unwirklich, einen Moment stellte er sich vor, er müsse nur eine Nacht darüber schlafen, dann würde sich herausstellen, dass sie niemals stattgefunden hätten.

Er seufzte. Es war passiert, wovor er sich immer gefürchtet, was er aber im Grunde für unmöglich gehalten hatte: Er hatte sich in eine Patientin verliebt.

Die Bezeichnung »Patientin« erschien ihm unpassend für Hanna, eigentlich hatte sie sich von Anfang an nicht wie eine Patientin verhalten, hatte sich entzogen, mit ihm gespielt, ihn angelogen.

Das änderte nichts daran, dass er heute Nachmittag einen schlimmen Fehler begangen hatte, und auch nichts daran, dass er diesen Fehler nicht einmal bedauerte, ja, ihn vermutlich ohne zu überlegen wieder begehen würde.

Was passiert war, würde morgen nicht auf geheimnisvolle Weise nicht stattgefunden haben, es würde weiter existieren in seiner Erinnerung, und es würde ihn furchtbar quälen, das ahnte er jetzt schon.

Es würde ihn quälen, weil er sich wünschte, es sollte wieder geschehen, es aber auf keinen Fall mehr zulassen dürfte, und weil er mit seinen Schuldgefühlen würde leben müssen. Er war nicht einmal sicher, ob er seinem Supervisor davon berichten würde, obwohl er dazu eigentlich verpflichtet war.

Immer wieder musste er daran denken, wie Hannas Gesicht sich seinem genähert hatte, zart und entschlossen zugleich; wie er für den Bruchteil einer Sekunde die Chance gehabt hätte, zurückzuweichen, und plötzlich wusste, dass er es nicht tun würde. Wie ihre Lippen auf seine trafen, wie Neugier, Aufregung, Seligkeit und Schmerz sich gemischt hatten, nie würde er das vergessen können.

Trotzdem gab es nur eine Möglichkeit. Er musste die Therapie mit Hanna auf der Stelle abbrechen, und er musste ihr sagen, dass sie sich nicht wiedersehen dürften.

Er erhob sich, stellte das Kästchen zurück an seinen Platz und rückte ein paar Gegenstände zurecht. Alles sah aus wie immer, und doch hatte der Raum sich verändert, er war nicht länger nur der Raum, in dem er seine Arbeit machte, er war zum Schauplatz eines Geheimnisses geworden, das ihn ebenso erregte wie belastete.

Während er nach Hause fuhr, fragte sich André, warum dieser Kuss eine so unverhältnismäßige Bedeutung zu haben schien; hätte er mit Hanna geschlafen, seine Verwirrung und sein Schuldgefühl hätten nicht größer sein können. Sie hatten aber nicht zusammen geschlafen, sie hatten sich nur geküsst, und trotzdem fühlte er sich, als hätte er eine Todsünde begangen.

Er stellte sein Fahrrad ab und fürchtete plötzlich den Augenblick, in dem er Bea gegenüberstehen würde. Sie würde ihm nur ins Gesicht sehen müssen, um zu wissen, was geschehen war. Sie würde es am Ausdruck seiner Augen merken, an seiner Stimme, an winzigen, unbewussten Gesten. Hoffte er vielleicht sogar insgeheim darauf, damit er ihr alles erzählen konnte? Er hätte was dafür gegeben, sich von dem Druck, der auf ihm lastete, zu befreien.

Reiß dich zusammen, befahl er sich, du bist erwachsen, du musst mit deinen Gefühlen selbst zurechtkommen, da kannst du niemanden reinziehen.

Und mit dem Gedanken, dass er so bald wie möglich Hanna seinen Entschluss mitteilen würde, schloss er die Haustür auf.

»Hallo, mein Pascho, wie war dein Tag?«, hörte er Beas fröhliche Stimme aus der Küche.

»Ganz gut«, rief André zurück und sah die Post durch, die auf dem Telefontischchen im Flur lag.

Er benutzte die Gästetoilette, wusch sich ausführlich die Hände und kontrollierte sein Gesicht im Spiegel. Nein, man sah ihm nichts an.

Endlich gab er sich einen Ruck, betrat die Küche, küsste Bea auf den Nacken, um ihr nicht in die Augen sehen zu müssen, und drehte sich zum Kühlschrank, um ein Bier herauszunehmen.

»Was kochst du Schönes?«

»Saltimbocca. Ich habe einen fantastischen Parmaschinken bekommen; der kleine Feinkost-Italiener an der Ecke hat sich echt gemacht.«

»Welchen Wein willst du?«

»Ich hab einen Chardonnay kalt gestellt, schenk mir schon mal ein Glas ein.«

Sie sprachen gerne und oft übers Essen, über die Qualität der Zutaten, über den passenden Wein. Sie ließen sich gegenseitig kosten und fachsimpelten über die Feinheiten der Zubereitung. Das Kochen und Essen war ein wichtiger Teil ihrer Gemeinsamkeit.

Essen, die Erotik des Alters, dachte André mit einem Anflug von Bitterkeit, wenigstens spielen wir noch nicht Golf.

»Soll ich Reis machen, oder reicht dir Weißbrot? Ich habe dieses leckere Ciabatta mitgebracht.«

»Brot genügt«, sagte André und zog den Korken aus der Weinflasche, »ich hab keinen großen Hunger.«

Nun drehte Bea sich um und sah ihn mit großen Augen an.

»Du hast keinen Hunger? Fehlt dir was?«

Sie fragte mit so übertriebener Besorgnis, dass er lachen musste. »Bin ich wirklich so verfressen?«, fragte er.

»Na ja ...«, sagte Bea und lächelte viel sagend.

Kompensation, dachte André. Wenn ich mehr Sex hätte, würde ich nicht so viel essen.

»Salat ist fertig«, sagte Bea und stellte eine Schüssel auf den Tisch. »Bist du so lieb und sagst Paul Bescheid? Er beehrt uns heute ausnahmsweise mit seiner Anwesenheit.«

André ging die Treppe hoch und klopfte bei Paul.

»Komm rein«, sagte Paul, und André öffnete die Tür.

Sein Sohn saß am Computer; staunend sah André zu, wie er in rasendem Tempo irgendwelche hühnerartigen Tiere abschoss. Ob das pädagogisch wertvoll war? Er war zu müde, um darüber zu diskutieren.

»Kommst du zum Essen?«

Paul drehte sich auf seinem Stuhl um und lächelte strahlend.

»3248, neuer Rekord!«

»Meinen Glückwunsch!«, sagte André spöttisch.

»Mach's erst mal selber.«

»Geschenkt.«

Paul stand auf, er war das Abbild seiner Mutter. Er hatte äußerlich so wenig Ähnlichkeit mit André, dass seine Freunde oft gewitzelt hatten, ob er sich eigentlich sicher wäre, der Vater zu sein. André tröstete sich damit, dass Paul ihm vom Wesen her ähnlich war, sie teilten die Vorliebe für Ordnung und Systematik, waren beide eher ruhige Menschen.

André hätte gerne mehr Kinder gehabt, aber Bea hatte so viel Spaß an ihrem Beruf gefunden, dass sie sich nicht dazu hatte entschließen können. Und jetzt sind wir zu alt, dachte André bedauernd.

Wenig später saßen sie um den Tisch, unterhielten sich, lachten. André überkam plötzlich heftige Angst. Ihm fiel alles ein, was Menschen zustoßen kann: Unfälle, Krankheiten, Zerwürfnisse, Trennungen. Am liebsten hätte er Bea und Paul an sich gerissen, sie in Sicherheit gebracht, irgendwohin, wo keine Gefahr drohte.

»Was treibst du eigentlich so in letzter Zeit, man sieht dich kaum noch«, sagte Bea zu Paul, »gibt's irgendwas Neues?«

Der Junge legte Messer und Gabel neben seinen Teller. Er nahm einen Schluck Mineralwasser, setzte das Glas ab und sagte: »Ich hab mich verliebt.«

Sein Gesicht verfärbte sich rötlich, André spürte, wie auch ihm das Blut in den Kopf schoss, als wären die Worte aus seinem Mund gekommen.

»Wie schön!«, sagte Bea und drückte die Hand ihres Sohnes. »Wie heißt sie, wo hast du sie kennen gelernt?«

Paul sah aus, als bedauerte er bereits, sein Geheimnis preisgegeben zu haben.

»Sie heißt Zoé und ist neu in unsere Klasse gekommen. Sie hat bisher in Singapur gelebt, ihr Vater ist irgendein hohes Tier bei Siemens und wird alle paar Jahre versetzt.«

»Klingt aufregend«, sagte Bea, »bestimmt spricht sie mehrere Sprachen. Wie sieht sie aus?«

Die Röte in Pauls Gesicht intensivierte sich. »Schön«, hauchte er, und seine Augen glänzten.

André stieß seinen Stuhl zurück und stand auf.

»Entschuldigt bitte«, murmelte er, »mir ist nicht gut.«

Er ging durchs Wohnzimmer in den Garten, wo er auf und ab ging und tief durchatmete.

Er stellte sich vor, wie Paul und sein Mädchen sich kennen gelernt hatten, wie sie sich zueinander hingezogen gefühlt hatten, wie sie gemerkt hatten, dass sie ineinander verliebt waren. Er stellte sich ihren ersten Kuss vor, und sein Magen zog sich schmerzhaft zusammen.

Paul war doch sein kleiner Junge, der auf Bäume kletterte, Sandburgen baute und Tore schoss – was war mit ihm passiert? Nein, er wollte sich nicht vorstellen, dass sein Sohn ihn bald nicht mehr brauchen würde, dass er sein eigenes Leben leben und so viele Mädchen küssen würde, wie es ihm gefiel.

»Bist du okay?«, hörte er Beas Stimme aus dem Haus.

»Alles bestens«, rief er und wollte zu ihnen zurückgehen, aber die Entfernung zum Haus schien ihm plötzlich unüberwindlich.

Diese Warterei machte mich wahnsinnig, warum rief er nicht an?

Zwei Tage waren vergangen seit unserem Kuss, zwei endlos lange, schreckliche Tage.

Natürlich hätte auch ich ihn anrufen können, aber ich war zu stolz; ich würde nicht bei einem Mann anrufen, der versprochen hatte, sich zu melden. Allerdings hatte ich nicht geahnt, wie demütigend Warten sein kann; ich hatte noch nie auf Anrufe von einem Mann gewartet.

Nun wartete ich mit Inbrunst. Erst sah ich ständig auf die Uhr, dann versuchte ich, mich mit Lesen und Fernsehen abzulenken. Ich lief durch die Wohnung und stellte die Möbel um, ich mistete meinen Kleiderschrank aus, ich lackierte sogar das kleine Holzschränkchen, das ich vor ewigen Zeiten auf dem Flohmarkt gekauft hatte, um es ins Bad zu stellen. Ansonsten rauchte ich die meiste Zeit, obwohl ich damit eigentlich schon längst aufgehört hatte, aber Rauchen schien mir die einzig angemessene Beschäftigung fürs Warten.

Mein Magen war ein Knoten, das Einzige, was ich mit Mühe zu mir nehmen konnte, waren ein paar Löffel Fruchtjoghurt.

Hin und wieder klingelte das Telefon, ich ließ jedes Mal alles stehen und liegen und raste hin, aber es war dann nur meine Mutter, die wissen wollte, wann wir wieder zum Mittagessen kämen, oder Adam, der sich nach meinem Befinden erkundigte. Einmal war jemand falsch verbunden.

Der Anruf, den ich so sehnsüchtig erwartete, kam just in dem Moment, als Jo abends zur Tür hereinkam, bei meinem Spurt zum Telefon wäre ich fast mit ihm zusammengekracht, ich riss den Hörer ans Ohr, hier ist André, hörte ich eine Stimme sagen, mein Magen überschlug sich fast vor Aufregung, ich fing Jos Blick auf und sagte, falsch verbunden, tut mir Leid, und legte auf.

Wie geht's den Innereien, fragte Jo, dem ich – ebenso

wie Adam – was von einer Magen-Darm-Grippe erzählt hatte, um mein Zuhausebleiben zu erklären.

Geht so, sagte ich, kann nichts essen. Aber Rauchen, sagte Jo mit Blick auf den vollen Aschenbecher, also, wenn mir schlecht wäre, könnte ich nicht eine nach der anderen wegziehen.

Darauf fiel mir nichts ein. Heute kommt Moulin Rouge im Fernsehen, sagte ich, den will ich unbedingt noch mal sehen. How wonderful life is, since you're in the world.

Bin verabredet, sagte Jo. Mit wem, fragte ich wie aus der Pistole geschossen. Diese Frage ist verboten, sagte Jo, wir führen schließlich keine Scheiß-Spießer-Beziehung mit Meldepflicht, oder?

Scheiße, schrie ich, dann hau doch ab!

Er verschwand in seinem Zimmer, da es still blieb, hatte er sich vermutlich unter seinen Kopfhörern verkrochen.

Ich schnappte mein Handy und stieg aufs Dach.

Giannis Polen-Schlampe war dabei, die Wohnung sauber zu machen, zwischendurch lachte sie zum kleinen Francesco rüber, der in einer Ecke vor seinen Bauklötzen saß. Wie der Schein trügen kann, dachte ich bitter und wählte die Nummer von Andrés Praxis.

Es klingelte dreimal, dann schaltete sich das Band ein. Verdammt, zu spät. Ich überlegte, ob ich eine Nachricht hinterlassen sollte, ließ es aber dann bleiben.

In meinem Geheimversteck suchte ich, ob noch ein bisschen Shit da wäre, ich fand eine kleine, leicht zerdrückte Selbstgedrehte und saugte den Rauch tief ein. Nach ein paar Zügen breitete sich das leichte Kribbeln, das typisch für Marihuana war, in meinen Gliedern aus. Die Wirkung war nicht sehr stark, gerade so, dass ich ein bisschen entspannte. Ob Jo mit einem Mädel verabredet war? Ob er mir jetzt beweisen wollte, dass er ohne mich klarkäme, dass er mit anderen Frauen weggehen könnte, dass er sogar eine Affäre haben könnte?

Bei diesem Gedanken spürte ich plötzlich heftige Eifersucht in mir hochkochen; Jo gehörte zu mir, und auch wenn wir nicht zusammen schliefen, hieß das noch lange nicht, dass irgendeine andere ihn haben könnte!

Es hatte mir geschmeichelt, zu glauben, dass Jo das Zusammenleben mit mir so viel bedeutete, dass er dafür auf Sex verzichtete, aber vielleicht hatte er ja die ganze Zeit mit anderen Frauen geschlafen?

Ich sah auf die Uhr, seit Andrés Anruf war eine dreiviertel Stunde vergangen, ich wählte seine Nummer zu Hause, es klingelte mehrmals, fast wollte ich schon auflegen, da wurde abgenommen.

Schott, meldete sich eine weibliche Stimme.

Ich drückte den Aus-Knopf und starrte auf mein Handy, als wäre es ein giftiges Reptil. Ich hatte nicht mal an die Möglichkeit gedacht, dass seine Frau ans Telefon gehen würde, so vollständig hatte ich ihre Existenz verdrängt. Das hieß, ich musste bis morgen warten, noch eine ganze, verdammte Nacht lang. Eine Nacht alleine, ohne Jo, der irgendwo auf der Piste unterwegs war, mit einer anderen Frau, neben der er vielleicht einschlafen und aufwachen würde. Das könnte ich nicht aushalten.

Ich raste zurück in die Wohnung, rannte über den Flur, riss die Tür zu seinem Zimmer auf und schrie, bitte geh nicht weg!

Ich kriegte keine Antwort, Jo war schon gegangen.

»Falsch verbunden, tut mir Leid.« Enttäuscht legte André auf. Hanna wollte also nicht mit ihm sprechen. Vielleicht verachtete sie ihn dafür, dass er ihr nicht widerstanden hatte, vielleicht war das Ganze auch nur eines ihrer Spielchen gewesen, mit dem sie hatte herausfinden wollen, wie weit sie gehen könnte.

Er schaltete den Anrufbeantworter ein und verließ die Praxis; anstatt nach Hause zu fahren, ging er in die Bar, in der er neulich mit Karl gesessen hatte, und bestellte einen Whisky. Er trank so gut wie nie harte Sachen, aber jetzt hätte er sich am liebsten voll laufen lassen.

Verloren und ratlos saß er da, er hatte nicht gewusst, was die Liebe anrichten kann, oder besser: Er hatte es gewusst, weil es ihm täglich in seiner Praxis begegnete, aber er hatte es noch nie gefühlt. Er kannte den bohrenden Schmerz nicht, den die Sehnsucht hervorruft, die Verzweiflung, wenn der geliebte Mensch unerreichbar ist.

Es kam ihm vor, als sei er in einem fremden Land gelandet, wo eine Sprache gesprochen wurde, die er nicht verstand. All die Jahre hatte er sich für einen Experten in Gefühlsdingen gehalten, jetzt wusste er, dass er wie ein Blinder von der Farbe gesprochen hatte.

Er dachte zurück an seine Teenagerzeit, als er so unsicher und schüchtern gewesen war, dass er nicht mal probiert hatte, sich einem Mädchen zu nähern. Er hatte sich dick und unansehnlich gefühlt und die Jungen beneidet, die mit ihren sportlichen Leistungen auftrumpfen konnten. Etwas von dem unsicheren, dicken Jungen steckte noch heute in ihm; vielleicht war er deshalb so anfällig für Schmeicheleien.

Er war immer ein Einzelgänger gewesen, ein Typ »für den zweiten Blick«, wie seine erste Freundin es genannt hatte. Sie war ein unkompliziertes, etwas burschikoses Mädchen gewesen, das sich von seiner zurückhaltenden Art angezogen gefühlt und kurzerhand die Initiative ergriffen hatte.

Seine nächste Beziehung hatte er mit einer etwas älteren Frau gehabt, genau genommen, war sie erst fünfundzwanzig gewesen, so alt wie Hanna heute. Sie hatte ihm seine Angst vor sexueller Nähe genommen und ihm das Gefühl gegeben, dass sein Körper nicht abstoßend und unmännlich war. Die Trennung von ihr war sehr schmerzhaft gewesen.

Danach hatte er allein gelebt und versucht, durch ein paar kurze, unverbindliche Begegnungen seine Einsamkeit zu betäuben. Aber er sehnte sich nach einer Bindung, und er wünschte sich, Vater zu sein, obwohl er noch so jung war. Er ahnte, dass die Liebe zu Kindern beständiger war als andere Arten der Liebe, und so begann er, eine Frau zu suchen, mit der er eine Familie gründen konnte.

Er fuhr damals ein altes Peugeot-Cabrio, das ihm einen Hauch jener Verwegenheit verlieh, die er immer gerne ausgestrahlt hätte. Sogar in die Vorlesungen fuhr er mit dem Wagen, was ziemlich dumm war, da es im Umkreis von fünf Kilometern rund um die Uni keine Parkplätze gab. Eines Tages, als er wie durch ein Wunder eine Parklücke entdeckt hatte und gerade im Begriff war einzuparken, schoss von hinten ein Golf heran und rammte ihn.

Das war nicht nur ein Blechschaden, das war ein Angriff auf seine Persönlichkeit, seine Männlichkeit, auf alles, was ihm wichtig war. Er stieg aus dem Wagen und ging entschlossenen Schrittes auf den Golf zu, um dem Fahrer eine reinzuhauen.

Zu seiner Überraschung war es kein Fahrer, sondern eine Fahrerin, eine schöne junge Frau in einem roten Kleid, die ihn mit dem Ausdruck tiefster Zerknirschung ansah und sagte: »Ich lade Sie ganz toll zum Essen ein, okay?«

»Aber nur, wenn Sie für mich kochen!«, hörte er sich sagen und wunderte sich über seine Geistesgegenwart.

Ein paar Tage später fuhr er im reparierten Cabrio vor einem modernen Mietshaus vor, wo Bea ein Einzimmerapartment bewohnte. Er blieb zum Essen, er blieb über Nacht, und er blieb zum Frühstück, das Bea auf dem Balkon servierte, mit einer beim Nachbarn geklauten Blume in der zur Vase umfunktionierten Weinflasche des Vorabends. Er wusste ziemlich bald, dass Bea die Frau war, die er heiraten würde.

André tauchte aus den Tiefen seiner Erinnerung auf, als die hübsche junge Kellnerin ihm den zweiten Whisky servierte; sie hatte ungefähr Hannas Größe und ihre Haarfarbe, André suchte in ihrem Gesicht nach einer Ähnlichkeit, aber er konnte nichts finden.

Nach dem dritten Whisky war er so betrunken, dass er überlegte, ein Taxi zu nehmen, aber er wollte nicht ohne sein Fahrrad nach Hause kommen.

Auf kleinen Nebenstraßen fuhr er durch die Innenstadt, um möglichen Polizeikontrollen auszuweichen; er hatte gelesen, dass auch alkoholisierten Radfahrern der Führerschein abgenommen werden könnte.

Überraschend fand er sich in der Straße wieder, in der Hanna wohnte. Er suchte ihr Haus und studierte das Klingelschild. Hanna und ihr Freund wohnten unter dem Dach, in den Stockwerken darunter waren offenbar nur Büros.

Eine Sekunde lang verspürte er den Impuls zu klingeln. Er hätte so gerne ihr Gesicht gesehen; ihre hohe Stirn, ihre Augen, die so forschend blicken konnten, ihren Mund, dessen Weichheit er noch immer zu spüren glaubte.

Er verbot es sich; es hätte alles nur noch schlimmer gemacht.

Morgen würde er sie anrufen und um ein letztes Treffen bitten.

Eine endlos erscheinende Stunde näherte sich dem Ende, gleich würde Hanna kommen. André verabschiedete seinen Patienten und lief nervös auf und ab, während er wartete.

Sie klopfte zweimal energisch, er ging schnell zur Tür und öffnete.

Ihr Anblick versetzte ihm einen Stich. Sie blieb stehen und sah ihn fragend an, er drückte ihre Hand, deutete auf den Sessel.

Hannas Schritte waren zögernd, nicht so federnd und zielstrebig wie sonst. Mit geradem Rücken setzte sie sich auf die Vorderkante der Sitzfläche, als müsste sie erst entscheiden, ob sie bliebe.

Sie sahen sich an, verlegen lächelnd, schweigend.

Endlich hielt Hanna es nicht mehr aus.

»Na, Herr Doktor, wie soll's jetzt weitergehen?«, fragte sie gespielt forsch.

André sah einen Moment zu Boden, als müsste er sich sammeln, dann sagte er ruhig: »Es wird gar nicht weitergehen, Hanna. Wir werden die Therapie heute beenden. Und wir werden uns nicht mehr sehen.«

Hanna starrte ihn an, als hätte er etwas völlig Absurdes gesagt.

»Aber ... aber warum?«, stammelte sie.

»Hanna«, sagte er und rückte seinen Stuhl so nah zu ihr, dass er ihre Hand ergreifen konnte. »Wir haben einen furchtbaren Fehler gemacht, und du weißt das. Wir hätten über unsere Gefühle sprechen sollen, dann wäre es vielleicht nicht passiert. Aber wir haben es passieren lassen, und jetzt müssen wir die Konsequenzen tragen.«

»Aber du kannst mich doch jetzt nicht allein lassen«, rief Hanna verzweifelt.

»Ich werde dich an einen Kollegen oder eine Kollegin überweisen, natürlich brauchst du jemanden, der dich auffängt.«

»Ich brauche nicht irgendjemanden, ich brauche dich!«

»Aber ich kann dich nicht weiter therapieren, versteh das doch.«

»Dann sei nicht mehr mein Therapeut, sei mein Freund!«

Sie rutschte von der Sesselkante auf den Boden, hockte sich vor ihn und legte ihren Kopf auf seine Knie.

»Sei mein Freund«, flüsterte sie.

André wollte ihr Gesicht streicheln, ihr Haar, aber er wagte nicht, sie zu berühren.

»Steh auf, Hanna«, bat er.

»Nein«, sagte sie, »komm du zu mir, nur ganz kurz, und dann gehe ich für immer, ich versprech's.«

Sie versuchte, ihn zu sich auf den Teppich zu ziehen, Sehnsucht und Vernunft kämpften in ihm, also gut, dachte er, eine einzige, letzte Umarmung, zum Abschied.

Er sank neben ihr auf den Boden, sie schlang die Arme um ihn, als wollte sie ihn nie mehr loslassen, ihr Gesicht lag neben seinem, er spürte, dass sie weinte. Sie drehte ihr Gesicht zu ihm, sah ihn an, lächelte unter Tränen.

Aufschluchzend riss er sie an sich und hielt sie fest.

Hanna streichelte sein Haar, seinen Nacken, dann hob sie den Kopf und küsste sein Gesicht, küsste die Tränen aus seinen Augenwinkeln, küsste seine Stirn, seine Schläfen, seine Wangen.

»Ich bin da«, flüsterte sie, »ich bin bei dir!«

Er konnte nicht denken, wollte nicht denken, wollte nur diesen einen Augenblick erleben, schloss die Augen, ließ alles geschehen.

Er spürte ihren Mund auf seinem, spürte ihre Zunge auf seinen Lippen, fühlte einen Streifen nackter Haut, wo ihr T-Shirt nach oben gerutscht war, hörte ihren Atem, seinen Atem, fühlte ein Knäuel von Gliedmaßen, Stoff, Haut.

»Nein!«, rief er verzweifelt aus und richtete sich auf. »Es geht nicht!«

Er vergrub das Gesicht in den Händen. »Geh! Bitte, geh!«, sagte er, ohne sie anzusehen.

Hanna setzte sich auf. »Aber du liebst mich! Wie kannst du mich wegschicken?«

Er nahm die Hände vom Gesicht und sah sie an; hilflos hob er die Schultern und ließ sie fallen.

»Liebe allein genügt nicht.«

Hanna stand auf, ohne ein Wort zu sagen, ordnete notdürftig ihre Kleidung, nahm ihre Tasche und verließ ohne ein Wort die Praxis.

André legte sich wieder hin, starrte in die Luft und fragte sich, welcher Fehler der größere gewesen war: sich in Hanna zu verlieben, oder sie gehen zu lassen.

Der Brief enthielt nur einen einzigen Satz:
Ich wüsste gerne, ob die Welt noch steht.

Geschrieben in der ungelenken Schrift eines Menschen, der so gut wie nie schreibt, eigentlich wunderte ich mich, dass er es nicht verlernt hatte in all den Jahren. Trotzdem erkannte ich die Schrift sofort, als ich den Umschlag aus dem Briefkasten zog. Im ersten Moment dachte ich: Aber er ist doch tot, bis mir einfiel, dass ich mir seinen Tod ja nur ausgedacht hatte.

Ich musste verrückt gewesen sein.

Noch einmal las ich die Zeile: Ich wüsste gerne, ob die Welt noch steht.

Ich auch, Paps, dachte ich seufzend. Durch meine schreckliche Traurigkeit hindurch fühlte ich plötzlich eine zaghafte Freude.

Das hatte es in zehn Jahren nicht gegeben: Mein Vater wartete vor der Pförtnerloge auf mich. Er saß auf einem der Stühle, die gegenüber des Pförtnerhäuschens eine Sitzgruppe bildeten, Herr Fischer, der schwachsinnige Riese, kreiste wie ein Satellit um ihn herum, lallend und sabbernd, aber freundlich wie immer. Es sah aus, als wollte er ihn beschützen, ein Leibwächter, der sich allem in den Weg stellen würde, was ihm bedrohlich erschien.

Schüchtern ging ich auf meinen Vater zu, küsste ihn links und rechts auf die Wangen, fing einen flackernden Blick von ihm auf und hätte ihn am liebsten auf den Arm genommen wie ein Kind, das Angst vor dem ersten Schultag hat.

Ist doch nur ein Spaziergang, Paps, hörte ich mich beruhigend sagen, mit einer Stimme, die mir selbst unnatürlich vorkam.

Mein Vater nickte und erhob sich entschlossen von seinem Stuhl, bisher hatte er noch kein Wort gesagt, als ginge das Sprechen über seine Kräfte, die er vollständig darauf konzentrieren musste, seine Angst unter Kontrolle zu halten.

Bis später, rief ich dem Pförtner zu, als wäre es die normalste Sache der Welt, dass ich meinen Vater zu einem Spaziergang abholte, viel Spaß, sagte der Mann, Sie haben Glück mit dem Wetter.

Ich hakte mich bei meinem Vater ein, und wir verließen das Gebäude. Als wir das Eingangstor passierten, schossen mir die Tränen in die Augen, ich drückte seinen Arm, genoss die Gewissheit, dass tatsächlich er es war, der neben mir ging.

Er bewegte sich mit tastenden Schritten, als würde er dem Boden nicht vertrauen, als könnte der sich jederzeit auftun, und als ich meine Fantasie ein wenig anstrengte, verstand ich, wie er sich fühlte. Woher nahmen wir nur alle die Gewissheit, dass der Boden sich nicht auftun würde?

Ich spürte sein leichtes Zittern, die Angst, die Anstrengung, ich war so glücklich, dass er sich überwunden hatte, und wagte nicht zu sprechen, um diesen einzigartigen Moment nicht zu zerstören.

Der Blick meines Vaters war angestrengt auf den Boden gerichtet, er nahm nichts um sich her wahr, nicht die wenigen vorbeifahrenden Autos, nicht die Spaziergänger auf der anderen Straßenseite, nicht die in sattem Grün stehenden Bäume, nicht die Katze, die vor uns auf eine Gartenmauer sprang und auf der anderen Seite wieder herunter.

Ich dirigierte ihn zu einem kleinen Platz, wo es ein paar Geschäfte und ein Café gab, wo Jugendliche auf ihren Skateboards herumsausten und wo junge Mütter zwischen bepflanzten Betonkübeln ihre Kinderwagen schaukelten und zusahen, wie die größeren Kinder sich mit Eis bekleckerten. Ein bisschen harmlose, spießige Normalität, mit der ich meinem Vater zeigen wollte, dass die Welt noch stand.

Ich hatte das Gefühl, er entspannte sich allmählich, seine Schritte wurden gleichmäßiger, sein Blick hob sich hie und da vom Boden, einmal drehte er den Kopf zu mir, und ein leichtes Lächeln huschte über seine Züge.

Liebe kann alles, dachte ich sofort, vielleicht kann ich ihn doch gesundlieben.

Wir setzten uns auf eine freie Bank, ich legte meine Jacke neben mich, damit niemand auf die Idee käme, sich zu uns zu setzen. Mein Vater saß ganz ruhig und ließ seine Blicke über den Platz wandern; ich hätte zu gerne gewusst, was er sah und was in seinem Kopf vorging. Vielleicht war es wie ein Drogenrausch, das erste Mal nach so langer Zeit wieder Menschen zu sehen, die in einer normalen Umgebung ihren Beschäftigungen nachgingen; fast war ich neidisch darauf, dass alles, was mir langweilig und alltäglich erschien, für ihn was ganz Besonderes darstellte.

Schon immer hatte mich die Frage fasziniert, was jemand wohl empfindet, der nach Jahren aus dem Koma erwacht und eine Welt betritt, die sich völlig verändert hat; der noch keine Handys kennt, kein Internet, keine Techno-Musik, nicht den Ausdruck »chillen«, nicht das Wort Baggy-Hose, nicht die Bezeichnung Latte macchiato für Milchkaffee, nicht Britney Spears (der Glückliche!) und nicht Harry Potter. Musste doch wie ein Trip mit der Zeitmaschine sein.

Willkommen in der Gegenwart, sagte ich, wie fühlst du dich?

Er antwortete nicht, ich folgte seinem Blick und sah, dass er eine junge Frau beobachtete, etwas älter als ich, die mit einem kleinen Kind spielte. Sein Gesicht war mit einem Mal wie zusammengefallen, seine Augen erloschen. Ich begriff sofort, was los war.

Diese Frau da drüben erinnerte ihn an Ella; sie hätte heute ein Kind haben können wie dieses. Ich fühlte seine Trauer, aber auch ein trotziges Aufbegehren. Ich war schließlich da, ich war am Leben, und ich liebte ihn, warum bedeutete ihm das so wenig?

Mein Vater stand auf, er war blass und zitterte, die ganze mühsam aufrechterhaltene Beherrschung brach zusammen; er lief davon, in Richtung des Pflegeheims, mit schnellen, gehetzten Schritten, sodass ich ihm kaum folgen konnte.

Schwer atmend blieb er am Eingangstor stehen und drehte sich um, sein Gesicht glänzte von Schweiß, seine Augen waren aufgerissen.

Ich versuchte, mir meine Enttäuschung nicht anmerken zu lassen, nahm ihn in die Arme und sagte, danke, dass du es versucht hast, und dann sah ich ihm nach, wie er den Weg vom Tor zum Eingang zurücklegte, erschöpft wie jemand, der nach einem lebensgefährlichen Abenteuer das rettende Ziel erreicht hat.

Die alte Verzweiflung ergriff wieder Besitz von mir,

ich musste einsehen, dass alles, was ich ihm bieten konnte, niemals ausreichen würde, weil ich ihm Ella nicht ersetzen konnte. Weil ich nicht Ella war.

Einmal hatte ich es geschafft, das Mittagessen bei meiner Mutter wegen meiner angeblichen Magen-Darm-Grippe zu verschieben, nun war eine weitere Woche vergangen, und ich hatte keine Ausrede mehr, deshalb saß ich bei ihr am Tisch, blass und appetitlos.

Kind, du bist schmal geworden, sagte meine Mutter erschrocken, und Eddie nickte, so ein Virus kann einem ganz schön die Füße wegziehen.

Jo war nicht mitgekommen. Warum soll ich mitgehen und in Familie machen, hatte er gesagt, ich betrachte uns als getrennt, wir sind nur noch 'ne Wohngemeinschaft, klar?

Es war so komisch, ich hatte ihm kein Wort von André erzählt, er konnte nicht wissen, was passiert war, und trotzdem verhielt er sich so, als wüsste er es, als gäbe es eine Verbindung zwischen seinem und meinem Unterbewusstsein, einen Kanal, auf dem alle Informationen zu ihm flossen, die ich ihm verheimlichte.

Du bist nicht da, sagte er immer wieder, ich spüre dich nicht mehr.

Aber hier bin ich doch, rief ich, sieh her, ich stehe vor dir!

Kann sein, dass du körperlich anwesend bist, entgegnete Jo, aber wenn du mich ansiehst, sind deine Augen leer; du bist innerlich weg, ich weiß nicht, wo, aber bei mir bist du nicht. Vielleicht bist du bei deinem Psycho-Doc. Seit du da hingehst, ist alles anders.

Ich weinte, klammerte mich an ihn, hör auf mit dem Scheiß, bat ich, aber er zuckte nur mit den Schultern.

Für mich hatte das alles nichts miteinander zu tun,

meine Liebe zu André und mein Leben mit Jo waren zwei völlig verschiedene Dinge, und ich war verzweifelt, dass er mich so hängen ließ, gerade jetzt.

Warum wollte Jo nicht mitkommen, fragte meine Mutter, wir hatten Streit, murmelte ich, und wieder nickte Eddie, ja, der Junge kann manchmal ganz schön schwierig sein.

Na ja, sagte ich, vielleicht war ich ja auch schuld, ich weiß nicht, was los ist, jedenfalls läuft's im Moment nicht so richtig rund.

Ich hoffte, damit wäre das Thema beendet, aber meine Mutter sah mich forschend an, was ist los, Hannele, sagte sie mit weicher Stimme, irgendwas stimmt doch nicht mit dir.

Alles okay, sagte ich munter, ich nehm noch was von dem Kartoffelsalat, der ist wirklich klasse.

Ich häufte mir einen Löffel Kartoffeln mit Mayonnaise auf den Teller und hätte fast gekotzt vor Widerwillen. Dann schob ich mir milligrammgroße Stückchen in den Mund, wendete sie hin und her, bis sie sich aufgelöst hatten, und schluckte mit aller Anstrengung.

Ihr seid mir nicht böse, oder?, sagte Eddie und stand auf, ihr wisst ja …

Klar, wussten wir, außer Gesellschaftstanz hatte Eddie noch eine Leidenschaft, und das war Formel 1, bald würde das Rennen in Melbourne starten.

Ich kann nicht mehr, sagte ich und schob den Teller von mir. Meine Mutter tätschelte meine Hand, schon gut, vielleicht war er ja ein bisschen zu fett, sie schob mir die Obstschale hin, hier, iss eine Kiwi.

Danke, vielleicht später, sagte ich.

Gemeinsam trugen wir das Geschirr in die Küche und räumten es in die Spülmaschine.

Wie geht's in der Therapie, fragte meine Mutter, ganz

gut, erwiderte ich, Doktor Schott sagt, ich mache große Fortschritte.

Meine Mutter sah mich fragend an, merkwürdig, ich habe seit einem Monat keine Rechnungen mehr erhalten, sonst kamen sie jede Woche.

Ach, im Moment machen wir eine Pause, sagte ich schnell, ich habe so viele Proben im Theater, es ist ein schwieriges Stück, weißt du.

Ich rechnete zurück; ich hatte drei Wochen ausgesetzt, dann war die Stunde gewesen, in der wir uns geküsst hatten, die hatte er also nicht in Rechnung gestellt. Und die letzte auch nicht. Wäre ja auch noch schöner gewesen!

Liebe allein genügt nicht.

Was dann, wenn nicht die Liebe, hätte ich ihn am liebsten angeschrien, wie oft im Leben ist dir die Liebe begegnet, du Armleuchter, und du wirfst sie weg?

Aber ich hatte nichts gesagt, sondern war einfach gegangen.

Unzählige Male hatte ich seither darüber nachgedacht, ob ich ihn anrufen, ihm einen Brief schreiben, ihn vor seiner Praxis abfangen sollte, aber natürlich hatte ich gar nichts getan.

Er liebte mich, und er hatte mich weggeschickt. Was hätte ich tun sollen?

Liebe allein genügt nicht.

Du machst aber schon weiter mit der Therapie?, wollte meine Mutter wissen. Das hilft dir bestimmt dabei, die Sache mit Jo wieder in Ordnung zu bringen.

Von wegen, dachte ich, die Scheiß-Therapie ist schuld, dass alles den Bach runtergeht.

Warum ist es dir eigentlich so wichtig, dass Jo und ich zusammenbleiben, fragte ich, das hatte ich sie schon lange fragen wollen, und jetzt schien mir der Moment gekommen.

Ich liebe dich, und ich liebe Jo, sagte sie, er ist wie ein Sohn für mich.

Genau, sagte ich, und wie ein Bruder für mich, willst du wirklich, dass ich mein Leben mit meinem Bruder verbringe?

Aber du bist doch gar nicht mit ihm verwandt, widersprach sie, ihr seid doch ein ... wie soll ich sagen, ein Liebespaar?

Ich stand vor der Wahl, endlich ehrlich zu meiner Mutter zu sein oder sie weiter zu belügen.

Es ist viel komplizierter, sagte ich.

Hoffentlich hast du nicht das Gen, murmelte meine Mutter.

Welches Gen, um Gottes willen, fragte ich erschrocken, habe ich irgendeine Krankheit?

Wie man's nimmt, sagte sie, du weißt ja, dass es Menschen gibt, die nicht treu sein können, sie haben das Untreue-Gen in sich. Dein Vater hat es, vielleicht hast du es von ihm geerbt, es könnte dich und andere sehr unglücklich machen.

Mutter, bitte, sagte ich, was ist das denn für ein Schwachsinn, das Untreue-Gen, davon habe ich ja noch nie was gehört.

Das ist kein Schwachsinn, sagte meine Mutter gekränkt. Sie ging aus dem Zimmer und kam mit einem Ordner zurück, in dem sie sorgfältig eine Reihe von Zeitungsartikeln abgeheftet hatte, die sich mit sexueller Untreue befassten, einige Stellen waren angestrichen, und tatsächlich war darin die Rede von einer gewissen angeborenen Neigung zu Seitensprüngen, die manche Wissenschaftler als genetisch bedingt einstuften.

Ich glaube es nicht, sagte ich, das ist ja noch irrer als das Kiffer- und Säufer-Gen, von dem ich neulich gehört habe.

Das heißt Sucht-Gen, sagte meine Mutter, und es ist schon lange nachgewiesen, dass es das gibt.

Warum sagst du, Vater hätte es?

Meine Mutter lachte bitter auf, na, was glaubst du, er war ja nicht immer ein kranker Mann.

Es fiel mir schwer, mir meinen Vater als leichtsinnigen Frauenhelden vorzustellen; ich wollte es nicht und war wütend auf meine Mutter.

Warum sagst du solche Gemeinheiten über ihn, fragte ich heftig.

Weil es die Wahrheit ist, sagte meine Mutter. Die Wahrheit gibt es nicht, rief ich, vielleicht ist es deine Wahrheit, aber er würde sicher etwas anderes sagen!

Wenn er etwas sagen würde, ergänzte meine Mutter spöttisch, aber er hat sich ja das passende Leiden ausgesucht.

Hör auf! Ich war wütend und durcheinander, und ich verstand nicht, was plötzlich in meine Mutter gefahren war. Ich hatte mich immer gewundert, dass sie meinen Vater nie im Pflegeheim besuchte und so selten fragte, wie es ihm gehe, aber ich hatte nicht geahnt, dass sie so voller Hass und Bitterkeit war.

Meine Mutter klappte den Ordner mit den Artikeln zu und sagte mit sanfter Stimme, weißt du, Hannele, ich habe immer Angst um dich, Tag und Nacht, jede Stunde; ich versuche, es mir nicht anmerken zu lassen, aber ich kann nichts dagegen tun. Ich weiß, dass ich mich zu sehr einmische in dein Leben, ich weiß, dass es mich nichts angeht, mit wem du lebst, wen du liebst, mit welchen Männern du schläfst, ich will nur, dass es dir gut geht, dass dir nichts zustößt, verstehst du das, mein Kind?

In ihren Augen schimmerten Tränen, widerstrebend nahm ich ihre Hand, natürlich verstehe ich das, Mutter, es ist schon okay.

Aus dem Wohnzimmer ertönte das Aufheulen der Motoren. Das muss ich mir anschauen, sagte ich und flüchtete aus der Küche.

Die nächsten anderthalb Stunden saß ich neben Eddie und glotzte in die Kiste, es hatte was ungemein Beruhigendes, wie die Rennautos immer und immer im Kreis herum fuhren, als gäbe es nichts Wichtigeres auf der Welt.

Meine Mutter kam zwischendurch rein, stellte ein Tellerchen mit Nüssen und Pralinen auf den Tisch und schenkte Kaffee ein. Das Rennen ging aus wie jedes Mal: Michael Schumacher gewann, Zweiter war sein Bruder, Dritter Rubens Baricchello, Vierter David Coulthard; ich fragte mich, wieso die anderen Jungs überhaupt noch mitfuhren.

Also, ich geh dann, sagte ich, küsste Eddie auf die Wangen und ließ mich von meiner Mutter zur Tür bringen.

Ich liebe dich, sagte sie, ich dich auch, Mama, erwiderte ich.

Ich hatte mich noch immer nicht daran gewöhnt, dass Jo nachts nicht mehr neben mir lag, meistens lag ich ewig wach, bis ich in einen unruhigen Halbschlaf fiel, aus dem ich häufig hochschreckte.

Das Gespräch mit meiner Mutter ließ mich nicht los, endlich hatte ich begriffen, warum ihr meine Verbindung mit Jo so viel bedeutete: Sie hoffte, mir würde erspart bleiben, was sie mit meinem Vater durchgemacht hatte. Sicher ahnte sie längst, dass es zwischen Jo und mir keine Leidenschaft gab, und ohne Leidenschaft gab es keine Eifersucht, ohne Eifersucht kein Leid – das glaubte sie zumindest. Meine Gedanken kreisten um das, was sie mir über meinen Vater erzählt hatte, ich konnte nicht aufhören, daran zu denken; zwischendurch driftete ich immer wieder kurz weg.

Irgendwann wurde mein Körper schwer und schien zu schweben, ich sah mich durch den langen Gang gehen, der aussah wie im Computerspiel. Neugierig ging ich weiter, ich war ein bisschen ängstlich, weil niemand da war, der mich führte, aber ich wusste ja, dass es nur die Tiefen meines eigenen Unterbewussten waren, auf die ich mich zubewegte, was sollte mir schon passieren?

Diesmal landete ich gleich in meinem Elternhaus, wo gerade eines des Feste stattfand, die meine Eltern häufig gaben.

Das Haus war erfüllt von Licht und Lärm, irgendwo spielte eine Band, ich sah Ella, die am Boden kniete und die Schnalle ihres roten Lackschuhs schloss. Ich blickte runter auf meine Füße und stellte zufrieden fest, dass ich die gleichen Schuhe trug.

Wir streunten durchs Haus und tuschelten über die Gäste; Erwachsene beugten sich zu uns herunter, strichen uns über den Kopf und sagten, ihr seid aber groß geworden! Ich erkannte einzelne Gesichter, es waren Freunde meiner Eltern, Mitarbeiterinnen meines Vaters und ein paar von Mutters Kaffeetanten, wie mein Vater sie nannte, Freundinnen aus der Schulzeit, mit denen sie sich immer noch regelmäßig traf.

Ich mochte es, wenn das Haus voll war, dann hatten meine Eltern keine Zeit, sich um uns zu kümmern, und wir konnten unbeobachtet vom Buffet naschen und Mengen von Süßigkeiten essen.

Plötzlich sah ich meinen Vater, es versetzte mir einen Stich, weil er genauso aussah, wie ich ihn in Erinnerung hatte, strahlend und unwiderstehlich; er stand inmitten einer Gruppe von Leuten, gestikulierte und erzählte, die Frauen warfen die Köpfe in den Nacken und lachten, dabei zeigten sie blendend weiße Zähne und Kronen, die sie meinem Vater zu verdanken hatten.

Dann änderte sich die Szenerie. Ella und ich waren im ersten Stock, versteckten uns in der Besenkammer. Durch einen Spalt in der Tür konnten wir den Flur überblicken. Ella hatte eine riesige Schachtel Katzenzungen versteckt, die ihr jemand mitgebracht hatte. Jetzt holte sie die hervor, begann eine nach der anderen auszupacken und aufzuessen. Normalerweise stritten wir, weil sie mir nie etwas von sich aus abgab, zu meiner Überraschung bot sie mir die Schachtel an, und ich ließ eines der Schokoladenstückchen genüsslich auf der Zunge zergehen.

Von draußen hörte man wieder das Lachen einer Frau, klackernde Absätze kamen die Treppe herauf, schwerere Schritte dahinter. Ich drückte mich tiefer in die Besenkammer, weil ich fürchtete, meine Mutter könnte uns entdecken, aber es war nicht meine Mutter, sondern eine ihrer Kaffeetanten.

Sie steuerte das Badezimmer an, aber hinter ihr kam mein Vater die Treppe hoch und griff nach ihr, sie lachte und kreischte und versuchte, ihm auszuweichen, schau mal, die spielen Fangen, sagte ich zu Ella, und Ella sah mich aus dunklen Augen verächtlich an und sagte, du bist aber dumm.

Die Frau verschwand im Gästezimmer, mein Vater folgte ihr, und man hörte sie kichern. Mir war das unangenehm, ich fand, Erwachsene durften nicht so albern sein, also ließ ich Ella in der Besenkammer zurück und rannte die Treppe hinunter ins Wohnzimmer, wo die Band spielte und Leute tanzten.

Ich entdeckte meine Mutter, die in einer Ecke stand und mit einer ihrer Freundinnen sprach, sie wirkte bedrückt, aber als sie mich sah, lächelte sie und sagte, iss nicht zu viele Süßigkeiten.

An dieser Stelle verschwamm das Bild, alles drehte sich, und ich hatte das Gefühl, ich würde rückwärts durch eine Röhre gesogen. Ich kam wieder zu mir, lag benommen in meinem Bett und konnte mir nicht klar darüber werden, ob das alles ein Traum oder eine Erinnerung gewesen war.

Als ich meinen Vater das nächste Mal besuchen wollte, fing mich Professor Bassermann ab, der Leiter des Pflegeheims.
Lächelnd streckte er mir die Hand entgegen, ich wollte Ihnen nur gratulieren, Frau Walser.
Gratulieren, fragte ich verständnislos, wozu?
Der Zustand Ihres Vaters hat sich seit Ihrem Spaziergang rapide verbessert, es ist, als wäre ein Knoten geplatzt, er hat begonnen, die Mahlzeiten wieder mit den anderen Bewohnern einzunehmen, er sieht regelmäßig fern und nimmt sogar an Gruppenabenden teil. Er spricht immer noch sehr wenig, aber er nimmt seine Umgebung und seine Mitmenschen wahr.
Ich konnte es kaum glauben. Nach dem Spaziergang war ich so mutlos gewesen, dass ich meine Besuche erneut unterbrochen hatte, meine Kräfte waren einfach erschöpft gewesen.
Was bedeutet das, fragte ich aufgeregt, kann er wieder ganz gesund werden?
Der Professor wiegte den Kopf, das kann ich Ihnen nicht sagen, möglich ist alles.
Was kann ich für ihn tun?, wollte ich wissen.
Fordern Sie ihn, sagte er, aber überfordern Sie ihn nicht.
Ich fand meinen Vater mit ein paar anderen Patienten im Garten beim Boule-Spiel; sein Anblick löste noch mehr Erinnerungen bei mir aus; die Art, wie er leicht in die Knie ging, den rechten Arm erst nach vorne, dann nach hinten schwingen ließ und in einer schnellen Vorwärts-

bewegung die Kugel von sich schleuderte, versetzte mich in unseren Ferienort auf Mallorca, wo die Väter abends am Strand spielten und wir Kinder in Grüppchen dabeisaßen und mitfieberten.

Mein Vater war kaum zu schlagen gewesen, und alle Kinder hatten ihn bewundert, was mich mit unbändigem Stolz erfüllte.

Es ist die Mischung aus Kraft und Sensibilität, die einen guten Spieler ausmacht; man muss den Mut haben, der Kugel einen energischen Stoß zu geben, aber man muss genau zielen, damit sie nicht meterweit daneben landet.

Ich dachte an André; es waren genau diese beiden Eigenschaften, die mich an ihm faszinierten: Kraft und Sensibilität. In unseren Gesprächen hatte er sich verhalten wie mein Vater beim Boule-Spiel, er hatte seine Fragen einfühlsam formuliert und energisch platziert.

An ihn zu denken tat so weh, dass ich versuchte, es nicht zu tun, aber je stärker ich es versuchte, desto weniger schaffte ich es.

Jetzt setzte ich mich auf ein Mäuerchen und sah ihm zu, seine Bewegungen waren ebenso elegant wie früher, aber deutlich weniger kraftvoll, trotzdem schlug er seine Mitspieler um Längen. Ein Lächeln huschte über sein Gesicht, er sah auf und entdeckte mich; ich hob einen Daumen und rief, du kannst es ja noch, und er lächelte wieder und nickte.

Ich war so glücklich über diesen Moment, dass ich hoffte, Vater würde noch eine Runde spielen und ich könnte einfach sitzen bleiben und ihm zusehen, aber jetzt kam er auf mich zu, und ich bekam Angst.

Fordern Sie ihn, aber überfordern Sie ihn nicht, wie zum Teufel stellte der Mann sich das vor?

Hallo, Paps, sagte ich, schön, dich zu sehen.

Er sah mich prüfend an, als wollte er herausfinden,

ob ich sauer war wegen des verpatzten Spazierganges; schließlich war ich länger nicht mehr hier gewesen.

Ich bin übrigens nicht sauer, beantwortete ich die unausgesprochene Frage, und er schien erleichtert; aber ich habe eine Entscheidung getroffen, sagte ich.

Welche, fragte er.

Ich habe beschlossen, dich nicht mehr zu schonen, erklärte ich. All die Jahre habe ich keine Fragen gestellt, habe Rücksicht genommen aus lauter Angst, du könntest dich für immer von mir zurückziehen. Das ist vorbei. Ich will endlich mit dir sprechen, ich will dir Fragen stellen können, und ich will Antworten von dir, andernfalls werde ich nicht mehr kommen. Und wenn du dich von mir zurückziehst, dann ist das deine Entscheidung, ich werde es überleben.

Du warst nämlich schon eine ganze Weile tot, fügte ich in Gedanken hinzu, und auch das habe ich überlebt.

Mein Vater setzte sich bedächtig Richtung Teich in Bewegung, ich ging nebenher und schwieg, fürs Erste hatte ich genug gesagt.

Was willst du mich fragen, sagte er nach einer längeren Pause.

Vieles, sagte ich. Genau in diesem Moment fiel mir natürlich nichts ein.

Also, dann frag mich, forderte er mich auf.

Ich überlegte. Hast du ... na ja, interessiert es dich, wie ich lebe?

Ich denke schon, sagte mein Vater, auf jeden Fall sollte es mich interessieren.

Sollte es, sagte ich.

Dann erzähl mir was, bat er, und ich erzählte von den Proben.

Hast du das Stück mal gesehen, fragte ich, nein, sagte mein Vater, nie.

Es handelt von der Liebe und vom Verzicht auf die Liebe, sagte ich, es ist ein sehr schönes Stück.

Wir gingen ein Stück schweigend nebeneinanderher, und ich überlegte, ob ich es wagen könnte, ihm die Frage zu stellen, die mich am meisten beschäftigte. In den Stunden mit André hatte ich begriffen, dass man nur zwei Möglichkeiten hatte: weglaufen oder hinsehen.

Ich hatte mich fürs Hinsehen entschieden.

Also blieb ich stehen, nahm meinen Vater am Arm und sagte, ich muss dich etwas fragen, und es ist sehr wichtig für mich, dass ich eine Antwort bekomme. Bitte sag mir, welches Gefühl bei dir stärker ist: deine Trauer um Ella oder deine Liebe zu mir?

Mein Vater sah mich mit einem so entsetzten Blick an, dass ich sofort wusste, ich hatte einen Fehler gemacht.

Er sagte kein Wort, sondern begann zu laufen, zurück zum Haus, dabei stieß er kleine Laute aus, die sich zu einem heftigen Wehklagen steigerten, er taumelte den Weg entlang und ruderte dabei hilflos mit den Armen. Ich lief ihm nach, wollte ihn aufhalten, aber er schüttelte mich ab.

Vom Haus kam uns ein Pfleger entgegen, er stellte sich meinem Vater in den Weg, der jetzt um sich schlug und schrie. Mit Hilfe eines zweiten Pflegers wurde er in sein Apartment gebracht und erhielt eine Beruhigungsspritze; wenig später stand Professor Bassermann in der Tür und sah äußerst ungehalten aus.

Was haben Sie bloß mit ihm gemacht, um Himmels willen?

Es tut mir Leid, stammelte ich, er machte einen so stabilen Eindruck auf mich.

Worüber haben Sie gesprochen?, fragte der Professor.

Über meine Schwester, ich habe ihn gefragt, ob seine Trauer über ihren Tod stärker sei als seine Gefühle für mich.

Eine solche Frage würde schon einen gesunden Menschen aus der Fassung bringen, polterte Professor Bassermann, Sie können sich hier nicht als Psychologin aufspielen, Frau Walser, überlassen Sie das bitte unserem Fachpersonal.

Jetzt platzte mir der Kragen. Ihr Fachpersonal hat es in zehn Jahren nicht geschafft, meinem Vater zu helfen, fauchte ich ihn an, ich bin einmal mit ihm aus dieser verdammten Anstalt rausgegangen, und schon ging es ihm besser. Vielleicht habe ich jetzt einen Fehler gemacht, aber das ist immer noch besser, als überhaupt nichts zu machen!

Frau Walser, ich möchte Sie bitten, vor Ihrem nächsten Besuch Rücksprache mit mir zu halten, sagte der Professor kühl, und vielleicht lassen Sie etwas Zeit bis dahin vergehen.

Damit ließ er mich stehen und ging, ohne mir die Hand zu geben.

Ich blieb niedergeschlagen zurück, mein Vater lag inzwischen mit offenen Augen, aber völlig weggetreten auf dem Bett und atmete wieder ruhiger.

Ich ging zu ihm, beugte mich runter und flüsterte ihm ins Ohr, verzeih mir, Paps, ich wollte dir nicht wehtun.

Leise verließ ich sein Apartment.

Vielleicht genügt Liebe allein ja wirklich nicht, dachte ich, aber was, zum Teufel, bleibt uns dann noch?

André hatte das Bedürfnis, Bea ein Geschenk mitzubringen, als er sich nach der Stunde bei seinem Supervisor auf den Heimweg machte. Er hatte seinem Kollegen von Hanna erzählt, sturzbachartig waren die Worte aus ihm herausgeflossen, und nun fühlte er sich wie befreit. Sein

Supervisor hatte ihn abgemahnt und ihm einen ernsten Vortrag über therapeutische Verantwortung gehalten. Zu Andrés Erleichterung würde er aber auf eine Anzeige beim Berufsverband verzichten. Andernfalls hätte André eine Verhandlung vor dem Ehrengericht und schlimmstenfalls der Entzug seiner Zulassung gedroht.

In der Nähe war eine Confiserie, wo er 500 Gramm seiner Lieblingspralinen kaufte. Wenig später fiel ihm ein, dass Bea sich nicht viel aus Schokolade machte, er bremste das Fahrrad ab, öffnete die Packung und aß, auf der Straße stehend, hintereinander sechs Stück.

Nun hatte er kein Geschenk für seine Frau, er überlegte angestrengt, was ihr gefallen könnte, und stellte fest, dass er es nicht wusste.

Er aß noch vier weitere Pralinen aus der Packung, ohne Genuss und mit schlechtem Gewissen. In der letzten Woche hatte er zwei Kilo zugenommen, beschämende Kilos, die er sich aus Kummer angefressen hatte, wie früher als Kind. »Trauerkloß« hatten ihn seine Mitschüler gehänselt, weil er seinen Frust über Niederlagen in der Schule oder auf dem Sportplatz immer mit Essen bekämpft hatte.

Seit er erwachsen war, hatte er sich ziemlich gut im Griff, aber Trauer konnte seiner Selbstbeherrschung blitzschnell ein Ende bereiten.

Wütend packte er die Pralinenschachtel und feuerte sie in den nächsten Abfallkorb. Nein, er würde nicht noch einmal fett werden, vorher würde er wieder mit dem Rauchen anfangen. Er wollte gut aussehen, nicht für Bea, der war es nie wichtig gewesen, ob er ein paar Kilo mehr oder weniger wog. Nein, für Hanna. Auch wenn sie sich nie wiedersehen würden.

Der Gedanke an Hanna bohrte sich durch seinen Kopf, durch seine Eingeweide, ließ ihm keine Ruhe. Auch wenn er sich auf etwas anderes konzentrierte, wenn er einen Patienten hatte, ein Gespräch führte, las oder einen Film im Fernsehen ansah, immer begleitete ihn der Gedanke an sie, wie eine ferne Melodie, die ihm nur zwischendurch bewusst wurde, die aber immer da war.

Er kam an einer Buchhandlung vorbei und beschloss, dort nach einem Geschenk für Bea zu suchen. Aus Gewohnheit ging er zuerst in die Abteilung für Psychologie und Lebenshilfe, um zu kontrollieren, ob sein Buch vorrätig wäre. Er suchte im Regal unter »Sch« und fand ein Exemplar, das er unauffällig zu den Bestsellern legte, ganz oben auf den Stapel. Zum Schein studierte er noch ein wenig die ausliegenden Titel, dann ging er zur Rolltreppe. Während er nach oben fuhr, beobachtete er resigniert, dass eine Verkäuferin sein Buch entdeckte, den Kopf schüttelte und es ins Regal zurückstellte.

Er durchwanderte die Abteilungen für Reiseführer, hielt sich lange bei den Kochbüchern auf und sah sich einige Kalender an, kam dann aber zu dem Schluss, dass man in der Mitte des Jahres noch keinen neuen Kalender verschenken könnte, ohne sich lächerlich zu machen.

Schließlich landete er bei den Fotobänden. Er blätterte durch großformatige Folianten mit Bildern aus Afrika, Kunstfotografie aus den sechziger Jahren, Fotos von Babys, die in Kohlköpfe und Blütenkelche montiert waren, Fotos von Tänzern, Fotos von neuseeländischen Ureinwohnern ... nein, das war alles nicht das Richtige.

Ratlos sah er sich um und entdeckte schließlich den Katalog der Ausstellung »Akt in der Kunst des 20. Jahrhunderts«, die er verpasst hatte. Fasziniert betrachtete er die vielen unterschiedlichen Darstellungen des menschlichen Körpers, Fotos, Gemälde, Skizzen, Skulpturen – alle von großen Künstlern.

Es waren ästhetische, erotische, aber auch verstörende Bilder, die seine Fantasie anregten; sicher würden sie auch Bea gefallen.

Froh darüber, etwas Passendes gefunden zu haben, ließ André den Band in Geschenkpapier einschlagen und machte sich auf den Heimweg; in einer italienischen Weinhandlung kaufte er noch eine Flasche Brunello. Dass Karl die letzte alleine getrunken hatte, wurmte ihn immer noch.

Diese würde er heute Abend gemeinsam mit Bea trinken, sie würden gemütlich auf dem Sofa sitzen und den Katalog ansehen, würden sich unterhalten, und alles wäre wieder in Ordnung. Oder jedenfalls fast.

Als er zu Hause eintraf, hatte André sofort den Eindruck, aus seinem schönen Plan würde nichts werden.

Bea begrüßte ihn kühl. »Ich muss mit dir reden.«

Das konnte nur eines bedeuten: Karl hatte sich verplappert und ihr von der Puff-Episode erzählt. In Gedanken legte er sich eine Verteidigungsstrategie zurecht, aber wie sich herausstellte, hatte er sich geirrt.

Er folgte Bea in die Küche, wo eine geöffnete Flasche Prosecco stand, aus der Bea sich ein Glas einschenkte, einen großen Schluck nahm und sagte: »Mich hat heute ein Mann angerufen, der behauptet hat, du hättest ein Verhältnis mit einer deiner Patientinnen.«

»Wie bitte?« Andrés Überraschung war nicht gespielt, damit hatte er absolut nicht gerechnet. »Ähm ... wer soll denn das gewesen sein?«

»Er hat sich mir nicht vorgestellt«, sagte Bea, »leider hat er mir auch den Namen der Frau nicht gesagt.«

»Du hast ihm doch nicht etwa geglaubt?«

»Wieso nicht? Wäre doch durchaus möglich.«

André, der sich einigermaßen gefasst hatte, sagte

betont ruhig: »Es wäre möglich, wenn ich ein kopfloser Idiot wäre, der seine berufliche Existenz und seine Ehe für ein sexuelles Abenteuer mit einer Patientin aufs Spiel setzen würde. Hältst du mich für einen solchen Idioten?«

»Männer haben für ein sexuelles Abenteuer schon mehr aufs Spiel gesetzt«, sagte Bea.

»Ja, als man sich noch duelliert hat«, sagte André wegwerfend. »Ich bitte dich, Bea. Das war irgendeiner meiner Patienten, der betrunken oder verwirrt war. Ich habe vor kurzem eine Therapie beendet, weil ich den Mann nicht mehr ertragen konnte, vielleicht war es der.«

Je länger er sprach, desto mehr glaubte er selbst an das, was er sagte. Er war keiner dieser Idioten, die sich kopflos in ein Abenteuer stürzten. Wie lächerlich von Bea, so etwas zu glauben!

»Dass du mir so was überhaupt zutraust«, sagte er empört.

»Pascho, mein Guter«, sagte Bea mit vor Spott triefender Stimme, »pflegst du nicht zu sagen, der Mensch sei ein Abgrund?«

»Kann schon sein.«

»Na also.« Ihre Stimme wurde sachlich. »Hör zu, ich würde dir ja gern glauben, aber du kannst dir sicher vorstellen, dass ich ganz schön erschrocken bin.«

»Das verstehe ich«, sagte André, »aber ich finde, du solltest mich gut genug kennen, um zu wissen, dass meine Abgründe höchstens die Tiefe einer Weinflasche erreichen. Ach, übrigens, ich hab dir was mitgebracht.«

Er stand auf und holte den Katalog und den Wein, um zu signalisieren, dass er das Thema für beendet hielt.

Bea war offenbar bereit, die Sache auf sich beruhen zu lassen. Sie begutachtete die Flasche und lachte. »Das ist doch der gleiche wie der, den Karl neulich im Frust weggesoffen hat; das hat dir wohl keine Ruhe gelassen!«

Dann packte sie den Katalog aus. Sie blätterte in den Seiten und betrachtete aufmerksam die Bilder. André wertete ihr Schweigen als Interesse und freute sich, dass er offenbar wirklich das Richtige getroffen hatte.

Nach einigen Minuten hob sie den Kopf, sie sah bestürzt aus.

»Warum hast du mir nicht gleich einen Vibrator geschenkt?«

»Was soll das«, sagte er verwirrt, »was meinst du?«

»Du hältst mich doch offenbar für eine frigide alte Kuh, der man mit ein paar Bildern von Nackten auf die Sprünge helfen muss.«

»Wie kommst du bloß auf diese absurde Idee«, sagte André. »Das ist Kunst!«

»Kunst!«, wiederholte Bea verächtlich. »Du hast gehofft, die Bilder würden mich anmachen!«

»Du bist verrückt«, sagte André.

»Gib's doch zu!«, rief Bea.

»Und selbst wenn, was wäre schlimm daran? Wir sind verheiratet, wir dürfen Sex haben!«

Bea begann zu weinen. »Wir dürfen Sex haben?«, höhnte sie unter Tränen. »Wir müssen Sex haben! Weil sonst unsere Beziehung zerbricht, weil alles davon abhängt, ob ich Lust habe oder nicht, und unter diesem Druck habe ich natürlich keine Lust!«

André war ratlos. Er schenkte seiner Frau einen Kunstband, und sie bekam einen Nervenzusammenbruch – das war selbst für einen Psychotherapeuten schwer zu verstehen.

Er umarmte Bea. »Ist unsere Beziehung in neunzehn Jahren am Sex zerbrochen oder nicht?«

Bea schüttelte stumm den Kopf.

»Also, warum sollte sie jetzt daran zerbrechen?«

»Weil du jetzt in dem Alter bist, wo Männer Torschlusspanik bekommen«, schluchzte sie, »wo sie das Gefühl haben, sie müssten sich nehmen, was sie kriegen können. Schau sie dir doch an, die Typen, die sich ein Motorrad kaufen und eine junge Geliebte nehmen, weil sie's noch mal wissen wollen!«

»Schön, dass du dich so gut mit Männern auskennst«, sagte er mit liebevollem Spott, »aber vielleicht sind ja nicht alle Männer dumme, primitive Triebtierchen, die an nichts anderes denken als daran, ihr bestes Stück zu versenken?«

Bea musste gegen ihren Willen lächeln.

Und während er sie beruhigte und versuchte, ihr die Angst zu nehmen, war ihm klar, dass er ein verdammter Lügner war.

Ich kam mit einer Tüte Chips und zwei Dosen Bier ins Wohnzimmer, gleich würde das Remake von Der talentierte Mister Ripley im Fernsehen anfangen, in dem es zum Glück nicht um Liebe ging, denn was ich zurzeit überhaupt nicht ertrug, waren Liebesgeschichten. Wenn ich sah, dass Leute sich küssten, wollte ich hinrennen und sie auseinander zerren; warum sollten andere glücklich sein dürfen, wenn ich es nicht durfte?

Also sah ich mir nur Krimis, Thriller und Agentenfilme an, wenn's sein musste, auch mal einen Science-Fiction-Streifen. Nur Horror mochte ich überhaupt nicht, selbst der schlimmste Liebeskummer hätte mich nicht dazu gebracht, mich damit abzulenken.

Jo saß mit der Playstation am Boden und spielte irgendein dämliches Ballerspiel, dazu machte er Geräusche wie »zosch«, »plonk« oder »bamm«; ich wusste nicht, ob er mich nerven wollte oder es ihm so einfach mehr Spaß machte; er nahm keine Notiz von mir, auch nicht, als ich eine Dose Bier neben ihn stellte.

Der Film fängt gleich an, sagte ich, na und, gab er zurück und spielte weiter.

Ich dachte, wir schauen ihn uns zusammen an, du wolltest ihn doch immer mal sehen, versuchte ich es weiter.

Keine Lust, sagte er, ich stand da mit den Chips und meinem Bier und wusste nicht, was ich tun sollte, wir hatten uns noch nie darüber gestritten, wer den Fernsehapparat benutzen durfte, normalerweise schmiss Jo für einen guten Film jedes Videospiel weg.

Warum bist du so bockig, sagte ich verzweifelt, warum können wir kein vernünftiges Wort mehr miteinander reden?

Das weißt du genau, sagte Jo und machte »zong« und »paff«.

Auf dem Bildschirm explodierte irgendwas, und ich war kurz davor, die Bierdose in den Fernseher zu schleudern, aber es war mein Fernseher.

Es ist mein Fernseher, sagte ich.

Jo lachte höhnisch auf, und wenn schon, nutzt es dir irgendwas?

Im nächsten Moment knallte die volle Dose gegen seine Schulter, das Bier spritzte, Jo sprang mit einem Schmerzensschrei auf, die Spielkonsole fiel zu Boden, er stürzte sich auf mich und drückte mich auf die Matratze am Boden, sein Gesicht war ganz nah an meinem, und ich dachte, jetzt ist er endgültig verrückt geworden.

Du tust mir weh, rief ich, hör auf damit.

Was hab ich dir getan?, schnauzte Jo mich an.

Was hab ich dir getan, fauchte ich zurück und versuchte, mich aufzurichten, du drehst hier durch, und ich weiß nicht, warum.

Natürlich weißt du's, sagte er, du liebst mich nicht mehr, du liebst diesen Psychoheini, und ich ertrage deine Lügerei nicht mehr, aber damit ist jetzt Schluss, dafür habe ich gesorgt.

Er stieß meinen Kopf grob auf die Matratze und stand auf.

Was hast du?, fragte ich.

Breitbeinig stand er über mir und sah zu mir herunter. Ich habe seine Frau angerufen, sagte er, sie weiß jetzt Bescheid.

Du Arschloch, brüllte ich, zwischen uns ist überhaupt nichts, das bildest du dir nur ein!

Ach, lass mich doch in Ruhe, schnaubte er und setzte sich wieder vor den Fernseher, du kannst mir viel erzählen.

In meinem Kopf drehte sich alles, in welchem beschissenen B-Picture waren wir hier eigentlich?

Ich wollte sofort mit André sprechen, aber abends konnte ich ihn nicht in der Praxis anrufen, ich beschloss, es zu Hause zu probieren, wenn seine Frau abheben sollte, würde ich einfach wieder auflegen.

Ich stürmte aus dem Zimmer und flüchtete mich mit dem Telefon aufs Dach, One day I fly away, leave all this to yesterday, sang Nicole Kidman und tanzte über den Dachfirst des Moulin Rouge, um ein Haar hätte ich das Gleichgewicht verloren, ich klammerte mich am Kamin fest und wartete, bis mein Herz langsamer schlug.

Bei Gianni und Maria waren die Fenster dunkel, aus irgendeinem Grund beunruhigte mich das, vielleicht hatten sie sich schon gegenseitig hingemeuchelt. Ich überlegte kurz, was aus dem Kind werden sollte, und hoffte, dass jemand aus Giannis Sippe sich des Kleinen annehmen würde.

Ich tippte Andrés Nummer ein und ließ es elf Mal klingeln, aber niemand nahm ab.

Nervös überlegte ich, was sich dort wohl abspielen mochte.

Hatte sie ihn rausgeworfen? (Das wäre gut, dann wäre er frei!) Hatte sie ihm ein Messer in den Bauch gerammt? (Das wäre nicht so gut, dann wäre er vielleicht tot.) Hatten sie sich gestritten und versöhnten sich gerade im Bett? (Das wollte ich mir lieber nicht vorstellen.) Hatte sie ihm vielleicht gar nichts von Jos Anruf erzählt, weil sie den Anrufer für verrückt gehalten hatte? (Was ich davon halten sollte, wusste ich nicht.)

Ich überlegte, was ich André sagen wollte, falls ich ihn erreichen würde; ich könnte mich eigentlich nur für Jos Anruf entschuldigen und anbieten, seiner Frau persönlich zu erklären, dass wir kein Verhältnis hätten; vielleicht könnte ich ihn noch bitten, Jo das Gleiche zu erklären, und das wär's dann gewesen.

Wenn wir wenigstens ein Verhältnis hätten, dachte ich wütend. So viel Ärger für nichts. Für ein paar Küsse. Das war einfach ungerecht.

One day I fly away, leave all this to yesterday.

Tibor quälte uns mal wieder mit einem Psychospielchen: Wir sollten uns vorstellen, wir stünden in einer Telefonzelle, deren Tür nicht zu öffnen wäre, die Zelle würde sich unaufhaltsam mit Wasser füllen, wir hätten Geld für einen einzigen Anruf und sollten uns überlegen, wen wir anrufen wollten. Dann sollten wir die Szene spielen.

Die gewitzte Chris löste die Aufgabe auf ihre Weise; sie spielte zuerst, dass sie eine falsche Nummer wählte, dann versuchte sie pantomimisch, an der Telefonschnur hochzuklettern, das Dach des Telefonhäuschens abzuschrauben und mit dem Hörer die Glaswand einzuschlagen. Wir schrien vor Lachen, Tibor schmunzelte verkniffen.

Nach ihr war König Ferdinand dran, der eigentlich Tim hieß. Er bat darum, aussetzen zu dürfen, er fühle sich gerade nicht gut.

Tibor sagte ziemlich gereizt, auch Theaterarbeit ist Arbeit, ihr habt sowieso mehr Spaß als die meisten Leute, also nimm dich gefälligst zusammen, das ist schließlich dein Beruf!

Tim fügte sich und versuchte, die Szene schnell hinter sich zu bringen, er spielte, er riefe die Feuerwehr an und bäte um Hilfe.

Wo steht das Wasser?, fragte Tibor, und Tim sagte, an meinen Knien, es steigt aber weiter.

Tibor lachte hämisch und sagte, so billig mogelst du dich hier nicht raus, du rufst jetzt deine Freundin an, und das Wasser reicht dir bis zur Brust, klar?

Man konnte richtig sehen, wie schwer es Tim fiel, er war blass, und der Schweiß stand ihm auf der Stirn. Vielleicht hatte er ja Platzangst oder so, wir sahen uns viel sagend an, und ich überlegte, ob ich was sagen sollte. Tibor ging uns inzwischen allen auf die Nerven, ich hätte die anderen bestimmt auf meiner Seite gehabt.

Tim nahm sich sichtlich zusammen und stieg in die Szene ein; er nahm am Telefon Abschied von seiner Freundin (dabei kamen mir sofort die Tränen, ich heulte schon, wenn nur das Wort »Liebe« fiel), Tibor unterbrach immer wieder, verlangte mehr Intensität, mehr Dramatik, wollte »echte Gefühle«, wie er sagte, kein »Autokino«. »Autokino« war das Schlimmste, was er einem von uns vorwerfen konnte, das hieß, dass schlecht und schlampig gespielt wurde.

Tim machte kein Autokino, er spielte die Panik so perfekt, dass wir alle mit ihm litten, und erst als er zu Boden stürzte, wo er, nach Luft schnappend, liegen blieb, begriffen wir, dass er nicht gespielt hatte.

Scheiße!, rief Richy und rannte raus, um den Notarzt zu alarmieren, wir anderen stürzten zu Tim, legten seine Beine hoch und versuchten, ihm ein paar Tropfen Wasser einzuflößen; uns war nicht klar, was er genau hatte, wir kapierten nur, dass es ihm gar nicht gut ging. Am heftigsten bemühte sich die kühle Leonore um ihn, ein Blick auf ihre schreckgeweiteten Augen verriet mir, dass sich hier was angebahnt hatte.

Richy kam mit Adam zurück, der wütend aussah.

Wegen Tibors vieler Extrawünsche war er sowieso nicht gut auf ihn zu sprechen.

Es dauerte keine sechs Minuten, bis die Jungs vom Notdienst da waren, um Tim ins Krankenhaus zu bringen; Leonore bestand darauf, mitzufahren, und Adam bat sie, anzurufen, sobald es was Neues gebe.

Eine Stunde Pause, verkündete Tibor, und wir stürmten erleichtert aus dem Theater.

Bin ich froh, wenn das vorbei ist, stöhnte Kaja, der Kerl ist ein Sadist! Man kann ja echt 'ne Menge gegens Fernsehen haben, aber da rennen wenigstens nicht solche Hirnwichser rum, da geht's nur um die Quote, und keiner glaubt, er müsste sich auf Kosten anderer selbst verwirklichen!

Die anderen nickten zustimmend; insgeheim beneideten wir Kaja inzwischen alle um ihren Fernsehjob, der sogar verlängert worden war. Ich an ihrer Stelle hätte vielleicht sogar das Theater hingeschmissen und vermutete, dass sie auch nur wegen Richy blieb.

Wir setzten uns in ein Café und bestellten was zu trinken. Richy zündete sich eine Zigarette an; gib mir auch eine, bat ich, und er hielt mir das Päckchen hin, worauf Kaja schon wieder finster an mir vorbeiblickte.

Richy gab mir Feuer, und ich hielt demonstrativ seine Hand fest. Danke, sagte ich und lächelte ihn an, und er lächelte auf so eine Art zurück, dass ich plötzlich wusste, ich würde ihn doch noch rumkriegen.

Hat Tim eigentlich was mit Leonore, fragte ich in die Runde, die Jungs zuckten die Achseln, Kaja beugte sich vor und sagte mit Verschwörermiene, Tibor hat Leonore nach den Proben eine Weile regelrecht verfolgt, er stand sogar mal bei ihr zu Hause vor der Tür, und in ihrer Verzweiflung hat sie Tim gebeten, so zu tun, als sei er ihr Freund. Dabei hat's dann wohl wirklich gefunkt.

Uns ging ein Licht auf: Deshalb war Tibor heute so besonders widerlich zu Tim gewesen! Wir schimpften noch eine Weile auf den Menschenschinder, dann kehrten wir ins Theater zurück. Adam wartete auf uns; er sah ziemlich fertig aus.

Schlechte Nachrichten, sagte er, Tim hat irgend so ein seltenes Virus und fällt drei bis vier Wochen aus.

Was heißt das für die Proben?, fragte Dumain.

Umbesetzung, sagte Tibor, der offenbar seine Chance witterte, Tim loszuwerden.

Verschiebung, widersprach Adam, ich kann unmöglich jetzt eine Hauptrolle neu besetzen.

Und warum nicht, giftete Tibor; Adam sah ihn an, wie man ein nervendes Kind ansieht, und sagte, das habe ich dir gerade ausführlich erklärt, also hör jetzt bitte auf.

Tibor war sauer, Adam wandte sich wieder zu uns, ich muss euch für einen Monat freistellen, sagte er bedauernd, bei reduzierten Bezügen.

Das hieß im Klartext: weniger Kohle, bei meinem Gehalt also eigentlich keine Kohle mehr. Ich seufzte, das hatte mir gerade noch gefehlt.

Trotzdem ging ich zu Adam und umarmte ihn, es tut mir so Leid für dich, sagte ich und meinte es ehrlich.

Schon okay, sagte er, wir stemmen das Ding, das verspreche ich euch!

Wir holten unsere Sachen aus der Garderobe und standen kurz darauf vor dem Theater, von einem Moment zum nächsten hatten wir alle keinen Job mehr. Nur Kaja sah auf die Uhr und sagte, ich fahr gleich zum Dreh, dann kann ich vorher dort noch was essen. Sie küsste Richy flüchtig auf den Mund und lief hinunter in die U-Bahn.

Dann umarmten wir uns gegenseitig und versprachen zu telefonieren. Einer nach dem anderen machte sich auf den Weg, schließlich blieben nur Richy und ich übrig.

Gehst du mit ins Kino?, fragte ich, vielleicht gibt's 'nen Arbeitslosentarif.

Er lachte und sagte, okay.

In einigen Innenstadtkinos gab's schon um halb zwei die erste Vorstellung, wir klauten eine Zeitung und sahen nach, was lief.

Amores perros, schlug Richy vor, der soll ganz toll sein, aber ziemlich brutal, macht dir das was aus? Brutal macht mir nichts aus, sagte ich, nur schnulzig kann ich nicht ertragen, keine Sorge, lachte Richy, schnulzig ist der nicht.

Wir lösten zwei Karten, und ich kaufte Bier, richtige Arbeitslose trinken schon tagsüber Bier, erklärte ich, wir gingen in den Saal und setzten uns in die Reihe in der Mitte, die als Durchgang diente und deshalb den meisten Fußraum hatte.

Außer uns war niemand im Kino, offenbar gab's in unserer Stadt keine Arbeitslosen, jedenfalls keine, die tagsüber ins Kino gingen.

Ich musste kurz daran denken, wie ich neulich mit Jo im leeren Kinosaal gesessen hatte und er mir den »Ich-liebe-dich-Film« gezeigt hatte. Es war der letzte schöne Moment mit Jo gewesen, und doch hatte ich damals schon gespürt, dass die Schönheit nicht mehr echt war, sondern nur noch ein Nachhall von Vergangenem.

Die Werbung begann, wir setzten uns schräg auf unsere Sitze, legten die Beine hoch und lehnten unsere Schultern aneinander.

Der Film war brutal, traurig, schön und lustig, genau wie das Leben, nur mein Leben war nicht so, das war einfach nur traurig.

Irgendwann drehte sich Richy zu mir um und küsste mich, als wäre es jetzt endlich an der Zeit und wir hätten lange genug damit gewartet, und das fand ich auch.

Wir knutschten ziemlich heftig, es fühlte sich gut an, ich fuhr mit den Händen unter sein T-Shirt und befühlte die Muskeln, die ich schon immer bewundert hatte, und ebenso zielstrebig fuhr Richy mit den Händen unter mein T-Shirt und befühlte meine Brüste, als hätte er das auch schon länger vorgehabt.

Während sich auf der Leinwand Hunde beim Kampf zerfleischten, Menschen küssten und Autos ineinander krachten, landeten wir auf dem Boden vor unserer Sitzreihe, das farbige Licht von der Leinwand flackerte auf unseren Gesichtern, Musik und Geräusche hallten durch den leeren Kinosaal, und während wir uns die Klamotten wegrissen und ich rittlings auf Richy hockte, dachte ich, ja, das ist es, ich vögle mir André einfach aus dem Hirn, irgendwann werde ich ihn schon vergessen.

Ich vergaß André natürlich keine Sekunde; nicht, als ich auf Richy saß, nicht, als wir unsere Klamotten zusammensuchten, nicht, als wir uns vor dem Kino mit einem Kuss verabschiedeten und in verschiedene Richtungen davongingen.

In diesem Moment wurde es sogar ganz schlimm; ich fühlte mich mies und verkommen, ich hatte Richy benutzt und André verraten, und es hatte nicht mal was genutzt, weil ich André mehr vermisste als je zuvor.

Ich musste ihn anrufen, ich hielt es einfach nicht mehr aus. Es war überall so laut, dass ich mich nach einer ruhigen Ecke umsah, schließlich ging ich in die Toilette eines Parkhauses.

Auf dem Klodeckel sitzend, wartete ich; es war zwanzig vor vier, erst in zehn Minuten würde ich ihn erreichen können. Ich wühlte in meinem Beutel nach Bonbons oder Zigaretten, aber das Einzige, was ich fand, war ein zerdrückter Streifen Kaugummi, den ich in den Mund schob. Ich sprühte ein bisschen Eau de Toilette in die Luft, um den beißenden Uringeruch zu überdecken.

Die Zeiger meiner Uhr bewegten sich aufreizend langsam, jemand klopfte an die Tür und sagte, wie lange dauert's denn noch, verpiss dich, sagte ich.

Vierzehn vor, dreizehn vor, zwölf vor, ich fühlte mich plötzlich wie bei der Telefonzellenübung, ich stellte mir vor, dass gleich eine Fontäne aus dem Klobecken schießen würde, ekliges, schmutziges Wasser, das rasend schnell stieg, über meine Knöchel, meine Knie, meine Oberschenkel, die Tür wäre verschlossen, der Akku meines Handys fast am Ende, gerade noch genug Strom für ein letztes Telefonat, wen würde ich anrufen, was würde ich ihm sagen?

Elf vor, zehn vor, ich stand inzwischen auf dem Klodeckel, wählte mit zitternden Fingern Andrés Nummer, und als er sich meldete, rief ich in den Hörer: Hilfe!

Wer ist da, hörte ich André sagen und fasste mich wieder, ich bin's, sagte ich, war nur ein Scherz. Ich stieg wieder runter vom Klo.

Am anderen Ende blieb es still, André, sagte ich, bist du noch dran?

Ja, sagte er, ist alles in Ordnung, geht's dir gut?

Mir geht's super, sagte ich, der Mann, den ich liebe, will mich nicht, mein Freund dreht durch und macht komische Anrufe, ach ja, und arbeitslos bin ich seit heute auch.

Also, Jo, sagte André, das dachte ich mir schon.

Hast du Probleme mit deiner Frau gekriegt, fragte ich und hoffte, er würde sagen, ja, sie hat mich rausgeworfen, und jetzt sitze ich den ganzen Tag hier und warte, dass du kommst, aber er sagte nur, nein, ich konnte ihr alles erklären. Pause. Dann sagte er, brauchst du Hilfe, Hanna?

Wie man's nimmt, sagte ich, was ist im Angebot?

Sei nicht so bissig, sagte er, so kenne ich dich gar nicht. Ich besorge dir sofort einen Platz bei Doktor Rummler, oder bei einer Kollegin, wenn dir das lieber ist.

Ich will dich sehen, sagte ich.

Das geht nicht, gab André zurück.

Wieso geht es nicht?, begehrte ich auf, du bist nicht mehr mein Therapeut, ich bin nicht mehr deine Klientin, warum können wir uns nicht einfach treffen, Kaffee zusammen trinken und reden?

Ich glaubte einen Moment selbst an das, was ich sagte, es erschien so einfach, so nahe liegend, warum war ich nicht früher darauf gekommen?

Mach's mir nicht so schwer, bat André mit gepresster Stimme, bitte. Ich muss Schluss machen, mein nächster Klient kommt. Mach's gut, Hanna.

Es knackte im Hörer. Aufgelegt.

Ich riss die Klotüre so heftig auf, dass sie fast einer Frau an den Kopf geknallt wäre, stürmte aus dem Parkhaus und ins nächste Taxi. Ich wollte sofort nach Hause.

Wie war es möglich, dass jemand seine Gefühle einfach niederknüppelte, nur weil es nicht vernünftig war, ihnen zu folgen? Ich hatte genau gespürt, wie sehr André mich begehrte, wir waren längst zu Liebenden geworden, und nun wollte er es nicht mehr wahrhaben, der gottverdammte Feigling!

Scheiße, brüllte ich und hieb mit der Faust gegen die Lehne des Vordersitzes, na, na, sagte der Taxifahrer und schickte mir im Rückspiegel einen missbilligenden Blick.

Ich rannte die vier Stockwerke zu Fuß hoch, oben angekommen, war mir schwindelig. In der Küche stopfte ich ein paar Schokoladenkekse in mich hinein, aber es half nichts, mir wurde nur übel, weil ich ewig nichts Vernünftiges mehr gegessen hatte. Meine Hosen schlackerten mir schon um die Hüften. Ich hatte mindestens drei Kilo abgenommen.

Ich kochte Tee und versuchte, mich zu beruhigen.

Draußen auf dem Flur rumorte es, das musste Jo sein, er war die letzte Nacht und den ganzen Tag weg gewesen. Es polterte, offenbar war er über einen Stuhl gefallen, ich hörte ihn fluchen. Dann hörte ich eine zweite Stimme, eindeutig weiblich, und wie eine Cruise-Missile schoss ich raus auf den Flur.

Was ist hier los, fragte ich und stemmte die Hände in die Hüften wie unsere Hausmeisterin, wenn die Mülltonne wieder mal überquoll; Jo war vollkommen blau, er rappelte sich gerade hoch und versuchte, den Stuhl hinzustellen, der voller Klamotten hing und immer wieder umfiel.

An der Wand lehnte eine Punkerin, höchstens achtzehn und sehr hübsch, obwohl ihr Gesicht ziemlich verwüstet aussah. Sie schaute mich erschrocken an, Jo hat gesagt, ich könnte hier pennen; zu ihren Füßen kauerte ein kleiner Hund, irgendeine struppige Terriermischung, und daneben lag eine abgeschabte, olivfarbene Segeltuchtasche, in der sie offenbar ihren Hausstand mit sich herumschleppte.

Jo schaute auf, so fertig hatte ich ihn noch nie gesehen, er musste das gesamte Sortiment an Alkohol und Drogen drinhaben, das man in anderthalb Tagen auftreiben konnte.

Das ist meine Schwester, lallte er und zeigte auf mich.

Ich bin, verdammt noch mal, nicht deine Schwester, brüllte ich, und das Mädchen blickte verwirrt.

Kann ich jetzt hier irgendwo pennen, fragte sie und sah sich um.

Kannst du nicht, sagte ich unfreundlich, scher dich raus, und nimm deinen verlausten Köter mit, Hunde sind hier nicht erlaubt!

Es verschaffte mir eine eklige Befriedigung, unfreundlich zu dem armen Geschöpf zu sein, Hunde sind hier nicht erlaubt, und Liebe allein genügt nicht, nur damit du's weißt, und merk es dir für dein ganzes verdammtes Leben!

Verschreckt hob das Mädchen ihre Tasche auf und packte den Hund, der sich tief auf den Boden duckte und offenbar keine Lust hatte, das Lokal schon wieder zu wechseln. Komm, Duffy, lockte sie, wir hauen ab.

Jo wollte was sagen, aber ihm wurde schlecht, und er rannte aufs Klo, um zu kotzen.

Geschieht dir recht, brüllte ich ihm hinterher, das hast du von deiner Jetzt-zerstöre-ich-mich-selbst-dann-wirst-du-schon-sehen-Nummer, und irgendwelche Mädels werden hier nicht angeschleppt, damit das klar ist!

Ich brauchte einen Job und bat Bea um ein Treffen. Lass uns wieder in das Café mit dem Eierlikör gehen, schlug sie vor, das hat mir gefallen.

Wir kamen gleichzeitig an. »Wegen Todesfall geschlossen« stand in krakeliger Schrift auf einem Pappschild. »Unser geliebter Winni ist von uns gegangen, Beerdigung am Mittwoch um 12 Uhr auf dem Nordfriedhof.« Daneben klebte ein Foto. Es zeigte den betagten Kellner, der uns letztes Mal bedient hatte.

Oh, wie traurig, sagte Bea, er war ein so netter alter Mann, und er hatte so viel Würde.

Mir stiegen natürlich gleich wieder die Tränen in die Augen.

Lass uns da rübergehen, schniefte ich und zeigte auf eine Bar, die ein paar Meter entfernt auf der anderen Straßenseite lag, da gibt's zwar keinen Toast Hawaii, aber Bloody Mary. Ich glaube, so was brauche ich jetzt.

Wir setzten uns in eine Ecke und bestellten zwei Bloody Marys. Die überraschende Todesnachricht hatte uns beide in eine merkwürdig melancholische Stimmung versetzt, und wir vergaßen für einen Moment, weshalb wir verabredet waren.

Die letzte Beerdigung, auf der ich war, war die meines Vaters, erinnerte sich Bea, ist erst drei Jahre her, aber es kommt mir vor wie eine Ewigkeit.

Die letzte Beerdigung, auf der ich nicht war, war die meiner Schwester, sagte ich, meine Mutter fand, mit neun Jahren sollte man noch nicht auf Beerdigungen gehen. Wäre sicher besser gewesen, ich wäre hingegangen, dann hätte ich vielleicht kapiert, dass meine Schwester wirklich tot ist.

Tut mir Leid, sagte Bea mitfühlend, das ist schlimm, wenn man so was als Kind erlebt.

Geht so, erwiderte ich, das Schlimme ist eigentlich nur, dass alle Leute glauben, ich hätte deshalb eine Macke.

In jedem Leben gibt's doch Verletzungen, sagte Bea, wahrscheinlich haben wir alle 'ne Macke.

Du nicht, sagte ich spontan, du wirkst so ausgeglichen und strahlend, du bist bestimmt glücklich.

Bin ich auch, sagte Bea, und es klang irgendwie trotzig. Und du, bist du nicht glücklich?

Ich überlegte kurz, ob ich ihr von André erzählen sollte, aber dann ließ ich es lieber; immerhin war Bea verheiratet, vielleicht hätte sie nicht allzu viel Verständnis dafür gehabt, dass ich unbedingt einen verheirateten Mann wollte, der noch dazu mein Therapeut war. Das hätte ein ziemlich schlechtes Licht auf mich werfen können, und mir war daran gelegen, dass Bea mich mochte. Nicht, weil ich mir einen Job von ihr erhoffte, sondern weil sie mir so gut gefiel.

Die Beziehung mit meinem Freund geht gerade auseinander, sagte ich, deshalb geht's mir im Moment nicht so gut.

Komisch, sagte Bea, zurzeit scheinen sich mal wieder alle zu trennen, es gibt solche Phasen, muss an den Planeten liegen. Wie lange wart ihr zusammen?

Über zwölf Jahre, sagte ich, die Hälfte meines Lebens.

Ihr seid wahrscheinlich zu jung, sagte Bea, in dem Alter kann man sich noch nicht festlegen.

Wie lange bist du verheiratet?

Fast zwanzig Jahre, sagte Bea, auch die Hälfte meines Lebens.

Wahnsinn, sagte ich, so lange bleiben die wenigsten Paare zusammen.

Ist auch nicht immer ein Spaß, das kannst du mir glauben, lachte Bea.

Kann ich mir vorstellen, sagte ich, jeden Morgen neben demselben Kerl aufzuwachen, kann ja auch öde werden.

Das Aufwachen ist nicht das Problem, sagte sie lächelnd.

Was sonst, fragte ich?

Das ist zu kompliziert, sagte Bea, der das Gespräch offenbar zu persönlich wurde. Ich mochte solche Gespräche, alle anderen waren doch langweilig.

Ich glaube, die meisten Beziehungen scheitern am Sex, sagte ich, um beim Thema zu bleiben.

Wie kommst du darauf?, fragte Bea.

Na ja, räumte ich ein, bei mir ist es jedenfalls so, vielleicht bei anderen nicht.

Kann ja sein, dachte ich, dass Bea zu den Glücklichen gehört, die nach fast zwanzig Jahren noch guten Sex mit ihrem Mann haben, soll's ja geben.

Ich finde, die Bedeutung von Sex wird ziemlich überschätzt, sagte sie merkwürdig reserviert, in langjährigen Beziehungen kommt's doch auf ganz andere Dinge an.

Sie gehörte also nicht zu den Glücklichen.

Na los, sagte sie, konzentrieren wir uns auf die Arbeit.

Ich habe mir mal die kommenden Projekte angesehen und mit ein paar Regisseuren gesprochen, es gäbe da ein paar Möglichkeiten.

Was für Rollen sind es?, fragte ich neugierig.

Na ja, sagte Bea zögernd, es sind beides Leichen, die eine nackt, die andere angezogen. Bei dem Film mit der nackten Leiche ist vorher noch eine Liebesszene dabei, das sind dann zwei Drehtage.

Ich starrte sie an, dann fing ich an zu lachen.

Na, dann nehme ich doch die nackte Leiche, sagte ich, das scheint mir schauspielerisch die größere Herausforderung zu sein.

Die zahlen pro Drehtag 600 Euro, sagte Bea, das ist nicht schlecht für den Anfang.

Absolut nicht, sagte ich, es muss dir auch nicht peinlich sein, ich bin total froh über die Chance, und Liebesszenen machen mir nichts aus, was soll einem dabei schon passieren?

Als Bea sich von Hanna verabschiedet hatte, sah sie ihr noch eine Weile nach und beobachtete amüsiert, wie Hanna ein paar ausgelassene Tanzschritte machte und sich dabei in einer Schaufensterscheibe spiegelte.

Lächelnd drehte sie sich um und ging zu ihrem Wagen.

Sie mochte Hanna, die einfach drauflozuleben schien, sie war so direkt und wirkte, als hätte sie keinerlei Ängste. Bea spürte einen Funken Neid in sich; sie wäre gern mehr wie Hanna gewesen, fühlte sich aber eher wie eine vernünftige ältere Schwester.

Sie ließ den Motor an, irgendwas musste sie noch fürs Abendessen einkaufen, sie hatte Paul schon ewig versprochen, mal wieder Pizza für ihn zu machen, aber der

Hefeteig dauerte so lange, dass sie es nie schaffte. Also doch Pasta, dann aber wenigstens mit seiner Lieblingssoße aus Sahne mit Pilzen.

Wie die meisten berufstätigen Mütter litt sie unter einem chronisch schlechten Gewissen; obwohl sie überzeugt war, dass es für Kinder besser wäre, wenn ihre Mütter nicht den ganzen Tag zu Hause hockten, hatte sie doch immer gefürchtet, ihren Sohn zu vernachlässigen.

Während sie sorgfältig die Champignons auswählte, erinnerte sie sich an den Streit mit ihrer Mutter, als sie beschlossen hatte, wieder zu arbeiten. Irgendwann hatte sie begriffen, dass ihre Mutter nur deshalb so gegen ihre Berufstätigkeit wetterte, weil sie im Grunde bedauerte, selbst auf eine Karriere verzichtet zu haben. Von da an ließ sie sich auf diese Diskussion nicht mehr ein.

Durch Zufall hatte sie damals einen Job in einer Casting-Agentur gefunden; sie arbeitete sich von der Schreibkraft zur Assistentin und weiter bis zur Geschäftsführerin hoch. Nach einem Zerwürfnis mit ihrer Chefin stand sie vor der Wahl, sich einen neuen Job zu suchen oder sich selbstständig zu machen. Sie entschied sich für die Selbstständigkeit – auch, weil sie hoffte, mehr Zeit für Paul zu haben, was sich leider schnell als Irrtum herausstellte.

Unter ihrem Geburtsnamen Endres gründete sie ihre eigene Casting-Agentur, die heute – neben ihrer alten Firma – die wichtigste Adresse für die Film- und Fernsehbranche in der Stadt war. Bea war stolz auf das, was sie geschafft hatte, und es machte sie traurig, dass ihre Mutter es nicht anerkennen wollte.

Sie schob den Einkaufswagen zur Kasse. Vor und hinter ihr standen andere gehetzte Frauen, berufstätige Mütter wie sie, einige davon sicher alleinerziehend.

Mit einem gewissen Erstaunen machte Bea sich klar,

dass André und sie zu den Letzten in ihrem Bekanntenkreis gehörten, die noch nicht geschieden waren. Aber sie war beunruhigt; die Stimmung zwischen ihnen war gereizter als sonst, der Umgangston ungeduldiger. Bea war sicher, dass es mit ihrer Lustlosigkeit zu tun hatte, die sie seit langem zu verdrängen versuchte.

Es hatte immer Erklärungen gegeben; das Kind, Stress, Müdigkeit.

Sex schien so viel weniger aufregend als Erfolg, und Bea wurde immer erfolgreicher.

Manchmal war sie selbst erstaunt, dass sie kaum einen Gedanken an Sex verschwendete. Es war nicht so, dass sie nur ihren eigenen Mann nicht begehrte, sie begehrte überhaupt niemanden. Aber sie hatte nicht das Gefühl, dass ihr etwas fehlte.

Der eheliche Sex war so vorhersehbar, dass es Bea fast ein bisschen lächerlich vorkam. André und sie hatten ein funktionierendes Zusammenspiel entwickelt, aber es gab nichts Überraschendes mehr. Die Leidenschaft war zu einem Ritual geworden; was einst aus heftigen Gefühlen entstanden war, zelebrierten sie nun hie und da. Zunehmend selten, wie sie sich eingestehen musste.

Sie hatte sich damit arrangiert; das war eben der Preis für eine dauerhafte Partnerschaft. Man kann nicht alles haben, und Sex war das, worauf sie am leichtesten verzichten konnte.

Ich würde also die nackte Leiche im »Tatort« spielen, und davor würde ich mit Heino Ferch eine Liebesszene drehen. Man stelle sich vor: Heino Ferch, der aussah wie Bruce Willis und zu den Top-Schauspielern in Deutschland gehörte! Ich muss zugeben, ich war ganz schon nervös und überlegte, ob ich mich nicht besser für die angezogene Leiche ohne Liebesszene entschieden hätte.

Bea beruhigte mich, der Heino ist ein ganz Netter, sagte sie, mit dem wirst du keine Probleme haben, aber er vielleicht mit mir, sagte ich, ach Quatsch, lachte Bea, du wirst sehen, das wird total super.

Wir standen in der Agentur, ich hatte gerade Volker, den Regisseur, kennen gelernt, einen hektischen Typen, der ständig Bonbons kaute und sich mit der Hand durch die schulterlangen Haare fuhr. Er sah mich mit einem Blick an, als wollte er taxieren, wie leicht ich aus der Fassung zu bringen wäre; du wirst dich wundern, dachte ich, ich habe Tibor Nagy überlebt, mich bringt so leicht keiner mehr aus der Fassung.

Du hast abgenommen, sagte Bea, dünner solltest du nicht werden, sonst hast du keinen Busen mehr. Ich weiß schon, flüsterte sie mir zu, du hast Liebeskummer wegen deinem Freund, das zehrt.

Kann man sagen, seufzte ich und dachte, an mir zehrt noch einiges mehr, eigentlich ist es ein Wunder, dass ich überhaupt noch da bin. Ich nahm mir vor, Heino Ferch zuliebe lauter fette Sachen zu essen, Käsespätzle, Tortellini in Sahnesoße, Eis und Kuchen. Für die Kunst muss man Opfer bringen, auch das hatte ich bei Tibor gelernt.

Volker verabschiedete sich mit zwei Wangenküssen von mir, ich fand, das ging ein bisschen schnell, aber offenbar war das so üblich beim Fernsehen; bis dann, sagte er, ich freu mich auf die Arbeit mit dir.

Ich mich auch, sagte ich.

Als er weg war, sagte Bea, mach dir keine Sorgen, Volker ist in Ordnung; er hat ein paar ganz tolle Filme gedreht, und die Schauspieler mögen ihn. Er schätzt gute, handwerkliche Arbeit, ohne Psychoscheiß.

Da geht's ihm genau wie mir, sagte ich erleichtert.

Ich lass den Vertrag fertig machen, sagte Bea, und am Montag geht's los, sieben Uhr dreißig wirst du abgeholt, acht Uhr ist Maske, neun Uhr Drehbeginn. Nimm dir was zu lesen mit, lächelte sie, Dreharbeiten können mit ziemlicher Warterei verbunden sein.

Ihre Fürsorge rührte mich, es kam mir vor, als hätte sie mich am liebsten an der Hand genommen und persönlich ans Set geführt. In einer spontanen Aufwallung umarmte ich sie und bedankte mich überschwänglich.

Sie drückte mich kurz an sich, ist schon okay. Ich hab Mittagspause, wollen wir was essen? Oder nein, noch besser, lass uns 'ne Runde schwimmen gehen.

Bea fuhr ein altes Peugeot-Cabrio, hat mir mein Mann geschenkt, erzählte sie, damals, als wir uns kennen lernten, hatte er so eines.

Wie habt ihr euch kennen gelernt, wollte ich wissen. Ich bin ihm hinten reingefahren, sagte Bea. Wie, fragte ich verblüfft, absichtlich? Nein, natürlich nicht. Sie lachte.

Wenig später lagen wir am Fluss, unterwegs hatten wir Wurstbrötchen und Cola besorgt, eine Mittagspause, ganz ohne was zu essen, war nicht nach Beas Geschmack; mir wäre es egal gewesen, ich hatte keinen Hunger, aber Bea bestand darauf, dass ich ein ganzes Brötchen mit dick Wurst aß, denk an Heino Ferch, ermahnte sie mich.

War er sauer, fragte ich, wer, fragte Bea, na, dein Mann natürlich, als du ihm hinten ins Auto gefahren bist. Ging so, sagte Bea, ich glaube, wenn ich ein Kerl gewesen wäre, hätte er mir gerne eine reingehauen, aber wahrscheinlich hätte er's doch nicht getan.

Ich biss von meinem Brötchen ab. Verstohlen sah ich zu ihr rüber, sie war schlank, trotzdem sehr weiblich; natürlich sah man, dass sie vierzig oder ein bisschen drüber war, aber sie hatte sich gut gehalten. Ich hoffte, dass ich in ihrem Alter mal so wenig Cellulite an den Oberschenkeln haben würde.

Wie geht's mit deinem Freund, fragte sie unvermittelt.

Ich legte mein Brötchen zur Seite und nahm einen Schluck aus der Dose, dann fuhr ich mit dem Finger den Schriftzug »Coca-Cola« nach.

Er spinnt ziemlich, sagte ich, kommt nächtelang nicht heim, säuft und zieht mit irgendwelchen Mädchen rum.

Hat er eine andere?

Weiß nicht, sagte ich, wir sprechen nie über das, was wir machen, wenn wir allein unterwegs sind.

Klingt interessant, sagte Bea, vielleicht wäre das eine Lösung für viele Beziehungen.

Kommt darauf an, sagte ich. Willst du nicht wissen, was dein Mann macht?

Ich bin nicht sicher, sagte Bea, einerseits schon, andererseits, was ich nicht weiß, macht mich nicht heiß.

Aber was du vermutest, das macht dich superheiß, sagte ich, das schwöre ich dir!

Bea lachte, da könntest du Recht haben.

Wir schwiegen eine Weile, jede in ihre Gedanken versunken. Ich spürte die Sonne auf meinem Körper, sie fühlte sich an wie eine große, heiße Hand.

Irgendwann fragte ich, seid ihr euch treu, dein Mann und du?

Das will ich doch hoffen, sagte Bea.

Komische Antwort, dachte ich, schloss die Augen und seufzte, gibt's irgendwas Komplizierteres als die Liebe?

Ja, eine aus dem Japanischen übersetzte Gebrauchsanweisung für den Radiowecker, sagte Bea, wir kicherten wie die Teenies, und ich dachte, dass wir vielleicht Freundinnen werden könnten.

Jeden Morgen musste André sich überwinden, seine Praxisräume zu betreten und sich zu erinnern, was sich dort abgespielt hatte, genau hier, auf dem dicken, gewebten Berberteppich zu seinen Füßen. Immer wieder wanderte während des Tages sein Blick an diese Stelle, er hörte nicht mehr, was seine Patienten sagten, hörte immer wieder Hannas und seinen Atem, spürte ihren Körper in enger, verzweifelter Umarmung.

Der Gedanke, dass er sie nie wiedersehen sollte, traf ihn manchmal mit unerträglicher Wucht. Dann wollte er sie am liebsten sofort anrufen, aber er wusste, dass sie ihm ebenso wenig würde helfen können wie er ihr. Sie könnte ihn höchstens vollends ins Unglück stürzen.

Er versuchte herauszufinden, worin Hannas Faszination bestand und warum es so schwer für ihn war, sie nicht mehr zu sehen, aber seine Empfindungen waren so verworren, dass es ihm nicht gelang, sie zu ordnen.

Nur ein Gedanke tauchte in seinen Erinnerungen

immer wieder auf und löste eine beklemmende Mischung aus Erregung und Schuldgefühl in ihm aus: Er hatte sich von Hanna begehrt gefühlt. Das erste Mal nach langer Zeit hatte er gespürt, dass eine Frau ihn wollte, und das hatte ihn wehrlos gemacht.

Er hatte nicht gewusst, dass die Sehnsucht, begehrt zu werden, so stark in ihm war. Er hatte sich als Ehepartner gesehen, als Vater, als Therapeut, als Freund; aber nie als Liebhaber, als Mann, der von einer Frau begehrt wird, weil er ein Mann ist.

André fühlte sich einsam in seinem Kummer und seiner Verwirrung; das Gespräch mit seinem Supervisor hatte daran nichts geändert, eher im Gegenteil. Er wollte mit jemandem reden, der ihn auf andere Gedanken bringen würde, und verabredete sich mit Karl. Der hatte sich ohnehin schon beklagt, dass André sich so lange nicht gemeldet hätte.

Sie trafen sich wieder in der Bar mit den hübschen Bedienungen, es war inzwischen zu kalt, um draußen zu sitzen, deshalb zogen sie sich innen an einen kleinen Zweiertisch zurück. Karl bestellte wie immer Whisky, André Bier. Die braunhaarige Kellnerin, die von hinten ein wenig an Hanna erinnerte, stellte ein Schälchen mit Erdnüssen und Rauchmandeln dazu, die André entschlossen von sich wegschob.

Karl machte einen fröhlichen Eindruck; André hatte so seine Vermutungen über die Gründe. »Was Neues?«, fragte er unbestimmt.

»Was meinst du«, gab Karl grinsend zurück, »Job, Börse, Weiber?«

»In dieser Reihenfolge.«

»Job: nein, Börse: Lass uns über was anderes reden, Weiber: ja.«

Karl machte eine effektvolle Pause.

André ging auf das Spiel ein. »Erzähl schon«, drängte er.

»Also gut. Blond, fünfundzwanzig, Studentin der Journalistik, clever, aber nicht zu sehr. Du glaubst gar nicht, wie gut es tut, zur Abwechslung mal angehimmelt zu werden!«

André zuckte innerlich zusammen. Betont unbeeindruckt sagte er: »Wenn du's nötig hast.«

Karl warf sich nach vorne. »Wir haben es alle nötig, sage ich dir! Diese verdammten Powerweiber machen uns fertig, das siehst du an mir und Rena. Und an dir und Bea.«

»Was soll das heißen?«

»Bea sieht toll aus, ist garantiert eine perfekte Ehefrau und Mutter, ist supererfolgreich in ihrem Job und verdient vermutlich auch noch mehr als du. Neben so einer Frau kann man als Mann doch nur klein und hässlich werden und irgendwann in einem Mauseloch verschwinden.«

»Seh ich so aus?«

»Offen gestanden, ja. Du wirkst geschrumpft.«

»Danke, du sprühst vor Charme.«

»Dafür bin ich bekannt«, grinste Karl. »Aber im Ernst, Alter, du glaubst nicht, wie aufbauend es ist, wenn diese jungen Dinger bewundernd zu dir aufschauen und dir das Gefühl geben, ein toller Hecht zu sein. Plötzlich bist du nicht mehr alt, sondern erfahren. Was du für vorzeitige Resignation gehalten hast, interpretieren sie als Abgeklärtheit. Und da die jungen Kerle immer zu früh kommen, halten die Mädels dich auch noch für einen tollen Liebhaber.«

André sah ihn erstaunt an. »Ich wusste nicht, dass du so ein übler Macho bist.«

Karl hob theatralisch die Hände. »Das hat das Leben

aus mir gemacht. Genauer gesagt, das Leben mit Rena. Was glaubst du, warum ich sie ständig betrogen habe? Weil ich nicht klein und hässlich in einem Mauseloch verschwinden wollte. Liane macht genau das Gegenteil mit mir, bei ihr fühle ich mich groß und schön und bedeutend!«

»Machst du's dir nicht ein bisschen einfach? Du kannst doch Rena nicht die Schuld an deinen Seitensprüngen geben!«

»Mein halbes Leben habe ich versucht, ein netter Kerl zu sein und die Frauen zu verstehen; du siehst ja, wohin es geführt hat. Ich bin geschieden und werfe meiner Exfrau jeden Monat tausende hinterher. Karl, der Frauenversteher, ist tot, es lebe Karl, der Macho!«

»Das meinst du nicht ernst«, sagte André.

»Lern erst mal Liane kennen, dann wirst du sehen, wie ernst ich es meine«, erwiderte Karl.

»Ich bin nicht sicher, ob ich scharf darauf bin.«

»Du wirst platzen vor Neid. Ich kann ja mal fragen, ob sie eine Schwester hat oder eine nette Freundin.«

»Danke, kein Bedarf.«

»Das sehe ich anders. Ehrlich gesagt, glaube ich, du solltest mal ein Abenteuer haben. Ganz diskret, ohne dass Bea was davon erfährt. Du wirst sehen, das wirkt Wunder.«

»So, wie bei dir? Ich habe keine Tausender, um sie meiner Exfrau hinterherzuwerfen.«

»Das war eben mein Fehler, dass ich nicht diskret sein konnte. Würde ich heute anders machen, glaub mir.«

André fühlte sich zunehmend unwohl. Karl zog das Thema auf eine so triviale, primitive Ebene runter. Bei ihm ging es nicht um Sex oder Selbstbestätigung, bei ihm ging es um Liebe. Er hätte gern ernsthaft mit Karl über sein Problem gesprochen, aber dessen Sprüche nahmen ihm die Lust.

Karl hingegen schien immer mehr Gefallen an dem Thema zu finden, er hob die Hand und bestellte eine neue Runde Drinks, dann wandte er sich wieder André zu.

»Mal ehrlich, alter Freund, hast du in zwanzig Jahren wirklich nie eine Affäre gehabt?«

André kam sich so bieder vor, so langweilig und harmlos, als er den Kopf schüttelte und sagte: »Nein, nie.«

»Davon geträumt?«

»Na ja, schon.«

»Wann zuletzt?«

»Ist noch nicht so lange her.«

»Na bitte«, triumphierte Karl, »der Wunsch nach einer Affäre ist, moralisch betrachtet, nicht besser als die Affäre selbst.«

Dieser Satz traf André, das war genau der Gedanke, mit dem er sich herumquälte.

»Aber, du kannst doch Fantasie und Wirklichkeit nicht gleichsetzen«, sagte er.

»Für dich selbst mag es ein Unterschied sein«, erklärte Karl, »aber für deine Frau ist es fast ebenso verletzend, wenn du von einer anderen Frau träumst, wie wenn du sie hattest. Vielleicht wäre es besser, du hättest sie gehabt, dann könntest du aufhören, von ihr zu träumen.«

»Wen?« André fühlte sich ertappt.

»Na, diese Frau, mit der du dir eine Affäre gewünscht hast. Ich weiß ja nicht, wie sie heißt.«

»Hanna«, sagte André und erschrak; es war ihm einfach so rausgerutscht.

»Kenne ich sie?«, fragte Karl interessiert. Es war nicht zu übersehen, dass ihm die Wendung, die das Gespräch genommen hatte, Vergnügen bereitete.

»Wie weit ist es gegangen?«, wollte er wissen.

»Nicht sehr weit, aber trotzdem zu weit. Sie war eine Patientin.« André hatte das Gefühl, nun wäre es ohnehin egal. Es war so erleichternd, es auszusprechen.

Karl pfiff leise durch die Zähne. »Oh, oh, das ist natürlich brandheiß. War sicher besser, dass du die Finger davon gelassen hast.«

»Sicher«, sagte André. »Entschuldige mich kurz.«

Er stand auf und ging Richtung Toilette, aber auf dem Weg wurde ihm klar, dass er eigentlich ein Telefon suchte. Von Hanna zu erzählen, ihren Namen auszusprechen, hatte ihn so aufgewühlt, dass er glaubte, verrückt zu werden, wenn er nicht sofort ihre Stimme hörte.

Er warf alle Bedenken über Bord und wählte ihre Nummer, hörte Hannas Stimme, aber es war nur der Anrufbeantworter. Sie diktierte ihre Handynummer, aber bis er in seiner Jackentasche was zu schreiben fand, war es schon zu spät. Er hängte ein und blieb mit herabhängenden Armen stehen. So kraftlos hatte er sich in seinem ganzen Leben noch nicht gefühlt.

Die Dreharbeiten begannen mit einer Enttäuschung: Heino Ferch hatte abgesagt, mein Partner war nun ein unbekannter, aber angeblich sehr begabter Kollege. Na ja, dachte ich, dann kann ich mir 'ne Menge Aufregung sparen.

Vorerst passierte sowieso nichts. Ich saß fertig geschminkt im Bademantel herum und blätterte in Zeitschriften; auf das Buch, das ich vorsorglich mitgenommen hatte, konnte ich mich nicht konzentrieren.

Volker hatte mich auf diese euphorische Art begrüßt, die unter Filmleuten offenbar üblich ist: Küsschen links, Küsschen rechts, ich freue mich so, wie geht's dir denn, brauchst du irgendwas? Die Aufnahmeleiterin war ähnlich intensiv um mein Wohlergehen bemüht; ich hatte das Gefühl, allen war die bevorstehende Szene nicht sonderlich angenehm, und sie überspielten ihr Unbehagen mit dem übertriebenen Getue.

Gegen zehn, als ich aus Höflichkeit schon mehrere Tassen des bitter-sauren Kaffeemaschinengebräus getrunken hatte, das mir fast den Magen umdrehte, wurde ich zu einer Probe gerufen.

Die Aufnahmeleiterin führte mich ins Studio, wo ein Schlafzimmer komplett gebaut worden war; französisches Bett, Nachttische, Schrankwand, alles teuer wirkend, aber geschmacklos. Der Raum hatte nur zwei Wände, an der offenen Seite war die Kamera auf Schienen montiert, ungefähr zwanzig Scheinwerfer beleuchteten die Szenerie.

Eine Menge Leute rannten geschäftig herum; ich wunderte mich, was die alle zu tun hatten. Volker kam mir entgegen, nahm mich bei der Hand und führte mich zum Bett; leg dich mal rein, forderte er mich auf. Ich hockte mich ans Kopfende, die Knie angezogen. Gemütlich, was, sagte Volker, als wollte er mir das Bett verkaufen, das hier ist übrigens dein Partner: Er zeigte auf Richy, den ich durch die Dekoration auf mich zukommen sah.

Was machst du denn hier, fragte ich, er grinste mich fröhlich an und sagte, du bist nicht die Einzige, die Geld verdienen muss.

Tibor hat ihn mir empfohlen, schaltete sich Volker ein; er ist ein alter Freund von mir, ich habe als Regieassistent bei ihm angefangen. Ihr habt doch nichts dagegen, wenn er nachher beim Dreh zusieht?

Ich schnappte nach Luft.

Wenn Berowne und Rosaline sich finden, will ich dabei sein.

Dieses Schwein, jetzt hatte er es tatsächlich geschafft!

Ich überlegte kurz, ob ich protestieren sollte, aber das hätte extrem unprofessionell gewirkt, und vermutlich hätte es keiner verstanden, schließlich war Tibor unser Regisseur am Theater, warum sollte er sich nicht dafür interessieren, wie sich seine jungen Zöglinge vor der Kamera machten?

Ich fühlte, wie mir das Blut ins Gesicht schoss, als ich Tibor ins Studio kommen sah.

Du mieser Voyeur, du perverses Arschloch, dachte ich, verzog aber keine Miene; den Triumph, dass er merkte, wie sehr sein Auftauchen mich verunsicherte, wollte ich ihm nicht auch noch gönnen.

Alles fertig machen zur Probe, rief Volker, und die Mitglieder des Teams begaben sich an ihren Platz. Hier sind mir zu viele Leute, sagte Volker, jeder, der nicht unmittelbar mit dem Drehen zu tun hat, verlässt bitte das Studio. Einige Bühnenleute und Beleuchter trollten sich murrend; sie hätten zu gerne einen Blick auf meine Titten geworfen. Das wäre mir auch völlig schnuppe gewesen, der Einzige, der mich störte, war Tibor. Der hatte sich wichtigtuerisch neben Volker platziert und versuchte, sich den Anschein zu geben, sein Interesse wäre rein professioneller Natur.

Okay, sagte Volker, Richy und Hanna bitte ins Bett, für die Probe könnt ihr die Bademäntel anlassen. Es läuft, wie besprochen, ihr seid gerade mitten im Liebesspiel, es ist heftig und leidenschaftlich, der Höhepunkt naht – da klingelt das Telefon. Richy bremst Hanna ab, die ist sauer und dreht sich weg. Richy nimmt den Hörer ab, meldet sich und ist sichtlich geschockt von dem, was er hört. Alles klar?

Wir nickten und begannen, die Szene zu spielen. Wie von alleine landete ich wieder auf ihm, er berührte meine Brüste unter dem Stoff des Bademantels, ich packte seine Handgelenke, dann begann ich, mich rhythmisch auf ihm zu bewegen, und bemerkte, dass er eine Erektion bekam. Jetzt war die zum Glück von der Unterhose verdeckt, aber gleich beim Drehen sollte er nackt sein, weil man beim Griff zum Telefon seinen Hintern sehen würde, und da konnte er ja schlecht einen Slip tragen.

Wie stellst du dir das vor, flüsterte ich. Keine Ahnung, flüsterte er zurück, ich hätte nicht gedacht, dass es mir vor so vielen Leuten passiert. Vielleicht stehst du ja gerade drauf, wenn jemand zusieht, sagte ich. Kann schon sein, sagte er und grinste verlegen.

Das Telefon klingelte, Richy drehte sich weg, um den Hörer abzunehmen, ich sagte, ausgerechnet jetzt, und machte ein beleidigtes Gesicht, wie es das Drehbuch vorsah.

Sehr gut, lobte Volker, das probieren wir jetzt noch einmal, und dann drehen wir.

Bei der zweiten Probe markierte ich nur, damit Richy sich beruhigen konnte, aber es half nicht viel. Als gedreht werden sollte, zog er die Unterhose unter der Decke aus, und ich achtete darauf, dass niemand seine Erregung bemerkte.

Ich warf meinen Bademantel ab. Es war ein eigenartiges Gefühl, nackt, von Scheinwerfern hell erleuchtet, den Blicken der Umstehenden ausgeliefert zu sein. Mit dieser Verwandlung war ich plötzlich nicht mehr ich, Hanna Walser, sondern die Schauspielerin Hanna Duval in ihrer ersten Fernsehrolle.

Das Scriptgirl rief, tödlicher Anruf, – vier – eins die Erste, und ließ die Klappe runtersausen, ich zählte zwei Sekunden und legte los.

Sofort vergaß ich alles um mich her, sogar Tibor, so sehr ging ich in meinem Spiel auf. Fast hätte ich vergessen, dass wir einen Film drehten. Die Erinnerung an unseren Fick im Kino mischte sich auf verwirrende Weise mit der Szene, die Richy und ich spielten. Und die Tatsache, dass eine Kamera auf uns gerichtet war und wir aus zahlreichen Augen angestarrt wurden, erregte mich.

Super!, brüllte Volker, nachdem die Szene im Kasten war.

Richy war die ganze Sache irgendwann unheimlich geworden, seine Erregung hatte schlagartig nachgelassen.

Wir mussten alles noch zweimal wiederholen, dann wurde die Kamera umgebaut, und wir sollten die gleichen Bewegungsabläufe noch einmal machen; das Scriptgirl hatte kleine Skizzen angefertigt, um uns dabei zu helfen. Dieser Teil des Drehs war so technisch, dass der letzte Rest Erotik sich schnell verflüchtigte.

Nach etwas mehr als einer Stunde war die Szene abgedreht; wir schlüpften in die Bademäntel und gingen zu den Garderoben. Richy legte den Arm um mich, danke, sagte er, du hast mir sehr geholfen. Du mir auch, sagte ich und lächelte.

Vor uns tauchte Tibor auf und grinste schmierig.

Na, hast du gekriegt, was du wolltest, sagte ich und warf ihm einen verächtlichen Blick zu.

Ihr wart sehr gut, säuselte er.

Hol dir einen runter, dachte ich.

Ich warf die Garderobentür hinter mir zu, schlüpfte aus dem Bademantel und stellte mich unter die Dusche. Während das heiße Wasser über meinen Körper lief, verwandelte ich mich von Hanna Duval zurück in Hanna Walser.

Als ich mich abtrocknete, klopfte es an der Tür, ich bin's, rief Bea, und ich schloss auf.

Sie umarmte mich kurz, obwohl ich noch nackt war, und sagte, alle sind begeistert, du musst toll gewesen sein!

Na ja, war nicht so schwierig, sagte ich bescheiden und begann, mich anzuziehen.

Ich hoffe, es war dir recht, dass wir Richy besetzt haben, sagte Bea, ich dachte, es ist leichter für dich, wenn es jemand ist, den du kennst.

Es kann leichter sein, und es kann schwieriger sein, sagte ich, aber mit Richy war es okay.

Wär der nicht was für dich, fragte Bea lächelnd, ich finde ihn sehr süß; wenn ich so alt wäre wie du, würde ich schwach werden.

Ich finde ihn auch süß, sagte ich, aber du weißt ja, alles, was leicht zu kriegen ist, möchte man nicht haben.

Bea sah mich mit einem seltsamen Blick an, da hast du verdammt Recht, sagte sie. Ich würde dich gerne einladen, fuhr sie nach einer kleinen Pause fort, wir haben ein Wochenendhaus in den Bergen, eigentlich mehr eine Hütte, aber sehr gemütlich. Nächstes Wochenende fahren wir hin, gemeinsam mit ein paar Freunden, hättest du Lust?

Danke, sagte ich überrascht, sehr gern.

Nimm deinen Freund mit, forderte Bea mich auf, vielleicht tut euch die Abwechslung gut.

Mal sehn, sagte ich, er ist ein bisschen schwierig zurzeit.

Ein bisschen schwierig war stark untertrieben, Jo hatte angefangen, völlig zu spinnen; entweder er schwieg tagelang oder er überschüttete mich mit Beschimpfungen und Vorwürfen.

Manchmal wirkte er wie ein Vogel, den man aus dem Nest gestoßen hat, dann tat er mir Leid; aber oft war er so bösartig, dass ich mich nur wehren konnte, indem ich ebenso heftig zurückschoss. Dann schrien wir uns an, knallten die Türen, zogen uns schmollend in unsere Zimmer zurück, nur um wenig später wieder aufeinander loszugehen.

Auf eine seltsame Weise fand ich es befreiend, dass

wir uns endlich verhielten wie ein normales Paar, eifersüchtig und wütend, verletzt und verletzend; all die Jahre hatten wir nie gestritten, waren in dieser lähmenden Harmonie erstarrt gewesen, nur weil wir so abhängig voneinander gewesen waren.

Einmal, mitten im wütendsten Streit, als wir uns zitternd gegenüberstanden und anbrüllten, packte mich Jo, als wollte er mich schlagen, und im nächsten Moment lagen wir am Boden, aus Wut wurde Gier, und wir begannen wie die Verrückten zu vögeln. Danach schworen wir uns heulend unsere Liebe, und das erste Mal seit Wochen schliefen wir eng umschlungen ein.

An den folgenden Tagen gingen wir uns aus dem Weg, als hätten wir was Kriminelles gemacht. Ich sah ihn plötzlich mit anderen Augen, er war mir fremd geworden, manchmal hatte ich Angst vor ihm, und ich begriff, dass es zwischen uns tatsächlich zu Ende gehen könnte. Das löste in mir eine Panik aus, die ich noch nie erlebt hatte; am liebsten hätte ich uns beide für den Rest unseres Lebens in die Wohnung eingesperrt.

Das Irritierende war, dass Jo tatsächlich nichts von André wusste, trotzdem war er überzeugt davon, dass der Psycho-Doc an allem schuld wäre, und in gewisser Weise hatte er ja auch Recht, deshalb fühlte ich mich die ganze Zeit, als hätte ich Jo tatsächlich verraten. Gleichzeitig wünschte ich mir, ich hätte mit André geschlafen und es hätte sich nicht alles nur in meinem und Jos Kopf abgespielt.

Wir sind übers Wochenende eingeladen, sagte ich zu ihm, als wir uns das nächste Mal sahen, von meiner Casting-Agentin, in eine Berghütte.

Jo sah unwillig von der Batterie seiner Mini-Joints auf, die er sich für die nächste Partynacht drehte. Glaubst du, ich verbringe meine Freizeit mit alten Leuten?

Bea ist nicht alt, sie ist vierzig, sagte ich; vierzig ist alt, stellte Jo fest und leckte ein Zigarettenpapierchen an.

Vielleicht tut es uns gut, mal andere Leute zu sehen, versuchte ich es weiter; ich weiß nicht, warum mir plötzlich so viel daran lag, dass Jo mit mir käme, aber ich wollte es unbedingt.

Worüber soll ich mit denen reden, über Wechseljahrsbeschwerden?

Du Arschloch, sagte ich, mit dieser Einstellung willst du Regisseur werden, dich interessieren andere Menschen überhaupt nicht, du bist ein Autist.

Und du eine angepasste Schleimerin, gab Jo zurück, kriechst dieser Casting-Tante in den Hintern für 'ne winzige Scheißrolle, Leiche im Tatort, dass ich nicht lache.

Mit einer einzigen Handbewegung fegte ich die krummen kleinen Zigaretten vom Tisch, die Jo innerhalb der letzten halben Stunde gedreht hatte, und schrie, lieber die Leiche im Tatort als ein verhindertes Genie im Leben!

Das erste Mal in der ganzen Zeit war ich so verletzt, dass ich anfing zu heulen, ich hasste mich dafür, aber ich konnte es nicht verhindern; ich lief aus der Küche und in mein Zimmer, warf mich aufs Bett und weinte hemmungslos, über unsere verlorene Liebe, über die Demütigung, über das Gefühl, dass mir alles entgleitet.

Zu meiner Überraschung klopfte es irgendwann an der Tür, ich reagierte nicht, Jo kam rein und setzte sich aufs Bett, tut mir Leid, sagte er, du hast Recht, ich bin ein Arschloch.

Ich war so überrascht, dass ich aufhörte zu heulen, du kommst also mit, fragte ich, wenn du willst, sagte Jo, und ich fiel ihm um den Hals.

Vielleicht wird doch noch alles gut, dachte ich, Krise als Chance.

Mit unserem altersschwachen Opel, in den wir unsere ganze Kohle gesteckt hatten (leider hatte es für einen Ford Mustang nicht gereicht), schlängelten wir uns durch den Freitagabendverkehr Richtung Autobahn.

Ich fuhr, weil Jo sich mal wieder in den Kopf gesetzt hatte, mit der Videokamera andere Leute zu belästigen; an jeder Ampel filmte er in die Autos neben uns, gestresste Angestellte, gelangweilte Paare, Grüppchen aufgedrehter Jugendlicher in Wochenendstimmung. Die meisten lächelten und winkten, manche reagierten gar nicht, einige schimpften und drohten mit der Faust.

Hast du den gesehen, kicherte Jo und zeigte auf den Fahrer eines blank polierten Kleinwagens, der mit der Nase fast am Lenkrad klebte und wütend rübersah, als Jo ihn filmte. Fast hätte er seinen Vordermann gerammt, er machte eine Vollbremsung, Jo lachte laut, der Typ kurbelte die Scheibe runter und schrie, lassen Sie das gefälligst, sonst zeige ich Sie an, Sie verletzen meine Persönlichkeitsrechte!

Jo winkte ihm grinsend zu, ich gab Gas und scherte vor dem Kleinwagen ein. Hör auf, sagte ich, du kannst Leute nicht gegen ihren Willen filmen; klar kann ich, sagte Jo, das siehst du doch, außerdem kann der Typ sich geehrt fühlen, von mir gefilmt zu werden, irgendwann lässt er sich die Aufnahme einrahmen und hängt sie sich übers Bett.

Angeber, sagte ich, was ist überhaupt mit deinem Abschlussfilm?

Dreh ich in L.A., sagte er und richtete die Kamera auf mich, hab schon Kontakt aufgenommen.

Zu Stew und Betsy, sagte ich spöttisch, nee, zu Time Warner, gab Jo zurück, aber bei Stew und Betsy kann ich wohnen, da spar ich 'ne Menge. Ich hab schon bei Helen Hunt und Kevin Spacey angefragt, wegen der Hauptrollen, sieht ganz gut aus, wenn die ein Projekt mögen, arbeiten die auch mal umsonst. Könnte sogar sein, dass Kevin produziert, gemeinsam mit Warner.

Jetzt ist er restlos durchgeknallt, dachte ich und sagte, klingt ja toll, wie hast du das geschafft?

Man muss eben überzeugend sein, erwiderte er, während er mich immer noch filmte.

Hey, jetzt hör auf, sagte ich, das macht mich nervös.

Du bist doch Schauspielerin, gab er zurück, du musst die Kamera lieben. Wie heißt der Film, den ich grade drehe?

Keine Ahnung, sagte ich ungeduldig; wir hatten unser Spiel schon so lange nicht mehr gespielt, dass ich außer Übung war.

Gefährliche Freundin, sagte Jo.

Ich verdrehte die Augen. Melanie Griffith. Das war die, die sich wegen ihres Typen die Lippen hatte aufpumpen lassen und jetzt aussah wie Daisy Duck.

Ist 'ne Rolle für mich dabei, fragte ich; wo, fragte Jo, na, in deinem Abschlussfilm.

Jo schüttelte den Kopf, eher nicht, sagte er, ich will den Film international besetzen.

Na klar, das verstehe ich natürlich, sagte ich spöttisch. Ich nahm an, er war bekifft oder sonstwie bedröhnt, normal war das jedenfalls nicht.

Wir waren endlich aus der Stadt raus. Auf der Autobahn gab ich Vollgas, Popel-Opel brachte es immerhin auf hundertzwanzig KaEmHa. Jo warf eine Kassette ein, und Kurt Cobains Stimme machte den Soundtrack, während Jo wieder die Videokamera zum Einsatz brachte und den ersten Echtzeit-Autobahn-Roadmovie drehte. Nach ungefähr einer halben Stunde kam die Ausfahrt, danach ging es weiter auf der Landstraße. Durch die Erschütterungen blockierte der Rekorder, die Musik brach ab.

Scheiße, fluchte Jo und zog die Kassette raus, Bandsalat. Wir brauchen endlich Kohle.

Ich habe gerade 1200 Euro als Leiche verdient, sagte ich.

Ich rede nicht von Kleingeld, sagte Jo, ich meine richtige Kohle. Deine Mutter will uns ihre Anteile an dieser Feriensiedlung in Italien schenken; damit wir da Urlaub machen können, und als Geldanlage.

Was? Ich sah ihn entgeistert an. Diese superspießigen Ferienwohnungen? Kommt nicht infrage, da können wir ja gleich auf dem Campingplatz Urlaub machen, zwischen Gartenzwergen und Gasgrill!

Wir müssen ja nicht hinfahren, sagte Jo, wir vermieten die Dinger schön teuer, und irgendwann verkaufen wir sie.

Und wer kümmert sich um die Vermietung und die Verwaltung, fragte ich, das ist total viel Arbeit, darauf hast du garantiert keinen Bock!

Ach was, winkte Jo ab, das mache ich locker.

Von wegen, sagte ich. Nein, ich will das alles nicht, das ist doch bloß wieder so ein Trick von meiner Mutter.

Bist du bescheuert?, fuhr Jo mich an, das ist 'ne Menge Kohle!

Und 'ne Menge Ärger, sagte ich, du hast dich doch noch nie um irgendwas gekümmert.

Ich brauch das Geld aber!, fauchte Jo, und ich erschrak, gleichzeitig wurde ich wütend.

Hör zu, sagte ich ernst, ich will nichts gemeinsam mit dir besitzen.

Du hast sie wohl nicht alle, schrie Jo mich an, und wenn ich es will?

Das ist mir schnuppe, sagte ich kühl, schließlich ist es meine Mutter.

Halt an, brüllte Jo, halt sofort an.

Ich fuhr an den Straßenrand und bremste, Jo öffnete die Tür und sprang raus, bevor das Auto stand.

Ich ertrag dich nicht mehr, schrie er, du machst mich kaputt, du machst mein Leben kaputt!

Er rannte los, quer über eine Wiese, die Videokamera in der Hand; ich hatte nicht die Kraft, ihn aufzuhalten, die Autobahn ist nicht weit, beruhigte ich mich selbst, er kann nach Hause trampen, es wird ihm schon nichts zustoßen.

Meine Hände am Lenkrad zitterten, ich spürte mein Herz heftig hämmern, dieser Moment hatte etwas Endgültiges, ich fühlte, dass es mehr als Trotz oder Wut gewesen war, was Jo von mir weggetrieben hatte.

Warum erkennen wir nicht immer den Augenblick, in dem Liebe beginnt? Aber wir wissen immer, wann sie endet.

Du hasst mich dafür, dass du mich liebst, dachte ich, was soll ich dagegen tun?

André schätzte es nicht, wenn die Dinge nicht ihren gewohnten Gang gingen.

Die Wochenenden in der Hütte waren immer eine Familienunternehmung gewesen; früher waren sie zu dritt hingefahren, seit Paul seine Freizeit lieber mit Freunden verbrachte, nur noch zu zweit. Für das kommende Wochenende hatte Bea, ohne ihn zu fragen, nicht nur Karl und seine neue Flamme eingeladen, sondern auch noch irgendeine junge Schauspielerin, an der sie einen Narren gefressen hatte, und deren Freund.

Er wäre viel lieber mit Bea alleine gewesen; sie hätten lange Spaziergänge gemacht, auf denen nicht viel gesprochen worden wäre, er hätte gelesen und ein wenig von der Stille gefunden, nach der er sich sehnte.

Die ständigen zermürbenden Erinnerungen an Hanna hatten ihn ausgelaugt; wenn er ganz ehrlich zu sich wäre, müsste er sich eingestehen, dass er dieses Mal sogar am liebsten ohne Bea gefahren wäre. Stattdessen sollte er sich auch noch auf Fremde einstellen.

Das junge Mädchen und ihr Freund schienen außerdem gerade in einer Krise zu stecken; Bea hatte die Einladung unter anderem damit begründet, dass sie den beiden gerne helfen wolle. André fürchtete, aus diesem

Wochenende könnte eine Art Beziehungsworkshop werden, und darauf hatte er nicht die geringste Lust.

Aber Bea hatte eine Art, ihren Kopf durchzusetzen, die André keine Chance ließ. Zuerst gab sie vor, Verständnis für seine Einwände zu haben, dann wurden sie als geringfügig oder kleingeistig abgetan, und dann brachte sie ihn dazu, nachzugeben. Hinterher ärgerte er sich oft über sich selbst, was auf seine Stimmung schlug und dazu führte, dass er sich grollend in sich selbst zurückzog.

Je schweigsamer er war, desto mehr blühte Bea auf, und natürlich wirkte ihr Strahlen umso heller, je düsterer der Hintergrund war, auf dem es sich entfaltete.

André durchschaute diesen Mechanismus, aber es gelang ihm nicht, ihn zu durchbrechen. Er ahnte, dass es gefährlich wäre, das eingespielte Regelwerk einer langjährigen Beziehung infrage zu stellen.

Auch diesmal hatte er also nachgegeben. Bea überspielte während der Fahrt seine Einsilbigkeit, indem sie umso munterer von ihrer ersten Begegnung mit Zoé, Pauls neuer Freundin, erzählte.

»Ich weiß nicht, wer vorher aufgeregter war, sie oder ich«, sagte sie und lachte, » ich glaube, wir waren beide ziemlich erleichtert, als wir uns dann gegenüberstanden. Sie ist wirklich entzückend; ganz schmal, mit so braunen Rehaugen und einem aparten Gesicht, höflich und wohlerzogen, also, ich muss sagen, unser Sohn hat Geschmack!«

»Den hat er vom Vater«, sagte André, der bis dahin geschwiegen hatte.

»Ach ja?« Bea schien die zarte Ironie nicht bemerkt zu haben.

»Worüber habt ihr geredet?«, erkundigte er sich.

»Über das Berufspraktikum. Sie will in ein Sterbehospiz, stell dir vor!«

»Will sie Medizin machen?«

»Medizin oder Philosophie. Sie kann sich's aussuchen, ihr Notendurchschnitt liegt bei Eins. Sie ist irgendwie sehr ... ernsthaft. Ungewöhnlich für das Alter.«

André stellte wieder einmal fest, wie viel Bea bei einer einzigen Begegnung über jemanden in Erfahrung bringen konnte. Er bewunderte ihre Fähigkeit, mit Menschen ins Gespräch zu kommen; er selbst hatte diese Gabe nur bei seiner Arbeit.

»Sie wirkt irgendwie heimatlos«, erzählte Bea weiter. »Als ich sie fragte, wo sie sich am wohlsten gefühlt habe, sagte sie: ›Immer da, wo ich gerade bin.‹«

Eine Weile hingen beide schweigend ihren Gedanken nach. Dann fragte Bea: »Meinst du, er schläft schon mit ihr?«

André zuckte die Schultern. »Wenn er nach mir schlägt, nicht. Du weißt ja, was für ein Spätzünder ich war.«

Bea überging seine Bemerkung. »Er ist immerhin schon siebzehn. Aber ich bin mir nicht sicher, und er sagt ja nie was.«

»Es geht uns auch nichts an«, stellte André fest.

Bea sagte: »Ist doch komisch, dass Eltern sich nicht von ihren Kindern vorstellen können, dass sie Sex haben, und Kinder nicht von ihren Eltern.«

»Womit sie meistens richtig liegen«, bemerkte André lapidar.

»Ach, Pascho, lass uns nicht wieder damit anfangen, ich habe mich so auf ein entspanntes Wochenende gefreut.«

»Weißt du, seit wann du nicht mehr mit mir geschlafen hast?«, fragte André und erschrak über seinen gereizten Tonfall.

Bea hob die Schultern und ließ sie fallen.

»Ich sag es dir, seit fast zwei Monaten.« Er drehte kurz den Kopf in ihre Richtung. »Ich glaube, du versuchst, mich durch die langen Pausen zu einem Fremden zu machen.«

»Wie kommst du darauf?«

»Es ist die einzig vernünftige Erklärung.«

Wieder breitete sich zwischen ihnen diese ungute Spannung aus, die Bea in letzter Zeit häufiger wahrgenommen hatte. André war ungeduldiger geworden, fordernder, aber bisher hatte er sich jedes Mal wieder beruhigt; Bea hoffte darauf, dass es auch diesmal so sein würde.

»Hältst du es für machbar, dass wir dieses Wochenende miteinander verbringen, ohne weitere Diskussionen zu diesem Thema zu führen?«, fragte sie.

»Dafür hast du ja gesorgt«, stellte André spöttisch fest und lenkte den Wagen die steile, kurvenreiche Straße hoch, die zur Hütte führte. Die Wände dort waren dünn.

Hier draußen war der Herbst schneller gekommen als in der Stadt; rund um das Haus war der Boden von einer dicken Schicht Blätter bedeckt, die von den Bäumen ringsum abgefallen waren. Es wehte ein kräftiger Wind, Bea fröstelte, als sie aus dem Wagen stieg.

»Könntest du gleich die Heizung anwerfen?«, bat sie André, der mit seiner kleinen und ihrer großen Reisetasche im Haus verschwand.

Wie jedes Mal, wenn sie angekommen war, ging Bea die ausgetretenen Steinstufen in den Garten hinunter, wo sich einige Büsche und Stauden an den abschüssigen Grund klammerten. Sie setzte sich auf die rosenumrankte Steinbank vor dem Haus und blickte hinunter ins Tal.

Dabei dachte sie jedes Mal an ihren Vater, der die

Hütte als junger Mann mit ein paar Freunden gebaut hatte.

In fast allen Ferien war sie mit ihren Eltern hier gewesen; damals gab es auch in den Häusern ringsum Kinder, und sie als Einzelkind war glücklich über die Spielkameraden. Nicht zuletzt dieser Erinnerungen wegen liebte sie den Ort. Schon vor Jahren hatte ihr Vater ihr die Hütte überlassen; mit seinem Tod war sie endgültig in ihren Besitz übergegangen.

Auch André und Paul waren immer gern hergekommen; oft hatten sie für Paul Freunde mitgenommen, weil es in den anderen Häusern keine Kinder mehr gab.

Merkwürdig war, dass ausgerechnet sie, die sich immer eine große Familie gewünscht hatte, nur einmal schwanger geworden war. André gegenüber hatte sie immer so getan, als wäre ihr der Beruf wichtiger; in Wahrheit hatte es einfach nicht mehr geklappt. Manchmal war sie traurig darüber.

Sie hörte André in der Hütte rumoren; offenbar machte er Feuer. Mit einem leisen Seufzer stand sie auf und ging hinein, um alles für die Gäste vorzubereiten.

»Hier sind wir!«, ertönte Karls Stimme.

Strahlend und gut aussehend wie lange nicht, stand er in der Tür zur Wohnküche, einen Karton Rotwein im Arm, neben sich eine hoch gewachsene, junge Frau mit langem, blonden Haar, die unsicher lächelte.

»Sie müssen Liane sein«, sagte Bea. »Herzlich willkommen, wir freuen uns, dass Sie mitkommen konnten!«

»Vielen Dank für die Einladung«, sagte Liane und erwiderte Beas Händedruck.

Karl nahm Bea in den Arm und küsste sie auf beide Wangen, dann drückte er André an sich.

»Alles klar, alter Junge?«

»Alles klar«, erwiderte André und bedachte ihn mit einem beschwörenden Blick, der ihn daran erinnern sollte, dass er auch nach dem Genuss mehrerer Flaschen Rotweins kein Sterbenswort von dem ausplaudern sollte, was André ihm kürzlich über seine Patientin Hanna anvertraut hatte. Er hatte ihm dieses Versprechen gestern am Telefon abgenommen, und er hoffte, dass Karl sich daran halten würde.

André gab sich einen Ruck und reichte Liane die Hand. Sie war zweifellos attraktiv; von einer glatten, fast puppenhaften Schönheit. Schlank, mit üppigem Busen und langen Beinen, entsprach sie genau Karls Typ. Das Einzige, was nicht perfekt zu sein schien, war ihr linkes Ohr; es stand etwas ab und blitzte immer wieder zwischen den langen Haaren hervor.

»Schön, Sie kennen zu lernen«, sagte er, so freundlich er konnte.

»Ich freue mich auch«, erwiderte sie, »ich habe schon viel von Ihnen gehört.«

»Ihr wollt euch doch wohl nicht siezen!«, protestierte Karl. »Meine Freunde sind auch eure Freunde, und umgekehrt!«

»Nehmt doch Platz!«, forderte Bea die Gäste auf, und sie setzten sich um den alten Holztisch mit der geschnitzten Eckbank, die Bea immer ein bisschen kitschig gefunden, aus Pietät ihrem toten Vater gegenüber aber noch nicht ersetzt hatte.

Karl öffnete eine der Flaschen, die er mitgebracht hatte, einen spanischen Tempranillo von 1997.

»Uralt«, sagte er, »aus dem letzten Jahrtausend!«

Liane lachte auf, als habe er einen besonders guten Witz gemacht.

Bea brachte Gläser und servierte dünn geschnittene

Speck- und Käsescheiben auf einem Holzbrett, dazu frisches Fladenbrot.

»Und woher kennt ihr euch?«, fragte sie.

»Von einer Veranstaltung über moderne Architektur«, antwortete Liane, »ich arbeite neben dem Studium fürs Stadtmagazin und habe über den Abend berichtet.«

»Sie war so beeindruckt von dem kompetenten Hauptredner, dass sie gleich mit ihm essen gehen wollte«, erzählte Karl mit gespielter Selbstgefälligkeit.

»Ein Interview wollte ich machen«, verbesserte Liane, »der Vorschlag mit dem Essen kam von dir!«

»Den hast du aber auch nicht abgelehnt«, stellte Karl fest.

»Wer lässt sich die Chance entgehen, mit einem berühmten Architekten auszugehen«, sagte sie.

»Gut, dass du auch die Chance genutzt hast, mit dem berühmten Architekten ins Bett zu gehen«, sagte Karl grinsend.

»Aber, Karl!«, sagte Bea.

Liane lächelte wie eine Sphinx und ließ die Bemerkung unkommentiert.

André wurde nicht recht schlau aus ihr. Viele Leute glauben, Psychologen würden ihre Mitmenschen schneller durchschauen als Mitglieder anderer Berufsgruppen, aber das war leider ein Irrtum. Bisher wusste er nur, dass sie ihm nicht übermäßig sympathisch war, aber nichts anderes hatte er erwartet.

Karl füllte unermüdlich die Gläser auf; es gefiel ihm, dass das Gespräch sich um ihn drehte.

»Wisst ihr, dass ich für den Richard-Neutra-Preis vorgeschlagen bin?«, fragte er beiläufig in die Runde.

»Das ist einer der bedeutendsten Architekturpreise überhaupt«, ergänzte Liane.

»Klingt toll«, sagte Bea, »wer ist dieser Richard Neutra?«

Bea wartete ebenso gespannt wie André darauf, was Liane antworten würde.

»Neutra war ein gebürtiger Wiener, der 1923 nach Amerika emigrierte und Assistent von Frank Lloyd Wright wurde. Später wurde er einer der wichtigsten Architekten Amerikas. Seine Gebäude sind berühmt für ihre konsequent kubische Form, und er hat schon sehr früh ökologische und biologische Aspekte beim Bauen berücksichtigt«, rasselte Liane herunter.

Anerkennend tätschelte Karl ihr die Hand. »Du bist der lebende Beweis dafür, dass Blondinen nicht blöd sein müssen.«

André grinste in sich hinein. Seiner Meinung nach war sie der lebende Beweis dafür, dass sein Freund Karl mit dem Unterleib dachte. Der Rest war angelesen, das war nun wirklich keine Kunst.

»Herzlichen Glückwunsch«, sagte Bea, »wir freuen uns für dich.«

Warum sagt sie »wir«?, dachte André gereizt, als könnte sie meine Gedanken lesen und für mich mitsprechen.

Natürlich war ihm klar, dass Bea »wir« sagte, weil sie seit zwanzig Jahren »wir« dachte und »wir« lebte, und plötzlich war er neidisch auf all diese Männer, die einfach »ich« dachten und sich irgendwelche Blondinen griffen, um dem »wir« ihrer Ehefrauen zu entkommen.

Er stellte sich vor, wie Karl und Liane miteinander schliefen, die Macht der Jugend und die Faszination des Alters, für eine Weile würde diese Anziehung groß genug sein, um die beiden in der Illusion von Leidenschaft, ja, Liebe zu wiegen, und irgendwann würde eine neue Blondine kommen und Karl das Gefühl geben, noch immer jung und begehrenswert zu sein, und wenn er Glück hätte, würde ihn ein Herzinfarkt dahinraffen, bevor er das erste Mal abgewiesen werden könnte.

Bin ich etwa genauso?, dachte André erschrocken, habe ich schon angefangen, »ich« zu denken? Er hatte sich immer eine Menge darauf zugute gehalten, reifer zu sein als Karl. Plötzlich war er sich dessen nicht mehr so sicher.

Die Kuhglocke, die als Haustürklingel diente, gab einen blechernen Ton von sich.

»Da sind sie ja«, sagte Bea und sprang auf.

Karl schenkte noch mal nach, und sie tranken. Als sie die Gläser absetzten, war Bea zurückgekehrt, und André hörte, wie sie sagte: »Also, das ist mein Mann André, das sind Karl und Liane. Und das ist Hanna.«

Jetzt wusste ich, wen Bea gemeint hatte, als sie sagte, sie kenne jemanden, der aussehe wie Kevin Spacey.

Ich konnte nicht glauben, was ich sah. Da saß André, der Mann, nach dem ich mich verzehrte, und wie es der Zufall oder das Schicksal oder ein Gott mit wirklich bizarrem Sinn für Humor wollte, war er ausgerechnet der Mann von Bea!

Die Situation erschien mir so grotesk, dass ich um ein Haar in hysterisches Gelächter ausgebrochen wäre, nur ein Blick auf das entsetzte Gesicht von André bremste mich.

Du bist Schauspielerin, sagte ich mir, das hier wird dein schwierigster Auftritt, die größte Herausforderung, seit du einen Fuß auf eine Bühne gesetzt hat. Alles hängt jetzt von dir ab, also bring deine Gesichtszüge unter Kontrolle und lass dir um Himmels willen nichts anmerken!

Hallo, sagte ich und lächelte in die Runde, Bea führte mich zum Tisch, und ich drückte der Reihe nach die Hände von Liane, Karl und André.

Seine Berührung versetzte mir einen Stich; ich hoffte, wir würden es schaffen, die richtige Dauer für unseren Händedruck zu finden, denn schon der Bruchteil einer Sekunde länger könnte uns verraten, fürchtete ich.

Bea stellte ein Glas für mich auf den Tisch, Karl füllte es mit Rotwein, ich nahm mir vor, ganz wenig zu trinken, um einen klaren Kopf zu behalten.

Hanna ist eine sehr begabte Schauspielerin, sagte Bea, sie hat neulich ihre erste Filmrolle gespielt, und ich denke, es war nicht ihre letzte! Leider hat sie zurzeit Stress mit ihrem Freund, deshalb ist er nicht mitgekommen. Ich hoffe, du langweilst dich nicht mit uns alten Säcken, sagte sie lachend, na ja, du hast ja Liane als Verstärkung.

Ich warf einen kurzen Blick auf das platinblonde Busenwunder und wusste sofort, dass die nicht meine Verstärkung war, sondern meine natürliche Feindin.

Was war das denn für eine Rolle, eröffnete Liane die Unterhaltung; die Leiche im Tatort, sagte ich, worauf Karl lachte. Offenbar hielt er es für einen Witz.

Also, ein bisschen mehr war es schon, schaltete Bea sich jetzt ein, Hanna musste als Erstes eine Liebesszene spielen. Sie hat das übrigens ganz toll gemacht.

Das stelle ich mir sehr schwer vor, sagte André. Es war das Erste, was er sagte, seit ich den Raum betreten hatte. Seine Stimme klang rau.

Ich zuckte zusammen; es geht, sagte ich. Die Liebe zu leben ist bedeutend schwieriger, als sie zu spielen.

Bea bezog meine Äußerung offenbar auf Jo und tätschelte mir tröstend die Hand. André sah mich mit einem unergründlichen Blick an.

Als ich den Raum betreten hatte, war ihm das Blut aus dem Gesicht gewichen, jetzt hatte er wieder etwas

Farbe bekommen, aber seine Züge waren wie zugemauert. Offenbar hatte auch er beschlossen, so zu tun, als würden wir uns nicht kennen, und versuchte mühsam seine Fassung wieder zu finden.

Also dann, sagte Bea aufgeräumt und hob ihr Glas, trinken wir auf ein lustiges und entspanntes Wochenende! Wir folgten ihrem Beispiel, jeder stieß mit jedem an, auch André mit mir. Als unsere Gläser sich berührten, dachte ich, sie müssten uns in den Händen zerspringen.

Was ist das, dachte André, Zufall oder Fügung?

Verliebte neigen dazu, den Zufall zu negieren und solche Ereignisse für schicksalhaft zu halten. Er war kein Anhänger der Schicksalsgläubigen, aber dieses Zusammentreffen erschien ihm doch höchst erstaunlich.

Und das ist Hanna.

Karl hatte sofort geschaltet und André fragend angesehen. Der hatte unmerklich den Kopf geschüttelt. Aber nein, das war nicht die Hanna, von der er ihm erzählt hatte! Diese Frau hatte er noch nie im Leben gesehen.

Nachdem er sich vom ersten Schock erholt hatte, begann er zu überlegen, wie es zu diesem Zusammentreffen hatte kommen können.

Hatte Bea ihm nie von ihrer neuen Bekanntschaft erzählt? Hatte sie nie den Namen »Hanna« erwähnt? Oder hatte er mal wieder nicht zugehört, was Bea ihm ja häufig genug vorwarf?

Er selbst hatte Hannas Namen nie erwähnt, da war er ganz sicher; er nahm seine Schweigepflicht sehr ernst. Und offensichtlich hatten auch die zwei Frauen nicht über ihn gesprochen, oder nur nebenbei, sodass keine von ihnen gemerkt hatte, von wem die Rede gewesen war.

Da saßen zwei Frauen, die sich nach allen Regeln der Wahrscheinlichkeit nie hätten begegnen sollen, zwei Frauen, die Schwestern hätten sein können, so ähnlich erschienen sie ihm. Zwei Frauen, die er beide liebte, wie er in diesem Augenblick begriff.

Sein erster Gedanke war: Flucht. Aber Flucht war ausgeschlossen. Er fühlte sich in der Falle, in einer unerträglichen Lage.

Er würde eine groteske Komödie spielen müssen und baute darauf, dass Hanna kaltblütig genug wäre, dieses Spiel mitzuspielen. Genau genommen, traute er es ihr eher zu als sich selbst.

Sie wirkte ziemlich gefasst. Er überlegte kurz, ob sie dieses Zusammentreffen herbeigeführt haben könnte, aber dann verwarf er den Gedanken. Im nächsten Moment kam ihm die Idee, dass Bea womöglich längst etwas wusste oder ahnte und ihn auf die Probe stellen wollte. Er forschte in ihrem Gesicht, aber sie wirkte heiter und gelöst.

Nein, es war einfach nur ein verdammter Zufall, sonst nichts.

Die Liebe zu leben ist bedeutend schwieriger, als sie zu spielen.

Er hatte die Botschaft gehört, die in ihren Worten lag, und befürchtet, jeder am Tisch würde sie verstehen.

Hanna saß kaum einen halben Meter von ihm entfernt; hätte er den Arm ausgestreckt, er hätte sie berühren können. Bei den Sitzungen war der Abstand zwischen ihnen deutlich größer gewesen. Erst jetzt bemerkte er ein paar winzige Details an ihr, die ihm bisher nicht aufgefallen waren.

Ihr Haar war von feinen rötlichen Strähnen durchzogen und wurde von einem Wirbel aus der Stirn gehalten, ihre rechte Augenbraue war einige Millimeter kürzer als ihre linke, ein winziger Leberfleck saß unterhalb ihres rechten Ohres.

Er studierte sie ausgiebig und konzentriert, als könnte ihm das helfen, die Situation in den Griff zu bekommen. Er ertappte sich dabei, nach etwas zu suchen, das sein Missfallen erregen könnte; eine Hautunreinheit, eine unschöne Rötung, aber er fand nichts. Hanna war makellos, jedenfalls für ihn.

Die Unterhaltung plätscherte dahin, drehte sich um Hannas unterbrochene Probenarbeit, um Lianes Studium und ihre selbstverständlich vorzüglichen Noten, um Karls unschätzbare Verdienste für die am Boden liegende deutsche Architektur. Bea moderierte mit leichter Hand, stellte Fragen, bezog jeden in das Gespräch ein. Hätte André nicht die ungeheure Anspannung in seinem Körper gespürt, er hätte fast vergessen, dass die Situation hier alles andere als normal war.

Und dann bemerkte er plötzlich, wie glücklich er über das Wiedersehen mit Hanna war.

André zeigte Karl und Liane ihr Zimmer, das zwischen der Wohnküche und dem Bad lag.

Das zweite Gästezimmer war im unteren Stockwerk und hatte einen Zugang zum Garten. Schweigend gingen André und Hanna hintereinander die Treppe hinunter.

André legte Hannas Tasche auf das frisch bezogene Doppelbett, das sie eigentlich mit Jo hätte teilen sollen. Er erinnerte sich an ihre nächtlichen Ängste und wusste, dass ihr davor graute, in einem fremden Haus, allein auf dem Stockwerk, allein in einem Zimmer schlafen zu müssen.

»Tut mir Leid«, sagte Hanna und sah ihn Hilfe suchend an, »ich hatte keine Ahnung ...«

André seufzte. »Ich auch nicht.«
»Was machen wir jetzt?«
»So tun, als wär nichts. Oder hast du einen besseren Vorschlag?«
»Nein«, erwiderte Hanna.
Sie standen sich schweigend gegenüber.
André lächelte plötzlich. »Sag mir wenigstens, wie's dir geht. Kümmert sich jemand um dich?«
»Ich kümmer mich schon um mich selbst, keine Sorge.«
»Was ist mit Jo?«
»Chaos.«
Hanna schossen die Tränen in die Augen. Ohne sich zu bewegen, mit hängenden Schultern, stand sie vor André und sagte leise: »Du fehlst mir. Ich bräuchte dich so sehr.«
André schluckte. »Vielleicht finden wir eine Gelegenheit, miteinander zu reden, okay?«
»Okay.«
André wandte sich zum Gehen. »Bis gleich beim Essen. Bea ist übrigens eine tolle Köchin.«
»Bea ist überhaupt toll«, sagte Hanna seufzend, »das macht die Sache nicht gerade einfacher.«

Als André weg war, legte ich mich aufs Bett und dachte nach.

Das Beste wäre, sofort abzuhauen. Ein Notfall. Meinem Vater war etwas zugestoßen. Nein, besser meiner Mutter. Herzinfarkt? Gehirnschlag? Klang alles nach fauler Ausrede. Also Jo. Er hatte sich gemeldet, wollte sich versöhnen, ich würde zu ihm fahren.

Und André?

Der wäre wahrscheinlich heilfroh, wenn ich verschwinden würde, so wie die Dinge lagen.

Ich war in seine heile kleine Welt gestürzt wie ein Meteorit; nun saß er da oben mit seiner Frau, seinem besten Freund und dessen Geliebter, und alles hätte so schön sein können, wenn nicht ein Stockwerk tiefer die Sünde lauern würde, die Versuchung, vor der er immer weggelaufen war.

Plötzlich hatte ich überhaupt keine Lust, es ihm leicht zu machen. Das Feld zu räumen, damit er keinen Stress hätte. Ich nahm ihm immer noch übel, dass er mich fast aus der Praxis geworfen und am Telefon hatte abblitzen lassen.

Nein, ich würde bleiben. Was könnte mir schon passieren?

Ich ging in das kleine Bad neben meinem Schlafzimmer, wo kaum genug Platz für meine Schminksachen war, breitete alles auf dem Klodeckel aus und schminkte und frisierte mich so sorgfältig, als wollte ich zu den Salzburger Festspielen gehen. Dann zog ich eine enge Jeans und eine ziemlich durchsichtige Bluse an, die ich von meiner Tatort-Gage gekauft hatte. Neu, nicht secondhand.

Als ich in die Wohnküche zurückkam, war der Tisch gedeckt, überall brannten Kerzen, Bea und Liane standen am Herd und unterhielten sich, während Bea mit geübten Handgriffen das Essen zubereitete. Die Männer waren nicht da. Es sah nicht so aus, als wäre Liane eine große Unterstützung; ich nutzte die Chance, einen guten Eindruck zu machen, und fragte, ob ich helfen könnte.

Du kannst den Salat waschen, schlug Bea vor, und ich drängelte mich an Liane vorbei zur Spüle.

Weißt du, mich interessieren gleichaltrige Männer nicht, sie haben einfach nichts zu bieten, erklärte die gerade. Ich mag es, von einem Mann kultiviert ausgeführt zu werden, in einem anständigen Auto zu sitzen, im Restaurant nicht auf die Preise achten zu müssen. Das kann dir nur einer bieten, der nicht mehr von Bafög lebt.

Bea hörte sich den Schwachsinn geduldig an, während ich mich nicht beherrschen konnte.

Ich würde lieber selbst so viel verdienen, dass ich im Restaurant zahlen kann, warf ich ein.

Darum geht es nicht, erwiderte Liane, das könnte ich jederzeit. Aber ich hab keine Lust auf diese Studentenromantik, ich mag an Karl, dass er ein gestandener Mann ist.

Dass wir die Vorliebe für reifere Männer teilten, gefiel mir gar nicht, aber meine Motive waren wenigstens ehrenhaft; ich schätzte die Männer wegen ihrer Persönlichkeit, Liane wegen ihrer Brieftasche.

Deshalb beschloss ich, die Klappe zu halten, weil ich sonst nur Streit mit ihr bekommen würde.

Ich wusch sorgfältig den Salat, zupfte ihn klein und schleuderte ihn so lange, bis kein Tröpfchen Wasser mehr an den Blättern hing.

Ich weiß, dass ihr Rena sehr mögt, fuhr Liane zu Bea gewandt fort, es ist sicher nicht leicht für euch, mich zu akzeptieren.

Rena musste die Ex von Karl sein, kombinierte ich.

Ach, weißt du, ihr seid sehr verschieden, sagte Bea, man kommt nicht auf die Idee, euch so direkt zu vergleichen.

Ja, das macht es vielleicht leichter, sagte Liane.

Ich fing Beas Blick auf und musste grinsen. Das hatte nicht nach einem Kompliment für Renas Nachfolgerin geklungen.

Kann ich das Dressing machen?, fragte Liane, ich hasse es, wenn zu viel Öl dran ist.

Nur zu, sagte Bea, und ich bewunderte ihre Großzügigkeit. Wenn ich einen Ruf als Köchin zu verlieren hätte, würde ich den Teufel tun, jemand anderen das Salatdressing anrühren zu lassen.

Und, wie gefällt's dir bei uns, fragte sie mich, ist doch 'ne ganz schöne Ablenkung, oder?

Eine echt tolle Ablenkung war das, mit dem Mann, in den ich unglücklich verliebt war, und seiner Frau unter dem Dach einer Berghütte ein Wochenende zu verbringen, flankiert von einem großkotzigen Lebemann und seiner unsympathischen Gespielin. Wenn das ein Film wäre, dann einer von Robert Altman. Könnte mit Mord und Totschlag enden. Aber das war vielleicht der Unterschied zwischen dem Kino und dem wirklichen Leben, dass es im Leben nicht so unterhaltsam war.

Schön ist es hier, sagte ich, sehr gemütlich.

Was sagst du zu André? Hab ich zu viel versprochen?

Was ... meinst du?

Na, worüber haben wir neulich im Café geredet?

Ach so, sagte ich, Kevin Spacey ...

... genau. Ist doch 'ne irre Ähnlichkeit, oder? Wer ist denn eigentlich der Typ von dir, der auch so aussieht?

Ach, nur ein entfernter Bekannter, sagte ich, hab ihn schon länger nicht gesehen.

André und Karl kamen herein, sie trugen gemeinsam einen großen Weidenkorb voller Brennholz, den sie neben dem Kachelofen abstellten. Das müsste für eine Weile reichen, sagte André. Er sah mich nicht an, jedenfalls nicht, solange ich in seine Richtung sah. Erst als ich mich abwandte, spürte ich seinen Blick.

Essen ist fertig, sagte Bea.

Wir gingen zum Tisch, Karl setzte sich neben mich, André mir gegenüber.

Bleiben wir beim Tempranillo, fragte Karl und erntete zustimmendes Nicken, er füllte die Gläser, und schon wieder stießen wir an, als gäbe es jede Menge zu feiern.

Die Vorspeise war köstlich; kleine überbackene Pasteten mit Pilzen und Geflügelleber, dazu aßen wir den Salat, den ich viel zu sauer fand, aber er passte zu Liane, die sich nicht entblödete, in die Runde zu fragen, ob uns das Dressing schmecke, es sei ihre Kreation.

Ich hätte Karl küssen können, als er grinsend sagte: Macht nichts, Süße, dafür siehst du fantastisch aus!

Auch André lächelte, in diesem Moment trafen sich unsere Blicke, und ich spürte, wie ihm mein Herz entgegenflog, wie ich ihn wollte, mit einer Heftigkeit, die mich plötzlich ganz stark machte.

Ich muss um ihn kämpfen, schoss es mir durch den Kopf. Ich kann auf diese Liebe nicht verzichten. Wer weiß, ob mir jemals im Leben wieder eine begegnet?

Was läuft denn zurzeit im Kino, fragte Karl und sah mich an, das müsstest du doch wissen.

Amores perros, sagte ich, das war der Film, den ich zuletzt gesehen hatte, na ja, jedenfalls fast gesehen hatte.

Der soll furchtbar brutal sein, sagte Liane, so was tu ich mir nicht an.

Der Film ist toll, sagte ich.

Fand ich auch, sagte Karl überraschend.

Wann hast du den gesehen, fragte Liane; Karl zuckte die Schultern, irgendwann neulich.

Also, wir haben zusammen gerade Untreu gesehen, mit Richard Gere, verkündete Liane, als müsste sie betonen, dass Karl sonst nie ohne sie ins Kino gehe. Der hat mir gefallen, außer, dass ich nie einen Mann wie Richard Gere mit so einem Jüngelchen betrügen würde.

Die Leidenschaft geht verschlungene Wege, sagte Bea.

Kann man wohl sagen, dachte ich und warf einen verstohlenen Blick auf André, der es vermied, mich anzusehen.

Na ja, sagte Liane, wenigstens hat er den Kerl umgelegt, das war das einzig Richtige.

Karl wagte es tatsächlich, seiner Freundin ein weiteres Mal zu widersprechen; ich fand das blöd, sagte er, mich hätte viel mehr interessiert, wie er es mit seiner Frau wieder hinkriegt, nachdem ihre Affäre aufgeflogen war.

Ich vermutete, Karl hatte es mit seiner Frau nicht wieder hingekriegt, sonst würde er wohl kaum mit dem blonden Busenwunder hier sitzen.

Das hätte dich vielleicht interessiert, sagte Bea, und vielleicht noch mich, aber die meisten Leute wollen im Kino doch Action und nicht Psychologie.

Liane sagte mit wichtigtuerischer Miene, ich habe das Thema gerade für eine Artikelserie recherchiert, wusstet ihr, dass laut Umfragen die Hälfte der Frauen fremdgeht, und drei Viertel der Männer? Wenn man die Dunkelziffer einrechnet, betrügt im Grunde fast jeder seinen Partner.

Ist doch logisch, sagte André ...

... wieso ist das logisch, unterbrach Bea ihn scharf.

Lass mich doch ausreden, sagte André. Weil unsere Lebenserwartung so hoch ist, deshalb. Früher haben die Leute mit sechzehn geheiratet, waren mit dreißig alt und mit vierzig tot. Heute werden wir achtzig, neunzig. Da kann eine Ehe fünfzig Jahre dauern ...

... und welcher Mann kann schon ein halbes Jahrhundert lang treu sein, sagte Karl und grinste.

Und welche Frau, ergänzte Liane leicht gereizt.

Das Thema schien auf die Stimmung zu drücken, plötzlich schwiegen wir alle gleichzeitig.

Bea stand auf und sagte, ach Gott, ich muss ja nach dem Lamm sehen!

Sie öffnete das Bratenrohr, der Duft nach Thymian, Rosmarin und gebratenem Fleisch zog durch den Raum.

Fertig, sagte sie. Pascho, könntest du das Fleisch aufschneiden? Sie fing einen Blick von ihm auf und sagte, André, meine ich.

Er erhob sich und ging zu ihr. Nebeneinander standen sie am Küchentresen, André schnitt sorgfältig den Braten in Scheiben, Bea schmeckte das Ratatouille ab und ließ ihn kosten. Ich konnte sehen, dass die beiden schon tausend Mal so nebeneinander gestanden, gemeinsam gekocht und abgeschmeckt hatten. Ihr Anblick schnürte mir den Magen zu, ich wusste, dass ich keinen Bissen mehr hinunterbringen würde.

Entschuldigt mich, murmelte ich und verließ den Raum. Ich ging die Treppe hinunter in mein Zimmer und wählte Jos Handynummer. Mailbox.

Bitte ruf mich an, sprach ich flehend drauf. Bitte.

Ich öffnete die Tür, die nach draußen führte, und sah in den dunklen, fast schwarzen Himmel, der von Sternen übersät war. Ich atmete tief ein und aus, Bauchatmung, in der Schauspielschule gelernt. Die Luft war angenehm kühl, und es war so ruhig, als hätte jemand den Ton abgedreht.

Ich setzte mich auf eine Steinbank vor dem Haus und sah ins Tal, wo die Lichter der wenigen Häuser und das schwach erleuchtete Band der Straße zu erkennen waren. Hin und wieder konnte ich den Weg eines Autos verfolgen, aber viel war nicht los; ich war am Ende der Welt. Nicht allein, aber verdammt einsam.

Es ist ein Theaterstück, sagte ich mir wieder, du spielst eine Rolle. Wenn du diese zwei Tage überstanden hast, kann dir so schnell nichts mehr passieren.

Bea sah besorgt auf, als Hanna wieder hereinkam. »Alles in Ordnung mit dir?«

Hanna nickte. »Alles okay.«

Irgendwas stimmt nicht mit ihr, dachte Bea, sie scheint sich nicht wohl zu fühlen. Vielleicht war es der Streit mit ihrem Freund, oder sie mochte irgendjemanden am Tisch nicht. Bea tippte auf Liane, die Antipathie zwischen den beiden war ziemlich offensichtlich.

Das Gespräch drehte sich um Urlaubsziele; Karl prahlte mit seinem Golf-Urlaub in Südafrika, Liane hatte gerade eine Studienfahrt nach Warschau gemacht. André erzählte von ihrer Thailand-Reise im vorletzten Jahr; es waren die letzten gemeinsamen Ferien mit Paul gewesen, der seither mit Freunden verreiste.

»Ihr habt Kinder?«, fragte Hanna überrascht.

»Nur Paul«, sagte Bea, »hab ich dir nie von ihm erzählt?«

Hanna schüttelte den Kopf.

»Er würde dir gefallen. Vom Alter her würde er um einiges besser zu dir passen als wir.«

Bea betrachtete die beiden jungen Frauen, die rechts und links neben den zwei deutlich älteren Männern saßen, und dachte: Wir sind Vampire, wir saugen diese jungen Menschen aus. Karl berauscht sich an Lianes jungem Körper, ich berausche mich an Hannas jugendlicher Unbefangenheit. André tut so, als ließen die zwei ihn kalt, aber ich glaube ihm nicht.

Sie beobachtete ihn, der sich redlich bemühte, Liane zu unterhalten; Bea wusste, wie anstrengend er diese Art von Konversation fand. Gelegentlich sah er zu Hanna hinüber, die seinen Blick nicht zu bemerken schien; sie war in ein angeregtes Gespräch mit Karl vertieft, der wiederum von Liane nicht aus den Augen gelassen wurde. Bea fühlte sich plötzlich ausgeschlossen.

»Wie wär's mit Nachtisch?«, fragte sie und unterbrach damit beide Gespräche.

»Warte, ich helfe dir«, sagte Karl und stand auf, um ihr beim Abdecken zu helfen. Das war ungewöhnlich, sie führte es auf Hannas Anwesenheit zurück. Es war nicht zu übersehen, dass er Gefallen an ihr gefunden hatte.

Auch André schien Karls ungewöhnlichen Eifer bemerkt zu haben. »Was ist denn in dich gefahren?«, frotzelte er. »Du trägst doch sonst nicht mal einen Teller in die Küche.«

»Mach mich nur fertig«, gab Karl zurück, »ein Macho hält das aus.«

»Bist du denn einer?«, erkundigte sich nun Hanna und lächelte ihn an.

Sie kann ganz schön kokett sein, dachte Bea überrascht.

»Quatsch«, fuhr Liane dazwischen, »nur weil er männlich ist, muss er noch lange kein Macho sein. Dieser Begriff ist doch aus der Mottenkiste der Frauenbewegung.«

Schließlich standen alle auf, um Bea zu helfen. Hanna und André erreichten gleichzeitig die Spülmaschine und räumten gemeinsam das Geschirr ein; dabei stießen zwei Teller aneinander, von denen einer zerbrach.

»Entschuldigung«, sagte Hanna erschrocken.

»Das macht doch nichts«, sagte Bea und sah zu, wie ihr Mann die Scherben aus dem Geschirrkorb sammelte.

Bea schmiegte sich an André. Der viele Rotwein hatte sie träge gemacht, es war spät geworden.

»Sie gefällt dir, was?«

»Wer, Liane?«

»Nein, Hanna natürlich. Liane ist eine aufgeblasene Tussi, ich begreife nicht, was Karl an ihr findet.«

»Ich schon. Sie hat einen fantastischen Körper, und sie bewundert ihn. Genau das braucht Karl nach dem Tiefschlag von Rena.«

»Einen fantastischen Körper? Sie sieht aus wie eine Barbie-Puppe!«

»Reg dich doch nicht auf!«

»Ich reg mich nicht auf! Ich verstehe nur nicht, warum du sagst, sie hätte einen fantastischen Körper!«

André griff nach einem Buch auf dem Nachttisch.

»Und wie findest du Hanna?« So schnell ließ Bea nicht locker.

»Nett.«

»Nett? Sag mal, was ist eigentlich los mit dir?«, brauste Bea von neuem auf. »Du verteidigst diese blöde Gans, und Hanna, die wirklich interessant und faszinierend ist, findest du nett?«

André ließ das Buch sinken und drehte sich zu ihr um. »Sie sieht dir ähnlich.«

Beas Gereiztheit war plötzlich verschwunden. »Ja, merkwürdig, ich dachte es neulich auch, als ich uns beide im Spiegel sah.«

»Mmh.«

»Du bist ja mal wieder gesprächig.«

»Lass mich noch ein bisschen lesen«, bat André.

Bea legte die Arme um ihn. »Ich will mit dir schlafen«, flüsterte sie.

»Was?«

»Komm schon«, sagte Bea. Sie streifte ihr Nachthemd und sein T-Shirt hoch und drückte ihre Brüste gegen seinen Oberkörper.

»Ich kann nicht«, sagte André. »Nicht jetzt, nicht hier.«

»Warum nicht?«

»Ich kann einfach nicht.«

Bea zog das Nachthemd mit einer heftigen Bewegung

wieder runter. »Weil du an Lianes fantastischen Körper denkst, ja?«

»Blödsinn.«

»Heute hast du dich beschwert, dass ich zu selten mit dir schlafe! Warum willst du jetzt nicht?«

»Und warum willst du plötzlich?«

Bea funkelte ihn zornig an. »Weißt du, manchmal finde ich es wirklich zum Kotzen, mit einem Therapeuten verheiratet zu sein!«

Ich hatte die Tür meines Schlafzimmers nur angelehnt, weil ich ohne den Lichtschein vom Flur nicht würde schlafen können, und so hörte ich die Geräusche aus dem oberen Stockwerk.

Zuerst ging ein paar Mal die Badezimmertür, das Wasser rauschte, die Klospülung gluckerte, ich hörte die Stimmen von Bea und den anderen, dann war es eine Weile ruhig, und dann hörte ich, dass in einem der beiden Zimmer gevögelt wurde, ich wusste nur nicht, in welchem.

Ich lag auf dem Bett und starrte an die Decke, wo wie auf einer Leinwand ein Film ablief; Andrés Hände auf Beas Körper, Bea, die sich stöhnend unter ihm wand, Andrés Körper, der sich auf sie legte und in sie eindrang. Es war eine Qual, und gleichzeitig machte es mich geil.

Ein spitzer Schrei beendete den Film – das war eindeutig Lianes Stimme gewesen.

Es klang wie Hohn in meinen Ohren; Liane schrie sicher besonders laut, um allen zu zeigen, dass sie es war, die Sex hatte. Nicht Bea, die nach zwanzig Jahren Ehe sowieso keine Lust mehr empfand, nicht ich, die von ihrem Freund verlassen worden war, ich schon gar nicht.

André grub die Hände ins Kissen. Die Geräusche aus dem Nebenzimmer waren nicht zu überhören, sie kamen ihm vor wie eine höhnische Botschaft von Karl. Da siehst du, was du davon hast, schienen sie zu sagen, ich habe Sex mit einer schönen jungen Frau, und du liegst frustriert neben Bea und träumst von einer anderen.

Nur ein paar Meter von ihm entfernt lag Hanna, und doch war sie so unerreichbar für ihn, als wäre sie auf einem anderen Planeten. Der Abend war eine Qual gewesen. Er hatte sich mit aller Kraft darauf konzentriert, Hanna nicht wahrzunehmen, und doch war ihm ihre Anwesenheit in jeder Sekunde bewusst gewesen, wie ein Schmerz, der alles überlagerte.

Bea hatte sich nicht täuschen lassen. Sie hatte sofort gemerkt, dass es Hanna war, die ihm gefiel, und nicht Liane. Sie kannte ihn gut. So gut, dass er nicht geglaubt hätte, jemals das kleinste Geheimnis vor ihr haben zu können. Er hatte sich geirrt.

Und ausgerechnet jetzt wollte sie mit ihm schlafen. Aufgepeitscht von der Eifersucht auf eine andere Frau, deren jüngerer Körper eine Provokation darstellte.

»Wie kommt diese Tussi dazu, hier so rumzuschreien?« Bea schäumte vor Wut.

Erst Andrés Zurückweisung und jetzt diese offensichtliche Demonstration, das war zu viel.

»Morgen schmeiß ich sie raus«, fauchte sie.

»Du hast sie eingeladen«, stellte André nicht ohne Genugtuung fest, »jetzt badest du es aus.«

»Wir könnten früher zurückfahren. Weil irgendwas mit Paul ist.«

»Lass dich doch von so einem Mädel nicht aus der Fassung bringen«, sagte André beschwichtigend.

»Das musst du gerade sagen!«, fauchte Bea und zog sich die Decke über die Ohren.

Als ich aufwachte, war es elf. Von oben kamen keinerlei Geräusche, außer mir war offenbar niemand im Haus. Ich duschte und zog mich an, dann packte ich meine Tasche. Im Licht des neuen Tages besehen, gab es nur eines, was ich tun konnte, nämlich so schnell wie möglich abhauen.

Ich betrat die Wohnküche, wo ich einen Zettel von Bea vorfand.

Guten Morgen! Wollten dich nicht wecken, kommen gegen Mittag wieder. Nimm dir Frühstück und Kaffee! Umarmung, Bea.

Nachdem ich am Abend vorher kaum was runterbekommen hatte, fühlte ich mich jetzt schwach vor Hunger; ich musste was essen, bevor ich losfuhr. Ich bestrich eine Scheibe Brot mit Butter und Marmelade und mischte mir Kaffee mit Milch; mit der Tasse in der einen und dem Brot in der anderen Hand ging ich auf den Balkon.

Am Himmel zogen ziemlich schnell Wolken entlang, es war windig, aber sobald die Sonne durchdrang, wurde es angenehm warm. Ich lehnte mich an die Brüstung und sah hinunter ins Tal. Es war wirklich schön hier, die verfärbten Blätter an den Bäumen, die herbstliche Luft, die Ruhe, aber es kam mir vor, als wäre diese Art Schönheit für Menschen reserviert, die ein gewisses Alter erreicht hatten und wussten, wohin sie gehörten. Ich war noch nicht reif für so viel Beschaulichkeit.

Ich ging wieder rein, stellte die Tasse auf den Tisch und schrieb auf die Rückseite von Beas Nachricht: Danke für alles, musste leider zurück, Jo braucht mich. Alles Liebe, Hanna.

Ich warf einen letzten Blick auf den Platz, wo gestern André gesessen hatte.

In diesem Moment hörte ich das Klappen der Haustür.

Mist! Ich hatte keine Lust auf langwierige Erklärungen, vor allem aber hatte ich keine Lust, André noch mal zu sehen; ich wollte ihn am liebsten überhaupt nie mehr sehen.

Ich überlegte kurz, ob ich über den Balkon abhauen sollte, aber meine Reisetasche stand im Flur, neben der Haustür. Noch bevor ich zu einem Entschluss gekommen war, öffnete sich die Tür, und André kam mit Einkaufstüten in beiden Händen herein.

Guten Morgen, Hanna, sagte er und lächelte mich scheu an.

Guten Morgen, erwiderte ich und wollte mich an ihm vorbei auf den Flur drücken, ich muss leider in die Stadt zurück, sagte ich, mach's gut.

Er blieb stehen und versperrte mir den Weg, kannst du mir mit den Einkäufen helfen?

Hast du nicht gehört, sagte ich, ich fahre zurück, lass mich vorbei.

Was ist los, wieso haust du jetzt plötzlich ab?

Du hast echt Nerven, sagte ich aufgebracht, was soll ich denn hier?

Ich dachte, wir wollten miteinander reden? André stellte die Tüten ab.

Worüber sollen wir reden, sagte ich wütend, darüber, dass deine Vernunft stärker ist als dein Gefühl, dass du nichts riskieren willst, dass du ein verdammter Feigling bist?

Auch darüber, wenn du willst, sagte André ruhig.

Hör auf mit deiner Scheiß-Therapeutennummer, schrie ich, du bist nicht mehr mein Therapeut und ich nicht mehr deine Patientin!

Ich drängte mich an ihm vorbei und lief aus dem Haus, weg von der Hütte, weg von André. Mein Atem ging stoßweise, mein Herz trommelte wild, erst nach einer Weile kam ich wieder zur Besinnung; wenn ich hier weiterliefe, würde ich immer tiefer in den Wald kommen, mich verirren und nie mehr herausfinden; ich drehte also um und ging zurück.

Warum benahm ich mich wie ein dummes Kind wegen dieses Kerls?

Ich hasste ihn, und ich hasste mich, und während ich mir ausmalte, wie schön es sein würde, wenn ich ihn endlich vergessen hätte, sah ich, wie er mir entgegenkam. Ich ging einfach weiter; als wir auf gleicher Höhe waren, wollte ich blicklos an ihm vorbei, aber er blieb vor mir stehen.

Hanna, sagte er. Nur: Hanna. Und im nächsten Augenblick lag ich weinend in seinem Arm, klammerte mich an ihn, küsste seinen Hals, sein Gesicht, spürte seine Hände und wusste, dass es keinen Sinn hatte, vor ihm weglaufen zu wollen.

Bea war immer noch wütend gewesen auf André, als sie aufgestanden waren, und sie hatte das Bedürfnis verspürt, ihn für ein paar Stunden nicht zu sehen. So hatte sie sich Karl und Liane angeschlossen, die eine Wanderung machen wollten. Gegen zehn waren sie aufgebrochen und kehrten nun, gut drei Stunden später, zurück.

Bea hatte sich fast nur mit Karl unterhalten. Liane hatte nach einer Weile resigniert und die meiste Zeit geschwiegen. Bea fand, das wäre die gerechte Strafe für ihre nächtliche Aufführung.

»Hallo, wo seid ihr?«, rief sie, als sie die Hütte betraten.

Ihr Blick fiel auf Hannas Reisetasche und auf die Einkaufstüten. Eine war umgefallen, Obst und Gemüse waren herausgerollt.

»Ich lege mich ein bisschen hin«, verkündete Liane und konnte gar nicht schnell genug im Schlafzimmer verschwinden.

»Ich komme mit«, sagte Karl und lächelte Bea entschuldigend zu.

Bea räumte die Einkäufe auf, dabei bemerkte sie Hannas Nachricht auf dem Tisch. Wieso war Hanna abgefahren, wenn draußen noch ihre Tasche stand? Bea konnte sich keinen Reim darauf machen.

Sie räumte die Spülmaschine aus, dabei sah sie durchs Küchenfenster, wie Hanna und André auf die Hütte zukamen.

Ein merkwürdiges Gefühl beschlich sie; die zwei wirkten sehr vertraut miteinander. Aber wie war das möglich, sie hatten sich doch gestern erst kennen gelernt?

Als sie näher kamen, sah Bea, dass Hanna verheult aussah; ihre Schminke war verschmiert, die Haare zerzaust. Bea ging an die Haustür. Die beiden sahen überrascht auf.

»Ihr seid schon zurück?«, sagte André.

»Wie du siehst. Kann mir mal einer erklären, was hier los ist?«

Hanna fuhr sich mit den Händen durch die Haare. »André hat sich gerade als Therapeut betätigt. Er musste sich meine Leidensstory mit Jo anhören.«

Bea fühlte sich seltsam erleichtert. Das erklärte alles. Sicher hatte Jo angerufen, Hanna hatte überstürzt gepackt und wollte gerade losfahren, als André vom Einkaufen zurückgekommen war.

»Hanna war so aufgeregt, dass ich sie nicht fahren lassen wollte«, sagte André. »Ich habe ihr angeboten, einen Spaziergang zu machen und zu reden.«

»André hat mir sehr geholfen«, sagte Hanna, »aber jetzt muss ich fahren.«

»Kommt nicht infrage«, sagte Bea, »du bleibst hier. Du brauchst doch mal Abstand von dem ganzen Chaos; der Junge macht dich ja ganz verrückt!«

Sie wollte Hanna an sich ziehen, Hanna zuckte zurück.

»Lass sie«, sagte André, »das muss sie selbst entscheiden.«

»Natürlich«, sagte Bea verunsichert, »ich meine nur, ich würde mich sehr freuen, wenn du bleiben würdest, Hanna.«

»Ich kann nicht«, sagte Hanna. Sie umarmte Bea flüchtig und ohne sie anzusehen, reichte André die Hand und sagte mit gepresster Stimme: »Danke für alles.«

Dann riss sie ihre Reisetasche an sich und lief hinaus zum Auto. In das Geräusch des aufheulenden Motors hinein sagte Bea besorgt: »Hoffentlich passiert nichts.«

Die Straße verschwamm vor meinen Augen, ich lachte und weinte gleichzeitig; ich hatte die Musik so laut gedreht, wie es überhaupt ging, und sang, nein schrie den

Text mit: It's not a secret anymore, now we've opened up the door, we are lovers, not just friends, things will never be the same again ...

Immer wieder schnupperte ich am Ärmel meiner Bluse und an meiner Handinnenfläche, wo sein Duft noch zu ahnen war, ich sog ihn tief ein, bis ich glaubte, jedes Molekül in mich aufgenommen zu haben.

Es begann zu regnen, ich schaltete die Scheibenwischer ein, irgendein Teil von mir fuhr das Auto, der Rest erlebte die letzten Stunden immer und immer wieder. Jedes Detail, jeden Blick, jedes Wort, jede Berührung, jeden Seufzer. Den Waldboden, der auf uns zustürzte, unsere Münder und Zungen, den leichten Geschmack von Blut, Andrés Hand in meinem Nacken, unsere ineinander verschlungenen Beine, die Bäume über uns, und darüber den Himmel. Schweiß auf der Haut, der an der Luft kühl wurde, Augen, ungläubig, gierig, selig, bis eine warme Welle uns verschlang.

Es war eine Art Ohnmacht gewesen, aus der wir erwachten. Ich konnte mich nicht bewegen, fühlte seinen Körper um meinen, er schien mich einzuhüllen wie ein Mantel, und ich wollte so bleiben für immer.

Langsam, ungelenk setzten wir uns auf, klaubten uns gegenseitig die Tannennadeln und Blätter von der Haut und aus den Haaren, suchten unsere Kleidungsstücke zusammen, die rund um uns verstreut waren, und berührten uns dazwischen immer wieder mit den Fingerspitzen, der Zunge, der Handfläche.

Und jetzt?, fragte ich irgendwann, als gäbe es darauf eine Antwort, aber natürlich gab es keine, André nahm mein Gesicht in die Hände, küsste mich auf die Augenlider und sagte, nicht sprechen.

Ich nickte stumm, ja, gesprochen hatten wir schon so viel.

Irgendwann sah André auf die Uhr, wir sollten zurückgehen, sagte er.

Wie soll ich Bea gegenübertreten, dachte ich und wusste, dass André den gleichen Gedanken hatte, aber wir mussten unsere Konzentration aufeinander richten, als würden wir versuchen, kraft unserer Gedanken ein Flugzeug in der Luft zu halten.

Vor mir auf der Straße leuchteten rote Lichter auf, ich sah etwas aufblitzen und Teile durch die Luft fliegen, die zu einem Motorrad gehören mussten, das ich gerade noch aus den Augenwinkeln hatte vorbeiziehen sehen. Ich trat auf die Bremse, spürte, wie der alte Opel ins Schwimmen geriet auf der nassen Fahrbahn. Jetzt ist alles aus, dachte ich, und ich will noch nicht sterben, nicht jetzt!

Verzweifelt lenkte ich gegen die Ausbruchbewegungen des Wagens, wie durch ein Wunder war niemand auf der Überholspur, und ungefähr zehn Millimeter vor der Stoßstange meines Vordermannes kam ich zum Stehen. Ich sank über dem Lenkrad zusammen, schreckte vom Geräusch der Hupe hoch, die ich versehentlich gedrückt hatte, und konnte nicht mal weinen, so groß war der Schock.

Ein Mann riss meine Tür auf, steigen Sie aus, schnell, und weg von der Fahrbahn!

Ich rannte ihm blind hinterher, der Regen durchnässte mich innerhalb von Sekunden, lief mir in die Augen, nahm mir die Sicht. In einem Gebüsch neben der Autobahn kam ich zum Stehen, hinter mir hörte ich einen Knall, das war das Ende von Popel-Opel, dachte ich, irgendwie habe ich keinen guten Einfluss auf Autos, das war schon die zweite Karre, die innerhalb von ein paar Monaten neben mir ihr Leben aushauchte.

Dann spürte ich, wie mir ein Mantel über die Schulter gelegt wurde, gleich darauf hörte ich Sirenen und sah das Blaulicht mehrerer Polizei- und Notarztwagen.

Es war Abend, als ich endlich nach Hause kam; die Befragung durch die Polizei, das Abschleppen des Autos, die Routineuntersuchung im Krankenhaus, all das hatte Stunden gedauert. Ich hatte es wie in einem Nebel erlebt, die Wirklichkeit war weit entfernt.

Ich schloss die Wohnungstür auf, stellte meine Tasche ab, die Eddie mir mal geschenkt hatte und die unversehrt geblieben war, und steuerte sofort unsere Alkoholvorräte in der Küche an. Aus der noch halb vollen Flasche Gin trank ich gierig mehrere Schlucke; der scharfe, medizinische Geschmack holte mich in die Wirklichkeit zurück.

Jo, rief ich, bist du da? Keine Antwort.

Ich lief über den Flur in sein Zimmer. Keiner da, das Bett ungemacht wie gestern, als wir gemeinsam die Wohnung verlassen hatten. Erst gestern sollte das gewesen sein? Es kam mir vor wie eine Ewigkeit.

Ich sah mich nach Spuren um, Zeichen dafür, dass er in der Zwischenzeit hier gewesen war, aber in der Wohnung herrschte Chaos. Zu Jos Protestaktionen der letzten Wochen hatte auch gehört, dass er sich weigerte, irgendwas aufzuräumen oder sauber zu machen.

Endlich fand ich etwas. Gleich neben der Eingangstür lag ein kleines Päckchen, das an mich adressiert war, ich erkannte seine Schrift und drückte es beruhigt an mich.

Bleierne Müdigkeit überfiel mich, ich wankte in mein Zimmer, fiel mit allen Kleidern aufs Bett und schlief sofort ein.

Irgendwann in der Nacht wachte ich vom Klingeln meines Handys auf, das aus weiter Ferne zu mir drang; es war draußen in meiner Tasche, aber ich war zu müde, um aufzustehen. Ich schlief wieder ein.

Das Erwachen war der Horror, jeder Muskel in meinem Körper schmerzte, als hätte der Schock eine einzige große Zerrung hervorgerufen. Ich konnte mich kaum rühren, auch mein Kopf schmerzte, und ich hatte einen widerlichen Geschmack im Mund, vom Gin, vermutete ich.

Stöhnend rollte ich mich vom Bett, dabei fiel das Päckchen herunter, ich ließ es liegen, dafür wäre nachher noch Zeit. Mehr oder weniger kriechend bewegte ich mich ins Bad, trank Wasser aus der Leitung und hielt mein Gesicht und meinen Kopf in den Strahl. Ich ließ die Badewanne mit dampfend heißem Wasser voll laufen und kippte ein Rosmarin-Badeöl dazu, das seit unserem Einzug unberührt herumstand, es sollte belebend und entspannend zugleich wirken, das stand zumindest auf der Verpackung.

Die Wärme linderte die Schmerzen, ich blieb in der Wanne, bis ich es nicht mehr aushielt, dann schlüpfte ich in weite, bequeme Klamotten und kochte mir eine Kanne Tee.

Jo war nicht zurückgekommen in der Nacht, und plötzlich überkam mich Panik. Ich rannte in mein Schlafzimmer, nahm das Päckchen, riss das Papier auf. Heraus kam eine Videokassette, eine von den kleinen, die man in die Kamera einlegt, vielfach eingeschlagen in einen Bogen Zeitungspapier.

Was war das bloß wieder für eine Aktion, warum konnte er nicht einfach einen Zettel schreiben, wenn er eine Nachricht hinterlassen wollte?

Ich lief ins Wohnzimmer und überlegte, wie ich die Kassette abspielen sollte, aber daran hatte Jo offenbar gedacht, die Kamera war bereits an den Fernseher angeschlossen. Ich legte die Kassette ein und probierte ein wenig an den Knöpfen herum, endlich erschien ein Bild;

es waren die Aufnahmen, die Jo während unserer Autofahrt gemacht hatte, die lachenden Jugendlichen, der schimpfende Fahrer des Kleinwagens, ich selbst am Steuer, ungehalten über Jos Albereien, endlose Autobahnbilder, die ich vorspulte, endlich Jo, der bleich und mit wirrem Blick in die Kamera sah und sagte, ich schenke dir meinen letzten Blick auf diese Welt.

André war erstaunt über die Leichtigkeit, mit der er den Betrug begangen und vertuscht hatte. Er und Hanna hatten nicht abgesprochen, was sie Bea sagen würden, und doch kam ihre Erklärung so selbstverständlich, als hätten sie alles vorher geprobt.

Nachdem Hanna weg war, hatte er sich mit der Ausrede, er habe das Kürbiskernöl vergessen, das unentbehrlich fürs Abendessen wäre, ins Auto gesetzt und war fluchtartig abgefahren.

Im Dorf hatte er sich das erste Päckchen Zigaretten seit vier Jahren gekauft, dazu Fishermans mit Zitronengeschmack, er hatte den Wagen stehen lassen und war mit großen Schritten losgelaufen, am Sportplatz vorbei, den ansteigenden Weg zur Marienkapelle hinauf.

Er sog den Rauch tief ein, genoss den leichten Schmerz in der Lunge und den Schwindel, der durch die lange Abstinenz nach ein paar Zügen einsetzte, blies den Rauch in die Luft und sog ihn gleich darauf durch die Nase wieder ein.

Ein leichtes, unkontrollierbares Flattern in der Magengegend verriet ihm seine innere Erregung, äußerlich war er ganz ruhig. Er fühlte sich von einem großen Druck befreit, gleichzeitig wusste er, dass dies nicht das Ende seiner Probleme wäre, sondern erst der Anfang. Aber in ihm war die Gewissheit, dass in der Intensität seiner Gefühle bereits ihre Existenzberechtigung lag. Etwas, das so stark war, konnte nicht falsch sein. Es gelang ihm nicht, sich schuldig zu fühlen.

Auf einer Bank sitzend, zündete er sich die dritte Zigarette an, ihm fiel ein, dass er seit dem Morgen nichts gegessen hatte, und zum ersten Mal seit Wochen löste der Gedanke an Essen keine Gier in ihm aus, sondern Gleichgültigkeit.

Seine Erinnerung tastete sich zurück zu Hanna, zu ihren Berührungen, ihrer Leidenschaft, ihrer völligen Hingabe. Wenn je der Ausdruck »Verschmelzung« eine Bedeutung für ihn gehabt hatte, dann in der Umarmung mit Hanna, die ihn alles andere hatte vergessen lassen, am Ende sogar sich selbst.

Und jetzt?, hatte sie dann gefragt, und er wusste, dass auch er sich diese Frage stellen musste, aber er wollte es nicht, weil er die Antwort fürchtete. Solange er nicht darüber nachdachte, musste er nichts entscheiden. Er könnte sich der Illusion hingeben, die Dinge würden geschehen, und er könnte sie geschehen lassen, da er ohnehin keinen Einfluss auf sie hätte.

Er stand von der Bank auf und setzte seinen Weg fort, bis er die einsame kleine Kapelle erreichte, die nur hie und da von Wanderern besucht wurde, die ein Gebet sprachen oder eine Kerze anzündeten.

Obwohl André ungläubig war, schätzte er religiöse Rituale, vermutlich, weil er Rituale überhaupt schätzte. Nachdem er einen Euro in die Blechkasse geworfen hatte, nahm er eine Kerze und entzündete sie.

Für alle, die ich liebe.

Auf dem Rückweg rauchte er eine weitere Zigarette, im Dorfcafé wusch er sich Gesicht und Hände und lutschte ein Zitronenbonbon.

Wenn Bea merken würde, dass er geraucht hatte, wäre ihr sofort klar, dass etwas Schwerwiegendes vorgefallen war. Viel wichtiger als alles andere war es also, das Rauchen vor ihr zu verbergen. Komischerweise hatte er deshalb plötzlich ein schlechtes Gewissen.

Als er die Hütte betrat, saßen die anderen beim Kaffee. Er setzte sich dazu und versuchte, sich so natürlich wie möglich zu benehmen. Aber was war »natürlich«? Sobald er anfing, darüber nachzudenken, kam ihm jedes seiner Worte, jede Geste aufgesetzt und künstlich vor.

Die anderen schienen nichts zu bemerken. Sie unterhielten sich über den Verfall der Börsenkurse; eines der Lieblingsthemen von Karl, der sich stundenlang über die verbrecherischen Machenschaften von Managern auslassen konnte, die ihn um seine Altersversorgung gebracht hatten.

»Diese Bilanzfälscher haben uns den Rest gegeben«, erklärte er, »jetzt wird es Jahre dauern, bis die Kurse sich erholen, wenn überhaupt. Ich habe schon daran gedacht, alle meine Verluste zu realisieren und endgültig ein Ei drüberzuschlagen, aber mein Banker hat mir abgeraten.«

»Dabei ist alles nur Psychologie«, sagte Liane, »wie bei des Kaisers neuen Kleidern. Erst glauben die Leute, was sie glauben wollen, aber wehe, einer traut sich zu sagen, dass der Kaiser in Wahrheit nackt ist, dann bricht alles zusammen.«

»Die Börse ist wie die Liebe«, sagte Bea, »der Euphorie folgt der Absturz, und gewinnen kann nur, wer einen langen Atem hat.«

»Oh, manche haben sich auch während des kurzen Hypes ganz gut saniert«, erwiderte Liane mit spitzem Unterton. Sie war intelligent genug, um zu bemerken, dass Beas Bemerkung auf sie gemünzt war. Offenbar hielt Bea sie für eine Art Gefühlsspekulantin, womit sie durchaus nicht falsch lag. Liane hatte es schon immer verstanden, Emotionen nutzbringend für sich einzusetzen.

»Was sagt denn der Psychologe dazu?«, fragte Karl.

»Ich verstehe nichts von der Börse«, sagte André kühl.

»Und von der Liebe?«, fragte Liane mit kokettem Augenaufschlag.

»Noch viel weniger, fürchte ich.«

»Du hast da was«, sagte Bea und lehnte sich zu André rüber, um eine Tannennadel von seiner Schulter zu entfernen.

Die Typen unter der Brücke sahen noch abgerissener aus als die, mit denen ich in den Kneipen gesprochen hatte; ihre Klamotten waren durchlöchert, sie schienen seit Monaten an ihren dürren Leibern zu kleben.

Hier am Stauwehr, wo sich früher die Penner totgesoffen hatten, trafen sich jetzt die Punks; nicht weit von der Stelle, wo ich den schweigsamen Fremden gevögelt hatte, hingen sie rum mit ihren Hunden, aggressive, verschlagene Straßenkids, die nichts gelernt hatten als das Überleben.

Ich wusste, dass Jo sich seit einiger Zeit dort rumtrieb, auch die kleine Punkerin, die er neulich angeschleppt hatte, war von dort, und nach ihr war ich auf der Suche, nachdem alle Anrufe bei Freunden und Bekannten nichts ergeben hatten.

Ich schenke dir meinen letzten Blick auf diese Welt.

Was soll das heißen, du verdammtes Arschloch? Willst du dich umbringen, nur um mir eins auszuwischen?

Damit ich mich schuldig fühle und bis ans Ende meiner Tage keinen anderen Mann mehr lieben kann?

Ich war so wütend geworden, als ich Jo diesen Satz hatte sagen hören, mit diesem dunkel umflorten Blick und der düsteren Stimme, mit der er mich seit Wochen zum Wahnsinn brachte.

Jetzt musste ich fürchten, dass er endgültig verrückt geworden war. Vielleicht hätte ich schon früher was unternehmen müssen, um ihn vor sich selbst zu schützen. Wenn ich an alles dachte, was er in letzter Zeit so aufgeführt hatte, bekam ich panische Angst, dass er diesmal richtig Scheiße gebaut hatte.

Ich fahndete also nach dem Mädel mit der olivgrünen Segeltuchtasche und dem kleinen Hund Duffy; sie war meine einzige Spur, und tatsächlich hatte ich schon Leute gefunden, die sie kannten, aber nicht wussten, wo sie sich zurzeit rumtrieb.

Sanne?, sagte einer von den Typen, die sich dazu herabließen, überhaupt mit mir zu reden, die hab ich vor 'ner Woche gesehen, da hat sie mal hier gepennt, wo sie jetzt ist, weiß ich nicht. Bist du von den Bullen oder was?

Ich schrieb ihm meine Telefonnummer mit Filzstift auf die Hand, damit er sie nicht verlieren könnte, und gab ihm ein bisschen Geld; sag ihr, sie soll mich anrufen, wenn du sie siehst, bat ich, ohne daran zu glauben, dass er es tun würde.

Mir war klar, dass ich eigentlich die Polizei einschalten müsste, aber ich hatte Angst, dass Jo wegen der Drogen Schwierigkeiten bekommen würde, wenn sie ihn fänden. Wenn. Noch mehr Angst hatte ich davor, dass sie ihn nicht finden könnten.

Mitten in meiner Suchaktion klingelte mein Handy, hoffnungsvoll riss ich es ans Ohr und meldete mich. Es war André. Ich hatte mir den Gedanken an ihn nicht erlaubt, erst müsste ich Jo finden, aber als ich seine Stimme hörte, war ich so froh, dass ich hätte heulen können.

Wie geht's dir?, fragte er, ich hab gestern Nacht versucht, dich anzurufen. Geht so, erwiderte ich, Jo ist weg und der Opel ist Schrott, aber ich bin okay.

Was ist denn passiert?, fragte er erschrocken.

Das erzähl ich dir in Ruhe, sagte ich, jetzt muss ich Jo suchen.

Kann ich dir helfen, fragte er, das wäre schön, sagte ich, aber ich wüsste nicht, wie. Du fehlst mir, hörte ich ihn sagen, du mir auch, sagte ich, und dann schwieg ich, denn das Nächste, was ich gesagt hätte, wäre, kann ich dich sehen, aber ich hatte mir geschworen, diese Frage nicht zu stellen, auch nicht die Frage, und jetzt? Oder sonst irgendeine Frage, auf die ich eine Antwort kriegen könnte, die ich nicht wollte.

Ruf mich an, sagte er, sobald du was von Jo weißt, okay, sagte ich und drückte den Aus-Knopf.

Und jetzt?

Plötzlich konnte ich nichts anderes mehr denken, ich drückte die Fäuste an meine Schläfen, als könnte ich so den Gedanken an ihn aus meinem Kopf pressen. André, André, André, dachte es unaufhörlich in mir, während ich überlegte, wie ich Jo finden könnte. Und plötzlich wurde mir klar, dass Jo erreicht hatte, was er wollte, ganz egal, welchen Weg er gewählt hatte.

Zu Hause durchwühlte ich sein Zimmer in der Hoffnung, irgendwas zu finden, das ein Hinweis sein könnte, aber Jo war nicht der Typ, der sein Leben dokumentierte, außer mit der verdammten Videokamera; er hob keine Fotos auf, er schrieb kein Tagebuch und sammelte keine Erinnerungsstücke irgendwelcher Art; er besaß Klamotten, ein paar Bücher, seine Videos und seine Kamera; die Telefonnummern seiner Freunde hatte er im Handy gespeichert, sonst gab es nichts, was Rückschlüsse auf ihn oder sein Leben zuließ.

Plötzlich erschien er mir wie ein Phantom; vielleicht bildete ich mir einen Menschen ein, den es gar nicht gab, nie gegeben hatte. Jos Konturen schienen sich aufzulösen, sein Bild verschwamm, ich wusste nicht mehr, wer er war, wie sollte ich da rausfinden, wo er war?

Ich stürzte zum Telefon und wählte die Nummer meiner Mutter, Jo ist weg, sagte ich verzweifelt, was soll ich tun?

Gleich darauf saß ich im Taxi, mir war heiß, und gleichzeitig zitterte ich vor Kälte, wenig später lag ich in einem weißen, kühlen Bett, ich spürte die Hand meiner Mutter auf der Stirn, in weiter Entfernung hörte ich, wie Eddie telefonierte, ich war nicht mehr allein, vielleicht war ich ja auch gar nicht schuld? Mit diesem Gedanken fiel ich in einen unruhigen Schlaf.

Ich träumte, ich wäre am Meer, an dem langen Strand auf Mallorca, wo wir immer Ferien gemacht hatten, als ich ein Kind war. Ich ging ins Wasser und schwamm ein Stück hinaus, als ich mich auf den Rücken drehte und zurücksah, bemerkte ich zu meinem Schrecken, dass ich viel weiter vom Ufer entfernt war, als ich angenommen hatte. Ich schwamm sofort Richtung Strand, aber unter mir spürte ich einen Sog, der mich immer weiter hinauszog. Plötzlich merkte ich erleichtert, dass meine Füße Grund spürten; ich hatte eine kleine Insel erreicht, eigentlich mehr eine Sandbank. Als ich glaubte, fest zu stehen, löste sich der Sand unter meinen Füßen auf, die Insel zerfiel, und ich wurde zurück ins Wasser gezogen, ich wollte schreien, aber da schlugen die Wellen schon über mir zusammen.

Ich fuhr im Bett hoch.

Sie haben ihn gefunden, sagte meine Mutter, die Polizei hat ihn aufgegriffen, mehr tot als lebendig. Wo ist er, fragte ich benommen; ich wusste nicht, wie lange ich geschlafen hatte, ich begriff im ersten Moment nicht mal, wo ich war, ich begriff nur, dass Jo lebte.

Im Krankenhaus, sagte meine Mutter, sie haben ihm den Magen ausgepumpt, er muss ein ganzes Pillenlager geschluckt haben, Beruhigungsmittel, Amphetamine, zum Glück hatte er das meiste schon erbrochen.

Ich muss zu ihm, sagte ich und wollte aus dem Bett, aber meine Mutter hielt mich fest, du kannst nicht zu ihm, frühestens morgen, hat der Arzt gesagt. Sie haben nur Eddie zu ihm gelassen.

Sie hielt mich fest und streichelte mich, warum hast du nicht besser auf ihn aufgepasst, ich dachte, Jo und du, ihr würdet euch gegenseitig beschützen?

Man kann niemanden vor dem Leben beschützen, sagte ich.

Du siehst echt beschissen aus, begrüßte ich Jo, als sie mich endlich zu ihm ließen; sein Gesicht war mager und käsig, mit riesigen Schatten um die Augen; durch die Schläuche in seinem Arm wurden offenbar irgendwelche Sachen in seinen Körper gepumpt, die ihn wieder aufpäppeln sollten.

Er sah mich an, als würde er mich nicht kennen, dann sagte er, hast du damals eigentlich Intimacy gesehen, und ich schüttelte den Kopf; die Menschen sind nicht schön, wenn sie lieben, fuhr er fort, sie schwitzen, sie haben Falten und Pickel und rote Flecken, die Liebe entstellt uns Menschen, wusstest du das nicht?

Warum hast du das gemacht?, fragte ich.

Was?, fragte er.

Frag nicht so blöd, sagte ich, du hast versucht, dich umzubringen, oder etwa nicht?

Hast du damals in L.A. versucht, dich umzubringen?, fragte er zurück, und ich zuckte die Schultern.

Siehst du, sagte Jo, man kann es nie so genau wissen.

Was wolltest du denn?, fragte ich wütend, wolltest du sterben oder wolltest du leben?

Ich weiß es nicht, sagte Jo.

Ich halte das nicht mehr aus, sagte ich leise.

Ich konnte nicht mehr mit ihm zusammen sein, aber ich konnte ihn auch nicht allein lassen, seine Liebe schnürte mir die Luft ab und würde mich eines Tages umbringen. Oder ihn.

Ich will, dass du auszieht, sagte ich, sobald du wieder gesund bist, packst du deine Sachen und haust ab. Und wenn du dir das Lebenslicht auspusten willst, dann denk dran, dass es deine Entscheidung ist und dass ich dich nicht davon abhalten werde.

Ich warf ihm einen letzten Blick zu, bevor ich aus dem Zimmer ging, und kam mir vor wie ein Richter, der gerade das Todesurteil über den Angeklagten gesprochen hat. Aber ich wusste, dass ich Jo weder zum Leben noch zum Sterben zwingen könnte, dass er für sich selbst verantwortlich war und ich für mich.

Draußen warteten Eddie und meine Mutter, sie hatten mit dem Arzt gesprochen und sahen niedergeschlagen aus.

Was ist los, wollte ich wissen. Meine Mutter nahm mich am Arm und führte mich ein Stück von Jos Zimmertür weg, er sollte nicht hören, was sie sagte.

Jo ist krank, sagte sie, er wird für eine Weile in eine Klinik kommen, und es wäre besser, wenn ihr euch solange nicht sehen würdet.

Was heißt das, er ist krank?, fragte ich; na ja, sagte Eddie, er hat psychische Probleme, jedenfalls braucht er Hilfe.

Warum war ich nicht selbst darauf gekommen? Jeder außer mir hätte erkannt, dass Jo ausgetickt war. Verrückt geworden. Oder jedenfalls kurz davor.

Ich vermutete, dass es mit den Drogen zu tun hatte. Jo hatte immer schon gekifft und reichlich getrunken, das hatte er im Griff; neuerdings aber war er manchmal in Zustände geraten, die ich an ihm nicht kannte, da mussten härtere Sachen im Spiel gewesen sein.

Das würde auch sein Ausrasten bei der Autofahrt erklären; wenn er schon länger Pillen oder anderes Zeug nahm, brauchte er natürlich Kohle ohne Ende, da wäre ihm das Geschenk meiner Mutter gerade recht gekommen.

Und ich war mit mir selbst und meinen Problemen beschäftigt gewesen, und jetzt hatte ich ihn auch noch aus der Wohnung geworfen und ihm gesagt, dass er sich von mir aus umbringen könnte.

Ich könnte dein Vater sein«, sagte André und küsste Hannas nackte Schulter.

»Mir egal.«

»Ich bin zu dick.«

»Ich bin zu dünn.«

»Ich bin verheiratet.«

»Stört mich nicht.«

»Meine Frau ist deine Freundin.«

Hanna schwieg.

Sie lagen eng umschlungen auf dem Sofa in Andrés Arbeitszimmer.

»Ich nehme ihr nichts weg«, sagte Hanna trotzig, »ich will nur deine Geliebte sein.«

André presste sie an sich. Sie hatte geklingelt, nachdem sein letzter Patient gerade gegangen war.

»Du hast gefragt, ob du mir helfen kannst«, hatte sie gesagt, »die Antwort ist ja. Darf ich reinkommen?«

Sie hatten sich umarmt und waren lange so stehen geblieben, ohne zu sprechen, fast ohne zu atmen.

»Hast du mich vermisst?«, wollte Hanna wissen, und André hatte nur genickt.

Er wollte ihr nicht sagen, dass er an nichts anderes gedacht hatte als an sie, dass sein Körper wie aus einem langen Schlaf erwacht und erfüllt war von Sehnsucht nach ihr.

Sie hatten begonnen, sich zu küssen, sich die Kleider abzustreifen, schnell hatte er die Vorhänge geschlossen, sie waren aufs Sofa gefallen, ineinander verkeilt wie kämpfende Tiere; erst nachdem die Begierde gestillt war, war die Zärtlichkeit zurückgekehrt.

»Sag mir einen Grund, warum ich dich nicht lieben soll«, sagte Hanna, und André begann, die Gründe aufzuzählen, die gegen ihre Liebe sprachen, und eigentlich sprach alles dagegen, außer die Liebe selbst.

»Sieh es doch mal so«, sagte Hanna, »was hätte Bea davon, wenn du verzichten und dich mit einer unerfüllten Leidenschaft quälen würdest? Das würde eure Probleme nicht lösen und euch kein Stück näher zueinander bringen.«

»Lass uns nicht darüber sprechen«, bat André und vergrub sein Gesicht in ihrem Haar.

»Als ich klein war, dachte ich, Erwachsene würden heiraten, damit sie jemanden hätten, der auf sie aufpasst«, sagte Hanna, »so wie Eltern auf ihre Kinder aufpassen. Ich wusste nicht, dass man ab einem gewissen Alter auf sich selbst aufpassen muss.«

»Erzähl mir von Jo«, sagte André.

»Sie schicken ihn in die Klapse«, sagte Hanna, »sie nennen es Klinik, aber ich glaube, es ist eine Psychiatrie. Er hat sich so viel Zeugs ins Hirn geballert, dass sie ihn erst mal wieder clean kriegen müssen.«

»Machst du dir Sorgen?«

»Ehrlich gesagt, bin ich froh, dass endlich jemand auf ihn aufpasst. Ich hab es nicht geschafft.«

André nickte zustimmend. »Klingt wirklich so, als sei es im Moment das Beste. Hältst du es alleine in der Wohnung aus?«

»Was bleibt mir übrig?«, sagte Hanna achselzuckend. »Ich kann ja schlecht wieder zu meiner Mutter ziehen.«

»Du solltest wenigstens zu einem meiner Kollegen gehen. Es gefällt mir nicht, dass es niemanden gibt, der auf dich aufpasst.«

»Ich hab doch dich.«

»Ausgerechnet!« André lachte auf. »Ich hab ja nun wirklich nur Chaos in dein Leben gebracht.«

»Stimmt doch gar nicht.« Hanna strich ihm zärtlich übers Gesicht. »Woher hast du die?« Sie zeigte auf die Kevin-Spacey-Narbe auf seiner Wange.

»Als Kind vom Rad gefallen, auf einen Spielzeugbagger aus Metall.«

Hanna verzog das Gesicht. »Glück gehabt.«

»Fand ich nicht. Ich hatte Angst, sie nähen mir die Backe innen fest, sodass ich den Mund nicht mehr aufkriege und verhungern muss. Ich hatte große Angst vor dem Verhungern.«

Hanna lachte.

André stand auf und kam mit einem Päckchen Zigaretten und einem Aschenbecher zurück.

»Seit wann rauchst du?«

»Seit dem Wochenende.«

»Meine Schuld?«

André lächelte. »Wenn du so willst.«

Das Telefon klingelte. André streckte sich, um den Hörer zu erreichen.

»Nicht«, sagte Hanna, aber da hatte er schon abgehoben.

»Praxis Dr. Schott«, meldete er sich förmlich und lauschte. »Verdammt«, sagte er, »hab ich vergessen. Ich beeile mich.«

»Hab schon verstanden«, sagte Hanna und löste sich aus seiner Umarmung.

»Tut mir Leid«, sagte André, »ich bin mit Paul und seiner Freundin fürs Van-Morrison-Konzert verabredet.«

»Ist doch klar«, sagte Hanna, »kein Problem.«

Sie zogen sich an, ohne einander anzusehen. Der Zauber war dahin, zerstört von einer Nachricht aus Andrés Welt, zu der Hanna keinen Zutritt hatte.

André brachte das Sofa in Ordnung, räumte die Gläser weg, aus denen sie getrunken hatten, öffnete die Vorhänge, schaltete den Anrufbeantworter ein.

Und jetzt?, dachte Hanna.

»Geh du vor mir, es ist besser, wenn wir nicht zusammen gesehen werden«, sagte André und lächelte entschuldigend.

»Du denkst wirklich an alles«, sagte Hanna, »du scheinst Übung zu haben.«

Er zog sie mit einer heftigen Bewegung an sich. »Glaubst du das wirklich?«

Hanna schüttelte den Kopf. »Natürlich nicht. Tut mir Leid.« Sie lehnte kurz ihre Stirn an seine Wange, dann riss sie sich los.

»Mach's gut«, sagte sie und stürmte eilig hinaus.

André verharrte einen Moment, in Gedanken versunken.

Zu Hause fand ich eine Nachricht von Bea, hallo, Hanna, bist du gut nach Hause gekommen? Wie geht's Jo? Habt ihr euch vertragen? Melde dich doch mal!

Melde dich doch mal! Als wenn das so einfach gewesen wäre.

Wie verhält man sich einer Freundin gegenüber, in deren Mann man sich verliebt hat? Ich hatte keine Erfahrung mit so was; bisher waren meine Abenteuer so kurz und unverbindlich gewesen, dass es nie zu Verwicklungen gekommen war. Aber das hier war kein Abenteuer, das war ernst, verdammt ernst.

Trotzdem hatte es nichts mit Bea zu tun; sie lebte ihr Leben mit André, daran hatte sich nichts geändert, und es würde sich auch nichts daran ändern, solange sie nichts von unserer Geschichte wüsste. Ich wusste, dass ich mich unmoralisch verhielt, und ich hatte ein schlechtes Gewissen, aber ich war machtlos gegen meine Gefühle. Der Liebe war mit Moral nicht beizukommen, Moral war eine stumpfe Waffe, ungefähr so wirksam wie ein Marshmallow.

Ich wählte die Nummer der Agentur und wurde gleich mit Bea verbunden; wieso hast du dich nicht gemeldet, fragte sie, wir haben uns Sorgen gemacht.

Wir haben uns Sorgen gemacht. Wir, das waren sie und André, das Ehepaar Schott-Endres, seit bald zwanzig Jahren verheiratet, eine uneinnehmbare Festung auf dem Schlachtfeld der Beziehungen. Mein Gott, Bea hatte wahrhaftig alle Trümpfe in der Hand. Vielleicht tat ich ihr sogar einen Gefallen, wenn ich Andrés sexuelle Energien auf mich zog, wo sie doch ohnehin die Bedeutung von Sex in langjährigen Beziehungen für überschätzt hielt.

Alles okay, sagte ich munter, kein Grund zur Sorge; mit Jo hat's ein paar Probleme gegeben, aber das wird schon wieder. Wie war's denn noch bei euch?

Geht so, diese Liane ist wirklich a pain in the ass, ich verstehe nicht, wie Männer auf solche Tussen reinfallen können.

Sie hat einen tollen Körper, und sie bewundert Karl, vielleicht ist es das, was er jetzt braucht.

Genau das Gleiche hat André auch gesagt, wie kommt es, dass nur ich damit ein Problem habe?

Weiß ich nicht. Hat sie André denn gefallen? Es kribbelte in meinem Magen, als ich Andrés Namen erwähnte; ich merkte, dass es mich reizte, mit Bea über ihn zu sprechen, aber vielleicht wäre das nicht besonders klug.

Keine Ahnung, sagte Bea, eigentlich ist sie nicht sein Typ, aber er war sowieso ziemlich komisch, ich weiß auch nicht, was zurzeit mit ihm los ist, vielleicht ist er in der Midlifecrisis.

Woran merkst du das denn, fragte ich beiläufig.

Ach, vergiss es. Ich wollte dir eigentlich sagen, dass ich Drehtage für dich in Aussicht habe. Ich habe mit ein paar Regisseuren gesprochen und Werbung für dich gemacht, ich denke, da wird bald wieder was kommen!

Danke, sagte ich beschämt. Es ist wirklich toll von dir, dass du dich so für mich reinhängst.

Du bist begabt, sagte sie. Außerdem mag ich dich, falls du das noch nicht wissen solltest. Sie lachte auf, es klang ein bisschen verlegen.

Ich war verdammt froh, dass sie in diesem Moment mein Gesicht nicht sehen konnte.

»Hey, du Angeber, musst du so rasen?«

Karl strampelte mit gerötetem Kopf hinter André her, der durchs tägliche Fahrradfahren eine vorzügliche Kondition hatte. Die Straße stieg leicht an, zu beiden Seiten lagen Felder und ab und zu ein Bauernhof, nur selten überholte sie ein Auto.

»Du musst dich anstrengen, sonst bringt es nichts.«

»Triebsublimation«, japste Karl, »genau wie das Joggen. Nur wer sexuell frustriert ist, hat es nötig, sich beim Sport zu verausgaben.«

»Deshalb wolltest du ja eine Radtour machen«, gab André zurück.

Karl trat angestrengt in die Pedale und verzog das Gesicht. »Witzig.«

»Was hat dir denn plötzlich nicht mehr an ihr gepasst?«, wollte André wissen.

»Die eigene Größe bemisst sich daran, von wem man bewundert wird. Nach dem Wochenende mit euch wollte ich doch lieber von Bea bewundert werden. Oder von Hanna. Würdest du mir Hannas Telefonnummer geben?«

Die Steigung war vorbei, Karl holte auf und fuhr neben André her.

»Wozu denn?«, fragte André.

»Keine wirklich intelligente Frage«, gab Karl zurück.

André schwieg.

»Also, krieg ich ihre Nummer?«

André drehte den Kopf und sah Karl an. »Ich glaube, du solltest sie besser in Ruhe lassen.«

»Und warum?«

»Sie hat eine sehr komplizierte Geschichte mit ihrem Freund laufen.«

»Stört mich nicht.«

»Sie ist ... sehr sensibel.«

»Woher weißt du denn das, du hast sie doch neulich das erste Mal gesehen?«

André antwortete nicht, er überlegte, wie er Karl diese Idee ausreden könnte, ohne sich zu verraten.

»Moment mal«, sagte Karl und bremste abrupt, »jetzt kapier ich!«

André bremste ebenfalls. Sie blieben mitten auf der Landstraße stehen.

»Was kapierst du?«

Karl sah ihn an, mit einem ungläubigen Lächeln im Gesicht. »Du bist ja viel gerissener, als ich dachte«, sagte er, »du hast es wirklich geschafft, mich zu verarschen!«

André seufzte ergeben.

»Sie ist die Hanna, von der du mir erzählt hast, stimmt's?« In Karls Kopf arbeitete es offensichtlich. »Wie kommt es, dass sie auf der Hütte war? Das hast du eingefädelt!«

»Bin ich verrückt? Mich hätte fast der Schlag getroffen, als sie reinkam!«

»Hast Recht«, stimmte Karl zu, »das wäre auch wirklich bescheuert gewesen. Bea und sie kennen sich also zufällig, ist ja irre.«

»Was heißt zufällig«, widersprach André, »Hanna ist Schauspielerin, Bea hat eine Casting-Agentur, so haben sie sich getroffen.«

»Schon klar«, sagte Karl, »es gibt keine Zufälle.«

»Das meine ich nicht«, sagte André leicht genervt, »natürlich gibt es Zufälle, aber das Zusammentreffen von Bea und Hanna war keiner.«

»Also Schicksal?«

»Lass mich in Ruhe, Blödmann.«

Karl grinste. »Was ist eigentlich an dem Morgen passiert, als du allein mit ihr warst?«

»Nichts«, sagte André.

Karl musterte ihn spöttisch. »Nichts. Und das soll ich dir glauben?«

»Glaub, was du willst«, sagte André ungehalten, »jedenfalls will ich nicht, dass du sie anrufst.«

»Und wie willst du das verhindern?«

»Verdammt, Karl«, sagte André wütend, »willst du, dass alles noch komplizierter wird?«

Karl sah ihn forschend an. »Also gut, ich hab verstanden. Wenn du den Zuspruch eines Freundes brauchen solltest: Ich bin für dich da.«

Und leise, nach einer Pause, fügte er hinzu: »Tu Bea nicht weh.«

Ein Mensch ohne Kopf erschien, über der gedrungenen Gestalt im dicken Mantel schwebte ein blauer Luftballon. Ein zweiter Kopfloser kam ihm entgegen, höflich wichen sie einander aus. Abgeschabte Lederkoffer erwachten zum Leben, entließen ihre Bewohner und erhoben sich in die Lüfte.

Ich starrte gebannt auf die Bühne, die Bilder waren wie aus einem Traum, unwirklich und zauberhaft. Ich drehte den Kopf und lächelte meinem Sitznachbarn zu, der lächelte zurück.

Eines Tages war mit der Post eine Theaterkarte gekommen; auf der Rückseite war das Bild eines kleinen Hasen mit einem aufrechten und einem abgeknickten Ohr, so wie ihn Vater früher immer für mich gezeichnet hatte.

Ich begriff erst nicht, was die Nachricht bedeutete. Der Mann, der sich seit zehn Jahren hinter den Mauern seiner Anstalt verkroch, wollte mit mir ins Theater gehen? Das konnte nur ein Witz sein.

Ich rief Professor Bassermann an und fragte ihn, was er davon halte; er lachte und sagte, Sie werden ihn nicht wieder erkennen.

Vater erwartete mich vor dem Theater, ich war überwältigt davon, wie gut er aussah. Mich durchzuckte der Gedanke, dass die Leute uns für ein Paar halten könnten, was mich amüsierte und mit Stolz erfüllte.

Wir umarmten uns, dann schob er mich ein Stück weg und sah mich an. Meine Tochter, sagte er und lauschte dem Klang seiner Worte nach, als würde ihm ihre Bedeutung erst in diesem Moment klar werden.

Sein Gesicht war völlig verändert; die Augen blickten wach und direkt, die Haut schien gestrafft; es war, als hätte jemand einen Vorhang weggezogen, alle Düsternis und Trauer waren daraus verschwunden.

Du siehst fantastisch aus, sagte ich; du auch, sagte er und lächelte.

Was ist passiert, hätte ich beinahe gefragt, aber ich hielt mich zurück, weil ich diese Veränderung genießen wollte, bevor ich mich bemühte, sie zu verstehen.

Und jetzt saßen wir hier. Ich musste immer wieder zu ihm hinsehen.

Das Stück bestand aus einer losen Folge von Szenen, unterlegt mit Musik und Geräuschen. Abschiednehmen und Warten, Reisen und Ankommen, Streiten und Lieben – all das konnte man herauslesen, wenn man sich den Bildern und der Musik überließ.

Jeder Ton traf mich ins Herz, jede Bewegung schien mich zu meinen; ich fühlte, dass all die Geschichten meine eigene Geschichte erzählten, dass sie von Liebe sprachen, von der Liebe zu meinem Vater, zu Jo, zu André; Vater, Bruder und Geliebter, die Männer meines Lebens.

Hopeless Games hieß der Abend; nein, dachte ich, die Liebe ist kein hoffnungsloses Spiel, es gibt immer Hoffnung, in jedem Moment kann das Blatt sich wenden. Jo hatte Unrecht, die Liebe entstellt den Menschen nicht, sie macht ihn schön und offen für das Schöne. Das Geschehen auf der Bühne machte mich glücklich, und ich dachte, dass die Kunst für Augenblicke bessere Menschen aus uns machen könnte, ebenso wie die Liebe.

Möchtest du was trinken, fragte ich meinen Vater, als wir nach der Vorstellung das Theater verließen, oder hast du vielleicht Hunger?

Er sah plötzlich müde aus, als hätten seine Kräfte bis jetzt gereicht und wären nun erschöpft.

Nächstes Mal, sagte er und sah mich liebevoll an, so was sollten wir öfter machen, es war sehr schön.

Du willst doch jetzt nicht zurück in diese grässliche Anstalt, sagte ich, komm mit zu mir, ich zeig dir meine Wohnung.

Er zögerte, meinst du wirklich?

Ja, sagte ich und hob die Hand, um ein Taxi anzuhalten.

Ist es weit, wollte Vater wissen, nicht sehr, sagte ich, dann lass uns zu Fuß gehen, schlug er vor, ich habe die Stadt bei Nacht immer geliebt.

Wir gingen los, ich verwandelte mich in das kleine Mädchen, das ich mal gewesen war, nahm ihn bei der Hand und hüpfte neben ihm her, ein Bein auf dem Randstein, eines auf der Straße, die Autos fuhren gefährlich nahe an mir vorbei, manche hupten ärgerlich. Immer auf der Suche nach Abenteuern, sagte mein Vater und zog mich auf den Gehweg, du wirst mal zum Mars fliegen, wenn du groß bist.

Wartet auf mich, rief Ella hinter uns, immer trödelte sie; ich hoffte, Vater würde sie nicht beachten, und zerrte an seiner Hand, aber er blieb stehen und wartete, bis Ella uns eingeholt hatte.

Wohin gehen wir, fragte ich, zu den feinen Damen, sagte mein Vater, und ich freute mich. Die feinen Damen residierten in einem Hotel, dem feinsten der Stadt, wie mein Vater behauptete. Sie arbeiteten im Schönheitssalon, dort, wo die reichen, alten Amerikanerinnen, die im Hotel abgestiegen waren, sich frisieren und maniküren ließen, wo sie sich Gesichtsmasken und Anti-Falten-Behandlungen machen ließen, wo es so vornehm duftete und alle ganz leise sprachen.

In einer Ecke des Salons wurden auch Männer schön gemacht, und einmal im Monat ließ mein Vater sich dort die Haare schneiden und die Fingernägel maniküren, er kaufte eine Flasche Rasierwasser und ein ganz bestimmtes Haarspray für meine Mutter, das es nur dort zu kaufen gab.

Wenn er fertig war, nickte er der Dame an der Kasse zu, sie nahm das Telefon ab und bestellte Kuchen und Limonade, die uns der Hotelpage an einem kleinen Tisch servierte. Dann verschwand mein Vater, und nach ein paar Minuten folgte ihm eine junge Frau, die ebenfalls im Salon arbeitete.

Vater blieb ungefähr eine dreiviertel Stunde weg, während wir in den Zeitschriften blätterten, die im Salon auslagen. Die Zeitschriften hatten Frauennamen wie Annabelle, Petra und Brigitte und zeigten feine Damen in feinen Kleidern.

Ella und ich stritten, wer von uns später die feinere Dame werden würde; ich war überzeugt, einst als Fotomodell über die Laufstege dieser Welt zu spazieren, während Ella mit Brille und Haarknoten ungezogene Grundschüler unterrichtete.

Diese Vision teilte Ella keineswegs; in ihrer Vorstellung würde sie einen reichen und wunderschönen Mann heiraten und mit dem die Welt bereisen, ich hingegen würde durch meinen Leichtsinn vorzeitig im Rollstuhl enden.

Ich besuche dich aber dann, teilte sie mir gönnerhaft mit.

An diesem Punkt begannen wir meistens, lautstark zu zanken, was bei der Dame hinter der Kasse eine gerunzelte Stirn und ein heftig gezischtes »Schscht« hervorrief.

Wenn unser Vater wieder da war, dauerte es meist nicht lange, und die junge Frau kehrte ebenfalls zurück; ohne jemanden anzusehen, wandte sie sich wieder den Gesichtern unter Gurkenscheiben oder dicken Cremeschichten zu.

Komm rein, sagte ich und hielt meinem Vater die Wohnungstür auf. Entschuldige das Chaos, aber ich schaffe es zurzeit einfach nicht, mich um den Haushalt zu kümmern.

Ich bugsierte ihn in mein Zimmer, da sah es halbwegs annehmbar aus; Küche und Wohnzimmer waren nicht präsentabel.

Was willst du trinken, fragte ich, Wasser, Bier, Wein, Cola, Gin, Wodka oder gemischt?

Bier?, sagte er, und es klang wie eine Frage, ich habe seit Ewigkeiten kein Bier mehr getrunken.

Was macht dein Theaterstück, wollte mein Vater wissen, als ich mit dem Bier zurück war, und begann zu zitieren, euch drei Narrn fehl ich vierter, und jetzt hat die Seele Ruh! Der, der und du – und du, mein Fürst, und ich, sind Liebestaschendiebe, todeswürdig sicherlich. Oh, schick die Gaffer fort, und mehr erzähl ich dir.

Du hast es gelesen, sagte ich überwältigt, das hätte ich nie erwartet.

Er vergaß mich also nicht, wenn ich ihn verließ, er machte sich Gedanken, er hatte sogar das Stück gelesen!

Zurzeit proben wir nicht, sagte ich, aber bald geht's weiter; vielleicht kannst du ja zur Premiere kommen?

Wann ist die Premiere, fragte mein Vater; ich weiß nicht genau, sagte ich, in ein paar Wochen.

Mal sehen, sagte er; übrigens, diese Rosaline ist ein starker Charakter, sie hat Ähnlichkeit mit dir.

Du hältst mich für stark, fragte ich erstaunt; natürlich, sagte er, was denn sonst.

Ich schenkte Bier in Gläser, wir stießen an und tranken, und ich fühlte mich wie früher, wenn mein Vater sein Bierglas zu meinem Saftglas geführt und mit mir angestoßen hatte wie mit den Großen; meist hatte er einen lustigen Trinkspruch ausgebracht, manchmal hatte er sogar gesungen, glücklich ist, wer vergisst, was doch nicht zu ändern ist.

Du kannst immer noch Knickohr-Hasen zeichnen, sagte ich, wie ging noch die Geschichte dazu?

Es war einmal ein Hase, sagte mein Vater, der hatte zwei wunderschöne, aufrecht stehende Hasenohren, mit denen er dreiundzwanzig Kilometer weit hören konnte. Leider war der Hase sehr neugierig und steckte seine Hasenohren gerne in Sachen, die ihn nichts angingen, so zum Beispiel in die Küche, wenn seine Mutter mit der Köchin Geheimnisse austauschte. Eines Tages versuchte die Köchin, ihn zu fangen, weil er sie wieder einmal belauscht hatte. Er lief weg und wollte gerade zur Tür hinaus, da fiel die Tür zu – aber eines seiner Ohren war noch drin, und so kam es, dass es in der Tür eingeklemmt und abgeknickt wurde …

Ja, genau, rief ich. Weißt du, dass ich mir damals immer überlegt habe, ob der Hase mit dem abgeknickten Ohr noch was hören könnte?

Warum hast du mich nicht gefragt?

Weil ich Angst hatte, du würdest nein sagen, ich wollte mir lieber vorstellen, dass er immer noch dreiundzwanzig Kilometer weit hören kann.

Mein Vater lachte. Es war ein fröhliches, lautes Lachen, wie ich es seit damals nicht mehr von ihm gehört hatte.

Hast du noch Bilder von Ella, fragte mein Vater, und ich erschrak.

Ein paar habe ich noch, sagte ich zögernd und nahm einen Karton aus dem Schrank, den ich ihm gab; ich wartete ängstlich auf seine Reaktion, aber er sah sich ruhig die Bilder an, dann legte er sie zurück in den Karton.

Ich war ein miserabler Vater, sagte er.

Das stimmt nicht, widersprach ich, du warst ein guter

Vater ... solange du eben konntest. Vielleicht warst du kein ganz so toller Ehemann.

Bestimmt nicht, sagte er, eigentlich habe ich auf ganzer Linie versagt, außer vielleicht als Arzt. Zögernd fragte er, was sagt deine Mutter über mich?

Dass du das Untreue-Gen hättest, erwiderte ich, und dass sie Angst hat, ich hätte es auch und würde mich und andere damit unglücklich machen.

Er sah mich fragend an. Und?

Ich zuckte die Schultern. Ich habe eine Liebe ohne Leidenschaft gelebt und viele Leidenschaften ohne Liebe, aber jetzt hat sich etwas verändert, und das ist sehr schön, aber es macht mir auch Angst. Ich glaube, das hat was mit dir zu tun. Ich fürchte die ganze Zeit, der Mann, den ich liebe, könnte einfach weggehen, so wie du damals.

Ich bin nicht freiwillig gegangen, sagte mein Vater, deine Mutter wollte es so.

Ist das wahr?, fragte ich überrascht, sie hat immer gesagt, du hättest sie verlassen!

In gewisser Weise stimmt das auch, antwortete mein Vater, ich hatte sie innerlich verlassen. Mein Schmerz um Ella war zu groß, ich konnte ihn nicht mit ihr teilen, und so haben wir uns verloren, deine Mutter und ich.

Sie war schon vorher unglücklich.

Hat sie das gesagt?

Sie sagte, du hättest mit anderen Frauen geschlafen.

Ich habe sie trotzdem geliebt, sagte er, für manche Menschen hat das eine mit dem anderen nichts zu tun.

Für welche Menschen?

Er sah mich nachdenklich an, bevor er antwortete. Für solche, die sich niemals ganz geben können.

Er trank einen Schluck und sah plötzlich alt aus. Kann ich hier übernachten, fragte er, ich möchte jetzt nicht zurück ins Heim.

Natürlich, sagte ich, es ist ein Zimmer frei, aber du musst im Heim anrufen und Bescheid sagen, sonst machen sie sich Sorgen um dich.

Anrufen? Mein Vater sah mich flehend an.

Wenn du woanders übernachten kannst, dann kannst du auch anrufen, sagte ich streng und kam mir vor wie eine Mutter, die zu ihrem Kind spricht.

Ich räumte schnell Jos Zimmer auf und überzog das Bett neu. Auf dem Flur hörte ich die Schritte meines Vaters, der unschlüssig vor dem Telefon auf und ab ging. Da muss er jetzt durch, dachte ich und überlegte, woher diese Furcht vor dem Telefonieren kommen könnte. Vielleicht hatte es damit zu tun, dass er am Telefon von Ellas Unfall erfahren hatte.

Die Schritte hatten aufgehört, ich hörte die Stimme meines Vaters, hier Walser, ich wollte nur sagen, ich übernachte bei meiner Tochter, ja, alles in Ordnung, ich komme morgen zurück, vielen Dank, gute Nacht.

Ich verließ das Zimmer und ging lächelnd auf ihn zu. Du hast es geschafft, sagte ich, du hast den Bann durchbrochen, das Telefon kann dir nichts mehr anhaben!

Er lächelte verlegen, es war ihm peinlich, dass ich ausgesprochen hatte, was er zu verbergen versucht hatte.

Ich gab ihm ein Handtuch und zeigte ihm das Badezimmer, schlaf gut, sagte ich, morgen hole ich uns frische Brötchen zum Frühstück.

Ich lag lange wach, aufgeregt und zappelig wie als Kind, wenn ich ein besonders schönes Geschenk bekommen hatte. Mein Vater war zurückgekehrt, er hatte sich entschlossen zu leben.

In der Nacht stand ich noch mal auf und schlich an sein Bett, um mich zu vergewissern, dass er wirklich da war, dass es kein Traum gewesen war.

Er lag auf dem Rücken und schlief, die Gesichtszüge entspannt, die Handflächen offen neben sich.

Ich sah ihn lange an, versuchte, in seinem Gesicht zu lesen; wollte Spuren des Menschen finden, der er früher gewesen war, aber ich sah nur die Züge eines alten, schlafenden Mannes.

Ich fühlte, dass ich jetzt die Verantwortung für ihn trug, wir hatten endgültig die Rollen getauscht. All die Jahre hatte ich um ihn gekämpft, weil ich so dringend einen Vater haben wollte, und nun hatte ich ihn gleichzeitig zurückgewonnen und verloren.

Sah so aus, als müsste ich jetzt erwachsen sein.

Unmerklich hatte sich Andrés Verhalten verändert. Er blieb abends länger im Wohnzimmer, mit einem Buch oder vor dem Fernseher, sodass Bea meist schon schlief, wenn er ins Bett ging. Er wich ihr nicht absichtlich aus, suchte aber auch nicht ihre Nähe. Am liebsten war er allein mit seinen Gedanken.

Er wusste nicht, ob es ihr aufgefallen war, bisher jedenfalls hatte sie nichts dazu gesagt.

Eines Abends begann sie ein Gespräch, das ihm merkwürdig vorkam.

»Ich habe heute mit Rena telefoniert«, erzählte sie. »Sie hat nach Liane gefragt.«

»Ach, du weißt es ja noch gar nicht«, sagte André, »Karl hat sich von Liane getrennt!«

»Sieh mal an! Und warum?«

»Angeblich war das Wochenende mit uns schuld.«

»Wie meint er das?«

»Er sagte, im Vergleich mit dir und Hanna habe Liane doch nicht so toll abgeschnitten.«

Bea hob eine Augenbraue. »Hanna hat ihm also auch gefallen«, sagte sie, »aber das kann er sich abschminken, die steht nicht auf ältere Typen.«

»Woher weißt du das?«

»Ihr Freund ist so alt wie sie, und sie hat einen jungen Kollegen, der ihr gefällt. Der einzige Mann über vierzig, der bei Hanna eine Chance hätte, ist Kevin Spacey, aber die Wahrscheinlichkeit, dass sie den trifft, ist ja nicht besonders groß.«

André hoffte, Bea würde den winzigen Gedankenschritt nicht vollziehen, der die Verbindung zwischen ihm und dem Schauspieler, dem er angeblich so ähnlich sah, herstellen würde. Aber offenbar hielt sie ihn nicht für so aufregend, dass er es mit einem Leinwandhelden aufnehmen könnte. Er empfand es als merkwürdigen Widerspruch, dass Ehefrauen ständig Angst hatten, ihre Männer könnten sie betrügen, dass sie diese Männer aber in Wahrheit gar nicht für attraktiv genug hielten, weil sich ihre Anziehung auf sie selbst bereits abgenutzt hatte.

Aus seiner Praxis wusste André, dass ein Mann, der von seiner Ehefrau als langweilig und temperamentlos beschrieben wurde, bei seiner Geliebten Feuer der Leidenschaft entfachen konnte. Wenn die beiden Frauen sich zufällig über ihn unterhalten würden, kämen sie niemals auf die Idee, es könnte sich um denselben Mann handeln.

Auch Bea traute ihm eigentlich keine Affäre zu, das spürte er und war froh darüber, obwohl es ja eher ein Grund gewesen wäre, beleidigt zu sein.

Er hatte sich nie vorstellen können, eines Tages ein Doppelleben zu führen, aber jetzt gelang es ihm, zu seiner eigenen Überraschung.

Nach einigem Nachdenken war er zu dem Schluss gekommen, dass niemand was davon hätte, wenn er Bea seine Beziehung zu Hanna beichten würde. Nichts und niemand könnte ihn davon abhalten, seine Leidenschaft mit Hanna auszuleben. Aber er hatte nicht aufgehört, Bea zu lieben; warum sollte er sie unnötig verletzen?

So hatte er sich damit abgefunden, ein untreuer Ehemann und Familienvater zu sein. Er mochte all das Unwürdige nicht, das mit dieser Entscheidung einherging, die Heimlichkeiten und Lügen; aber er wusste, dass sie der Preis dafür wären, dass er die größte Liebesgeschichte seines Lebens erlebte, mit einer Frau, die ihn so unbedingt wollte, dass es ihn manchmal erschreckte.

Hanna kam zwei bis drei Mal in der Woche zu ihm. Er hatte es so eingerichtet, dass er um fünf mit seinen Patienten fertig war, so blieben ihnen zwei Stunden, manchmal mehr.

Ihre Treffen liefen immer ähnlich ab, Hanna wartete vor dem Haus, bis der letzte Patient gegangen war und oben die Vorhänge zugezogen wurden. Das war das Zeichen.

Oft brachte sie André etwas mit, Süßigkeiten, Früchte, ein Buch; sie liebte es, ihn zu beschenken. Noch an der Tür fielen sie sich in die Arme, meist begannen sie sofort, sich auszuziehen, oft sprachen sie erst miteinander, wenn sie sich das erste Mal geliebt hatten, und nie blieb es bei einem Mal.

Irgendwann stand André auf und holte Wasser und Weißwein aus dem Kühlschrank, brachte den Aschenbecher und die Zigaretten. Er hätte all das vorbereiten können, aber es gehörte zum Ritual, dass er aufstand und ihr diese Dinge brachte. Hanna mochte es, ihm dabei zuzusehen; sie betrachtete seinen Körper, die muskulösen Beine, die breiten Schultern, und lächelte, wenn er unauffällig den Bauch einzog.

Sie tranken immer aus denselben Gläsern; er aus einem dickwandigen Wasserglas, sie aus einem schlanken Kelch.

Selbst die Reihenfolge, in der die Getränke gemischt wurden, stand fest: erst Wasser, dann Wein.

Hanna hatte ihm gesagt, wie amüsant sie diesen Hang zu festgelegten Abläufen bei ihm fand, begann aber, die Verlässlichkeit zu schätzen, die in diesen Ritualen lag. Sie gaben ihr wohl die Gewissheit, dass es auch beim nächsten Mal wieder so sein würde. Dass es ein nächstes Mal geben würde.

Nur einen bestimmten Moment fürchtete und hasste sie: wenn André gegen sieben zur Uhr sah. Sie verstand nicht, dass er sie intensiv und leidenschaftlich lieben konnte, aber Wert darauf legte, zum Abendessen pünktlich nach Hause zu kommen.

»Wie wichtig bin ich dir überhaupt, wenn du dich von deiner Frau so gängeln lässt«, sagte sie gekränkt.

»Ich lasse mich nicht gängeln«, verteidigte er sich, »aber was hast du davon, wenn Bea misstrauisch wird?«

»Es gäbe tausend Ausreden.«

»Ich lüge nicht gern«, sagte André, »wenn es sich vermeiden lässt, geht es mir besser.«

Bald setzte Hanna alles daran, ihn seine Disziplin vergessen zu lassen, und sie begann, seine Liebe daran zu messen, wie weit er den Zeitrahmen ausdehnte, den er ihr widmete.

»Ich will mal mit dir ausgehen, ins Kino oder zum Essen, ich will mich nicht die ganze Zeit verstecken!«

»Das ist zu gefährlich, jemand könnte uns sehen.«

»Wir leben in einer Großstadt, dann gehen wir halt dahin, wo uns keiner kennt.«

»Der Teufel ist ein Eichhörnchen«, sagte André, »man kann überall jemanden treffen.«

»Aber wenn wir zusammen essen gehen, weiß noch niemand, dass wir ein Verhältnis haben!«

»Man sieht es uns an«, behauptete André.

Tatsächlich wunderte er sich, dass Bea ihm noch nicht auf den Kopf zugesagt hatte, dass er sie betrog. Wenn er nach seinen Treffen mit Hanna nach Hause kam, war sein ganzer Körper in Aufruhr; sein Anblick im Spiegel schien ihm so verräterisch, der Glanz in seinen Augen, die leicht geschwollenen Lippen, die Röte auf den Wangen.

Zwar duschte er immer, bevor er die Praxis verließ, aber Hanna saß ihm in allen Poren, er glaubte, ihren Duft auch noch wahrzunehmen, wenn er sich mit einer halben Flasche Rasierwasser übergossen hatte.

Einmal hatte Hanna versucht, ihm einen Knutschfleck zu machen, und zum ersten Mal hatte er gereizt reagiert.

»Was soll das, willst du, dass alles auffliegt?«

»Nein, natürlich nicht«, hatte Hanna schuldbewusst gesagt, »tut mir Leid.«

Es schien eine Gedankenlosigkeit gewesen zu sein, aber irgendetwas in ihr wollte vielleicht doch die Wahrheit ans Licht holen und ihn zwingen, sich zu ihr zu bekennen, dachte André.

Wir hatten uns mal wieder in der Bloody-Mary-Bar verabredet; Bea war schon da, als ich kam. Du hast mir gefehlt, sagte sie liebevoll und küsste mich, was treibst du denn die ganze Zeit?

Alles Mögliche, sagte ich ausweichend, ich bin viel bei meinem Vater, ich habe meine Wohnung renoviert, treffe Freunde, das Übliche eben.

Wann gehen die Proben weiter?

Dauert noch, sagte ich, Tibor hatte einen Hörsturz.

Der arme Kerl, sagte Bea. Na ja, auf die Weise hast du Urlaub, ist doch auch nicht schlecht.

Ich würde lieber was tun, sagte ich, ich bin schon wieder pleite, und die Warterei geht mir tierisch auf den Geist.

Bea lächelte, diesmal habe ich was Tolles für dich! Eine richtig große Rolle, acht Drehtage, ein gutes Drehbuch und ein bekannter Regisseur, das könnte dein Durchbruch werden!

Ich spürte, wie ich rot anlief, und konnte ihr nicht in die Augen sehen. Ich versteckte mein Gesicht in den Händen.

Was ist los, fragte Bea, alles in Ordnung?

Du tust so viel für mich, sagte ich mit gesenktem Blick, und ich ...

Wenn du was für mich tun könntest, würdest du's sicher tun, also mach dir keine Gedanken. Bea sah mich an und hob die Hand, und eine Sekunde lang glaubte ich, sie wüsste alles und würde mir ins Gesicht schlagen, dafür, dass ich ihren Mann verführt hatte, dafür, dass ich sie belog und ihr was vorspielte.

Aber sie streichelte nur meine Wange. Siehst wieder besser aus, sagte sie, nicht mehr so fertig wie neulich auf der Hütte. Weißt du eigentlich, dass du einen Verehrer hast?

Nein, murmelte ich, wen denn?

Karl. Bea lachte. Er hat tatsächlich mit seiner Tussi Schluss gemacht, irgendwie hast du ihm besser gefallen. Hat er sich mal bei dir gemeldet?

Nein, bisher nicht, und er ist auch nicht mein Typ.

Schade, meinte Bea, sonst hätten wir zu viert was machen können, du und Karl, André und ich. Willst du dich nicht wenigstens mal mit ihm treffen?

Sei nicht böse, Bea, sagte ich, aber die Sache mit Jo steckt mir in den Knochen, ich habe im Moment überhaupt keinen Kopf für andere Typen.

Schon gut, sagte Bea, war ja nur so 'ne Idee.

Außerdem ist er mir zu alt, fügte ich hinzu.

Du hast Recht, stimmte Bea zu, diese alten Säcke mit ihren jungen Freundinnen sind wirklich peinlich.

Wie geht's André, fragte ich und hoffte, dass es ungezwungen klänge. Es machte mich einfach an, mit Bea über ihn zu sprechen, ich versuchte es ja nicht zum ersten Mal. Vielleicht war es die Gefahr, dass ich mich verraten, dass sie einen Verdacht schöpfen könnte. Es war wie das Balancieren an einem Abgrund: dumm, gefährlich, aber aufregend.

Er hat wieder mit dem Rauchen angefangen, sagte Bea; er glaubt zwar, ich würde es nicht merken, aber ich bin ja nicht blöd.

Warum raucht er denn heimlich, fragte ich, du bist doch nicht seine Mutter?

Nach so langer Zeit ist man auch ein bisschen die Mutter, seufzte Bea, dagegen kann man wohl nichts machen.

Und warum hat er wieder angefangen?

Weiß nicht, sagte Bea und überlegte. Bisher ist er immer rückfällig geworden, wenn ihn irgendwas aus dem Gleichgewicht gebracht hat; Pauls Geburt, der Tod seiner Mutter, oder als er sich mal eingebildet hat, er hätte Krebs. Ich habe keine Ahnung, was jetzt passiert ist.

Hast du ihn nicht mal gefragt? Ich merkte, dass ich mich sehr nah an den Abgrund wagte.

Nein. André mag es nicht, wenn man ihn ausfragt. Er wird es mir schon sagen, wenn es mich betrifft. Hoffe ich jedenfalls.

Vielleicht ist es ja nur ein schwieriger Fall in seiner Praxis, sagte ich lahm.

Natürlich habe ich schon überlegt, ob er eine Affäre hat, fuhr Bea fort, ich habe vor einiger Zeit mal so einen komischen Anruf gekriegt, aber eigentlich glaube ich es nicht.

Nein, das passt nicht zu André, sagte ich im Brustton

der Überzeugung, ich meine, ich kenne ihn ja kaum, aber ich hatte den Eindruck, er ist anders als andere Männer.

Meine Hände waren schweißnass, ich klammerte mich an die Vorstellung, dass ich mich auf einer Bühne befände und in einem mittelmäßigen Boulevardstück mitspielte; es war erstaunlich, wie sehr Gespräche im Leben den Dialogen in Boulevardstücken gleichen konnten.

Du hast Recht, sagte Bea, aber wenn es um Sex geht, unterscheiden Männer sich nicht sehr voneinander, wenn das Angebot entsprechend ist, sagen die wenigsten nein.

Du glaubst, André würde eine reine Sexaffäre beginnen?, fragte ich entsetzt.

Er würde natürlich glauben, er sei sehr verliebt, sagte Bea, um es vor sich selbst zu rechtfertigen. Wir haben zurzeit eine schwierige Phase, und in Krisenzeiten neigen Männer dazu, sich anderweitig Bestätigung zu verschaffen.

Ich umklammerte meine Bloody Mary, oh mein Gott, vielleicht bildete ich mir nur ein, dass André bis zur Besinnungslosigkeit in mich verliebt war, vielleicht ging es ihm wirklich nur um Sex und Selbstbestätigung, vielleicht war das, was ich für Liebe hielt, nur das Symptom einer Midlifecrisis oder einer Ehekrise! Wenn ihn jemand kannte, dann ja wohl Bea, die ihr halbes Leben mit ihm verbracht hatte, vielleicht sah sie die Dinge klar, weil ihr Blick nicht von Leidenschaft getrübt war.

Ich fühlte mich plötzlich ganz elend. Sicher irrst du dich, sagte ich beherrscht, ich glaube, du unterschätzt deinen Mann.

Auch wenn's komisch klingt, sagte Bea, aber das hoffe ich. Kommst du uns mal besuchen? Wir könnten für dich kochen, und du würdest endlich Paul kennen lernen!

Der Zug fuhr in den Bahnhof ein, André nahm seine Reisetasche und stieg aus. Nasskaltes Herbstwetter empfing ihn und die heimelige Tristesse eines deutschen Provinzortes mit dreißigtausend Einwohnern, einer Barockkirche, den Resten der antiken Stadtmauer, einer Mehrzweckhalle, einer Sportanlage und zwei Buchhandlungen. Eine von ihnen veranstaltete, gemeinsam mit der örtlichen Eheberatungsstelle, seine Lesung aus »Krise als Chance«, mit anschließender Diskussion.

André hatte schon viele Lesungen hinter sich gebracht; das Thema war ein Dauerbrenner und die Veranstaltungen gut besucht; je kleiner der Ort war, desto mehr Leute kamen, und die Buchhändler führten ihn anschließend in eine Weinstube oder zum einzigen Italiener am Platz. Das war gut so, denn die Hotels, in denen er untergebracht wurde, waren dermaßen deprimierend, dass man sie so spät wie möglich und am besten in angetrunkenem Zustand aufsuchte.

André setzte sich in das einzige Taxi, das vor dem Bahnhof wartete, und nannte die Adresse vom Hotel Post.

»Da könnten Sie auch laufen«, brummte der Fahrer und deutete mit seinem angebissenen Schinkenbrötchen in die entsprechende Richtung.

»Ich möchte aber fahren«, sagte André.

Der Mann legte das Brötchen auf den Beifahrersitz und ließ widerwillig den Motor an. Die Fahrt dauerte ungefähr anderthalb Minuten, André rundete den Preis großzügig auf.

Das Hotel war gar nicht so schlimm. Das Zimmer war sogar freundlich, mit Korbmöbeln und hellen Vorhängen, nur das Bad bot den üblichen Anblick, braune Fliesen und Nasszelle mit Milchglas.

Ein Blumenstrauß mit Grüßen der Buchhandlung stand neben dem Fernseher, daneben ein Tellerchen mit Pralinen. Aber Süßigkeiten stellten keine Verführung mehr dar für André. Seit er mit Hanna schlief und wieder rauchte, hatte er fast fünf Kilo verloren.

Er legte sich aufs Bett und verschränkte die Arme hinter dem Kopf; er war froh, dass Bea ihn nicht hatte begleiten können, viel lieber war er allein. In letzter Zeit war ihm Beas und Pauls Anwesenheit manchmal lästig gewesen, die Liebe zu Hanna war so kräftezehrend, sie beanspruchte seine Seele, seinen Körper, seine Gedanken. Er war wie süchtig nach ihr, seine Unersättlichkeit und die Heftigkeit seiner Gefühle machten ihm Angst, denn da war ja sein anderes Leben, sein Alltag, sein Beruf, seine Familie, alles, was ihm wichtig war und was er nicht zerstören wollte.

Er fühlte sich zerrissen zwischen diesen beiden Welten, konnte und wollte sich nicht entscheiden, wusste aber nicht, wie lange er noch die Kraft haben würde, in beiden gleichzeitig zu leben, sich ständig zu verstellen und immer neue Lügen zu erfinden.

Sobald Hanna aber in der Tür seiner Praxis stand, waren alle Zweifel und düsteren Gedanken wie weggeblasen; ihre Lebendigkeit, ihr Lachen, die Mischung aus naiv Liebender und verruchter Verführerin machten ihn wehrlos und weich. Er gab sich hin und genoss den Zauber des Augenblicks; aber sobald sein körperliches Verlangen befriedigt war, kamen die quälenden Gedanken wieder und trieben ihn zurück in sein anderes Leben. Wenn er wenig später mit Bea zusammensaß, sehnte er sich schon wieder nach Hanna.

Bea stellte noch immer keine Fragen, aber neulich hatte sie plötzlich seine Hand in ihre genommen und gesagt: »Wenn dich irgendwas bedrückt, ich bin für dich da.«

Er hatte nur genickt, nicht geantwortet; es wäre ihm lieber gewesen, sie hätte ihn beschimpft, ihm vorgeworfen, er vernachlässige sie und sei innerlich abwesend. Auf einen solchen Angriff hätte er mit einem Gegenangriff reagieren können; so aber fühlte er sich elend und hätte um ein Haar seinen Kopf auf den Tisch gelegt und angefangen zu weinen.

Dieses Versteckspiel war viel anstrengender, als er es sich jemals hätte vorstellen können, und er fragte sich, wie all die Männer und Frauen es ertrugen, die ihre Partner zum Teil jahrelang oder immer wieder von neuem betrogen.

Vielleicht stumpfte man ab. Oder man musste eine spezielle Veranlagung dafür haben. Er hatte diese Veranlagung nicht; er litt darunter, dass die Liebe ihn dazu zwang, sich klein und mies zu verhalten, weil er zu dem Großen und Schönen nicht stehen konnte.

Er dachte an Hannas letzten Besuch, sie hatten sich geliebt, als wäre es ein Abschied für immer, nicht für eine Woche.

»Schwör mir, dass du mich liebst«, hatte sie geflüstert und sich an ihn geklammert.

Er hatte sie in seinen Armen gewiegt wie ein Vater sein Kind und Worte geflüstert, die ihm albern und lächerlich vorgekommen waren.

»Ich würde so gerne mal eine Nacht mit dir verbringen«, hatte sie gesagt, »warum nimmst du mich nicht mit zu deinen Lesungen?«

»Es geht nicht, Hanna, das weißt du doch«, hatte er abgewehrt, obwohl ihm der Gedanke selbst schon gekommen war. Aber Hanna auf die Reise mitzunehmen, die er gemeinsam mit Bea hatte machen wollen, diesen Verrat brachte er einfach nicht übers Herz.

»Wir wären in einer fremden Stadt, wo uns keiner kennt, könnten in eine Kneipe gehen oder ins Kino, oder den ganzen Tag im Bett bleiben und uns vom Zimmerkellner bedienen lassen. Wir könnten uns bis zur Erschöpfung lieben, und vielleicht hätten wir danach endlich genug voneinander und könnten uns trennen.«

»Ich will nicht genug von dir kriegen«, hatte er gesagt und sie noch näher an sich gezogen.

»Ich auch nicht«, hatte Hanna gesagt, »aber manchmal denke ich, du willst es, weil ich dein schönes, geordnetes Leben durcheinander bringe und dich zwinge, lauter Dinge zu tun, die du nicht willst.«

»Vielleicht war es an der Zeit, dass du mein schönes, geordnetes Leben durcheinander bringst.«

»Du hast ja auch meins durcheinander gebracht. Wir sind also quitt.«

Während er an sie dachte, vermisste er sie schon wieder und verfluchte sich für seine Skrupel. Sie könnte jetzt neben ihm liegen, er könnte sie im Arm halten, sie könnten sich lieben oder einfach nur daliegen und genießen, dass sie zusammen waren.

Er zwang sich, den Gedanken an Hanna zu verscheuchen, und stand auf, um seine Lesung vorzubereiten. In einer Stunde würde die Dame aus der Buchhandlung kommen, um ihn abzuholen.

Er griff nach dem Exemplar seines Buches, das er bei

den Lesereisen verwendete, und schlug es auf. Ein Zettel fiel heraus.

Wir wohnen
Wort an Wort

Sag mir
Dein Liebstes
Freund

Meines heißt
DU

(Rose Ausländer)

Ich liebe dich. Hanna

André folgte Frau Erhardt, der Dame aus der Buchhandlung, die mit energischen Schritten vor ihm herging.
»Fast hätten wir einen anderen Raum angemietet«, erklärte sie, »aber die Atmosphäre im Laden ist schöner, deshalb haben wir die Leute alle hier reingequetscht!«
Mindestens achtzig Zuhörer, wie immer überwiegend Frauen, saßen in engen Reihen aus Klappstühlen und sahen ihm neugierig entgegen.
Lampenfieber packte ihn; er wusste, dass es bald nachlassen würde, aber die ersten Minuten waren jedes Mal schlimm.
Die Gesichter der Leute verschwammen zu einer bunten Masse, er wagte nicht, jemanden anzusehen, hielt sich Halt suchend an seinem Buch fest. Schnell setzte er sich, kontrollierte die Position der Leselampe und schenkte sich ein Glas Wasser aus der bereitstehenden Flasche ein.
Frau Erhardt trat neben ihn und sprach einige Begrüßungsworte; André bedankte sich und begann mit seiner Einführung. Den Text hatte er im Kopf, das Karteikärt-

chen mit den Stichworten lag nur zur Sicherheit neben dem Buch.

»Wir alle kennen die Phasen im Leben, in denen etwas nicht so läuft, wie es laufen sollte; sei es im Beruf, in der Partnerschaft, im Bereich der Gesundheit oder im sozialen Umfeld. Wir fühlen uns hilflos, haben den Eindruck, die Ereignisse überrollen uns. Die wenigsten von uns wissen, wodurch die Krise ausgelöst wurde und welchen Anteil wir selbst daran haben. Und am wenigsten wissen wir, welchen Sinn das alles haben soll und ob es uns jemals wieder besser gehen wird. Der Titel Krise als Chance mag Ihnen befremdlich erscheinen, aber am Ende dieses Abends werden Sie ihn besser verstehen.«

Er lächelte ins Publikum, dann begann er, ausgewählte Passagen vorzulesen und durch erläuternde Bemerkungen zu ergänzen. Er sprach über den Sinn und den typischen Verlauf von Krisen, über die verschiedenen Arten von Krisen, darüber, wie man ihre Ursachen herausfinden und sie letztlich überwinden kann.

Als die Lesung vorüber war, klatschten die Zuhörer. Gleich danach meldete sich eine alte Dame.

»Wie viele Patienten haben Sie in Ihrer Praxis schon behandelt?«

»Ungefähr achthundert«, sagte André, »ich mache seit vierzehn Jahren Einzel- und Paartherapie.«

Diese Frage wurde oft als erste gestellt, offenbar wollten die Leute seine Kompetenz abschätzen.

»Warum scheitern heutzutage so viele Beziehungen?«, fragte ein junges Mädchen.

»Das hat viele Gründe«, begann André, »wir sind ungeduldiger als früher, unsere Konsumhaltung überträgt sich auf unsere Beziehungen. Unsere Vorfahren haben aus wirtschaftlichen Gründen geheiratet, heute heiraten wir aus Liebe, und wenn es Schwierigkeiten gibt, sehen wir uns nach einem neuen Partner um. Es ist leichter geworden, sich zu trennen, auch, weil Frauen heute wirtschaftlich unabhängiger sind.«

»Das klingt ja, als wollten Sie die Frauen zurück an den Herd schicken«, beschwerte sich das Mädchen.

André lächelte. »Nein, das nicht. Aber eine geglückte Ehe hat viel mit Arbeit zu tun, auch mit Verzicht. Und man braucht Geduld und Humor.«

»Das klingt furchtbar unromantisch«, sagte das Mädchen enttäuscht.

»Vielleicht haben Sie eine zu romantische Vorstellung von Beziehungen«, vermutete André.

»Gibt es überhaupt glückliche Ehen?«, ertönte eine Stimme aus den hinteren Reihen.

Er zuckte zusammen. Das war doch nicht möglich.

Suchend blickte er in die Richtung, aus der die Stimme gekommen war. Tatsächlich, dort saß Hanna!

Eine Mischung aus Ärger und Freude durchfuhr ihn, er versuchte, sich seine Überraschung nicht anmerken zu lassen.

»Kommt darauf an, was man erwartet«, sagte er ausweichend.

Es war ein seltsames Gefühl, sie so unerwartet vor sich zu sehen, an einem Ort, wo er nicht mit ihr gerechnet hatte.

Hanna meldete sich erneut. »Kann man sich auch in jemand anderen verlieben, obwohl man eine gute Ehe führt?«

»Das soll vorkommen.«

»Was würden Sie jemandem in dieser Situation raten?«

»Ich würde ihm helfen, seine Gefühle besser kennen zu lernen. Was wir als Liebe empfinden, drückt oft nur unser Entzücken über die Gefühle aus, die der andere uns entgegenbringt. Oder den Mangel, den wir vorher empfunden haben.«

Hanna wirkte plötzlich unsicher. »Sprechen Sie vielleicht ... über den Unterschied zwischen Liebe und Leidenschaft?«

»Wenn Sie so wollen.«

Die Zuhörer waren mit Spannung dem Dialog gefolgt, nun gingen zahlreiche Hände in die Höhe, die Diskussion wurde lebhafter, doch André hatte kaum noch Lust, die immer gleichen Fragen zu beantworten.

Ihm war der schmale Grat bewusst geworden, auf dem er sich bewegte, alles, was er zu wissen geglaubt hatte, war bedeutungslos geworden. Die Liebe hatte all seine Überzeugungen infrage gestellt, auch die, an die er sich mit letzter Kraft zu klammern versuchte.

Er dachte daran, dass eine ganze, ungestörte Nacht vor ihm und Hanna lag, und konnte es kaum erwarten, aus der Buchhandlung rauszukommen.

»Du Verrückte«, murmelte André und drückte sie an sich, als sie sich gegen Mitternacht endlich vor dem Hotel trafen.

Nach der Lesung hatte Hanna sich als Mitarbeiterin seines Verlages ausgegeben und war mit in das Restaurant gegangen, in das die Veranstalter ihn und einige Gäste eingeladen hatten. Sie hatte ihre Rolle perfekt gespielt; niemand am Tisch hatte Verdacht geschöpft.

Sie war vor André aufgebrochen, beim Abschied hatte sie ihm einen Zettel zugesteckt: Treffe dich vor dem Hotel.

Zehn Minuten später hatte er sich verabschiedet und war im Laufschritt zu ihr geeilt.

»Du bist unmöglich«, sagte er, »was soll ich jetzt mit dir machen?«

»Och, da wüsste ich ein paar Dinge«, sagte sie lächelnd.

»Und das Hotelpersonal?«

»Wird ja nicht das erste Mal sein, dass ein Autor eine Leserin abschleppt«, sagte Hanna ungerührt.

Die Rezeptionistin hatte ihm einen Hausschlüssel ausgehändigt, das bedeutete, es gab keinen Nachtportier. Morgen früh würde sich schon ein Weg finden, Hanna unauffällig hinauszuschleusen.

»Also los«, flüsterte er. Leise betraten sie das Hotel und stiegen die Treppe in den zweiten Stock hinauf, wo Andrés Zimmer lag.

Bevor Hanna eine Stunde später erschöpft in Andrés Arm einschlief, flüsterte sie: »Lass uns einfach für immer hier bleiben.«

Vom Klingeln des Telefons wurden sie geweckt. Schlaftrunken nahm André den Hörer ab und hörte Beas Stimme.

»Ich bin's, Pascho.«

»Guten Morgen«, murmelte André und sah auf die Uhr, es war nach zehn.

»Ich muss mit dir reden.« Bea klang aufgeregt.

»Ist was passiert?«

»Genau das sollst du mir sagen! Du hast gestern nicht bei mir angerufen; ich saß den ganzen Abend mit Mutter im Hotel und habe gewartet.«

Verdammt. Er hatte es einfach vergessen.

»Bea, ich bin nicht dazu gekommen. Die Lesung hat lange gedauert, ich habe eine Menge Bücher signiert, und hinterher waren wir essen, danach war es so spät, dass ich dich nicht mehr stören wollte.«

»Gestern Nacht ist mir was klar geworden«, sagte Bea, als hätte sie gar nicht zugehört.

»Wovon redest du?«

»Ich glaube, dass du mich betrügst.«

André drehte sich fast der Magen um. »Was? Aber das ist doch absurd.«

»Bist du allein?«

André spürte Hannas Blick. »Natürlich bin ich allein, was denkst du denn?«

»Was ich denke? Dass ich dich verlasse, dass ich dich umbringe ...«, sie begann zu weinen, »ich habe heute Nacht keine Sekunde geschlafen und die ganze Zeit gehofft, dass ich mich doch irre.«

»Beruhige dich, Bea«, sagte André, »natürlich irrst du dich. Wenn wir beide wieder zu Hause sind, sprechen wir in Ruhe darüber, okay?«

Hanna hörte mit wachsender Empörung zu, am liebsten hätte sie ihm den Hörer aus der Hand gerissen und selbst mit Bea gesprochen, um diesem unwürdigen Schauspiel ein Ende zu machen.

Wenn er seine eigene Frau so skrupellos belügen konnte, wer garantierte ihr, dass er nicht auch sie belog?

André beendete das Gespräch und sah Hanna Hilfe suchend an. »Sie weiß es. Nein, sie ahnt es.«

»Warum hast du ihr nicht die Wahrheit gesagt?«, fragte Hanna. »Es war ekelhaft, dir beim Lügen zuhören zu müssen.«

André starrte sie an. »Ich verstehe dich nicht. Willst du alles zerstören?«

Erst allmählich dämmerte ihr, was er meinte.

»Willst du sagen, wenn Bea dich vor eine Entscheidung stellt, entscheidest du dich für sie? Ich spiele nur eine Rolle in deinem Leben, solange es keine Komplikationen gibt?«

»Nein, natürlich nicht«, sagte André , »aber ich kann Bea und Paul nicht verletzen, sie sind meine Familie, ich habe Verantwortung für sie, und ich ... ich liebe sie.«

»Und was ist mit mir?«, rief Hanna. Sie war vom Bett aufgesprungen und stand mit aufgerissenen Augen vor ihm.

»Das weißt du doch«, sagte André und vergrub sein Gesicht verzweifelt in den Händen. »Was soll ich denn tun, außer für dich lügen?«

Ich starrte aus dem Zugfenster, die Landschaft raste vorbei, mein Auge fand keinen Halt, auch meine Gedanken nicht.

Ich hatte in Windeseile meine Sachen gepackt und war abgehauen, ohne auf André zu hören, der versuchte, mich zum Bleiben zu bewegen. Die Rezeptionistin sah mir entgeistert nach, als ich die Treppe runtergerannt kam und ohne ein Wort an ihr vorbei aus dem Hotel stürmte.

Ich konnte es einfach nicht glauben; ein Anruf von Bea, und schon war alles nichts mehr wert, diese einzigartige Leidenschaft, seine Liebesschwüre, seine Sehnsucht, all das zählte nicht mehr.

Warum hatte er mich verraten? Warum hatte er ihr nicht gesagt, dass er mich liebte und ich ihn? Warum stand er nicht zu mir, warum kämpfte er nicht um mich?

Ich hatte immer gedacht, er verstecke unsere Liebe vor Bea, um ihr nicht wehzutun, aber in Wirklichkeit hatte er sie belogen, um sich den Konflikt zu ersparen, um seine Geschichte mit mir ungestört ausleben zu können, auf dem Weg des geringsten Widerstandes.

Warum war ich bloß an dem Morgen in der Hütte nicht einfach abgefahren, dann wäre nichts passiert, ich hätte mich weiter in unverbindliche Affären gestürzt, und niemand hätte mich jemals verletzen können.

Ich riss einen Notizblock aus meinem Gepäck und

begann, einen Brief an André zu schreiben, nach mehreren Versuchen gab ich es auf und wollte die Blätter aus dem Fenster werfen; wie Papierschwalben sollten die Zeugnisse meiner Liebe durch die Luft schweben und auf den Feldern landen, aber die verdammten Fenster ließen sich nicht öffnen, es blieb mir nichts übrig, als meine misslungenen Liebesbriefe im Klo runterzuspülen.

Plötzlich packte mich die Panik: Ich fürchtete, alles könnte vorbei sein, wenn ich jetzt nicht das Richtige täte. Wenn er nicht um mich kämpfte, musste ich eben um ihn kämpfen.

Morgen war mein erster Drehtag, ich war für eine Kostümprobe ins Studio bestellt worden. Ich hatte Bea gebeten, mich dort zu treffen.

Die Studiokantine war so trist wie alle Kantinen; an einem langen Tresen aus Edelstahl konnte man sich belegte Brötchen und Kuchen holen, am Automaten Kaffee und kalte Getränke. Ich lud mir der Form halber ein Stück Quarkstreusel aufs Tablett, dazu ein Glas Kräutertee, um meinen nervösen Magen zu beruhigen.

Bea wollte nur Mineralwasser, ich tat ein Scheibchen Zitrone rein, damit es hübscher aussähe.

Nebenan wurde das Fernsehspiel gedreht, bei dem ich meinen Durchbruch haben sollte; ich spielte eine junge Frau, die eines Tages erfährt, dass ihr Vater nicht ihr richtiger Vater ist, und diese Nachricht schockiert sie so, dass sie einen Autounfall hat, bei dem sie ihr Gedächtnis verliert. Am Schluss verliebt sie sich in den Mann, der nicht ihr Vater ist.

Bea sah nicht so strahlend aus wie sonst und wirkte leicht abwesend.

Hier ist dein Wasser, sagte ich und stellte das Glas vor ihr ab; danke, sagte sie und fischte die Zitrone raus. Ich bin gespannt, wie der Dreh wird, fuhr sie fort, die Besetzung ist fantatstisch! Du spielst neben lauter renommierten Kollegen, das ist eine Riesenchance. Wenn das Ding 'ne ordentliche Quote hat, wirst du dich vor Angeboten nicht retten können!

Ja, sagte ich, auf so eine Chance habe ich immer gewartet.

Was ist los, fragte Bea, warum wolltest du mit mir sprechen?

Ich holte tief Luft und schob den Kuchen, in dem ich mit der Gabel herumgestochert hatte, zur Seite. Ich muss dir was sagen, begann ich, und du kannst mir die Rolle danach wieder wegnehmen, das würde ich sehr gut verstehen.

Wieso sollte ich dir die Rolle wegnehmen, fragte Bea, ich kann mir keinen Grund dafür vorstellen; ich schon, sagte ich, wie wäre es zum Beispiel, wenn ich wüsste, dass du André vor drei Tagen im Hotel angerufen hast, um ihn zu fragen, ob er dich betrügt. Und wenn ich dir sagen würde, dass seine Antwort eine Lüge war.

Bea sah mich lange ganz ruhig an, als müsste sie tief in ihrer Erinnerung graben, um herauszufinden, wovon ich spräche. Dann sagte sie, komisch, ich hatte gedacht, es wäre Liane.

Es ist nicht Liane, sagte ich.

Bea blieb eine Weile stumm, dann sagte sie, danke, dass du's mir gesagt hast. Das Schlimmste ist, wenn jemand behauptet, deine Wahrnehmung sei falsch und du würdest dich irren, dabei weißt du genau, dass du dich nicht irrst. Wenigstens weiß ich jetzt, dass ich nicht verrückt bin.

Sie stand auf, sei mir nicht böse, ich muss ein bisschen an die Luft, vergiss nicht, dass du gleich zur Anprobe musst!

Jo war fürs Wochenende nach Hause gekommen, er wohnte bei Eddie und meiner Mutter. Erst wollten sie mich nicht zu ihm lassen, aber ich hatte so lange gebettelt, bis meine Mutter nachgegeben hatte; Eddie hatte sich gefügt, wie immer.

Seit Jo weg war, fehlte er mir furchtbar. Heimlich wünschte ich mir sogar, er würde eines Tages zurückkommen und wir könnten wieder zusammenleben, als Freunde, nicht als Paar. Aber es sah nicht so aus, als würde es dazu kommen.

Hi, sagte er, als ich am Sonntag pünktlich zum Mittagessen erschien, er kam nicht zu mir, um mich zu küssen oder zu umarmen, er blieb einfach stehen, wo er war, mit den Händen in den Hosentaschen.

Er sah gut aus, fand ich, nicht mehr so krank und eingefallen, auch seine Augen hatten nicht mehr das komische Flackern, das in den letzten Monaten immer stärker geworden war.

Hi, sagte ich. Ich wusste nicht, wie ich mich verhalten sollte, und als ich einen Schritt auf ihn zumachte, drehte er sich um und ging ins Wohnzimmer, wo Eddie saß und in Katalogen mit Ledermustern blätterte.

Hallo, Eddie, sagte ich, na, wie geht's? Ganz gut, sagte Eddie, hier, wirf mal einen Blick drauf, du hast doch einen guten Geschmack.

Ich beugte mich über seine Schulter und betrachtete die Lederstücke; unmöglich, murmelte Eddie, was die uns für Farben einreden wollen, würdest du eine Handtasche in diesem Orange tragen?

Nie im Leben, lachte ich, aber ich trage sowieso keine Handtaschen, nur Beutel oder manchmal Rucksäcke, für Handtaschen bin ich noch zu jung.

Älter wirst du von allein, sagte Eddie, ich schenk dir mal eine.

Da bist du ja, Hannele, sagte meine Mutter, sie kam aus der Küche und hatte ihre Schürze noch um. Was gibt's zu essen?, fragte ich; Rindsrouladen mit Kartoffelschnee, sagte sie, Jos Lieblingsgericht.

Jo lächelte und zog unmerklich eine Braue in die Höhe. Ich musste grinsen, er schien wieder der Alte zu sein, und ich hatte das heftige Bedürfnis, ihn zu umarmen und ihm zu sagen, wie sehr ich mich freute, ihn zu sehen. Aber Jo war so distanziert, und ich traute mich nicht.

Beim Essen redeten wir über belangloses Zeug; jeder vermied die Themen, die in der Luft lagen. Irgendwann hielt ich es nicht mehr aus und fragte, und, wie lange musst du da noch bleiben?

Meine Mutter schickte mir einen unwilligen Blick, lass den Jungen doch in Ruhe, schien sie sagen zu wollen.

Jo kaute bedächtig seinen Bissen und schluckte ihn runter. Ein paar Wochen noch, sagte er und zuckte die Schultern, eigentlich ist es total angenehm, du musst dich um nichts kümmern, kriegst Pillen, damit du gut drauf bist, und die Zeit vertreibst du dir mit Malen und Reden, da wird ja ständig geredet, zu zweit, in Gruppen, irgendwann fängt man an, mit sich selbst zu reden, aber das mögen sie nicht so.

Was für Pillen, fragte ich, hast du nicht einen Entzug gemacht?

Klar, sagte Jo, aber die Pillen verhindern jetzt, dass ich psychisch abdrifte und wieder Drogen nehme; 'ne Zeit lang hab ich die Dinger heimlich ausgespuckt, aber dann hab ich angefangen, die Möbel aus dem Fenster zu werfen, und das mochten sie auch nicht.

Was man verstehen kann, sagte Eddie und lächelte, jedenfalls geht's dir schon viel besser, und in ein paar Wochen bist du wieder gesund und gehst zurück an die Hochschule und machst dein Studium zu Ende, nicht wahr?

Ich hatte das Gefühl, Eddie überriss den Ernst der Lage nicht; für mich sah es nicht so aus, als könnte Jo in absehbarer Zeit ins normale Leben zurückkehren.

Klar, sagte Jo, ich muss ja meinen Abschlussfilm drehen, die Jungs in Hollywood warten nicht ewig auf mich.

Eben, sagte Eddie zufrieden, das meine ich doch. Hast du noch eine Roulade für mich, Lilli?

Meine Mutter hatte die ganze Zeit geschwiegen, sie sah aus, als wäre ihr das alles peinlich, dabei konnte sie nun wirklich nichts dafür, dass Jo durchgeknallt war, und wahrscheinlich konnte auch ich nichts dafür.

Vögelst du noch mit dem Psycho-Doc, fragte Jo plötzlich. Ich wäre fast vom Stuhl gefallen, meine Mutter starrte mich entgeistert an, Eddie tat so, als hätte er die Frage nicht gehört, und ich sagte, was redest du denn da, das ist doch völliger Blödsinn. Ach ja, sagte Jo kalt, lügen konntest du immer schon gut.

Hört nicht auf ihn, murmelte ich, das Aufblitzen in Jos Augen und seine Stimme hatten mich an die üble Zeit mit ihm erinnert, ich wusste, wie unberechenbar er sein konnte, daran hatte offenbar auch der Klinikaufenthalt nichts geändert.

Beruhige dich, sagte meine Mutter und legte Jo die Hand auf den Arm, ich hol dir deine Tabletten; sie stand auf und lief aus dem Zimmer, Eddie schaufelte weiter sein Essen in sich rein, Jo starrte vor sich auf den Tisch, er zitterte leicht und schien irgendwie nicht da zu sein; ich hatte Angst vor ihm, aber er tat mir auch Leid.

Jo, sagte ich leise, bist du okay? Er sah mich an, mit leerem Blick, plötzlich lächelte er und sagte, klar bin ich okay.

Meine Mutter kam zurück und drückte zwei Tabletten in seine Hand, die er mechanisch in den Mund schob und mit einem Schluck Wasser runterspülte; du solltest dich ein bisschen hinlegen, sagte sie besorgt, er nickte und stand auf, bin hundemüde, sagte er und verließ das Zimmer.

Köstlich, deine Rouladen. Eddie schob zufrieden schmatzend seinen Teller von sich.

Sag mal, du kapierst wohl gar nichts, fauchte meine Mutter ihn an, dein Sohn ist immer noch krank, wer weiß, ob er jemals wieder gesund wird, vielleicht muss er sein Leben lang Medikamente nehmen, und du benimmst dich, als wäre alles völlig normal!

Was soll ich denn tun, sagte Eddie, und plötzlich konnte man sehen, wie verzweifelt er war. Der Junge ist genau wie seine Mutter, wenn die nicht an Krebs gestorben wäre, dann an ihrer inneren Einsamkeit; ich kann doch nichts dafür, dass manche Menschen sich auf der Welt einfach nicht zu Hause fühlen!

Er verbarg das Gesicht in den Händen, und ich musste an den Augenblick denken, in dem ich begriffen hatte, dass Erwachsene ebenso schutzlos sind wie Kinder. Eddie weinte wie ein kleiner Junge.

Vielleicht ist Jos Wahnsinn ein Zeichen von Genialität, versuchte ich Eddie zu trösten, vielleicht macht er irgendwann was ganz Großes, zutrauen würde ich es ihm.

Wen hat er denn gemeint, fragte meine Mutter misstrauisch, wer ist der Psycho-Doc, ist das etwa dein Therapeut?

Jo hat sich da was eingeredet, sagte ich, aber das ist natürlich kompletter Schwachsinn.

Warum hast du die Therapie abgebrochen, fragte meine Mutter, ich hatte das Gefühl, sie tut dir sehr gut.

Ich zuckte die Schultern, irgendwann war alles gesagt, und da wollte ich deinen Geldbeutel nicht unnötig strapazieren.

Aber du weißt doch, Hannele, sagte meine Mutter, ich würde jede Summe zahlen, um dich glücklich zu sehen!

André kam an einem Freitag gegen Abend von seiner Lesereise zurück; er brachte Bea Bücher, ein Seidentuch und eine Halskette mit, für Paul hatte er drei CDs und eine Sportuhr.

Bea hatte lange überlegt, ob sie ihm sagen sollte, dass sie Bescheid wüsste, oder ob sie ausprobieren sollte, wie lange er sie noch belügen würde. Schließlich hatte sie sich entschlossen abzuwarten.

Sie hatte Hanna nichts vorgespielt, sie war tatsächlich erleichtert gewesen, endlich Gewissheit zu haben; die Ahnungen der letzten Wochen hatten sie mehr gequält als die Wahrheit, die Hanna ihr präsentiert hatte. Sie war nicht überrascht gewesen, dass André sie betrog, überrascht war sie nur gewesen, dass sie nicht geahnt hatte, wer die Geliebte ihres Mannes war.

Komischerweise war sie nicht wütend auf Hanna, nicht mal auf André war sie richtig wütend. Sie fühlte sich nur auf eine furchtbare Weise gedemütigt und ausgeschlossen.

Trotzdem hatte sie für André gekocht, einen guten Wein geöffnet, Kerzen angezündet. Das Essen verlief entspannt, sie sprachen über die Schule, die Anschaffung eines neuen Kühlschranks, den Rohrbruch im Nachbarhaus, Pauls neue Lieblingsband. André bemerkte, dass Bea besonders liebevoll zu ihrem Sohn war; sie füllte mehrmals seinen Teller auf, stellte ihm interessierte Fragen, streichelte seine Hand.

Nach dem Essen verabschiedete sich Paul, um Freunde zu treffen.

»Komm nicht zu spät«, sagte Bea und sah ihm nach. Dann stand sie auf und räumte den Tisch ab.

»Wie geht's dir?«, fragte André. »Alles in Ordnung?«

»Klar«, sagte Bea, ohne ihn anzusehen.

»Die Reise lief übrigens sehr gut«, erzählte er, »es wurden unheimlich viele Bücher gekauft.«

»Sind eben viele Leute in der Krise.«

André zögerte. »Wir auch?«

Bea hielt inne und sah ihn an. »Was würdest du sagen?«

André stand auf. Er ließ heißes Wasser ins Spülbecken laufen, spritzte Spülmittel hinein und begann, die Pfanne abzuwaschen.

»Okay, wir haben Probleme«, räumte er ein, »aber von einer Krise würde ich nicht sprechen.«

»Wie würdest du es nennen, wenn ein Ehepaar nicht mehr miteinander schläft, kaum noch miteinander spricht, wenn der Mann einfach vergisst, seine Frau anzurufen, wenn er abends so lange vor dem Fernseher sitzen bleibt, bis sie eingeschlafen ist, oder sich gleich mit anderen Leuten verabredet?«

»Ist es so?«, fragte André und hielt mit dem Spülen inne; es klang nach einer dieser typischen rhetorischen Therapeutenfragen, die Bea so hasste.

»Ja, es ist so, auch wenn es dir offenbar noch nicht aufgefallen ist.«

»Es gibt eben Phasen, in denen man sich nicht so nahe ist, das ist nicht ungewöhnlich.«

»Nicht nahe?«, wiederholte Bea höhnisch. »Du bist

innerlich so weit weg, als wärest du auf einem anderen Kontinent!«

»Und deshalb glaubst du, dass ich dich betrüge.«

»Ich glaube es nicht, ich bin sicher.«

»Was macht dich so sicher?«

»Intuition.«

André lachte gezwungen. »Was soll ich jetzt sagen?«

»Wie wär's zur Abwechslung mit der Wahrheit?«

Er fühlte sich in die Enge getrieben. Nur jetzt nicht die Nerven verlieren, dachte er.

»Letztes Mal hattest du wenigstens noch einen Anruf, diesmal ist es nur irgendeine Ahnung, findest du nicht, dass die Beweislage ein bisschen zu dünn ist, um mich des Ehebruchs zu bezichtigen?«

Bea sah ihn traurig an und schüttelte den Kopf. »Du belügst mich also weiter.«

»Jetzt hab ich's aber satt!«, brüllte André und knallte die Pfanne auf den Tisch. »Es ist doch sowieso egal, was ich sage, du glaubst nur, was du glauben willst.«

Bea nahm die Pfanne und trocknete sie ab. »Erstaunlich, dass jemand so ein guter Therapeut sein kann und gleichzeitig so ein Arschloch.«

André packte Bea an den Schultern. »Du ...«, sagte er drohend.

»Lass mich los.« Bea entwand sich seinem Griff. »Du musst nicht weiter den wilden Mann spielen, Hanna hat mir alles gesagt.«

Sie hängte das Geschirrtuch an den Haken und verließ die Küche, André hörte ihre Schritte auf der Treppe.

Nach einem Moment des Schocks, der ihn bewegungslos verharren ließ, stürmte er nach oben. Die Tür zum Schlafzimmer war von innen abgeschlossen.

»Mach auf!«, brüllte er und hieb gegen die Tür. Er kannte sich selbst nicht mehr.

»Mach sofort auf!«, wiederholte er. Im nächsten Moment nahm er Anlauf und warf sich mit seinem gesamten Gewicht gegen die Tür.

Es krachte, die Tür gab nach, Holz splitterte.

Bea stieß einen Schrei aus, André hielt seine schmerzende Schulter, dann nahm er erneut Anlauf. Die Tür löste sich aus den Angeln und krachte im Schlafzimmer auf den Boden.

»Bist du wahnsinnig?«, schrie Bea und sah ihn mit aufgerissenen Augen an; sie hockte auf dem Bett, die Decke bis zum Kinn hochgezogen.

André ließ sich neben sie fallen.

»Es tut mir Leid«, sagte er und verbarg sein Gesicht in den Händen, »es tut mir so furchtbar Leid!«

Ein bitteres Schweigen entstand. Nach einer Weile sagte Bea: »Ich würde vorschlagen, du ziehst vorerst in die Praxis.«

André richtete sich auf. »Kommt nicht infrage! Ich trenne mich von Hanna!«

»Das will ich nicht«, sagte Bea. »Ich will keinen Mann, der nur bei mir bleibt, weil er ein anständiger Kerl sein will.«

»Ich will bei dir bleiben, weil ich dich liebe, weil du und Paul und ich eine Familie sind!«

»Das hättest du dir früher überlegen müssen.«

»Gib mir wenigstens eine Chance!«

»Du hattest deine Chance. Du hättest mir zwei Mal die Wahrheit sagen können, du hast beide Male gelogen. Wie soll ich dir jemals wieder vertrauen?«

»Ich wollte dich nicht verletzen!«, sagte André verzweifelt. »Deshalb habe ich gelogen!«

Überraschend sanft sagte Bea: »Du wirst lachen, das glaube ich dir sogar.«

André nahm ihre Hand und presste sie an sein Gesicht.

»Es ist stärker als ich«, sagte er, »ich habe mich dagegen gewehrt, ich habe sie weggeschickt, aber ich habe es nicht geschafft.«

»Ich versteh dich.« Bea lächelte traurig. »Hanna ist faszinierend, wenn ich ein Mann wäre, würde ich mich auch in sie verlieben.«

»Warum bist du nicht wütend?«, fragte André. »Warum schreist du nicht, warum schlägst du nicht auf mich ein, warum weinst du nicht mal?«

»Was würde das bringen?«

»Es würde mir das Gefühl geben, dass du um mich kämpfst. So kommt es mir vor, als hättest du mich schon aufgegeben.«

»Willst du denn, dass ich um dich kämpfe?«, fragte Bea leise und sah ihn zweifelnd an.

»Ich weiß es nicht«, sagte André hilflos.

Wieder schwiegen sie lange. Irgendwann sagte Bea fast unhörbar: »Und wenn ich es aushalte?«

»Was?«

»Dass du Hanna triffst. Ich könnte versuchen zu akzeptieren, dass du dich im Moment nicht entscheiden kannst.«

»Das ist verrückt.«

»Was ist die Alternative?«

André zuckte die Schultern.

»Ich sage es dir. Die Alternative ist, dass ich dich ganz verliere. Wenn ich verlange, dass du Hanna verlässt, wirst du es vielleicht tun, aber du würdest mich dafür hassen.«

»Lass uns morgen weiterreden«, bat er erschöpft, »ich kann nicht mehr.«

Er rollte sich wie ein Kind auf seiner Bettseite zusammen und war innerhalb von Minuten eingeschlafen. Bea lag lange wach und starrte in die Dunkelheit.

Es ist stärker als ich.

Sie hatte immer gewusst, dass solche Dinge passierten, aber nie wirklich geglaubt, dass sie ihr passieren würden. Nach so langer Zeit wiegt man sich in Sicherheit, sogar, wenn man einen Verdacht hat, glaubt man in Wahrheit nicht daran. Selbst jetzt, wo es ausgesprochen war, schien es Bea noch, als könnte es nicht wahr sein.

Wir drehten die Unfallszene; es war früher Abend und regnete in Strömen; der Regisseur fand's klasse, weil es viel besser aussieht, wenn die Lichter sich in der regennassen Fahrbahn spiegeln, aber das Team war nicht begeistert, weil es saukalt war und wir alle durchgeweicht.

Ich musste aus dem Haus rennen, ein Stück den Gehweg entlang und dann über die Straße, ein Auto erfasste mich, und ich wurde weggeschleudert; dieser Teil würde später von einer Stuntfrau übernommen werden.

Wir hatten schon sechs Takes gedreht, irgendwas war immer schief gegangen; mal war jemand durchs Bild gerannt, dann war das Auto zu früh gestartet, der Ton hatte Probleme, der Kameraakku war leer ... ich übte mich in Geduld und hoffte, dass ich diesen Karrieresprung nicht mit einer Lungenentzündung bezahlen müsste.

Immer wieder sah ich mich verstohlen um, weil ich fürchtete, Bea könnte auftauchen. Schließlich gab es die Möglichkeit, dass sie unser Gespräch fortsetzen wollte. Oder dass sie beschlossen hatte, mich umzubringen.

Ich hätte es ihr nicht verübeln können. Eigentlich gab es keine Entschuldigung für mein Verhalten, außer dass die Liebe eine Art Krankheit ist. Und wer könnte einem Kranken seine Krankheit vorwerfen?

Ich hoffte nur, Bea würde keine Szene am Set machen, aber das passte eigentlich nicht zu ihr. Viel mehr als vor einem Skandal fürchtete ich mich sowieso davor, ihr in die Augen sehen zu müssen.

Als die Szene endlich im Kasten war, gönnte ich mir ein Taxi. Ich hatte gerade die Adresse genannt, da klingelte mein Handy.

André hier, wo bist du?

Im Taxi nach Hause, sagte ich, mein Herz klopfte wild.

Kannst du in die Praxis kommen, fragte er; klar, sagte ich, in zehn Minuten bin ich da.

Ich dirigierte den Fahrer um, klatschnass und schlotternd vor Kälte lief ich die Treppen hoch, André stand schon an der Tür, ich flog in seine Arme.

Sieht so aus, als bräuchtest du eine heiße Dusche, hörte ich seine Stimme an meinem Ohr.

Er schob mich ins Badezimmer, ich zog die nassen Klamotten aus und drehte die Brause auf, komm zu mir, lockte ich, aber er blieb stehen und sah mich an, traurig und nachdenklich und irgendwie seltsam.

Komm doch, wiederholte ich, und dann stieg er in die Dusche, so wie er war, mit allen Kleidern. Wir küssten uns, ich zog ihm den Pullover über den Kopf und öffnete den Gürtel seiner Hose, wir rutschten auf den Boden der Duschkabine und verwandelten uns in ein Knäuel aus nassen Kleidern und nackten Körperteilen, ich stieß mich schmerzhaft an der Wand und schrie auf, André drang in mich ein, der heiße Regen prasselte unaufhörlich auf uns herab.

André zog einen Bademantel an und wickelte mich in ein Handtuch, er trug mich wie ein Baby aufs Sofa, brachte mir Wein und Wasser und eine Zigarette, als ich darum bat. Mein Körper schmerzte, ich fühlte mich wie zerschlagen.

Warum hast du das gemacht, fragte er, und ich sagte, weil ich nicht anders konnte. Ich wollte nicht, dass du sie weiter belügst.

Ich wollte Schluss mit dir machen, sagte er.

Ängstlich sah ich ihn an. Und?

Er schüttelte resigniert den Kopf. Ich schaffe es nicht.

Ich holte tief Luft, dann fragte ich, hat sie dich rausgeworfen?

Nein, sagte André, sie will, dass wir es ausleben. Sie sagt, wenn es überhaupt eine Chance gebe, dass ich zu ihr zurückkomme, dann nur, weil ich es will, nicht weil sie es will.

Das heißt, sie erlaubt dir, mit mir zusammen zu sein, fragte ich ungläubig, und André nickte.

Zögernd fragte ich, hasst sie mich?

Er schüttelte den Kopf. Nein, sie hat gesagt, wenn sie ein Mann wäre, würde sie sich auch in dich verlieben.

Ich hatte einen Kloß im Hals. Es wäre mir lieber, sie würde mich hassen, sagte ich leise.

Er nickte wieder und zog an seiner Zigarette. Sein feuchtes Haar kringelte sich über dem Kragen des Bademantels, er wirkte jung und sehr verloren.

Du siehst aus wie jemand, der heimlich raucht, sagte ich; ich bin jemand, der heimlich raucht, sagte er, und dann lachten wir beide, wahrscheinlich, weil uns zum Heulen zumute war.

André kochte Hanna am nächsten Morgen einen Tee, sie zog ihre halbwegs getrockneten Kleider an und verabschiedete sich eilig, um an den Drehort zu fahren.

In Gedanken versunken wanderte André durch seine

Praxis, zog mit dem Rechen Bahnen durch den Sand seines Zen-Gärtchens und sah aus dem Fenster. Das war die erste Nacht in zwanzig Jahren gewesen, die er ohne Erklärung nicht zu Hause verbracht hatte. Was immer er zu Bea gesagt hätte, sie hätte ihm ja doch nicht geglaubt.

Er wusste, dass ihr Vorschlag auf Dauer nicht funktionieren würde; er hatte zu viele unglückliche Paare therapiert, die versucht hatten, eine offene Beziehung zu führen. Seiner Erfahrung nach war der Mensch dafür nicht gemacht, aber Beas Vorschlag hatte ihm ein bisschen Luft verschafft, einen winzigen Aufschub, den er ausschöpfen wollte, koste es, was es wolle.

Vielleicht würde passieren, wovon Hanna neulich geträumt hatte: Sie würden sich so lange aneinander berauschen, bis sie genug hätten, und sich ohne Schmerzen trennen könnten. Die Leidenschaft ausleben, bis sie gnädig stirbt und die Liebenden in ihr altes Leben entlässt, das war eine wunderbare Vision; André wollte daran glauben, und momentweise gelang es ihm.

Es war halb neun, sein erster Patient würde um zehn kommen, er beschloss, im Café zu frühstücken. Als er gerade die Praxis verlassen wollte, hörte er schnelle Schritte auf der Treppe. Hanna, durchzuckte es ihn, sie hat etwas vergessen, sie kommt noch mal zurück.

»Bist du's?«, rief er und begriff im selben Moment, dass es ein Fehler gewesen war.

Bea bog um die Ecke, rannte, zwei Stufen auf einmal nehmend, auf ihn zu.

»Ja, ich bin es«, schrie sie, »ich, ich, ich!« Die Tränen liefen ihr übers Gesicht, es sah verquollen aus, sie musste eine schlaflose Nacht hinter sich haben.

André zog sie nach innen und schloss die Tür, er wollte sie in den Arm nehmen, aber sie stieß ihn weg.

»Ich halte das nicht aus!«, schrie sie. »Keine Sekunde halte ich das mehr aus!«

Vom Behandlungszimmer rannte sie ins Büro, wo das Sofa noch aufgeklappt war, Decken und Kissen darauf verstreut.

»Da habt ihr also die Nacht verbracht, ja? Wie oft habt ihr es hier schon gemacht? Zehnmal, hundertmal? Ist sie gut im Bett? Besser als ich? Schreit sie, wenn sie kommt? Krallt sie dir die Nägel in den Rücken?«

Bea brach erneut in Tränen aus, sie weinte so laut, dass André fürchtete, die Nachbarn könnten ihm die Polizei schicken; es musste ja so klingen, als misshandelte er eine Patientin.

»Beruhige dich doch«, sagte er eindringlich und machte einen neuen Versuch, sich ihr zu nähern.

»Bleib mir bloß vom Leib«, kreischte sie, »du Lügner, du Betrüger, du mieses Arschloch!«

Sie sank auf dem Boden zusammen, die Hände vorm Gesicht, von Schluchzen geschüttelt.

Er ging neben ihr in die Knie, und es gelang ihm, die Arme um sie zu legen. Sie zitterte am ganzen Körper.

»Ich halte das nicht aus«, wiederholte sie wimmernd, bevor sie sich plötzlich so heftig an ihm festklammerte, dass er fast das Gleichgewicht verloren hätte.

Er ist nicht dein Vater, sagte die Frau, die meine Mutter spielte, und ich starrte sie an, dann sprang ich auf, schrie, du lügst!, und rannte zur Tür hinaus.

Es war die Szene vor der Unfallszene, wir drehten im Studio, wo das Innere des Hauses nachgebaut war, eine großbürgerliche Villa mit teuren, schweren Möbeln. Obwohl es mitten am Tag war, blieben die Vorhänge geschlossen, und wir drehten mit künstlicher Beleuchtung, weil die nächste Szene in der Nacht spielte und es so aussehen musste, als wäre es draußen bereits dunkel.

Als ich zum dritten Mal durch die Tür in die Kulissen stürzte, stand Bea vor mir, mein Gott, wo kommst du denn plötzlich her, sagte ich und wusste nicht, ob es ihr unerwarteter Anblick oder ihr Gesichtsausdruck war, der mich mehr erschreckt hatte.

Gestorben, erklang es aus dem Studio, das hieß, die Szene war zur Zufriedenheit des Regisseurs abgedreht, Umbaupause, hörte ich den Aufnahmeleiter rufen.

Komm mit, sagte Bea energisch und zog mich in meine Garderobe. Ich war so überrascht, dass ich mich nicht wehrte. Sie schlug die Tür hinter uns zu und baute sich mit verschränkten Armen vor mir auf.

Es geht nicht, sagte sie; was geht nicht, fragte ich ahnungsvoll; das weißt du genau, sagte sie.

Du hast gesagt, es ist okay für dich, sagte ich.

Ja, sagte sie, ich dachte, ich könnte es aushalten, aber ich habe mich geirrt. Es muss aufhören, sofort.

Es kann nicht aufhören, sagte ich. Wir lieben uns.

Ach was, Bea machte eine verächtliche Handbewegung, du hast keine Ahnung von Liebe, für dich ist alles nur Theater, und das ist dein großer Auftritt als Liebende, aber diesmal gibt's keinen Applaus.

Du täuschst dich, sagte ich, es ist kein Theater, mir war es noch nie so ernst.

Das ist mir egal, schrie Bea, du bist dabei, mein Leben zu zerstören, da kann ich keine Rücksicht auf deine Gefühle nehmen!

Ich will dir André doch nicht wegnehmen, ich will ihn nur lieben dürfen, sagte ich, wenn du ihn zwingst, mich zu verlassen, machst du ihn unglücklich.

Das geht vorbei, sagte Bea, er wird dich vergessen.

Nein, widersprach ich, er wird nur umso mehr an mich denken, je weniger er mich haben kann.

Er hatte dich, und jetzt reicht es, sagte Bea energisch und ging zur Tür.

Du machst einen großen Fehler, rief ich ihr nach.

Das werden wir sehen, sagte sie. Die Garderobentür fiel unsanft ins Schloss.

André wartete an der Tür auf Hanna, verfolgte jeden ihrer Schritte auf der Treppe und dachte bereits daran, wie die Schritte sich nachher wieder entfernen würden.

Er wusste, dass es nur eine Möglichkeit gab: Er musste die Beziehung zu Hanna beenden. Es verursachte ihm körperlichen Schmerz, wenn er sich vorstellte, seine Leidenschaft niederknüppeln zu müssen wie einen tödlichen Feind; den ganzen Tag war er von grausigen Bildern verfolgt worden, abgetrennte Gliedmaßen, Ströme von Blut, durch die er waten musste.

»Was ist mit dir?«, fragte Hanna, als sie sein Gesicht sah. »Ist was passiert?«

»Ich liebe dich«, sagte André und riss sie an sich.

»Ich liebe dich auch«, sagte Hanna, »sag mir, was los ist!«

Sie setzten sich aufs Sofa, André hielt sie eng umschlungen, als hätte er Angst, sie könnte gleich wieder gehen.

»Willst du was trinken?«

»Nein«, sagte Hanna, »aber eine Zigarette.«

André hielt ihr die Schachtel hin, gab ihr Feuer, zündete sich selbst eine Zigarette an.

»Es geht nicht«, sagte er schließlich und inhalierte tief, »wir müssen uns trennen.«

Mit den Augen folgte er dem Rauch, er schaffte es nicht, sie anzusehen.

Hanna reagierte nicht. »Bea war gerade bei mir«, sagte sie nach einer Weile.

»Hab ich befürchtet«, sagte André. »Dann weißt du ja, in welchem Zustand sie ist.«

Hanna nickte. »Du hast Recht, wir müssen uns wirklich trennen.«

Ihre Reaktion verblüffte ihn.

»Danke, dass du so verständnisvoll bist«, sagte er unbeholfen.

Sie schmiegte sich an ihn. »Lieb mich ein letztes Mal«, flüsterte sie und begann, ihn zu küssen und zu streicheln.

Sein Körper versteifte sich. »Nein«, sagte er, »das kann ich nicht!«

»Willst du mich einfach so gehen lassen?«

André wusste, wenn er jetzt nachgäbe, hätte er nicht mehr die Kraft, seinen Entschluss durchzuhalten.

»Quäl mich nicht, Hanna«, bat er verzweifelt.

Als hätte sie erst jetzt begriffen, dass es ihm ernst war, löste sie sich abrupt aus seiner Umarmung und stand auf.

»Das war das letzte Mal, dass du mich weggeschickt hast«, sagte sie leise. »Ich quäl dich nicht mehr. Nie mehr.«

Mit hocherhobenem Kopf ging sie zur Tür und verließ die Praxis, ohne ihn noch einmal anzusehen.

Noch auf der Treppe tippte ich die Nummer der Auskunft in mein Handy und ließ mich mit Karl verbinden.

Hallo, hier ist Hanna, sagte ich, erinnerst du dich?

Natürlich erinnere ich mich, sagte er, und seine Stimme klang, als würde er sich freuen. Was gibt's?

Nichts Bestimmtes, ich bin zufällig in der Nähe und dachte... vielleicht hättest du Lust, was trinken zu gehen?

Warum nicht, sagte er, ich mag spontane Verabredungen.

Mein Zustand schwankte zwischen Verzweiflung und Entschlossenheit, ich wusste nicht genau, warum ich ihn angerufen hatte, ich wusste nur, dass ich irgendwas tun müsste, weil ich sonst auf der Stelle verrückt werden würde vor Schmerz.

Komm doch einfach einen Sprung rauf, schlug Karl vor, ich koche sowieso gerade.

Okay, sagte ich, bis gleich.

Zehn Minuten später öffnete Karl mir die Tür seiner Wohnung und strahlte mich an. Wie schön, dich wiederzusehen, sagte er mit so entwaffnender Begeisterung, dass ich mir richtig mies vorkam. Er küsste mich rechts und links auf die Wangen und nahm mir den Mantel ab. Gleich darauf hielt ich ein Glas Wein in der Hand, im

Kamin brannte ein Feuer, im Hintergrund lief leise Jazzmusik.

Die Küche war in den großen Wohnraum integriert, sodass Karl kochen und sich gleichzeitig mit mir unterhalten konnte.

Ich sah mich ein bisschen um, er hatte Geschmack, und er hatte offenbar auch Geld – eine seltene Kombination. Außerdem war er sympathisch und charmant, warum hatte ich mich nicht in ihn verlieben können statt in seinen komplizierten, verheirateten Freund, der voller Skrupel steckte und mehr Zeit brauchte, eine Verabredung zu treffen, als ich, um eine Ehe zu ruinieren?

Wir plauderten ein bisschen belangloses Zeug, ich trank sehr schnell ziemlich viel Wein, irgendwann fragte ich, was ist eigentlich aus Liane geworden, siehst du sie noch?

Nein, sagte er, wir haben uns getrennt.

Oh, sagte ich überrascht, warum denn?

Um die Wahrheit zu sagen, war es deine Schuld, sagte er lächelnd.

Meine Schuld? Aber wieso denn?

Weil mir an dem Wochenende auf der Hütte klar wurde, dass es interessantere Frauen gibt, sagte er.

Ah, ja? Ich bemühte mich nach Kräften, geschmeichelt auszusehen.

Ich leerte mein drittes Glas in einem Zug, am liebsten hätte ich mich ins Koma getrunken.

Karl schenkte mir Wein nach, sah mich prüfend an, sagte aber nichts.

Er servierte Duftreis mit Gemüse und Krabben aus dem Wok; ich kostete und war beeindruckt.

Wir erzählten uns Anekdoten aus der Theater- und Architektenszene und entdeckten unsere gemeinsame Schwäche für peinliche Situationen, natürlich nur solche, bei denen wir nicht selbst betroffen waren.

Also, fing ich an zu erzählen, die peinlichste Geschichte, die ich erlebt habe, war in Schweinfurt, da gibt's außer dem Schauspiel auch ein Musiktheater, und eines Abends fehlte nach der Pause der Sänger, der den Falstaff sang, ein wahnsinnig fetter Typ mit einer tollen Stimme; man hörte ihn nur aus der Ferne singen, und als er mit seiner Arie fertig war, sang er weiter: Helft mir, helft mir! Der Inspizient machte sich also auf die Suche, und wo fand er ihn? Auf der Toilette! Die Klobrille hatte sich an seinem riesigen Hintern festgesaugt, es war ein Vakuum entstanden, und er kam nicht mehr hoch!

Karl lachte laut.

Jetzt du, sagte ich, und als er sich beruhigt hatte, erzählte er, es gab einmal einen berühmten Architekten, dessen Entwürfe so begehrt waren, dass er Aufträge aus aller Welt bekam und meistens in mehreren Ländern gleichzeitig arbeitete. Als er den Entwurf für ein Superluxushotel an einem der spektakulärsten Plätze Indiens fertig hatte, übergab er die Zeichnungen dem Bauleiter und reiste ab, weil er anderswo erwartet wurde. Zur feierlichen Eröffnung des Hotels reiste er wieder an, und da traf ihn fast der Schlag: Die Inder hatten seinen Plan missverstanden und das Gebäude falsch herum gebaut; das wunderbare Eingangsportal führte in eine finstere, verdreckte Nebenstraße, und auf dem prachtvollen Platz lag die Rückseite des Baus mit dem Lieferanteneingang.

Ich lachte ungläubig, das gibt's nicht, sagte ich, du nimmst mich auf den Arm!

Nein, beteuerte er, die Geschichte stimmt, so wahr ich hier sitze!

Und was passierte dann, wollte ich wissen, haben sie das Gebäude abgerissen und richtig herum wieder aufgebaut?

Nein, sagte Karl, dafür war kein Geld da, und darüber war der Architekt so unglücklich, dass er sich aus dem obersten Stockwerk des Hotels gestürzt hat.

Das traurige Ende der Geschichte löste bei uns beiden einen Lachanfall aus, aber mit einem Mal kippte meine Stimmung, und ich brach ohne Übergang in Tränen aus. Ich tat so, als wären es Lachtränen, entschuldigte mich und ging ins Bad, wo ich von Schluchzen geschüttelt wurde.

Ich brauchte eine ganze Weile, um mich zu beruhigen, dann wusch ich mir das Gesicht und überschminkte die Spuren, so gut es ging.

Ist alles okay mit dir, fragte Karl, als ich zurückkam; na klar, sagte ich, was soll denn sein?

Es ging weiter, wie ich erwartet hatte. Nach dem Essen setzten wir uns vor den Kamin, Karl machte mir ein paar sehr nette Komplimente, ich lehnte meinen Kopf an seine Schulter, er legte den Arm um mich, wir landeten eng umschlungen auf dem Teppich vor dem Kamin, wo wir ziemlich schnell zur Sache kamen.

Ich hatte noch nie so nah am offenen Feuer gevögelt und traute der Sache nicht so recht, das laute Knacken und die Funken, die gelegentlich aus dem Kamin flogen, irritierten mich.

Vielleicht irritierte mich auch, dass ich mich mit dem falschen Mann auf dem Boden wälzte; ich war in Gedanken bei André und fühlte mich todtraurig.

Karl schien es nicht zu merken, und ich tat ihm den Gefallen, einen Orgasmus vorzutäuschen. Die ganze Zeit fühlte ich mich, als würde ich André betrügen, aber ich tröstete mich damit, dass es ohne Höhepunkt kein richtiger Betrug war.

Wir blieben noch eine Weile liegen und unterhielten uns, irgendwann fragte Karl, was ist eigentlich mit dir und André?

Ich verschluckte mich an meinem Wein. Ich hatte nicht geahnt, dass Karl über uns Bescheid wusste.

Das ist längst vorbei, sagte ich hustend, es war sowieso nur ein kurzer Flirt.

Karl sah mich zweifelnd an.

Ich weiß natürlich nicht, wie André es empfunden hat, sagte ich schnell, aber wir waren uns einig, dass wir besser Freunde bleiben.

Ich glaube, es ist ihm ziemlich nahe gegangen, sagte Karl.

Oh, erwiderte ich, es ist nicht so, als wäre es mir nicht nahe gegangen, aber du weißt ja, dass ich mit Bea befreundet bin, und ich würde nie etwas mit dem Mann einer Freundin anfangen.

Es machte nicht den Eindruck, als wäre Karl überzeugt, und eigentlich war es mir auch egal, ob er mir glaubte oder nicht. Ich wollte nur eines: dass André von diesem Abend erfuhr.

Er sollte ebenso leiden wie ich.

Als Hanna gegangen war, blieb André mit einem Gefühl zurück, als hätte er sie gerade in ein Flugzeug nach Australien gesetzt, von wo sie nie mehr zurückkommen würde.

Diesmal war es endgültig vorbei, da war er ganz sicher, und so sehr es ihn schmerzte, so sehr fühlte er sich auch erleichtert. Wer keine Wahl mehr hat, muss sich wenigstens nicht mit einer Entscheidung herumquälen.

Sorgfältig räumte er die Praxis auf und beseitigte Hannas Spuren, als könnte er dadurch den Gedanken an sie aus seinem Kopf tilgen.

Das Glas, aus dem sie immer getrunken hatte, stellte

er ganz hinten in den Schrank, den letzten Rest Weißwein kippte er in den Ausguss. Die weiße Lilie, die sie ihm mitgebracht hatte, war verwelkt, er warf sie weg. Er sah die CDs durch und sortierte alle aus, die sie zusammen gehört hatten, auch den Soundtrack von Moulin Rouge, den Hanna ihm geschenkt hatte.

How wonderful life is since you're in the world.

Danach stellte er sich unter die Dusche und drehte das Wasser heißer und heißer, bis seine Haut halb verbrüht und gefühllos war.

Er machte sich mit dem Fahrrad auf den Heimweg, es war feuchtkalt und neblig, die Lichter verschwammen im nassen Asphalt.

Aus einer Einfahrt kam ein Wagen geschossen, André bremste, geriet auf der glitschigen Straße ins Rutschen, sein Vorderrad prallte gegen den Reifen. Das Fahrrad bäumte sich auf wie ein bockiges Pony, er machte einen Salto über die Kühlerhaube und knallte auf die Straße.

»O Gott, ist Ihnen was passiert, es tut mir ja so Leid, warten Sie, ich helfe Ihnen!«

Ein Mädchen, so jung, dass es eigentlich noch gar keinen Führerschein haben konnte, war ausgestiegen und beugte sich erschrocken über ihn.

Er richtete sich vorsichtig auf und bewegte im Sitzen Arme und Beine; die rechte Schulter tat ziemlich weh, und am Unterschenkel, wo seine Hose aufgerissen war, hatte er eine Schürfwunde; die Handinnenflächen bluteten, ansonsten schien es glimpflich abgegangen zu sein.

»Soll ich einen Krankenwagen rufen?«, fragte das Mädchen, André schüttelte den Kopf. »Nein, schon gut, ich glaube, es ist nicht so schlimm.«

Er stand auf und untersuchte sein Fahrrad. Das Vorderrad war ziemlich verbogen, ob der Rahmen was abgekriegt hatte, konnte er nicht sehen.

Das Mädchen hielt ihm eine Visitenkarte hin.

»Ich wäre froh, wenn wir es ohne Polizei regeln könnten«, sagte sie bittend, »ich bin nämlich auf dem Weg ins Krankenhaus, mein Bruder hatte einen Unfall. Schicken Sie mir einfach die Rechnung, okay?«

André nickte und nahm die Karte. Er wusste, dass er sich darauf eigentlich nicht einlassen sollte, aber es war ihm egal. Das Mädchen stieg eilig ein und fuhr weg.

Er konnte mit dem Rad nicht mehr fahren und musste es bis zur S-Bahn schieben. An der Endstation ließ er es stehen und humpelte nach Hause.

Bea sah erschöpft und verweint aus. »Was ist los, wo warst du so lange?«, fragte sie misstrauisch, er zeigte ihr seine blutverkrusteten Hände und berichtete von seinem Sturz.

Irrte er sich, oder sah er einen Hauch Schadenfreude über ihr Gesicht huschen?

Sie holte die Hausapotheke und reinigte schweigend seine Handflächen von Schmutz und kleinen Kieselsteinen, die sich in die Haut gegraben hatten. Es tat ziemlich weh, und wieder hatte André den Eindruck, dass sie ihm den Schmerz gönnte.

Später saß er mit verbundenen Händen am Tisch, Bea musste ihm das Essen klein schneiden, am liebsten hätte sie ihn wohl noch gefüttert, um die Demütigung komplett zu machen.

»Ich habe mit Hanna Schluss gemacht«, sagte er, als das Schweigen unerträglich wurde.

Bea sah auf. »Muss ich jetzt dankbar sein?«

»Nein ... natürlich nicht, ich wollte es dir nur sagen.«

»Ist gut.« Sie legte die Gabel aus der Hand, als hätte die Erwähnung von Hannas Namen ihr den Appetit verdorben. »Es tut mir so Leid«, sagte sie und hielt mühsam die Tränen zurück.

»Was tut dir Leid?«, fragte André.

»Dass ich ... dass ich es nicht schaffe, großzügig zu sein. Dass ich mich heute Morgen so aufgeführt habe.«

»Hör auf. Du musst dich nicht entschuldigen.«

Sie aßen schweigend zu Ende. Bea räumte ab und schenkte Wein nach.

»Es ist nur ...«, fing sie wieder an, »... es tut so verdammt weh.«

Plötzlich war es vorbei mit seiner Beherrschung, er wusste, dass er liebevoll und nachsichtig mit ihr hätte umgehen sollen, aber er fühlte sich selbst wund gescheuert an Körper und Seele.

Gereizt fuhr er sie an: »Mir tut es auch weh, das kannst du mir glauben.«

Bea streckte die Hand aus und berührte seinen Arm. »Das weiß ich doch, Pascho«, sagte sie mitfühlend, worauf es ihm noch schlechter ging.

»Ich muss ins Bett«, murmelte er und ging aus der Küche.

Die Haustür ging auf, Paul kam nach Hause. André grüßte ihn nur kurz und eilte an ihm vorbei die Treppe hinauf.

Der Junge sah ihm erstaunt nach, dann fiel sein Blick auf Bea, die am Küchentisch saß und das Gesicht in den Händen vergraben hatte.

Wir hatten die Proben wieder aufgenommen. Tibor litt nach seinem Hörsturz unter quälenden Ohrgeräuschen, wollte die Inszenierung aber unbedingt zu Ende bringen. Er war eigenartig sanft geworden und hatte offenbar die Lust an seinen Spielchen verloren.

Manchmal wirkte er abwesend, als lauschte er auf eine

ferne Musik, meist arbeitete er aber konzentriert und freundlich mit uns. Die Truppe war heilfroh, dass es endlich weiterging, wir stürzten uns regelrecht in die Arbeit, alle wollten, dass die Premiere ein Erfolg würde.

Wir probten die Szene, in der Berowne von Rosaline wissen will, was er tun muss, um ihre Liebe zu erringen; er geht vor ihr auf die Knie, sie spielt die Spröde und verlangt von ihm einen Beweis seiner Liebe.

Berowne: Du grübelst, Liebste? Schätzchen, schau mich an. Sieh meinen Augen, meinen Herzensfenstern,
Die Bitte an, die deiner Antwort harrt.
Was soll ich tun, sag's mir, für deine Liebe?
Rosaline: Sie soll'n ein ganzes Jahr lang Tag für Tag
Mit sprachlos Leidenden und stöhnend Kranken
Verkehr'n und sprechen; und Ihr Amt soll sein,
Mit allem Einsatz Ihres flinken Witzes
Den Schmerzgeschwächten Lächeln abzuringen.

Gehen wir mal wieder ins Kino, flüsterte Richy, als Tibor sich bedankt hatte und wir gemeinsam von der Bühne abgingen; ich legte die Arme um ihn und küsste ihn auf die Wange, geht nicht, sagte ich leise, ich habe mich ganz furchtbar verliebt.

Freut mich, seufzte er, ich hoffe, du hast mehr Glück als ich.

Kaja hatte was mit ihrem Serienregisseur angefangen, und er hing ziemlich durch.

Sieht nicht so aus, gab ich traurig zurück, ich hab wohl ein Händchen für die falschen Männer.

Den Schmerzgeschwächten Lächeln abzuringen.

Ich setzte mich in die erste Reihe, um bei der nächsten Szene zuzusehen, irgendwann bemerkte ich, dass mich jemand beobachtete, ich drehte den Kopf. Schräg hinter mir im halbdunklen Zuschauerraum saß ein junger Typ, der zu mir rüberstarrte.

Nach einer Weile mussten der König und seine Gefolgschaft zur Kostümprobe, wir anderen hatten Pause. Ich schlenderte in die Kantine, der junge Typ holte mich ein.

Hallo, ich bin der neue Praktikant, darf ich dich zum Kaffee einladen?

Klar, sagte ich, wieso nicht, aber erklär mir bitte, wieso Adam so kurz vor der Premiere noch einen Praktikanten genommen hat?

Er wurde verlegen, Adam kennt meine Mutter, erklärte er; ach so, sagte ich lächelnd, Vitamin B.

Wir setzten uns an einen Tisch, der Typ brachte zwei Kaffee und fing an, mich über das Stück auszufragen. Die ganze Zeit hatte ich das Gefühl, er wollte eigentlich was anderes wissen, aber ich kam nicht drauf, was es war.

Ich bin übrigens Paul, sagte er und streckte mir die Hand hin; Hanna, sagte ich, und ganz weit entfernt in meinem Kopf klingelte was, Paul, dachte ich, den Namen hast du neulich gehört, aber es fiel mir nicht mehr ein, wo und wann.

Er fragte, wie ich meine Schauspielschule gefunden hätte und ob ich ihm raten würde, sich dort zu bewerben. Als ich gerade dabei war, die Vor- und Nachteile des Schauspielerberufes aufzuzählen, ging mir ein Licht auf.

Du bist der Paul, sagte ich.

Er sah mich nur an.

Was willst du hier, fragte ich, das ist doch kein Zufall.

Ich wollte dich kennen lernen, sagte er. Ich wollte sehen, für welche Frau mein Vater fast meine Mutter verlassen hätte.

Er hat sie aber nicht verlassen, sagte ich grob, also was soll das?

Vielleicht hat er sie nicht verlassen, sagte Paul, aber wenn du die beiden sehen würdest ... er brach ab.

Ja, und? Was wäre dann?

Meine Eltern haben sich immer gut verstanden, sagte Paul, jetzt schreien sie sich entweder an oder rennen schweigend aneinander vorbei.

Ich muss zugeben, es tat mir wohl, das zu hören, obwohl es an meinem Kummer nichts änderte.

Du hast alles kaputtgemacht, sagte Paul plötzlich wütend.

Verdammt, sagte ich, man verliebt sich schließlich nicht absichtlich in den falschen Mann. Außerdem ist es ja vorbei, also was willst du noch von mir?

Ich wollte dich einfach nur kennen lernen, wiederholte Paul.

Ich wurde verlegen. Kannst du das bitte lassen?

Was?

Mich so anzustarren.

Entschuldige, sagte Paul und senkte den Blick.

Er stand abrupt auf und nahm unsere leeren Tassen, um sie wegzuräumen. Seine Bewegungen erinnerten mich an Bea, der gleiche schlanke Körper, die gleiche nachlässige Eleganz.

Komisch, sagte Paul, als er zurückkam, dass bei solchen Geschichten nie einer schuld ist. Mach's gut, er hob kurz die Hand, und weg war er. Ich sah ihn auch nicht mehr im Theater, er hatte gar keine Praktikantenstelle; er hatte sich von Adam nur die Erlaubnis geben lassen, bei dieser einen Probe dabei zu sein.

Obwohl unsere Begegnung nicht angenehm gewesen war, fühlte ich mich etwas besser; ich wusste nun, dass André nicht einfach sang- und klanglos zurückgekehrt war in sein altes Leben.

Ich erhielt eine Einladung von Karl. Er hatte einen Architekturpreis gewonnen und gab eine Party. Erst wollte ich absagen, dann entschied ich aber, dass mir etwas Ablenkung nicht schaden könnte. Wenn ich abends nach Hause kam, fiel ich jedes Mal in ein tiefes Loch und wusste kaum, woher ich die Kraft nehmen sollte, am nächsten Tag wieder aufzustehen und ins Theater zu gehen.

Also rief ich Karl an und bedankte mich. Wer kommt denn noch, fragte ich, und er zählte eine Menge Leute auf, darunter André und Bea.

Ich weiß nicht, ob die beiden sich freuen werden, mich zu sehen, sagte ich.

Ach was, sagte Karl, mit so was fangen wir gar nicht erst an, du hast mir doch selbst erzählt, dass gar nichts war. Er lachte, wir können ja so tun, als wären wir beide jetzt ein Paar, sagte er mit Verschwörerstimme.

Du hast Nerven, sagte ich und lachte auch. Dann fand ich, dass die Idee gar nicht so übel wäre.

Vielleicht solltest du ihnen trotzdem nicht sagen, dass du mich eingeladen hast, schlug ich vor.

So machen wir's, sagte Karl, und ich kam nicht dahinter, ob er wirklich so ahnungslos war oder ein kleiner Sadist, der gerne im Hintergrund die Fäden zog.

Am Abend der Party zog ich ein Kleid an, von dem ich wusste, dass es André besonders gefiel; er hatte es mir mal ins Ohr geflüstert, als er gerade dabei war, es mir auszuziehen. Ich steckte mein Haar hoch, auch das hatte er immer gemocht.

Lange hatte ich überlegte, ob es besser wäre, vor André und Bea da zu sein, oder erst etwas später zu kommen. Wenn Karl und ich unsere Wir-sind-jetzt-ein-Paar-Nummer durchziehen wollten, müsste ich schon früh dort sein und mich ein bisschen als neue Hausherrin aufspielen.

Andererseits: Vielleicht wäre ein Überraschungsauftritt wirkungsvoller.

Karl nahm mir die Entscheidung ab, indem er anrief und fragte, ob ich ihm helfen könnte, er habe zwar einen Catering-Service bestellt, aber für Dekoration und Lichtstimmung wünsche er sich dringend eine weibliche Hand.

Also fuhr ich schon eine Stunde vor den ersten Gästen hin, arrangierte Blumen und verteilte Kerzen, außerdem schlug ich Karl vor, sein Gästezimmer als Garderobe zu öffnen; er küsste mir geziert die Hand und sagte, was hätte ich nur ohne dich getan? Dann zog er mich näher zu sich, sah mir in die Augen und flüsterte, Schönste, ich hoffe, der Abend neulich war nicht unser letzter?

Aber nein, sagte ich mit kokettem Augenaufschlag, wir sind doch jetzt ein Paar! Er grinste, offensichtlich gefielen ihm solche Spiele.

Die ersten Gäste trafen ein, ich nahm mir ein Glas Champagner und postierte mich an einer Stelle, wo ich die Tür sehen könnte, aber selbst nicht sofort entdeckt würde; ich wollte ja nicht, dass André und Bea auf dem Absatz kehrtmachten, wenn sie mich sahen. Sobald sie die Mäntel ausgezogen hätten und ins Wohnzimmer gegangen wären, könnten sie nicht mehr einfach so abhauen, ohne Aufsehen zu erregen.

Plötzlich war ich wahnsinnig aufgeregt, das Glas in meiner Hand zitterte, ich musste es abstellen. Worauf hatte ich mich da bloß eingelassen, warum versuchte ich das Unmögliche, warum konnte ich mich nicht einfach damit abfinden, dass es vorbei war?

Die Antwort auf all diese Fragen betrat in diesem Moment die Wohnung. Andrés Anblick versetzte mir einen Schlag, als hätte ich einen elektrischen Zaun berührt, und wieder hatte ich dieses Gefühl, mein Herz flöge ihm entgegen.

Ich weiß nicht, was es genau war, aber irgendetwas in seinem Gesicht rührte mich zutiefst, ich war nicht mehr wütend auf ihn, ich wollte ihn nicht mehr ärgern oder quälen, ich wollte mich einfach nur in seine Arme werfen und so schnell wie möglich mit ihm von hier verschwinden.

Direkt nach ihm kam Bea, sie wirkte müde und traurig, das Strahlen war aus ihrem Gesicht verschwunden. Sie tat mir Leid.

Karl nahm ihnen die Mäntel ab und legte sie ins Gästezimmer, Bea lächelte angestrengt, André wirkte wie jemand, der geistig völlig abwesend war.

Also, kommt rein, sagte Karl und schob sie vor sich her zum Wohnzimmer, genau in meine Richtung. Ich ging in Deckung und überlegte, ob ich noch abhauen könnte, aber es war zu spät.

Ich habe eine Überraschung für euch, sagte Karl fröhlich, darf ich vorstellen: meine neue Freundin! Er legte besitzergreifend den Arm um mich, und ich wäre gerne im Erdboden versunken.

Sie sahen mich beide an, ungläubig und entsetzt.

Bea fasste sich erstaunlich schnell. Was soll das, warum ist sie hier?

Sie sprach über mich, als wäre ich im anderen Zimmer und würde nicht direkt vor ihr stehen.

Weil Karl mich eingeladen hat, sagte ich.

Soll das ein Witz sein? Bea wirkte ziemlich aufgebracht, sie sah mit blitzenden Augen zwischen Karl und André hin und her, wer von euch hat sich das ausgedacht, oder ist euch das gemeinsam eingefallen?

André sah mit versteinerter Miene vor sich hin, natürlich nicht, sagte er.

Karl wirkte ratlos, es dämmerte ihm, dass er irgendwas falsch verstanden hatte.

Ach, kommt, versuchte er es, ihr wart doch mal Freunde, was ist denn los?

Stell dich nicht so dumm, fauchte Bea.

Und du, sagte André mit unterdrückter Wut zu Karl, was bist du für ein Freund?

Ich dachte, es wäre längst alles wieder in Ordnung, verteidigte sich Karl, ich konnte doch nicht ahnen ...

... doch, konntest du, unterbrach ihn André heftig, ich habe dir alles erzählt!

Stimmt nicht, widersprach Karl, du hast nur irgendwelche Andeutungen gemacht.

Du hast versprochen, Hanna in Ruhe zu lassen, sagte André.

Was geht dich das denn an, sagte Bea wütend, soll sie sich doch dem Nächsten an den Hals werfen!

Ich hatte es satt, dass alle über meinen Kopf hinweg über mich redeten, und sagte, das war nur ein Scherz.

Aber für Erklärungen war es schon zu spät.

Mir reicht's, sagte Bea, und zu André, ich hoffe, du hast den Schlüssel für die Praxis dabei.

Damit drehte sie sich um und ging über den Flur und zur Haustür hinaus.

Sie war so schnell weg, dass weder Karl noch André dazu gekommen waren, sie zurückzuhalten, aber jetzt kam Bewegung in beide.

Hör doch mal, sagte Karl und packte André am Arm; der schüttelte ihn ab und sagte, lass mich in Ruhe. Er warf mir einen letzten Blick zu, wütend und verzweifelt, dann lief er hinter Bea her.

André sah sich auf der Straße um, ob Bea noch irgendwo war, aber er konnte sie nicht entdecken. Das Auto war weg, er machte sich auf die Suche nach einem Taxi.

Als er ankam, sah er im Wohnzimmer Licht, er tastete nach dem Hausschlüssel, aber das Versteck war leer. Er klingelte, nichts rührte sich, er klingelte noch mal, dann ging er ums Haus herum und sah Bea im Wohnzimmer auf dem Sofa liegen, die Augen geschlossen. Er klopfte an die Scheibe, sie richtete sich auf und sah in seine Richtung.

»Verschwinde«, sagte sie, »lass mich in Ruh!«

»Mach auf, sonst schlage ich eine Scheibe ein!«, drohte er.

Nachdem er bereits eine Tür demoliert hatte, blieb diese Ankündigung nicht ohne Wirkung. Bea stand auf und öffnete ihm die Terrassentür.

Sie ging zurück zum Sofa, legte sich hin und schloss wieder die Augen. Er zog einen Sessel heran und setzte sich zu ihr.

»Hör zu, Bea ...«, begann er, aber da unterbrach sie ihn bereits.

»Spar dir die Mühe, ich will nicht mehr reden«, sagte sie müde, »ich will, dass du gehst.«

»Du hast das falsch verstanden!« Er machte einen neuen Versuch, aber Bea drehte ihm demonstrativ den Rücken zu.

»Okay«, sagte er, »dann fahre ich jetzt in die Praxis und übernachte dort, bis morgen hast du dich ja vielleicht beruhigt.«

»Morgen kannst du deine Sachen packen und ausziehen«, sagte Bea.

Ich hatte so eine Ahnung, dass André im Laufe der Nacht in seiner Praxis auftauchen würde, deshalb besorgte ich mir Zigaretten und setzte mich, nachdem ich mich hinter einem Mieter ins Haus geschmuggelt hatte, auf die Treppe vor dem Eingang.

Es dauerte nicht mal eine Stunde, bis ich langsame, müde Schritte die Treppe raufkommen hörte.

Was machst du denn hier, fragte André entgeistert, als er mich sah.

Ich warte auf dich, sagte ich, obwohl das eigentlich nicht zu übersehen war.

Er schloss die Tür auf und ging rein, ohne etwas zu sagen; vielleicht war es ihm egal, ob ich mitkäme, vielleicht war er auch nur zu fertig, um mich wegzuschicken, jedenfalls folgte ich ihm.

Schweigend legte er eine Tasche ab, in der sich offensichtlich alles für eine Übernachtung befand, und ging zum Kühlschrank. Er holte eine Flasche Wein heraus und öffnete sie. Mit zwei gefüllten Gläsern kam er zum Sofa.

Ich zündete zwei Zigaretten an und gab ihm eine.

Wir rauchten und tranken, keiner sagte etwas.

André stand wieder auf und ging zur Stereoanlage, er suchte offenbar eine bestimmte CD, fand sie nicht, suchte woanders und zog sie schließlich irgendwo raus. Marianne Faithfulls ätherische Stimme erklang und sang vom Niedergang eines schönen Mädchens durch zu viele Drogen und zu wenig Liebe.

Ich war gespannt, wie lange er diese Schweigenummer durchhalten wollte; es war kein aggressives Schweigen, eher so, als sei einfach alles gesagt.

Er setzte sich zu mir und sah mich an, dann hob er die Hand und strich zart über mein Gesicht.

Wirklich nur ein Scherz?, fragte er, und ich nickte heftig, natürlich, was glaubst du denn?

Ich weiß es nicht, ich weiß nichts mehr, sagte er und versank wieder in Schweigen.

Vielleicht sollten wir einfach ins Bett gehen, schlug ich vor. Wir schliefen eng aneinander geschmiegt ein.

Am Abend des nächsten Tages fuhr André nach Hause und packte.

Dann beendete er die Reparatur der beschädigten Schlafzimmertür. Er hatte den Türstock schon gerichtet und die herausgerissenen Scharniere wieder eingesetzt; jetzt spachtelte er einen lang gezogenen Riss im Türblatt aus.

Während er wartete, dass die Spachtelmasse trocknete, zündete er sich eine Zigarette an und ließ seinen Blick durchs Schlafzimmer und über den Flur wandern, zu Pauls Zimmer, ins Bad und hinüber zum Gästezimmer, als nähme er Abschied.

Vor elf Jahren waren sie hier eingezogen, als seine Praxis endlich genug Geld abgeworfen hatte, um einen Kredit von der Bank zu bekommen. André hatte sich nie vorstellen können, in einem Reihenhaus zu leben, aber kleine Kinder brauchten einen Garten, und er hatte gehofft, dass Paul Geschwister haben würde.

Er klemmte sich die Zigarette in den Mundwinkel, ohne darauf zu achten, dass die Asche zu Boden fiel, wuchtete die Tür vom Boden hoch und lehnte sie gegen die Wand; mit Sandpapier schliff er den gesplitterten Lack glatt.

Er hörte, wie die Haustür geöffnet wurde.

Bea schnupperte. Beim letzten Mal, als André im Haus geraucht hatte, war gerade seine Mutter gestorben.

Sie kam die Treppe hoch, André hob nur kurz den

Kopf, dann arbeitete er weiter. Er wischte mit einem Lappen den Staub vom Holz und griff nach einer Dose mit Lack. Suchend sah er sich um, Bea gab ihm den Pinsel, der außerhalb seiner Reichweite lag.

Ihr Blick fiel auf zwei gepackte Koffer.

André löschte die Zigarette und öffnete die Dose. Mit langsamen, sorgfältigen Bewegungen führte er den Pinsel übers Holz.

»Die andere Seite kannst du morgen streichen«, sagte er, verschloss den Lack und stellte den Pinsel in ein Glas mit Lösungsmittel. Er ging ins Bad und wusch sich die Hände.

Bea starrte auf die Schlafzimmertür. Wer würde sie einhängen, wenn André nicht mehr da wäre? Sie würde Paul fragen müssen. Was würde sie ihm antworten, wenn er fragte, warum sein Vater gegangen wäre?

André verschloss die beiden Koffer und trug sie die Treppe hinunter. Bea folgte ihm, weil sie nicht wusste, was sie sonst hätte tun sollen. Sie kam sich vor wie ein Hündchen, das hofft, mitgenommen zu werden.

André sah sie an. »Sag Paul, dass ich mich bei ihm melde.«

Er schloss die Haustür hinter sich. Bea blieb regungslos stehen.

Hand in Hand wanderten André und ich auf verschneiten Wegen in den Schweizer Bergen, in mir jubelte es – endlich hatte ich den Mann an meiner Seite, den ich liebte!

Die Sonne schien, der Schnee knirschte unter unseren Füßen, vor uns erstreckte sich malerisch eine Bergkette, und ich hüpfte wie ein Kind an Andrés Hand und hätte singen können vor Glück. Hie und da verstellte ich ihm spielerisch den Weg, um ihn zu küssen, dabei spiegelte ich mich in den Gläsern seiner Sonnenbrille und war jedes Mal überrascht, mich zu entdecken.

Es war nicht ganz einfach gewesen, uns auf ein Ziel für unsere erste gemeinsame Reise zu einigen.

Zuerst hatte André die Hütte vorgeschlagen, als ich ihn entgeistert ansah, dämmerte ihm, dass das kein besonders guter Vorschlag war.

Dann hatte ich aus dem Internet ein paar Orte ausgesucht, aber diese Methode überzeugte ihn nicht. Ich schlug vor, nach St. Anton zu fahren, wo ich als Kind mit meinen Eltern Ski fahren gelernt hatte, aber André konnte nicht Ski fahren. Dann lass uns in den Süden fliegen, schlug ich vor, in vier Stunden sind wir auf den Kanaren! André sagte, er hasse nichts so sehr, wie in der Sonne zu liegen.

Schließlich einigten wir uns darauf: Einer von uns schlägt mit geschlossenen Augen eine Seite im Atlas auf, der andere tippt blind mit dem Finger. Der erste Ort, der nicht gerade in Australien oder Sibirien liegt, soll es sein.

Nach zwei Versuchen hatten wir ein Dorf in der Schweiz gefunden, mit dem André sich einverstanden erklärte. Mir war es im Grunde egal, ich wäre, wie gesagt, auch in einem Hotelzimmer voller Kakerlaken an jedem beliebigen Ort der Welt glücklich gewesen, sofern ich es mit André hätte teilen können.

Das Wichtigste für mich war, dass wir überhaupt zusammen wegfuhren, weg von dort, wo jederzeit jemand unsere Zweisamkeit stören könnte; sei es Paul, der seinen Vater zur Rede stellen wollte, sei es Bea, die irgendwas Unaufschiebbares zu besprechen hatte.

Und weg von dort, wo André sich immer noch nicht mit mir auf die Straße traute, weil er Angst hatte, Bekannten zu begegnen, denen er hätte erklären müssen, dass er zu Hause ausgezogen war.

Das gemütliche Zimmer in dem kleinen Berghotel, wo wir schließlich landeten, erschien mir unter diesen Umständen wie das Paradies.

André war, seit wir zu unserem Spaziergang aufgebrochen waren, in einer seltsamen Verfassung; er beantwortete meine Fragen und lachte gutmütig über meine Scherze, aber die ganze Zeit schien es, als wäre er mit den Gedanken woanders.

Ich wollte ihn dazu bringen, mir etwas aus seiner Vergangenheit zu erzählen, ich wusste ja so gut wie nichts über ihn, deshalb löcherte ich ihn mit Fragen, bekam aber nur relativ einsilbige Antworten.

Immerhin erfuhr ich, dass er einen älteren Bruder hatte, der in Frankreich lebte, dass er Sport in der Schule gehasst hatte und lange unglücklich in ein Mädchen aus der Parallelklasse verliebt gewesen war.

Ich suchte nach einem Thema, das ihn aus der Reserve locken könnte, aber mir fiel nichts ein; ich überlegte, was ich ihm erzählen könnte, aber mit meiner Lebensgeschichte musste ich ihm wirklich nicht mehr kommen, die kannte er in- und auswendig.

Plötzlich fürchtete ich, er würde sich bald mit mir langweilen, weil es nichts mehr in meinem fünfundzwanzigjährigen Leben gab, mit dem ich ihn hätte überraschen können, außer meinen erotischen Exzessen, aber die wollte ich ihm eigentlich ersparen; die hatte ich schon während der Therapie für mich behalten.

Nach über drei Stunden, in denen wir immer wieder längere Zeit geschwiegen hatten, kehrten wir ins Hotel zurück, um uns fürs Abendessen umzuziehen.

Nackt, nur mit einem Handtuch um meine nassen Haare, kam ich aus dem Bad. André lag auf dem Bett und las den »Spiegel«. Ich legte mich neben ihn und wollte ihn küssen, Vorsicht, sagte er, du machst das Kopfkissen nass. Na und, sagte ich, nahm ihm die Zeitung aus der Hand und zog ihn auf mich. Wir küssten uns, ich schob die Hand unter seinen Gürtel, plötzlich drehte er sich zur Seite und sah auf die Uhr, schon so spät, ich wollte auch noch duschen.

Hey, was ist los, sagte ich.

Nichts, erwiderte er und lächelte, was soll sein? Er erhob sich vom Bett, an der Badezimmertür drehte er sich um und sah mich an, du siehst wunderschön aus.

Sie betraten das Speisezimmer des Hotels, ein Mann in den besten Jahren, dessen Haar in den letzten Wochen grauer geworden war, und eine auffallend gekleidete, deutlich jüngere Frau, die nicht seine Ehefrau war.

André fühlte die taxierenden Blicke der anderen Hotelgäste und war froh, als sie ihren Tisch erreicht und sich hingesetzt hatten. Er hielt die Speisekarte vors Gesicht, wie um sich zu schützen. Hanna wich den Blicken nicht aus, sondern erwiderte sie kokett; sie genoss es, im Mittelpunkt des Interesses zu stehen.

»Also, ich würde gern das Wildkaninchen essen«, sagte sie, »glaubst du, man kann die Beilagen tauschen? Ich mag nämlich keine Polenta, aber sie haben auch Kroketten.«

André sah von seiner Karte auf. »Das ist sicher kein Problem«, sagte er, »obwohl Polenta wirklich besser passt.«

»Wenn ich sie aber doch nicht mag!«

Der Kellner nahm die Umbestellung ohne mit der Wimper zu zucken entgegen und brachte die Weinkarte.

»Was hättest du gerne?«, fragte André. »Sie haben einen Bordeaux, einen Somontano ...«

»Egal«, unterbrach Hanna lächelnd, »ich verstehe sowieso nichts davon. Bestell einfach, was du möchtest.«

André vertiefte sich wieder ins Studium der Weinsorten, beriet sich mit dem Kellner und entschied sich schließlich für einen Rioja.

Hanna nahm ein Weißbrot aus dem Korb.

»Ich bin so froh, dass wir hier sind«, sagte sie strahlend und zerpflückte das Brot in kleine Stücke, die sie achtlos aufs Tischtuch fallen ließ. »Ist es nicht herrlich, dass wir endlich mal Zeit füreinander haben?«

André betrachtete sie mit einem liebevollen Blick, wie man ein Kind betrachtet, das sich über ein Geschenk freut. »Ich bin froh, dass es dir gut geht!«

Hanna sah ihn forschend an. »Und wie geht's dir?«
Er wiegte den Kopf. »Ich bin ein bisschen durcheinander. Es ist so viel passiert, ich ... muss das alles erst verarbeiten.«
Sie drückte seine Hand. »Wir haben ja Zeit!«
Nach dem Essen bummelten sie Arm in Arm durchs Foyer, Hanna schmiegte sich an ihn und zog ihn Richtung Fahrstuhl. Aus der Bar erklang Musik.
»Lass uns noch was trinken«, schlug André vor, »sieht doch ganz gemütlich aus.«
»Also gut.« Hanna setzte sich in einen der schweren Ledersessel, während André zum Tresen ging und mit einer Zigarre zwischen den Lippen zurückkehrte.
»Wie mein Großvater«, sagte sie.
»Na, hör mal!«
Der Kellner brachte zwei Cognacschwenker auf einem Silbertablett und servierte sie auf dem Beistelltisch aus dunklem Holz.
»Ich wollte keinen Cognac«, sagte Hanna.
»Oh, tut mir Leid, ich dachte ...« André war verlegen.
Hanna bestellte eine Piña Colada, und während sie am Strohhalm sog, musterte sie ihn nachdenklich.

Ich konnte nicht einschlafen, weil ich noch über André und mich nachdachte.
Es fiel ihm offensichtlich nicht leicht, sich an mich zu gewöhnen. Ich mochte anderes Essen als er, verstand nichts von Wein, wollte zu den unmöglichsten Zeiten mit ihm schlafen und trank nach dem Essen keinen Cognac.
Vielleicht scheitern ja die meisten Liebesgeschichten daran, dachte ich, dass man am Ende doch keine Lust hat, alles neu zu lernen. Oder daran, dass man alles, was

man mit der neuen Liebe erleben könnte, schon mit der alten erlebt hat; dass es zu viele Orte gibt, an denen man mit dem anderen glücklich war, zu viele Gesten, die nicht mehr neu und überraschend sind.

Ich hatte André verschwiegen, dass er neulich im Schlaf Beas Namen gerufen hatte. Er war sicher viel stärker mit ihr verbunden, als ich wahrhaben wollte, und es tat mir weh, das zu spüren.

Am nächsten Tag überredete ich André zu einer Fahrt mit dem Pferdeschlitten.

»Ist das nicht wahnsinnig romantisch?«, fragte ich und kuschelte mich wohlig in die Schaffelldecke.

»Ehrlich gesagt, eher ein bisschen kitschig«, gab er zurück, »aber das macht nichts.«

Während wir, begleitet vom Klang der Glöckchen, die am Zaumzeug der Pferde baumelten, durch die Winterlandschaft glitten, dachte ich nach.

»Warum ist das jetzt nicht romantisch, sondern kitschig?«, fragte ich schließlich.

»Na ja, die Definition von Kitsch ist, dass eine Sache vorgibt, etwas zu sein, was sie nicht ist«, erklärte André. »Schmuck aus falschen Steinen, Häuser, die aussehen wie Ritterburgen, nachgemachte Antiquitäten.«

»Und was gibt diese Schlittenfahrt vor zu sein?«

»Sie erweckt den Eindruck, wir befänden uns im neunzehnten Jahrhundert, als es noch keine Autos gab und der Pferdeschlitten in dieser Gegend das normale Fortbewegungsmittel war.«

»Ist doch egal, wir wissen ja, dass es nicht stimmt.«

»Aber wenn wir den Schlitten nicht wirklich brauchen, um vorwärts zu kommen, verwenden wir ihn aus Gründen der Sentimentalität, und genau das ist kitschig.«

»Ich finde eine Schlittenfahrt romantisch, auch wenn

sie vielleicht kitschig ist«, beharrte ich. »Im Grunde sagst du doch damit, dass meine Gefühle falsch sind.«

»Nicht deine Gefühle«, widersprach André, »vielleicht deine Vorstellung von den Gefühlen, die du für angemessen hältst.«

Ich verfiel in Schweigen. Warum sagte er all diese Dinge, statt einfach die Zeit mit mir zu genießen?

»Kann es sein«, fragte ich schließlich, »dass du eigentlich diese ganze Reise kitschig findest?«

André legte den Arm um meine Schultern und zog mich an sich.

»Tut mir Leid, Hanna, das war blöd von mir. Vergiss einfach den ganzen Quatsch.«

Nach dem Mittagessen legten wir uns aufs Bett und lasen, ich war so müde, dass ich einschlief und davon aufwachte, dass André mich streichelte. Eine Weile tat ich noch so, als schliefe ich, irgendwann rollte ich mich in seine Arme, und wir liebten uns lange und zärtlich.

Später versuchten wir, gemeinsam in der Badewanne zu liegen, es gab eine fürchterliche Überschwemmung, und wir kicherten ausgelassen wie Kinder.

Ich hatte keine Lust auf das förmliche Dinner im Hotel und schlug André vor, eine Kneipe zu suchen, in der wir irgendwas Einfaches zu essen bekommen würden. Zu meiner Überraschung willigte er ein, und wir schlenderten in dicken Jacken durch die ausgestorbenen Straßen des Dorfes und pusteten Wölkchen in die eisige Nachtluft.

In einer Wirtschaft, in der nur Einheimische hockten, die uns misstrauisch beäugten und einen Dialekt sprachen, den wir nicht verstanden, bestellten wir Bündner

Fleisch und Fendant. Ich träumte von herzhaftem, dunklem Bauernbrot und frischer Butter, aber der Wirt servierte uns altbackene Brötchen und Butter in Portionspackungen. Scheißromantik.

Auf dem Rückweg bauten wir einen kleinen Schneemann und warfen mit Schneebällen, und ich musste an den Film Und täglich grüßt das Murmeltier denken, wo Andie MacDowell mit Bill Murray durch den Schnee tobt, und natürlich ist es romantisch, aber es ist ja auch ein Film.

Zurück im Hotel, steuerte André wieder die Bar an, ich sagte, sei mir nicht böse, ich geh schon mal hoch, bin ziemlich müde. Wie zur Bekräftigung gähnte ich, André küsste mich auf die Wange und sagte, ich komme auch bald.

Als ich im Bad fertig war, riss ich die Fenster im Schlafzimmer auf, damit klare, kalte Luft reinkäme, und kroch tief unter die Decke.

Ich wusste plötzlich, was André gemeint hatte, als er über die Dinge gesprochen hatte, die vorgaben, etwas zu sein, was sie nicht waren.

Seit Monaten hatte ich mir nichts sehnlicher gewünscht, als ein paar gemeinsame Tage mit ihm zu verbringen, nun war mein Wunsch in Erfüllung gegangen, und ich war entschlossen, glücklich zu sein, aber ich war es nicht.

Ich gab vor, zu sein, was ich gerne gewesen wäre: eine verliebte Frau, die mit ihrem Geliebten einen wunderschönen Urlaub in einem Berghotel verbringt, wo die beiden romantische Schlittenfahrten und Schneeballschlachten machen, weil man das von einem verliebten Paar erwartet.

In Wirklichkeit waren wir zwei ziemlich verwirrte Gestalten, die sich plötzlich in einer Situation wieder fanden, mit der sie nicht zurechtkamen. Wir mussten feststellen, dass wir uns ziemlich fremd waren, kein Wunder, wir hatten ja fast noch nichts miteinander erlebt, unsere Liebe hatte immer nur aus Sehnsucht bestanden.

Wenn ich mich an die Zeit vor ein paar Wochen erinnerte, wusste ich, was wirklich romantisch gewesen war: unsere heimlichen Treffen, das Verbotene, die Sorge vor dem Entdecktwerden.

Ich ertappte mich bei dem Gedanken, dass es vielleicht besser gewesen wäre, ich hätte nicht dafür gesorgt, dass sich alles geändert hatte.

»Erklär mir die Männer«, bat Bea und legte ihre Hand auf Karls Arm.

Er hatte sich ein paar Tage nach der Party bei ihr entschuldigt, und sie hatte die Entschuldigung angenommen. Sie waren sich einig gewesen, dass der eigentliche Übeltäter André war; Karl war nur das Opfer von Hannas Intrige geworden.

»Die Männer?« Karl blickte zweifelnd.

»Na ja, meinen Mann«, sagte Bea und lächelte traurig.

Sie hatte Karl angerufen, weil er André am besten kannte. Weil sie hoffte, er könnte ihr Antworten auf ihre Fragen geben.

»Ich führ dich aus«, hatte Karl angeboten, »wir gehen schön essen und danach in eine Bar, wo wir uns dermaßen betrinken, dass wir alles vergessen.«

»Lieber nicht«, hatte Bea abgewehrt, »ich sehe furchtbar aus und will nicht, dass jemand mich sieht.«

»Dann koche ich für dich«, hatte Karl vorgeschlagen, und Bea hatte dankbar angenommen.

Sie hatte deutlich mehr getrunken als gegessen, jetzt stand sie vom Tisch auf, nahm ihr Glas und spazierte durch den Wohnraum, betrachtete die wertvollen modernen Bilder, die Kunstbände und Bücher im Regal, die Fotos von Karl und Rena, die in hübschen kleinen Rahmen auf einem Mauersims standen.

Bea wunderte sich, dass Karl die Bilder nicht weggeräumt hatte, dass es ihm nicht wehtat, jeden Tag an seine Exfrau erinnert zu werden und daran, dass sie ihn wegen eines anderen verlassen hatte. Ich werde jedes einzelne Bild von André zerreißen und verbrennen, dachte Bea.

»Also«, sagte sie und drehte sich zu Karl um, der am Tisch sitzen geblieben und ihr mit den Blicken gefolgt war, »was geht in euch vor, wenn ihr uns betrügt?«

»Nichts«, sagte Karl, »wir vergessen, dass es euch gibt.«

Bea war bestürzt. »Ist das dein Ernst?«

»Ehrlich gesagt, ja.«

»Du willst damit sagen, es hat in euren Augen überhaupt nichts mit uns zu tun, oder?«

Karl nickte. »So ähnlich.«

Bea nahm ihren Spaziergang wieder auf und dachte nach.

»Habt ihr keine Angst, uns zu verletzen?«

Karl lächelte entschuldigend. »Wir hoffen immer, dass es niemand erfährt, obwohl wir wissen, dass es meistens rauskommt.«

»Ich versteh das nicht«, sagte Bea kopfschüttelnd, »ist Sex wirklich so wichtig, dass all diese Zerstörungen damit zu rechtfertigen sind?«

»Ihr seid doch die Zerstörer«, widersprach Karl, »wenn ihr unseren Eskapaden keine so große Bedeutung beimessen würdet, müsste keine Ehe an einer Affäre scheitern.«

»Ist Hanna für André nur eine Affäre?«

Karl zögerte mit der Antwort. »Nein«, räumte er schließlich widerwillig ein, »ich glaube, sie ist mehr.«

Bea trank ihr Glas aus und kehrte an den Tisch zurück.

Wie oft sie hier gesessen hatten, zu viert oder mit anderen Freunden, fröhliche, vertraute Runden, in denen man so sein durfte, wie man war, weil alle sich schon ewig kannten. Vorbei.

Es war schon vorbei gewesen, als Rena weggegangen war; nun war diese Zeit in noch weitere Ferne gerückt, in eine Vergangenheit, die Bea unvorstellbar weit weg erschien.

Sie vergrub das Gesicht in den Händen. »Was wollen wir bloß alle?«

»Alles«, sagte Karl, und seine Stimme klang weich, »alles, und das sofort.«

Bea sah auf. »Weißt du, wie ihr seid, ihr Männer?«, sagte sie. »Ihr seid wie Kinder.«

»In uns allen steckt das Kind, das wir waren«, sagte Karl, »das um die Liebe der Mutter gekämpft hat. Wir können es uns nicht leisten, wählerisch zu sein, wir müssen nehmen, was wir kriegen können.«

»Und was ist mit uns?«, fragte Bea. »Meinst du, wir wollen nicht geliebt werden?«

»Das ist was anderes«, sagte Karl. »Ihr habt uns was Entscheidendes voraus: Ihr seid die Mütter. Dagegen haben wir keine Chance.«

»Du hörst dich schon an wie André«, sagte Bea.

Karl lachte verlegen, dann sagte er: »Manchmal wäre ich gern an seiner Stelle gewesen.«

Bea schnaubte verächtlich. »Weil du auch gern Hanna gehabt hättest.«

»Nein, das meine ich nicht.«

»Was denn?«

»Wenn es André damals nicht gegeben hätte ... hättest du mich genommen?«

Bea musste lachen, dann begriff sie, dass es Karl ernst war.

»Hättest du mich so oft betrogen wie Rena?«

Karl seufzte. »Vermutlich ja.«

»Dann nicht.«

»Ich hätte dich trotzdem auf Händen getragen«, sagte Karl und grinste, »ich kann nun mal nichts für meine Veranlagung.«

Bea lächelte, dann sagte sie nachdenklich: »André ist eigentlich anders. Glaubst du, er kommt zur Vernunft?«

»Willst du das?«, fragte Karl. »Dass er zu dir zurückkommt, weil es vernünftig ist?«

Bea seufzte. »Das klingt furchtbar, ich weiß. Aber unsere Liebe ist tatsächlich eine sehr vernünftige Liebe, und sie hat immerhin fast zwanzig Jahre gehalten. Jetzt ist André in dem Alter, in dem ihr Männer euch offenbar noch mal beweisen müsst.«

»Ihr Männer!«, wiederholte Karl. »Immer diese Verallgemeinerungen. Wir sind nicht alle so.«

»Das habe ich auch mal gedacht«, sagte Bea nachdenklich, »aber wenn es sogar André passiert ...«

»Sogar André, was soll denn das heißen?«, sagte Karl. »Er ist doch kein Heiliger, kein Unberührbarer, dem die Anfechtungen des Fleisches nichts anhaben können!«

»Vielleicht wollte ich ihn so sehen.«

»Das war ein Fehler.«

»Vermutlich.«

Erneut stand Bea auf und ging hin und her. »Hörst du manchmal was von Rena?«, fragte sie.

»Nur über andere. Hast du Kontakt zu ihr?«

Bea nickte. »Gelegentlich. Es fällt mir schwer, nicht Partei zu ergreifen. Ich verstehe sie, aber du bist mir komischerweise näher.«

Karl sagte: »Wenn wir Kinder hätten, wäre sie vielleicht nicht gegangen. Kinder sind die Klammer, die eine Trennung verhindern kann. Vielleicht gibt Paul bei euch den Ausschlag.«

»Paul ist siebzehn«, sagte Bea, »er ist kein Kind mehr.« Sie war wieder beim Tisch angekommen und schenkte ihr Glas voll.

»Mir ist heiß, könntest du ein Fenster aufmachen?«

Karl stand auf und ließ die riesigen Glastüren zur Terrasse geräuschlos zur Seite fahren. Frische, winterliche Luft kam herein; Bea merkte, wie betrunken sie war. Es war ein angenehmes Gefühl; ein dichter, weicher Vorhang zwischen ihr und der Welt, der ihren Schmerz dämpfte. Sie stand neben Karl und sah in die Nacht hinaus.

»Für uns beide ist es jedenfalls zu spät«, sagte sie.

»Wieso?«

»Weil wir alt sind, alt und lächerlich.« In einer plötzlichen Aufwallung schlang sie die Arme um ihn. »Schade«, sagte sie wehmütig, »vielleicht hätten wir es tun sollen, als wir noch jung und leichtsinnig waren.«

»Ich bin noch jung und leichtsinnig!«

Bea lachte bitter auf. »Und ich bin eine verlassene Ehefrau, die darauf hofft, dass alles wieder so wird, wie es war.«

»Dann warst du also glücklich?«

»Ich glaube, ja. Aber ich wusste es nicht.«

Etwas war anders geworden, seit André und ich von unserem Ausflug zurück waren, es fühlte sich an wie ein Bogen, nachdem der Pfeil abgeschossen ist, spannungslos und matt.

Ich hatte noch immer Sehnsucht nach André, wenn ich nicht bei ihm war, aber ich merkte, dass unser Zusammensein sie nicht stillte. Ich sehnte mich nach etwas, das er mir nicht mehr geben konnte.

Ich dachte an das, was er auf unserer Schlittenfahrt gesagt hatte, und tatsächlich war meine Vorstellung davon, wie etwas sein sollte, bedeutend leichter herzustellen als die Wirklichkeit.

Wir sahen uns regelmäßig und bemühten uns, so zu tun, als hätte sich nichts verändert. Wir saßen zusammen auf dem Sofa, redeten, tranken Wein und rauchten. Wir schliefen zusammen, manchmal blieb ich über Nacht.

Alles schien wie vorher, aber es war nicht so. Ich hatte die ganze Zeit das Gefühl, wir spielten uns gegenseitig was vor.

Als die Probenzeit sich ihrem Ende näherte, hatte ich immer weniger Zeit für ihn; zu meinem Kummer schien es André nicht viel auszumachen, dass wir uns seltener sahen. Ich fragte mich, ob er nur rücksichtsvoll sein wollte oder ob sein Interesse an mir bereits nachgelassen hätte. Weil ich meine ganze Kraft für die Proben brauchte, forschte ich nicht nach, aber ich war sehr niedergeschlagen.

Eines Tages kam Adam in der Mittagspause zu uns in die Kantine, er hatte eine Liste in der Hand, in die jeder drei Leute eintragen konnte, die eine Freikarte für die Premiere erhalten sollten.

Ich überlegte, wen ich mir an diesem Abend am meisten wünschte; an erster Stelle stand natürlich mein Vater, dann André, und dann ... Bea!

Ja, komischerweise wünschte ich mir, dass Bea käme, die immer an mich geglaubt und mich unterstützt hatte, ich wollte unbedingt, dass sie mich spielen sähe.

Und natürlich wünschte ich mir auch Jo, meine Mutter, und wenn's sein musste, auch Eddie. Das waren aber sechs. Außerdem gab es ein paar kleine Probleme bei der Zusammenstellung. Wenn mein Vater käme, würde meine Mutter nicht kommen wollen, wenn André käme, würde Bea wegbleiben (sie würde vielleicht sowieso wegbleiben, egal, wer sonst da wäre). Wenn Jo käme, würde ich André nicht einladen können, und falls sich Bea doch entschließen würde, zu kommen, würde ich vermutlich auf André verzichten müssen.

Ich schrieb Namen auf, strich sie durch, überlegte, schrieb neue Namen auf, nur um sie gleich darauf wieder durchzustreichen.

Was ist los, fragte Richy, kannst du dich nicht entscheiden?

Ich schüttelte den Kopf, die Karten reichen nicht.

Kannst meine haben, sagte er.

Überrascht sah ich ihn an, willst du niemanden einladen?

Bloß nicht, sagte er und stach mit den Fingern in die Luft, als wollte er einen bösen Geist vertreiben; ich sterbe vor Lampenfieber, wenn jemand im Publikum sitzt, den ich kenne.

Die anderen johlten, das ist ungerecht, wir wollen auch eine, aber Richy überließ großmütig alle seine Karten mir.

Ich trug also sechs Namen ein und dachte, sollen sie doch selbst entscheiden, ob sie kommen oder nicht.

Noch drei Tage bis zur Premiere.

Ich wollte André sehen und rief ihn an, er schien sich zu freuen und schlug einen Abend bei sich vor.

Nein, sagte ich, lass uns irgendwo was essen gehen, ich hab's satt, mich zu verstecken.

Er zögerte, warum willst du unbedingt woanders hingehen, wir haben uns seit einer Woche nicht gesehen, ich hätte dich gerne für mich allein.

Warum stehst du nicht zu mir, fragte ich wütend, wäre es wirklich so schlimm, wenn uns jemand sehen würde?

Am anderen Ende blieb es still.

Wenn du dich mit mir nicht in der Öffentlichkeit zeigst, dann liebst du mich auch nicht, sagte ich.

Das ist Erpressung, sagte er. Dann ist es eben Erpressung, sagte ich und legte auf.

Ich wartete, dass er zurückrufen, dass er sich entschuldigen und mir ein Restaurant vorschlagen würde, aber er rief nicht an.

Eine geschlagene Viertelstunde starrte ich auf mein Telefon, dann fuhr ich zu ihm und klingelte Sturm. Er ließ sich Zeit mit dem Öffnen, es war nicht so, dass er zum Türöffner gestürzt wäre.

Wutentbrannt rannte ich die Treppe hoch und an ihm vorbei in die Praxis.

Und dafür habe ich mich vor Sehnsucht fast umgebracht, schrie ich, dafür habe ich Jo verlassen und Bea verraten, dass du mich vor den Leuten versteckst wie irgendein Flittchen, für das du dich schämst!

Ich schäme mich nicht für dich, sagte er ruhig, ich schäme mich für mich.

Was heißt das?, fragte ich verblüfft.

Ich schäme mich für das, was ich Bea und Paul angetan habe, was ich dir angetan habe, und dafür, dass ich es keinen Deut besser hingekriegt habe als die armen Schweine, die ich tagtäglich in meiner Praxis behandele.

Du schämst dich dafür, dass du mich liebst?

Nein, nicht für die Liebe, sagte er, für all die Zerstörung, die sie angerichtet hat.

Ich stand vor ihm, meine Wut war schlagartig verraucht.

Du hast Recht, sagte ich leise, mir geht's genauso.

Weißt du, fuhr er fort, ich kann mir nicht vorstellen, dass wir auf diesem Trümmerfeld etwas aufbauen können. Ich dachte immer, wenn eine Liebe so rein und schön ist wie unsere, kann einem nichts passieren.

Aber Liebe allein genügt nicht, sagte ich, und er lächelte ein unendlich trauriges Lächeln.

Manchmal wachsen Blumen auf Ruinen, sagte ich.

Manchmal, wiederholte er, nach Jahren.

Es gibt einen neuen Film mit Kevin Spacey, sagte ich, darin spielt er einen Außerirdischen, der von einem Planeten mit zwei Sonnen kommt, und weißt du, was komisch daran ist?

Nein, sagte André und schüttelte den Kopf.

Dass die beiden Sonnen nur alle zwei- bis dreihundert Jahre gleichzeitig aufgehen.

Er zog mich in seine Arme, wir blieben eine Weile so stehen, dann machte ich mich los und lief die Treppe hinunter.

Der Abend der Premiere. Das Theater summte wie ein Bienenstock, jeder umarmte jeden und wünschte ihm Glück, Tibor hatte für alle ein kleines Geschenk mit ein paar persönlichen Zeilen vorbereitet.

Mir hatte er geschrieben: Dein Opfer, Rosaline, war groß, und du hast es mit Würde dargebracht. Dein Herausforderer verneigt sich vor dir.

Na ja, dachte ich, ist ja schön, dass er's kapiert hat.

Wir hatten auch was für ihn: Tim hatte im Internet eine wertvolle Shakespeare-Ausgabe entdeckt, und wir hatten alle dafür zusammengelegt.

Die letzten Wochen hatte Tibor sich sehr angestrengt, unser Ärger hatte sich gelegt, und wir hatten das Gefühl, ihm eine Menge zu verdanken.

Adam kam in die Garderobe, brachte jedem eine Rose und spuckte dreimal über unsere linke Schulter. Hinter ihm stakste Rieke auf fünfzehn Zentimeter hohen schwarzen Lackstiefeln rein, küsste uns alle und flüsterte: Una montagna di merda! Das war italienisch und hieß ein Berg von Scheiße, angeblich sollte es Glück bringen.

Die meisten Schauspieler benutzen irgendwelche Rituale, um ihr Lampenfieber zu betäuben; manche meditieren, andere schlafen eine Runde, viele tragen einen Talisman mit sich herum. Die Hektischen linsen immer wieder durch das Loch im Vorhang, ob sich der Zuschauerraum füllt, die Coolen spielen bis kurz vor dem Gong Skat oder essen in aller Seelenruhe was.

Ich hatte kein bestimmtes Ritual; je nach Stimmung flatterte ich aufgeregt hinter der Bühne herum oder zog mich völlig zurück; heute war ich irgendwas zwischen aufgeregt und abwesend, es gelang mir nicht wie sonst, die Welt außerhalb des Theaters auszublenden, mir war die ganze Zeit bewusst, dass es nicht mehr die Bühne war, auf der sich mein Leben abspielte.

In der Maske saß Kaja neben mir, und plötzlich hatte ich Lust, mich mit ihr zu vertragen.

Toi, toi, toi, alte Zicke, sagte ich und grinste ihr zu. Sie blieb erst stumm, dann musste sie auch grinsen und sagte, selber alte Zicke. Als wir fertig geschminkt waren, spuckten wir uns gegenseitig über die Schulter.

Die Garderobiere kam und warf einen letzten Blick auf unsere Kostüme, die eine seltsame Mischung zwischen historisch und modern waren; ich trug einen gebauschten Rock aus spitzenbesetztem Brokatstoff, dazu gestreifte Strümpfe und Schnürstiefel, das Oberteil war ein T-Shirt mit GAP-Aufdruck, die Ärmel waren abgetrennt und durch flatternden Seidenorganza ersetzt worden. Dazu trug ich jede Menge falschen Schmuck, Kitsch, wie ich von André gelernt hatte.

Mein Magen rumorte nervös, ich holte mir einen Kamillentee aus der Kantine und ging in meine Garderobe. Noch zehn Minuten.

Das Stück begann eigentlich mit den Männern, aber Tibor hatte eine Art Vorspiel erfunden, bei dem wir alle an einer Bar standen, die dem Bild »Nighthawks« von Edward Hopper nachempfunden war; wir sprachen Textfragmente, die die innere Einsamkeit und Beziehungslosigkeit der Figuren ausdrücken sollten, dazu lief wehmütiger alter Bar-Jazz. Ich liebte diesen Anfang, weil er wie aus einem Film war.

Als ich den Summer hörte, der uns zum Auftritt rief, holte ich tief Luft, warf mir im Garderobenspiegel einen aufmunternden Blick zu und ging an meinen Platz. In den letzten Sekunden, bevor das Licht im Saal ausging, begann mein Herz zu rasen, und ich konnte nur noch an eines denken: Wer ist auf der anderen Seite des Vorhanges?

Als Bea ihren Mantel an der Garderobe abgegeben hatte, stand plötzlich André neben ihr.

»Du bist auch hier?«, fragte er überrascht.

»Ich bin wegen Adam hier, nicht wegen Hanna«, erklärte sie und verstaute die Garderobenmarke in ihrer Handtasche.

»Wie geht's dir?«, fragte er.

»Wie soll's mir schon gehen? Manchmal bin ich froh, dass du weg bist, manchmal fehlst du mir.«

»Du fehlst mir auch.«

»Ach ja?« Bea sah ihn zweifelnd an. »Ich dachte, du lebst in einer neuen, wahnsinnig glücklichen Beziehung?«

André griff nach ihrer Hand und hielt sie einen Moment fest, bevor Bea sie ihm entzog.

»So einfach ist das alles nicht«, sagte er.

»Weißt du was«, sagte sie schroff, »das interessiert mich überhaupt nicht.«

Sie hatte Mühe, die Fassung zu bewahren, und hoffte, dass André es nicht merkte.

»Übrigens bin ich nächste Woche verreist«, sagte sie, »vielleicht gehst du mal mit Paul essen oder ins Kino.«

»Wohin fährst du?«

Bea sah ihn kühl an. »Findest du, dass dich das irgendetwas angeht?«

»Wahrscheinlich nicht«, gab er zu, »aber es interessiert mich.«

»Also gut, ich fahre mit Karl nach Lissabon.«

»Nach Lissabon? Da wollten wir zusammen hinfahren!«

»Aber wir sind nicht gefahren.«

»Und wieso mit Karl?«

»Wieso nicht? Er ist genauso mein Freund wie deiner.«

»Wenn er so weitermacht, war er die längste Zeit mein Freund«, sagte André düster.

»Er ist der Meinung, dass es mir gut tun würde, mal rauszukommen und mit einem netten Mann in eine interessante Stadt zu fahren, und genau dieser Meinung bin ich auch.«

»Wenn du zurück bist ...« André brach mitten im Satz ab.

»Was?«

»... würdest du mal mit mir essen gehen?«

Bea sah ihn an, den Mann, mit dem sie ihr halbes Leben verbracht hatte, diesen sperrigen, zugeknöpften Typen, aus dem sie die Antworten manchmal hätte rausprügeln wollen, der so zart und dann wieder so unnachgiebig sein konnte, der sie auf die Palme trieb mit seiner Zwanghaftigkeit und manchmal den Wunsch nach einem ganz anderen Leben in ihr wachrief.

Sie dachte an die Wut und die Verzweiflung, die sie seinetwegen empfunden hatte, an die schlaflosen Nächte und die Momente, in denen sie trotz allem gefühlt hatte, dass es zu früh wäre, seine Fotos zu zerreißen.

»Okay«, sagte sie leise.

Als der Vorhang nach etwas mehr als zwei Stunden fiel, dauerte es ein paar Sekunden, bis der Beifall aufbrandete, zunächst zaghaft, dann immer kräftiger, als kehrten die Zuschauer erst langsam in die Wirklichkeit zurück.

Die Aufführung war toll, das hatten wir auf der Bühne gespürt, aber man wusste nie, ob der Funke übergesprungen war. Das entschied sich genau in diesen zwei, drei Sekunden, danach war klar, ob es ein Flop war oder ein Erfolg.

Die Leute klatschten immer lauter, steigerten sich regelrecht in einen Begeisterungsrausch; wir hatten mindestens zwanzig Vorhänge, einzeln, im Ensemble und am Schluss mit Tibor, dem Bühnenbildner und der Kostümbildnerin.

Als der Jubel gar nicht aufhören wollte, ging das Licht im Zuschauerraum an, und wir applaudierten von der Bühne herab unserem Publikum zu, das inzwischen aufgestanden war.

Ich entdeckte meinen Vater, der strahlend zu mir hochsah, neben ihm André, dessen Anblick mich mit Wehmut und Zärtlichkeit erfüllte. Die beiden tauschten ein paar Worte, offenbar hatten sie Bekanntschaft geschlossen.

Mein Blick wanderte zu Lilli und Eddie, die vor Stolz fast zu bersten schienen, und weiter zu Bea, die meinen Blick erwiderte, ja, ich glaubte sogar, in ihrem Gesicht den Anflug eines Lächelns zu entdecken.

Der Sitz neben ihr war frei geblieben, es wäre Jos Platz gewesen.

Ich sah in die Gesichter der Menschen, die ich liebte, und begriff, dass etwas in meinem Leben zu Ende gegangen war und etwas Neues begonnen hatte.

Ich fühlte das Glück und die Begeisterung um mich herum, und endlich, endlich spürte ich mich selbst.

Vier Monate später

Wir waren mit dem Auto meiner Mutter auf dem Weg zum Flughafen; nachdem Popel-Opel im Autohimmel gelandet war, wollte ich keines mehr.

Hör endlich auf, Nervensäge, sagte ich und grinste zu Jo rüber, der auf dem Beifahrersitz saß und wieder mit der Kamera rumspielte.

Ich muss üben, sagte Jo und grinste zurück, die Jungs in Hollywood erwarten ganz schön was von mir.

Klar, sagte ich, deshalb fährst du ja hin.

Ich bog ins Parkhaus ein, wir verstauten Jos Koffer auf einem Gepäckwagen.

Vor uns, in der Schlange zum Einchecken, stand ein junges Paar mit zwei Kindern, das eine rannte mit dem Schnuller im Mund zwischen den Beinen der Wartenden rum, das andere schrie und quengelte, die entnervte Mutter trug es herum, um es zu beruhigen, der Vater sah aus, als wünschte er sich auf eine einsame Insel.

Das könnten Jo und ich sein, schoss es mir durch den Kopf, wenn wir getan hätten, was alle von uns erwartet haben. Ein Segen, dass uns dieses Schicksal erspart geblieben ist!

Ich bemerkte, dass der Typ hinterm Infoschalter mich beobachtete, als ich ihn fragend ansah, lächelte er mich an, und ich lächelte automatisch zurück, wie ich immer zurücklächelte, wenn ein Mann Interesse an mir signalisierte.

Endlich waren wir die Koffer los und bummelten noch ein bisschen durchs Flughafengebäude. Wir tranken einen Kaffee, kauften ein paar Zeitungen, und ich nehme an, wir sahen aus wie ein ganz normales junges Paar auf dem Weg in den Urlaub.

Vor sechs Wochen war Jo aus der Klinik entlassen worden. Er hatte bei meiner Mutter und Eddie gewohnt, und ich hatte ihn regelmäßig besucht; wir hatten viel geredet, über alles und jedes, und endlich auch über uns. Er wehrte sich nicht mehr dagegen, über seine Gefühle zu sprechen, das hatten sie ihm wohl in der Klinik beigebracht.

In gewisser Weise war er wieder der Alte, seinen Humor und seine Lässigkeit hatte er immer noch, und doch war er ziemlich verändert. Vor allem glaubte er nicht mehr, alles schon zu wissen, sondern war offener und neugieriger geworden.

Es war schön mit ihm, und ich war gar nicht begeistert, als er mir eines Tages eröffnete, dass er für länger verreisen würde.

Wohin fährst du denn, fragte ich, nach L.A. natürlich, antwortete er, du weißt doch, dass ich da meinen Abschlussfilm drehe.

Aber das war doch nur eine Spinnerei, sagte ich, keineswegs, sagte er, es ist alles organisiert.

Ich wusste nicht, was ich davon halten sollte, aber weil auch meine Mutter und Eddie so taten, als wäre alles in Ordnung, sagte ich nichts mehr dazu.

Und jetzt standen wir vor der Sicherheitsschleuse, durch die Jo gleich gehen würde, Aufbruch in sein neues Leben. Und wie immer es aussehen sollte: Ich würde nicht dabei sein.

Mich überfiel eine schreckliche Wehmut. Wieder war etwas vorbei, es schien so, als gäbe es für mich in letzter Zeit nur Abschiede. Wir umarmten uns und weinten beide.

Woran soll ich jetzt glauben, schluchzte Jo, wenn die Geschichte mit den zwei Sternenhälften gar nicht stimmt?

Habla con ella, sagte ich, es gibt so viele Wunder, an die man glauben kann.

Du meinst, dass jemand aus dem Koma erwacht, wenn man ihn stark genug liebt?

Wann hast du den Film gesehen, fragte ich entgeistert, du warst in der Klinik!

Vor meinem Fenster war 'ne Feuerleiter, sagte Jo und lächelte, ich war ungefähr dreimal die Woche im Kino.

Du bist verrückt, sagte ich.

Ich bin nicht verrückt, sagte Jo, ich war auch nicht verrückt, obwohl ihr alle es geglaubt habt. Ich war fertig, ich war sterbenskrank, aber ich war immer ich selbst.

Mir fiel etwas ein. Du hast behauptet, Kevin Spacey würde deinen Film produzieren, sagte ich, das war aber 'ne Spinnerei, oder?

Jo zog einen Brief aus seinem Rucksack, faltete ihn auseinander und reichte ihn mir.

»Trigger Street Production« stand auf dem Briefkopf, und darunter: Lieber Jo, wir freuen uns, dir mitteilen zu können, dass unser Programm zur Förderung ausländischer Nachwuchsregisseure demnächst beginnen wird und du zu den ersten Stipendiaten gehörst. Bitte sende uns so schnell wie möglich die letzte Fassung deines Drehbuches ...

Ich ließ den Brief sinken, aber Helen Hunt spielt nicht etwa die Hauptrolle, fragte ich, lies weiter, sagte Jo.

... die Verhandlungen mit verschiedenen Darstellern werden fortgesetzt, Helen hat Interesse signalisiert, aber noch gibt es einige Terminprobleme, die wir lösen müssen.

Jo grinste mich triumphierend an, und ich war plötzlich verdammt erleichtert, als ich kapierte, dass er es ohne mich schaffen würde.

Ich sah ihn lange an, als müsste ich mir seine Züge für immer einprägen.

Wenn dieses Flugzeug ohne dich abhebt, wirst du es bedauern. Vielleicht nicht heute und auch nicht morgen, aber bald und dann für den Rest deines Lebens.

Casablanca, sagte Jo. Sieh's mal so, alles, was wir zu verlieren hatten, ist schon weg.

Thelma und Louise, sagte ich.

Jo ging durch die Sperre, ohne sich noch mal umzudrehen. Ich sah ihm nach, bis er verschwunden war. Beim Rausgehen grinste mich der Typ vom Infoschalter wieder an, diesmal ignorierte ich ihn.

Irgendwann in meinem Leben würden die zwei Sonnen zur gleichen Zeit aufgehen, da war ich ganz sicher. Vielleicht schon morgen.

Ich möchte danken:

- Dr. Richard Rummler für seinen wertvollen fachlichen Rat
- Meiner Lektorin Ingrid Grimm für ihre liebevolle Hartnäckigkeit
- Meinen Freunden Petra und Miro für den schönsten Platz zum Schreiben
- Meinem Mann Peter für alles – und noch vieles mehr

Amelie Fried

Amelie Fried schreibt
   »mit dieser Mischung aus Spannung,
Humor, Erotik und Gefühl
   wunderbare Frauenromane.« **Für Sie**

3-453-86414-X

*Am Anfang
war der Seitensprung*
3-453-15589-0

Der Mann von nebenan
3-453-17733-9

*Geheime Leidenschaften
und andere Geständnisse*
3-453-18665-6

Glücksspieler
3-453-86414-X

*Verborgene Laster
und andere Geständnisse*
3-453-87129-4